# 战蠹

雷杰龙 著

中国文史出版社

**图书在版编目（CIP）数据**

战象／雷杰龙著. -- 北京：中国文史出版社，
2025.3

ISBN 978-7-5205-4249-4

Ⅰ．①战… Ⅱ．①雷… Ⅲ．①中篇小说–小说集–中
国–当代②短篇小说–小说集–中国–当代 Ⅳ.
①I247.7

中国国家版本馆 CIP 数据核字（2023）第 160808 号

责任编辑：卢祥秋

出版发行：**中国文史出版社**

社　　址：北京市海淀区西八里庄路 69 号院　邮编：100142

电　　话：010-81136606　81136602　81136603（发行部）

传　　真：010-81136655

印　　装：北京科信印刷有限公司

经　　销：全国新华书店

开　　本：880×1230　1/32

印　　张：10.5　　　字数：215 千字

版　　次：2025 年 3 月第 1 版

印　　次：2025 年 3 月第 1 次印刷

定　　价：65.00 元

# 目录

## 微小说

## 短篇小说

## 中篇小说

微 小 说

# 行为艺术家

　　他是驰名世界的行为艺术家，许多作品被人津津乐道。他曾靠在一堵土墙上，在墙的另一边安放炸药，让炸药爆炸，把他和墙一起推倒，以一己之肉身，对抗化学时代的能量。他把自己的右手，浇灌进混凝土柱子，二十四小时后再把柱子砸碎，让自己的右手解放，体会城市森林中的一棵工业化树木对人类肢体的挤压。他曾拼着老命和一百个人摔跤，摔到第七个的时候，他的五脏六腑都被摔得差点吐出来，诠释个体和群体对抗的不堪一击。他曾让吊车把自己倒挂在河边，脑袋离水面十厘米，用与河水平行的目光看世界，整整十个小时，弄得双眼充血，体会脑体倒挂状态中"子在川上曰，逝者如斯夫"的感觉。他曾剃光了头发和胡子，开着推土机铲平了两平方米的一块草地，在上面席地而坐，除了吃喝和睡觉，不说一句话，不看一本书，不写一个字，等着青草重新长出来；二十四天后，地上终于冒出了青草的芽尖，他比了比草芽和自己头发胡子的长度，然后一言不发地离开，借此表达他对自然的态度。

但这些，都只不过是他的小作品，比起他蓄谋已久的一个大作品来，简直不值一提。

他精心选择了一个海岛。在海滩上，搬起了一块圆形的石头，留下了一个深度为十五厘米的坑洼。他在坑洼中立下一根标杆。他称了称那块石头，二十公斤，转过身，怀抱着它，沿着海滩徒步南行。他将带着这块石头旅行，按顺时针沿海滩绕海岛一圈，回到这里，让石头回归它所离开的原点。

他知道，这个将要完成的作品拥有多重含义。

比如，个人意志的胜利。面积数十万平方英里的岛屿，海岸线长达数千英里，他将带着那块石头，以一己之力经过海滩、陡崖、城市、港口、荒漠等海岸线上的各种地形；经受日晒、风吹、雨淋、饥饿、疲惫、病痛以及孤独、绝望和各种难以料想的危险和考验。但最后，他终将胜利，即使不幸倒在路上，他的意志也终将胜利。

比如，这是一个圆形的旅程，一个顺时针的圆形，用以诠释宇宙和人生，无非就是一个圆形的过程，从哪里开始，最终还得回到哪里。

比如，以尊崇圆形的唯美方式对抗锋利、尖锐、突兀、颠倒、丧失平衡、缺乏诗意的世界，告诉人们，人在造物主面前应该多么谦卑，应该如何依照内心和造物主的神圣约定，对他精心创造的事物"虽一物而弗取"，用完了就应该毫发无损地物归其位、物归其主。

沿着海岸线，一路往南。历经无数艰辛，二百多天之后，他的作品即将完成，他离出发的地方只隔数十英里。此时，他虽已疲惫不堪，快到了身体和意志所能承受的极限，但他知道，再花一天或者两天，最多三天，他将用双脚画上那个圆的缺口，把怀中的石头安放到它所出发的原点，为自己的作品画上一个完美的句号。

但第二天中午，当他正在跋涉的时候，一场毫无预警的海啸发生了。

怀抱着那块石头，他目击了那场海啸的壮观场景。

他奇迹般死里逃生。逃生之后，他依旧怀抱着那块石头。

但他再也没能找到两百多天前在海滩上插下的那根标杆。

他很懊恼当初的一个细节性疏漏——为什么不对那一个点进行精确定位，记下它的确切经纬度？也许他当初想的是，等到这个作品完成的时候再定位也不迟，但他没料到，海啸发生了。

既然海啸发生了，即使当初进行了定位又能怎么样呢？海啸之后，那个坑洼还是原来的坑洼吗？那场不期而至的海啸，像海神派出的一群庞大而凶猛的海盗，突然登陆，攻城略地，呼啸而来又呼啸而去，对海滩数十英里的地表进行了一次粗暴的劫掠和收割，转瞬之间改变了数十平方英里的地貌。他当初标记下的那个点，在大自然的自我刷新中实在微不足道。

海滩上，他随意放下了那块石头，同时也放下了自己所有的行为艺术：这将是他最后一个行为艺术作品，他不知道是该遗憾还是庆幸——在他的这个作品中，一位更加伟大的行为艺术家掺和进来了，与这位艺术家相比，他只有自惭形秽。

# 湖边的石头

　　他记不清，来到这个小城生活的十多年里，曾经多少次造访过那块石头，就像造访一位知心的老友。在一年的不同季节，在一天的不同时段，他都多次造访过那块石头。有时候，甚至一整个白天或者一整个夜晚，他就在那块石头边上度过。他对那块石头的熟悉程度，超过小城里所认识的每一个人。有时候他想，他为什么喜欢一块石头会超过喜欢一个人？也许因为他天性沉默，而在日益喧嚣的世界上，没有一个人的沉默会超过石头。

　　他在那个小城活得很不开心。

　　很不开心的时候他就喝酒，喝多了他就跌跌撞撞地走向小城边的那个小湖，然后不由自主地沿着密林中一条蜿蜒崎岖的小径，走到湖边那块巨大无比的银灰色石头的身旁。石头安静地躺在湖边，像一尊古老神灵的雕像，在他到来之前，不知道已经躺了多少年，在他离开之后，不知道还要躺上多少年。他常常醉眼蒙眬地注视着那块石头，目光飘忽，想着许多与石头有关或者无关的事情；有时，他的目光会一动不动，想把它看穿，仿佛把那块石头看穿了，他就会明白生命和世界的真相。更多的时候，他会爬到那块石头上。石头上面有一个平整的小坡，像一张被时间精心打磨出来的床。他在那床上伸伸懒腰，躺下来，如同一个饱经风霜的老人，奔波一生，终于找到了归宿。

他很想了结自己。这样的念头早已不是第一次产生了，只是从来没有最近这么强烈。他想过许多了结自己的方式。他想这些方式花了很多时间，包括如何处理自己的遗体。最后他终于确定，要用一种安静的方式了结自己，比如服用一种让人彻底安静的药物。他留下一封遗书，告诉他在这个小城唯一信赖的朋友，让他把自己的骨灰悄悄埋在那块石头下面。他还特意提到，不要在那块石头上刻任何标记，连他的名字都不要刻上。

一切准备好之后，他决定最后一次去看看那块石头，看看他最后的归宿之地。

来到湖边，他发现那块石头已无影无踪。在它原来盘踞的地方，只剩下一个丑陋无比的大坑，以及许多挖掘机、起重机折腾过的凌乱痕迹。他看一眼就立刻明白，那块石头，已经被人相中，连根挖起，弄到了某个城市的广场或者园林中去了。

他注视着那个大坑，有几分钟之久。然后，径直回到家里，一把扯碎了那封遗书。

# 看云的人

　　坐在东京家中的屋顶看云，是中村先生晚年唯一爱干的事情。或者说，除了这件事情，他也没事可干。中村先生早已忘记，自己什么时候开始爱干这样的事儿。他只记得，第一次在屋顶坐了一整天，开始于三十年前和妻子发生口角的那个早晨。这样的口角早已不是第一次发生，不过，那个早晨异常激烈，导致妻子从此离开，再没回到他的身边。对于妻子的离去，多年之后，中村先生和女儿惠子说过，自己非常歉疚。但那时，他内心充满愤怒，想和世界上的每一个人争吵，可是，没有一个人愿意和他争吵，或者说，他不能和世界上的任何一个人争吵，因为对于整个世界，他早已不再存在。他唯一能够争吵的人，就是身边的妻子。而妻子，不可能承受他和整个世界的争吵。

　　为了看云，中村先生搬了几次家，每一次搬家，居所都在顶楼。东京的房子长得很快，每一次搬家后，过不了几年，中村先生能够观看的空域都会严重缩小，直到缩小得再也无法忍受，不得不让女儿惠子物色下一个居所。

对于为什么成天看云，而不是干点别的什么，比如，到日本和世界上的各个地方走走，这样的问题，中村先生曾经回答过女儿惠子。但他的回答很简单，有什么可干的？有什么可走的？都干过了，都走过了。没干过的，没走过的，和我有什么关系？

　　很长一段时间内，没有人知道，或者说，没有人感兴趣他曾经干过的事情。那些事情，因为年代太过久远（其实也不算久远，不过数十年而已），听起来就像个虚幻的传说。还是简单说说吧。

　　二战时期，中村先生有两个身份，一个身份是日本某特务机关要害部门的负责人，另外一个身份是秘密国际主义战士。他冒着生命危险获取了大量情报，其中最重要的一个就是获悉了日本海军联合舰队将在1941年12月某日偷袭美军太平洋珍珠港海军基地的情报。为了获取这个情报，他的几位战友付出了生命的代价。这个情报，通过中村先生之手，传到了斯大林和罗斯福的手上。为了这个情报，中村先生暴露了身份（事前，他就知道会这样），落入了日本关东军反特机关之手，在监狱里受尽各种磨难，但却幸运地在枪决前一日获救。

　　二战之后回到日本的中村，对自己的那份情报没有起到阻止战争的作用而耿耿于怀。为什么没起到作用？中村先生百思不得其解。是罗斯福和他的幕僚们不相信那份情报吗？有可能。他们为什么要相信那份情报？毕竟，这份情报是从苏联和中国传过来的，当时，这两个国家都正在和法西斯苦战，是不是想把美国拉下水，以解燃眉之急？是不是他们明知道这份情报是真的，但却依然推波助澜，促成这件事情的发生？有可能，毕竟当时的罗斯福政府早就想参战，但却受到国内盛行的孤立主义的掣肘。有了这样的事情发生，罗斯福政府就可一举扫清参战的障碍。所以，对于罗斯福和他的幕僚们而言，这样的事情正中下怀。因此，他们故意牺牲了数千人的性命和十余艘战舰，但却把最为重要的数艘航空母舰调离了珍珠港，放手让日本海军联合舰队前来偷袭。他们这样做，说明他们有足够的底气战胜日本，他们需要的只是这样一个借口，即使付出惨重的代价也在所不惜。总之，各种可能都有，但事实却只有一个，就是那份付出了数位战友的生命和使自己遭受数年牢狱之灾的情报没有起到任何作用。既然这样，那为什么要用那么大的代价去获取那份情报呢？这件事情干不干，和世界又有什么相干？难道仅仅就是为了留下一个所谓的情报故事的传奇？

况且，这个传奇早已无关紧要。战争结束，回到日本之前，中村先生曾经设想过自己身份的两种可能。一种是成为被人传颂的反战英雄，一种是成为被国人所不齿的卖国贼。然而，事情完全出乎他的意料：在日本，他没有成为这两种人中的任何一种。

没有人赞美他，也没有人指责他。战后初期的艰难岁月里，人们成天忙的是如何填饱肚子。不久后，日本经济腾飞，人们成天忙的是如何赚更多钱，成为富翁。人们对他和他曾经干过的事情，既一无所知，也丝毫不感兴趣。他唯一能够成为的人，就是被人所彻底忽略、遗忘得等于毫不存在的人。回国后，他加入了日本共产党，可是很快就被排挤，二战后新生的日本共产党，并不需要他这样脾气暴躁的老家伙。他没事可干。他曾经尝试着撰写回忆录，可遭到妻子的反对，说这样的东西卖给谁看。他说要为历史负责，为历史留下记录。可妻子说他曾经想为世界负责，但世界根本不需要他负责，至于对历史负责，那更是扯淡，历史不需要谁来负责。为此，他与妻子不断发生争吵，撰写回忆录的心情也在妻子离开后烟消云散。

他只剩下一件事情：看云。

坐在屋顶上，楼下的风景已经没什么可看。或者说，楼下的一切已经和他没有什么关系。而他，也不想再和楼下的一切发生关系。楼下的一切，和一个人又能有什么关系呢？如果一个人在楼下，看到的只是这个世界的庞大和不可思议，一个人的力量，不可能对抗这样的庞大和不可思议，除了成为它的一个微不足道的小小附庸，没有任何别的可能。在自己的青年时代，世界远没有现在这么庞大和不可思议，一个人内心如果拥有某种强大的理想和激情，还有一丝冲破世界牢笼的可能，用自己的奋斗和牺牲为世界做些美好的事情。可是，自己一生的努力，证明这样的可能其实也是一种虚妄的梦想。或许，人在世界面前的主动角色早已在自己出生前的某一个时间点上消逝。或许，人在世界面前的主动从来就没存在过；人，从来都是被世界裹挟的角色。

何况，自己在楼下的角色早就结束了，无论自己乐意不乐意。那么，就把目光投向天空吧。天空远比人间广阔。天空的风云变幻远比人间的风云变幻精彩。再说了，天空的风云变幻和人间相比，没有阴谋，没有血腥，没有贪婪，没有妄念，只有不停变幻的本质。这样的本质是纯净的，无论有云还是没云的时刻。

当然，天空的变幻同样有属于天空的端倪。这样的端倪通过云朵的色调、线条、形状以及运动的状态呈现出来。

这些端倪很难捕捉，但看得久了，目光浸淫于云朵的时间足够长了，天空和云朵就成了可亲近的事物，就像熟悉的老朋友，会把各自的秘密向对方倾吐。这样的倾吐，开始的时候是无意识的。比如，某天中午，中村先生决定下楼，女儿看见他进屋，他说要下雨了。女儿说今天的天气预报没说要下雨啊。可一会儿，雨果然下了。中村先生也很吃惊，他刚才只是感觉要下雨，但却不知道为什么有这种感觉。之后的某一天，中村先生坐在屋顶上，类似的感觉又产生了。但这次他没有下楼，而是仔细观察天空和云朵的形状，寻找感觉产生的端倪。一会儿，下雨了，中村先生品味着雨和云朵的牵连。这是一种充满快乐的游戏，这样的游戏玩久了，中村先生的感觉越来越准，对天空和云朵的端倪捕捉得越来越精确。在十余年后，他不仅能准确预知风、雨、雪的天气，并且预知的时间日益延长，从数十分钟到数个小时，到一天、两天、三天、四天，远比东京电视台的天气预报准确。

对于父亲的神奇本领，女儿惠子曾在闲谈中和报社的朋友说起，那位朋友想来对父亲做一次访谈，但遭到中村先生的拒绝，并且，他告诉女儿，关于自己的事情，再也不要和别人提及。

2011 年 3 月 11 日 14 时 46 分，日本发生 8.9 级地震，引发强烈海啸，整个东京都在摇晃。那时，女儿惠子正在另外一个街区，当她赶回家，冲上屋顶，发现父亲依旧坐在椅子上看云。那把椅子是固定的，父亲的身姿也是固定的，绳子把父亲和椅子捆绑在一起。惠子发现，父亲神态安详，已经停止了呼吸。在父亲的上衣口袋里，女儿惠子发现了一张纸条：

惠子：

　　很抱歉，我不叫中村，战前，我有另外一个名字。我走了，请把我的骨灰撒向天空，拜托了！

　　我知道今天会有一场地震，可是不用担心，东京的抗震能力很强，这栋高楼不会倒掉。至于别处受难的人，很抱歉我没能提前告知他们。我知道，即使我那样做了，事情还是不会有任何改变。

父亲

## 黑暗中的心跳

冬天。雨夜。一个男人从远方独自回家，经过一条荒凉的山沟，突然病发，死在山里。

第二天，他被经过那条山沟的人发现，消息四处传开。第三天，消息就传到了男人居住的村庄，他九岁的儿子，跟着村人，到那条山沟收殓自己的父亲。

孩子看到父亲躺在那里，蜷缩着，神情平静，像是睡得很熟。孩子没有惊慌，也没有悲伤，他只是感觉发生了什么重大的事情，但并不知道是什么事情。他只是觉得，父亲睡着了，可能要睡很久，但睡够了是会醒过来的。

他看着人们把父亲抱起，把他平放在一块散发着清香的松木板上。他看着人们用一块毯子把父亲盖上，连脑袋也盖上。他在想，要不要把毯子拉下来一点，不要让它蒙住父亲喘气的鼻子。他看着人们把父亲抬起来，往家的方向快速行走。

经过一条小河，人们停住脚步，一位被称作伯伯的长者叫他先过河，叫他喊："爹爹，过河！"他就赤脚蹚过那条小河，边过边喊："爹爹，过河！"

经过一座木桥，人们停住脚步，那位伯伯叫他先过桥，叫他喊："爹爹，过桥！"他就走过那座小桥，边走边喊："爹爹，过桥！"

来到村口，人们停住脚步，那位伯伯叫他高喊："爹爹，回家喽！"他就对着村庄高喊："爹爹，回家喽！"

他的喊声清脆而高亢。但他发现，人们没有把他的爹爹抬进村庄。他们只是在村口搭了一个简陋的棚子，让爹爹躺在里面。大约三天之后，他们就在一场莫名其妙的仪式和一阵稀疏的鞭炮声中，沿着一条泥泞的道路，把父亲送到远方。

之后，他就常常站在村口，等着父亲从那条路上回来，一直等到太阳落山，夜幕降临，他才怏怏回去。

之后，他就常常走到集市，站在高处，或者走进人流，四处寻找，看见一个熟悉的背影，就走到后面大喊一声："爹爹！"一个人转过头来，微笑着看他，却是一张陌生的面孔。他一愣，转身离去，开始另外一次寻找。

之后的某一天，他又一次走到村口，正准备向某个地方出发，突然碰上一个刚从集市上回来的村里人，看到他，喊他的小名，问他是不是又要去赶集。他重重地点点头，同时满怀希望地看着那个人，希望那个人能够告诉他关于父亲的消息。结果那个人只是淡淡地笑笑："你别去了，你爹再也不会回来了，他死了。"

那个人说完，摸了摸他的脑袋，走了，留下他一个人站在村口。

他站在那里，往前走了几步，然后就停住。直到那个时刻，他的泪水才流淌出来。他终于知道，一个人"死了"

的意思就是这个人再也不会回来，再也见不到了。

许多年之后，孩子成为一位父亲，给他九岁的儿子讲这个故事。讲这个故事的时候，他们躺在冬天温暖的床上。在屋子里的另外一张温暖的床上，还躺着他的妻子和七岁的女儿，她们也在听这个故事。

这个故事他讲过许多遍，没有任何新意。这个夜晚，他还没讲完，妻子和女儿就睡着了，发出微微的鼾声。儿子还听着，尽管他已经听了很多遍。父亲又讲了一会儿，也跟着困了，逐渐进入梦乡，发出粗重的鼾声。

只有他九岁的儿子还醒着，他在想父亲刚刚讲过的故事。他睡在靠窗的一侧。他拉开窗帘的一角，脸庞贴着冰冷的玻璃，看窗外的星空。窗外繁星满天，他呆呆地看了很久。之后，他突然惊恐地转过身来，抱着父亲热得发烫的身体，把小小的脑袋贴紧父亲的胸膛，仔细倾听黑暗中有节奏的咚咚声响。

# 语言故事

## 故事一　窜利文

　　古老的窜利文很简单，只有二十多个字母，由这二十多个字母排列组合，推演派生，就产生了广泛丰富的词汇。窜利文的字母来源于阿拉米字母。阿拉米字母有二十二个，窜利文借用了其中十七个。窜利文的书写有三种变体：萨秣建体、佛经体和草体。书写方法有两种：一种是从右向左横写，一种是从上向下竖写。两种方法书写的窜利文都典雅庄严。窜利文相传由神灵所授，传习这种文字的人都能够和神灵相通。相传，第一个被神灵传授这套文字的人，接受了神灵的嘱咐：为了防止这套文字繁芜烩杂，污染它的神性，必须精心物色智慧、德行优良的人传习，由师徒依次传授，并且，一位老师一生只能传给一位徒弟，一脉相承，不能让这门语言断绝。然而，古老的窜利地区风气不佳，人们的行为狡猾诡诈，绝大多数人嗜利贪财，即使父子夫妻之间也要精心计较得失，只要财富多，就会得到尊重，德行好坏反而无人计较。精通窣利文的人本来就极其稀少，再加上当地这样的风俗，传习窣利文的师父挑选弟子就越来越困难。中国高僧玄奘法师西行取经经过那里的时候，当地已经很少有人相信神灵，而精通窣利文、能够和神灵相通的人也快绝迹了。如今，窣利文已经成为一门躺在人类语言博物馆里的早已死亡的语言。

## 故事二　睹货逻文

　　睹货逻国疆域广阔，南北一千多里，东西三千多里，东方连接着葱岭，西方连接着波斯，南面抵达大雪山，北面就是铁门。有一条大河自东而西，横贯国境中部。中国唐朝高僧玄奘法师经过那里的时候，睹货逻国的王族早已绝嗣，各个酋长和地方豪强互相争斗，各自凭借武力和山川险要割据称雄。全境分为大小二十七个国家，虽然界限分明，不相统属，但都臣服于突厥，受其驱使。那里的文字语言由二十五个字母组合而成，靠这二十五个字母派生出大量词汇，用以表达描述一切事物，称为睹货逻文。睹货逻文从左向右书写，念起来也要横读。以前的睹货逻文文辞华美，据说学习使用它的人都能够和神灵相通，为了维护这门语言的神性，早年的睹货逻文也和窣利文一样师徒传授，一师一世只能传一徒，如此沿袭，一脉相承，世代没有断绝。后来有位国王意识到，如此下去，睹货逻文必将有一天湮灭于尘埃之中，于是颁布法令，设馆教习，令庶民习之、商贾用之。数十年之后，能够使用睹货逻文的人数大大增加，这里的文字记载也逐渐增多，数量大大超过了窣利地区。然而，由于习之者众，睹货逻文文辞日益繁杂芜茂、文法混乱、词语污俗。使用这门语言的人数虽多，但却极少有人能够和神灵交流相通。

## 故事三　梵文

印度是一大片国土的总称。中土对印度，以前称作"天竺"，或者称作"身毒"，或者称作"贤豆"。这些称呼，互相纠缠不清，都不准确。按照正确的发音，应当称作"印度"。印度的居民，往往根据各自居住的地区称呼他们的国家。因此，唐代印度的国家，大大小小不下数百个。尽管印度各地风俗相异，但都采用一个总名来赞美它们居住的地区，这个总名就是"印度"。

"印度"一词，用大唐的话来说，就是月亮。所以，印度也可以叫作明月之国。和大唐相似，在印度，月亮也有许多名称，"印度"一词只是其中之一。以月亮称国，就是比喻众生生死轮回，永无休止，仿佛漫漫长夜，没有尽头，永远没有黎明的日出之时。而在生死轮回的漫漫黑夜里，虽有些许星光照耀，但又有什么能够比得上朗朗明月的光明照耀呢？正是因为那片广大国土的居民们对月亮的偏爱，他们才把自己的国土总称为"印度"。这和大唐国土的居民不同，大唐国土的居民似乎更加偏爱太阳。实际上，印度人把自己的国土称为印度，还有一个原因，那就是他们无比尊重圣人贤士。印度的圣人贤士历代不绝，其中最杰出者莫过于佛祖释迦牟尼。他们不断降生，继承前人的伟业，教导众生，统驭万物，使人们在生死轮回的漫漫黑夜中得到智慧光明的照耀，他们才是印度国土上真正的月亮。

正是因为这个含义，印度才被称作印度。印度的种姓、家族分成许多集团，而婆罗门是最为高贵清雅的，婆罗门中出的圣人贤士最多，所以，印度也被称作婆罗门国。

印度的文字，相传是"梵天"这位神灵创制的，所以称为"梵文"。梵天神最初创制了四十七个字母，结合各种事物，把这些字母组合起来，用来分别表述它们。梵文流变久远，衍生出许多支派，用途越来越广泛。印度国土广大，梵文因地因人而稍有变化，但总的说来，还是没有离开当年梵天创制的本源。但在中印度，梵文特别详细而优美准确，词调和谐而雅致，气韵清晰而响亮，和天神使用的语言相通。而在邻近的地区和中印度外的国土上，虽然同样使用梵文，但大多对这门语言的各种语词谬误习以为常，有的地区使用的梵文，还拼命倾向于庸俗日用，并不遵守梵文本身严谨淳朴的风格，和神灵的距离越来越遥远了。

印度的多数国家，言语的记载、事情的叙述，都各有专职的人员管理。对历史的记载叙述和国家文献的记录保存，好事坏事都记在里面，灾祸祥瑞都在里面罗列，国王都不能干预。

印度孩童的启蒙教育，七岁以后，要对他们讲授五明大论。第一叫"声明"，解释字义，清理条目；第二叫"工巧明"，教授工程技巧、阴阳历算；第三是"医方明"，讲授念咒制邪、医药针灸；第四叫"因明"，讲授思辨理路，考定真伪，鉴定邪正；第五叫"内明"，研究佛教五乘的因果和妙理。

学生到了三十岁，学业已成，志向已立，为官受禄后，先要酬答老师的恩德。有的学生知识广博，典雅淡泊，不愿意浸淫于市井俗务之中，而有志于隐匿山林，宠辱不惊，声名远扬。国王欣赏他们，请他们为官，他们并不屈从，而国王也尊重他们的志向，并不强求。印度各国都尊重饱学聪明、德行高远的人，对他们的赞美、礼节都很隆重。因此人们大多不惮勤苦，立志向学，学子为了寻访有道之人，经常不远千里，四处游访。而许多出身高贵、家里很富有的人也立志在外游学，有时，路上吃的东西也靠行乞所得。他们人人都以探究学识真理为贵，不以贫穷落魄为耻。在印度，人们把学识和真理当作了和月亮一样光明美好的事物，把它们当作自己在轮回的漫漫长夜里找到生命的觉醒解脱之路的明灯。印度虽然四分五裂，但文字教化的传统和功德，并不亚于大唐。

但如今，这门相传由梵天所创的语言也已经死亡了，进了人类的语言博物馆。现在的印度人，以使用英语为荣，至于能否通过一门语言和神灵相通，成了一件极其次要的事情。

## 故事四　语言大师波你尼仙

大师波你尼仙诞生的时候，世界一片黑暗。

这片黑暗来自语言和文字。

远古的时候，文字非常繁复，但经过了刀兵水火诸劫的破坏，各种语言文字都湮灭无闻，世界一片黑暗空虚。后来，长寿的诸位天神降生在凡间，创造了各种文字，教导人民，重新产生了各种文献和典籍。这些文献和典籍，似乎为人间带来了一缕心智上的光明。然而，这缕光明是短暂的，很快，火种便又濒临熄灭。降生到人间的天神太多，他们在不同的地区、不同的种族之中，创造了各种教派和文字，让人们互相传授学习。这些地区相隔不远，种族混居，久而久之，各种语言、文字、典籍相互影响，文法混乱，语词芜杂，含义晦涩，学者们皓首穷经，但还是白白用功，依然难以详细研究各种典籍。学者们尚且如此，更无法指望普通民众能够学习和了解哪怕一种文字和典籍，君王也无法有效推行自己的各种政令和教化。

波你尼仙诞生的时候，正面对着这种混乱和蒙昧。他天资绝顶，对各种文字和典籍生而知之。他想去除当时语言文字浮浅虚伪和繁杂琐碎的弊病，决心通过写作和著述整合当时流行的各种语言和典籍，创造出能够被大家广泛接受的一种伟大的文字和语言。于是，他开始四处游方问道，考察各地民情风俗，广泛搜集方言俚语、民谣传说，博究各种事物的道理。经过多年艰辛准备，波你尼仙深思熟虑，综合各种语言，艰辛写作，终于写成了《声明论》这部巨著。《声明论》共有一千颂，每颂三十二个音节。这部书语词华美精练，音韵和美谐调，义理深邃通俗，穷究今古，博通万物，综合了各种语言文字的长处，形成了一门新的文字和语言。成书后，波你尼仙将书呈送给婆罗睹逻国王，国王异常欣喜，下令全国人民普遍研习，有能流利背诵的就赏金一千。此后，《声明论》就在后世师徒相授，广为传习。因为大师波你尼仙的功绩，数百年后，大唐玄奘法师西游到达婆罗睹逻城，发现城中大师波你尼仙的雕像还随处可见，而且《声明论》依旧还在流传，城中的婆罗门们也大多极有学问，博通物理，识见非凡。

以一般人的识见，一位著述者能够达到这样的成就，应该心满意足了。然而，极少有人知道，大师波你尼仙晚年的时候，却陷入了无法自拔的恐惧和不安之中。

他并不担心《声明论》的流传和自己死后的名声。因为在他生前，国王早已颁布法令，把《声明论》中的语言和文字作为国家唯一通用的语言和文字。国王还下令，照他的样子，按照真人大小，用石头和铜制造了许多雕像，立在国都，永久纪念。对自己身后不朽，大师波你尼仙拥有足够的自信。大师波你尼仙相信，自己的绝代天才加上大自在天神灵的加持护佑，《声明论》已经穷究了天下各种语言文字和万事万物的玄机和奥妙，足以流传后世。

大师波你尼仙的恐惧来自这么一个秘密：他发现，他正在无可挽回地离开着《声明论》。或者说，是《声明论》正在无可挽回地离开他。随着自己的生命走近黄昏，随着一次又一次的日落日出，随着一天又一天的风吹云过，随着一个又一个早晨鸟儿清脆的啼鸣和傍晚归巢时惆怅的喧嚣，他发现自己早年非凡的视力正在一点一点减弱。这不，眼前《声明论》里那些线条简洁优美、形象鲜活奥妙的文字和符号正在悄然褪色，渐渐模糊，逐渐变成一片黑暗混乱的阴翳或者一片片一无所有的洁白虚空。而更加尴尬的是，他发现自己早年天才的记忆力正在迅速消逝，《声明论》里那么多音韵谐调、含义简洁而又深邃的优美文句，正像一片片艳丽无比的花瓣，在他记忆的沃土里枯萎凋零，随风而逝，杳然无迹，终至丝毫不可寻觅。而与此同时，能够背诵、书写、精通《声明论》的人却越来越多。他沮丧地发现，《声明论》正在成为别人的事情，而他这位真正的作者，却注定成为这部伟大著作的局外人。

大师波你尼仙，就在这种深深的恐惧、不安和无可奈何之中走向了自己生命的终点。临终时分，他发愿请求神灵，让他继续转生在婆罗睹逻国，作为一位传习《声明论》的大婆罗门。

……

数百年后，大唐玄奘法师来到婆罗睹逻国，听到了这么一个关于大师波你尼仙的故事：

佛祖如来入灭已近五百年。一位大阿罗汉从迦泾弥逻国游方到婆罗睹逻国，在城中看到一位年老的婆罗门用棍子抽打一个小孩。这位大阿罗汉走上前问："为什么要惩罚这个孩子呢？"老婆罗门说："我让他学习《声明论》，可他习性顽劣愚昧，学业没有丝毫进展！"大阿罗汉听罢，忍不住笑出声来。老婆罗门更加生气："我听说出家人心怀慈悲，你怎么还笑呢?!"大阿罗汉说："说起来有些不可思议，恐怕引起你更深的疑虑。你听说过大师波你尼仙写作《声明论》，以便垂训于世的事情吗？"老婆罗门说："那当然，大师就出生于此地，《声明论》是我们国度的宝藏，如今，他的塑像还在城里随处可见，每个婆罗门都在研习他创下的经典，怎么会没听说过！"

大阿罗汉说："你现在抽打的这个孩子，就是当年的波你尼仙啊！由于他的记忆力超群，太过热衷于世俗中的各种学问和典籍，对各种庞杂的世俗学问津津乐道，对有关生死的至高真理却绝口不提，因为这样，他白白地浪费了自己的智慧，以至于深陷在生死轮回之中，生生世世流转不停。由于他还剩有写作《声明论》的一点功德，如今才转生为你的爱子。可是世俗的典籍文献，无论如何努力精通，也不可能和佛祖的智慧福德相比。就像你的儿子波你尼仙，虽然曾经撰写过《声明论》，可是经过多生流转，如今连他自己都已经无法通晓了。你的爱子，请让他随我出家，出家的功德，是言语无法说完的。"说完，大阿罗汉显示了神通，突然消失不见了。老婆罗门惊愕不已，仰天长叹，把这些事情告诉了大家，听任儿子出家修道。从此，这个城里的人也都皈依了三宝，而写作《声明论》的波你尼仙，后来也成了阿罗汉。

**注**：《语言故事》素材取自《大唐西域记》。

# 护

# 法

　　在修炼这类事情盛行的年代，这只不过是一个平常的故事。这样的年代远去之后，这个故事就更加平常，平常得几近诡异，毫不真实。

　　不真实到了什么地步呢？由于年代太过久远，这个故事到底发生在什么时候、什么地方，故事的主人公到底叫什么名字都湮灭无闻了。真正重要的是，虽然只在极小的范围，但这个故事还在流传。

　　很久很久以前，一位四处游方修炼的隐士（如果你认为他就是这个故事的主角也未尝不可）来到了一个古老的国度——婆罗疤斯国。在婆罗疤斯国的国都附近，有一片静谧的树林，当地人都叫它施鹿林。那片树林为什么叫施鹿林？当然也有一个故事，但却不是这里要讲的故事。

　　再说那位四处游方修炼的隐士，来到了这片幽静的树林，在林中漫步溜达。突然，眼前出现一个美丽的小湖，一下子让他呆住了。那是一个熟悉而又陌生的小湖。熟悉，是因为这个小湖已经在他梦中出现了无数次，甚至可以说，就是梦境中的这个小湖，冥冥中牵引着他的脚步，走过了万水千山，让他一步一步走到这里。陌生，是因为他清楚地知道，此前，他从未来过这个国度、这片树林，也从未见过这个小湖。怎么解释这种熟悉而又陌生的状况呢？和当时每一位信任神灵、热衷修炼、以修炼为人生最高事业的隐士一样，这位隐士只能坚信：这是神灵的谕示，这个小湖就是他开始另一次结庐修炼的地方。于是，这位隐士就在湖边精心搭建了一座茅庐，在这里结庐修行。

遵从神灵的谕示，这位隐士在湖边的茅庐里刻苦修习三年，道行果然大有进境，很快精通了各种法术，明白了神仙变幻万物的奥妙，能轻易地把砖石瓦砾变成金银珠宝，把各种牲畜变成各种人物的形状，当然，他也能把各种人物变成牲畜。然而，这些法术只能驾驭大地上的事物，对天空中风雨云电、星辰日月的阴阳变化，他却无法知晓，无能为力。如果不能够通晓天空中各种事物的奥妙变化，他就只能永远在大地上活动，而不可能成仙，自由来往于天地之间。

隐士知道，继续待在这里，他的境界就不可能再提升。他只能离开湖畔的茅庐，寻找别的地方和别的修炼道路。离开这里之后，他徒劳地漫游多年，一无所获。正在他濒临绝望之际，一个地方又开始在他的梦中反复出现。那是一座巍峨的雪山和雪山上险峻之处的一个幽深山洞。他认为那是神灵的又一个重要谕示。循着梦境的蛛丝马迹，他终于找到了那座雪山和那个山洞，并在山洞的地穴中得到了一本传自远古的仙书。仙书里面记载了一种成仙的秘法，根据神灵的谕示，他相信这是决定自己此生此世是否能够成仙的最后秘法。依据这个秘法，他必须找到一个方圆八十多步的小湖，在湖畔的东方筑起一个方圆一丈的坛场，并让一位勇士手持长刀，站在坛场的东方护持，必须从日落站到日出，纹丝不动，一言不发。而他自己则结跏趺坐，坐在坛场中央，平心静气，收视息听，默诵神咒，第二天日出的时候就能够大功告成，通晓和驾驭天空中各种事物的阴阳变化，成为仙人。

那本仙书里记载了默诵的神秘咒语，但再三强调，这并不是成败的关键，成败的关键是那位守坛的勇士。那位勇士必须相貌奇特，意志坚定，重信守诺。为此，仙书里特地画了那位勇士的肖像，说只有这样的人才能真正担当守坛护法的职责。

得到这本仙书后，隐士继续云游，四处寻访书中所绘的勇士。但寻找数年，都没有找到这样的人物。一天夜里，多年前结庐修行的婆罗疢斯国施鹿林东的那个小湖，又恍惚出现在他的梦中。他恍然大悟，那个小湖不正是方圆八十步吗？那不正是仙书里提到的那个小湖吗？他相信，这是神灵的又一次谕示，自己多年苦寻而不得的那位勇士，应该就在离那里不远的地方。

于是，他又回到了婆罗疢斯国。

一天，他在都城漫游，碰到一个汉子在街上边走边哭。隐士一看，发现他的相貌和仙书里画的一模一样，上前询问他为什么痛哭。汉子说："我从小家贫，长大后卖力为生。五年前遇到一位雇主，对我非常信任，雇我为奴，为期五年，只要不犯过错，期满后就给我非常丰厚的报酬。主人对我很好，我也忠心耿耿，小心谨慎，辛劳勤苦地为他干活，生怕犯一点过错。一晃眼，五年期限就要满了，主人也很满意，没想到就在前几天，我却犯了一个愚蠢的过错，给主人造成很大的损失。主人大怒，把我鞭打一顿，逐出家门，没有给我任何酬劳。辛苦五年，一无所获，我不恨主人，只恨自己干吗那么白痴，竟然在最后时刻犯下那种愚蠢的过错，所以忍不住痛哭。"隐士听后，请他和自己一起到城外的那片树林中，找到林中的那个小湖，发现自己当年结的那个茅庐还在。就在那个茅庐中，隐士施展法术，变出丰盛可口的饭菜请他享用。然后，隐士又请他到湖中沐浴，为他换上崭新漂亮的衣服。临走，隐士又送他五百两黄金，请他不要介意，用完了可以再来取用。

此后，隐士对这位汉子又多次施加恩惠，暗中帮助他和他的家人。汉子心中不安，多次请求效命，都被隐士婉言拒绝。一年后，汉子再次请求效命，隐士才对他说："我四处访求一位勇士为我护法，经过多年辛苦寻找，才有幸遇上你。我对你没有别的恳求，只需要你为我站立一个晚上，不说一句话罢了。"汉子一听，哈哈大笑："就是这样吗？我以为你要买我的性命，我都做好准备了，即使你要我为你去死，我都不会推辞，没想到竟是这么简单的一件事情。我连死都不怕，怎么还怕站立一个晚上不说一句话呢？"

隐士就在小湖边依法设立坛场，占卜吉日，沐浴更衣，静待黄昏到来。黄昏降临，隐士再次叮嘱那位汉子，在日出前千万不能说任何一句话。汉子慎重发誓，如说一句话，愿意以性命相抵。于是，隐士就登坛作法，结跏趺坐，静心观息，默诵神咒。汉子则手持长刀，肃穆站立在坛场的东方。那个夜晚，群星璀璨，除了偶尔掠过的微风和虫子的鸣叫，并没有别的声音。汉子肃立一夜，纹丝不动，一语不发。天狼星爬上天际，眼看天将破晓，隐士就要大功告成，成为通晓宇宙阴阳变化玄奥的仙人，不料，就在日出前一瞬间，木然肃立的汉子却突然发出一声尖厉惊叫："且慢，住手！"

叫声刚落，汉子手中长刀落地，天空中掉下一团烈火，将坛场周围的茅庐和树木点燃，接着又平地刮起一阵狂风，风助火势，火借风威，一会儿就烟火弥漫，势不可当。隐士赶紧从座上跃起，一把拉着依旧呆立的汉子，跳入湖水中躲避。

火势消退后，隐士和汉子从湖水中出来。隐士无比沮丧，问汉子："我不是告诉你不要出声吗？你怎么突然失声惊叫？"

汉子流泪说："我听了你的嘱咐后，站立到夜半时分，都没有什么动静。可到了后半夜，却发生了许多蹊跷的事情。

"刚开始的时候，好像是从树林的东方飘来一阵香风，那风沁人心脾，一会儿，我就开始恍惚，像进入了梦中一样，遇到了许多奇奇怪怪的事情。先是看见从前的那位主人来到我的面前，感谢我为他所做的事情，说我虽然犯了一点过失，给他造成损失，但他还是不该那么对待我，只是当时在气头上，实在忍不住，就那么对待我。他说如今他的气已经消了，请求我的原谅，他愿意补上当初答应给我的报酬。我记着你的嘱托，不敢答话。他以为我依旧在怨恨他，记着被他鞭打一顿的耻辱，就递给我一根鞭子，请求我打还他一顿。我还是不搭理他。他就怨恨起来，怒骂说：'你一个奴才，为何如此高傲，竟敢不搭理我的问话？'我还是不和他搭话。他更加恼怒，以为我是蔑视他，就拔出佩刀，架在我的脖子上说：'狗奴才，你再不答话，我就杀死你！'我记着对你的承诺，还是不和他说话。他连问几遍，我还是不说话，他就挥刀砍在我的脖子上。

"之后，我就感到一阵剧痛，剧痛之后是晕眩，感觉眼前一片黑暗。不久，我就发现自己飘荡在小湖的上空，看见自己的尸身倒在湖畔的坛场边上，从颈项汩汩涌出的鲜血一直流淌到湖水里，而你依然坐在坛场中央念诵咒语，一动不动。我心中一阵悲苦，但想起并没有违背对你的承诺，也就没有什么可悔恨的。

"之后，我的灵魂飘离了小湖、树林，飘进了城边自己的家里，看见自己的老母亲、妻子、儿子和女儿，他们正在黑夜中酣睡。我在空中注视着他们，而他们也开始感觉到有些异样，似乎就要惊醒过来。我很想等他们醒后，和他们告别，说上几句话，但我依然记着对你的承诺，而太阳依然没有升起，所以我就赶紧飘离了家里，在四野和空中漫无目的地随风游荡。不久，我飘到了一座灯火繁华的都市，它好像是婆罗疮斯国的国都，又好像不是婆罗疮斯国的国都。但总之，那是一座我在夜里从所未见的繁华都市。缥缈的空中，似乎有个声音呼唤和指引着我，降落在都市里一座无比宽敞宏伟的府第之中。我飘进了一间装饰精致华丽的屋子，看见一对容颜华美的青年男女正在床上行云雨交媾之事。我很尴尬，觉得偷看这样的事情真是不好意思，正想离开，却感觉被人从后面用沉重的器物猛击了一下，于是，再次涌过一阵剧痛，我又陷入了昏沉。

"醒来的时候，却是暖洋洋的，很舒服，我发现自己已经躺在那位年轻女子的肚子里。十个月之后，我又经历了一阵难以言喻的疼痛，然后就降生在那对夫妇家里。那是一个无比富有的贵族之家，我的父母对我也无比宠爱。但我依旧记着对你的承诺，所以，出生的时候我就忍着疼痛没有哭出声来。出生之后，我依旧不哭不说不笑，除了吮吸母亲乳汁的时候，我的喉咙里几乎不发出任何声音。父母对此非常忧虑，他们用尽一切办法逗我说笑，但都没有任何作用。稍稍长大，父母亲就聘请了一位当地德高望重、学问渊博的老师到家里教授我的学业。老师对我循循善诱，谆谆教导，而我也异常聪慧，任何学问，一点就通。老师很喜欢我，很想让我开口说话，和他交流心得，但我依旧记着对你的承诺，无论如何都不说话，只是用点头、摇头示意，或者用眼神、表情交流，或者用纸笔和他谈话。转眼，我就长大成人。父母为我订了一门门当户对的亲事，那位即将和我成婚的女子知书识礼，貌美如花，在城里远近闻名。新婚之夜，那位女子问我对她是否满意，我只是点头示意。婚后，我们相敬如宾，如胶似漆，情浓意厚。她很想和我说话，但我记着对你的承诺，无论如何都不和她说话。几年后，我们已经有了三儿两女，他们都聪慧可爱，很想和父亲说话，但我记着对你的承诺，依旧对他们保持沉默。又过了一些年，无比宠爱我的父亲和母亲相继病逝。他们临终的时候，紧紧拉着我的手，很想听我说句话。但我记着对你的承诺，还是不和他们说话。在他们的葬礼上，我也只是静静流泪，但并不哭出任何声音。

"一转眼，我的儿女们都已经长大了，而我也已经六十三岁，重病在床，行将离开人世。临终的那个夜晚，妻子守在我的床头，叫我和她说句话。但我依旧记着对你的承诺，无论如何也不和她说一句话。妻子说：'我知道你会说话，但你为什么不说话？一生一世和你在一起，如今你就要离开人世，无论如何，请你和我说上一句话！'那个时刻，我百感交集，很想和她说上一句话。不，不是一句，那个时刻，我很想把一生想说而没有说的话都和她说个够。

但我依旧记着对你的承诺，只好一语不发。她看我还是不说话，就把我们五岁的小儿子拉到床前，手持短刀，威逼我说：'和你一起度过一生，你竟然忍心一句话都不和我说，如今你就要离开人世，和我阴阳相隔，轮回难测，也不知道来生能否与你相聚，我只要你和我说上一句话，别无他求。你若一句话都不和我说，那我活着还有什么意思？你再不和我说句话，我就把我们的儿子一刀杀死，然后再杀死自己，和你一起走向轮回！'那个时刻，我们五岁的儿子吓得哇哇大哭，妻子也哇哇大哭，但并不放下手中的短刀。我知道妻子性格刚烈，说出来的事情就一定会做。但我依旧记着对你的承诺，还是不和她说话。妻子绝望地看了我一眼，泪如雨下，突然挥刀刺下。那时，我心念电转，心想已经过了六十三年，婆罗疤斯国施鹿林中的小湖边都不知道已经经历了多少个日落日出，你应该早已成仙登天了吧。于是，就在妻子挥刀而落的瞬间，我忍不住大叫一声：'且慢，住手！'"

……

隐士听罢，怅然叹息说："原来如此！难为你了，请你不要责怪自己。想不到，你在一夜之间经历了几番爱恨生死。这是魔鬼在故意阻挠，看来是我的心中爱欲未断，此生此世却在妄想成仙。我心中爱欲未断，却想让人替我了断，这本来就是痴心妄想。如果我是梦中的你，为你护法，也会和你一样在最后一刻对妻子大喝一声'且慢，住手'！"说完，隐士离开了那个林中的小湖，跟随着梦中新的神谕，继续云游。

**注**：《护法》故事原型，来自《大唐西域记》。

# 唐太宗面前的玄奘西游记

"弭秣货国，方圆四五百里，躺在平原之中，国土狭长，南北长，东西窄。从这里往北走，就可到达劫布旦那国……劫布旦那国，方圆一千四五百里，东西长，南北窄。从这个国家往西走三百多里，到达屈霜你迦国……屈霜你迦国，方圆一千四五百里，东西狭窄，南北长。从这个国家往西走二百多里，到达喝捍国……喝捍国，方圆一千多里，从这个国家往西走，到达捕喝国……捕喝国……伐地国……达货利习弥迦国……"

贞观二十二年（648）的春天，长安东郊的翠微宫，玄奘和尚接受大唐皇帝李世民的召对，向他讲述西游所见的国家。

玄奘的讲述被李世民打断。

李世民说："和尚，你这不是戏弄朕吗？你讲的这些国家只有一个个名字、方圆，以及一片国土到另外一片国土的里程。这些国家没有历史、王政、军事、人民、地质、风俗、物产，只有一堆干巴巴的名字和数字。你向朕讲述这些国家，难道就是向朕炫耀在十七年的旅途上收集的这些无可计数、行尸走肉一般的名字吗？"

玄奘说："陛下说得没错，贫僧和你讲的这些国家，只有一个个行尸走肉般的名字、大略的方圆，以及从一片国土到另外一片国土的距离。贫僧没有讲述这些国家的王政、历史、军事、人民、地质、风俗、物产，那是因为这些国家的王政、历史、军事、人民、地质、风俗、物产都大约相似，如果贫僧一一向陛下仔细讲述，那会更加冗长啰唆，有辱陛下圣听。不过，既然陛下无法忍受这样的讲述，贫僧将遵从陛下的愿望，改变讲述方式。"

李世民说："和尚，朕知道你总是话中有话，不会无缘无故地向我如此讲述刚才这些国家吧？"

玄奘说："陛下圣明！贫僧刚才向你讲述这些国土的时候，确实有些心不在焉，贫僧其实并不想向你讲述这些国土。"

李世民说："和尚此话怎讲？"

玄奘说："贫僧给你讲述这些国家的时候，心底浮现出来的并不是关于这些国家的记忆，而是经过这些国家的旅途上的记忆。但这样的记忆，很难描述。"

李世民说："和尚，无妨，姑且说之。"

玄奘说："大漠孤烟，披星戴月，长河落日，晓行夜宿，这是贫僧在旅途上最为日常的生活。一片接着一片的沙漠，一片接着一片的戈壁，一片接着一片的绿洲，一座接着一座的雪山，这是贫僧在旅途上最为常见的景物。在贫僧的旅途上，有大片荒无人烟之地。大多数时候，贫僧就在这些荒无人烟之地孤独行走，头顶只有天穹、耀日，或者阴云、雨雪，身边只有沙石、泥土、草木、飞鸟、野兽，或者一无所有的空寂和虚无。多数时候，我并不知道这些地方是哪个国家的国土，只知道它们都是婆娑世界的国土。偶尔碰到一队骑着骆驼、满载货物的旅人，他们大多是穿行于各个国家的商人和使者团队。大家问候寒暄，有时用互相能够听懂的语言，有时用互相不能听懂的语言。他们有时知道脚下的国土属于哪一个王国的地界，有时却对此一片茫然。因为一片国土与另外一片国土之间，有时候并没有明确的界限。许多荒无人烟之地，也从来就没有归属过哪一个国家。贫僧向你讲述的那些国家的名字，大多是那个国家王都的名字。他们用王都的名字，代表那方圆数百里、上千里的地区。但在一个王都和另外一个王都之间的数百里、上千里的国土之间，有许多归属模糊甚至毫无归属之地。从一个王都到另外一个王都，从一个国家到达另外一个国家，我往往要在旅途上跋涉数百里，有时上千里。这往往会耗费我十数日、数十日、数月、十数月的光阴。终于到达一个国家，或者准确地讲，是一个王都的时候，面对着车水马龙、贩夫走卒的热闹繁华和楼阁巍峨、仪态庄严的王家气象，你会觉得，和眼前真实具体的一切相比，王都或者王国的名字所代表的那一片方圆数百、上千、数千里的国土，只不过是一个虚幻、缥缈而无端的影子。有时，在不知道属于哪一个王国的荒无人迹的旅途上跋涉，和身边的一望无际的流沙、肃穆耸立的雪山、偶尔掠过天空的飞鸟相比，远在百里、千里之外的某个王都，名义上控制这一片国土的某个王都和王国的名字，只不过是一个海市蜃楼般的幻影，梦幻而空茫。这就像一个旅人在大海上行船，他日常所见的就是无穷无尽的海面和天空，以及海上的飞鸟和海中偶尔腾跃而起的鱼龙。航行多日，他才会在海天之际浮现而出的某个孤岛或者港口上靠岸。在港口或者孤岛上寄留数日，他又接着向大海航行。如今，这个在大海上航行归来的旅人，将向陛下讲述他所经历的行程。他在向你讲述港口和孤岛的时候，觉得港口和孤岛是不真实的，因为这个时候他心里涌进了大海的无穷无尽的场景，这些蜂拥而来的大海的无穷无尽的场景，冲决了他对所讲述的港口和孤岛的信心。就像那些贫僧所经历的纷至沓来的旅途上的场景和细节，冲决了刚才贫僧给陛下描述的那些国家的信心。实际上，不瞒陛下，我所讲述的和即将讲述的那些国家，贫僧怀疑它们从来就没有存在过。"

# 翠微宫

　　自诞生以来，长安郊外的翠微宫就对帝王和诗人呈现出两副截然不同的面孔。

　　贞观二十一年（647），朝臣们看到东征朝鲜归来的李世民性情大变，心情沮丧。他们以为是大军在朝鲜的溃败阻碍了陛下对世界的进军，打击了他的孤傲和自信。但李世民心里明白，其实这次战胜他的不是朝鲜人，而是时间。在进军朝鲜之前，他的身体已经微感不适，征服世界的激情已经开始消退。他以为是太过熟悉的宫禁和长安，以及长安外围那些已经被他征服的帝国的部分腐蚀了他的身体和激情。就像一个嗜血的人，只有鲜血才能让他重新焕发活力；他渴望着征服新的对手，为帝国增加新的版图。他以为只要离开长安，离开他亲手缔造的大唐王朝，在新的对手和陌生国度的土地上，他就能够像以往一样重新找回青年时代的无限精力和澎湃激情。然而，离开长安和大唐帝国的版图，踏入辽东和朝鲜的陌生土地后，他却沮丧地发现：精力和激情并没有如愿回到他的身上。相反，疲惫、倦怠、无聊、沮丧、心灰意懒……这些莫名的感觉在他的身体和内心里肆意蔓延。战场上的挫折只是表面的，这些感觉的蔓延才是他决定草草收场的原因。

回到长安时正是溽夏。长安暑气逼人，他再也无法忍受宫禁内的烦热。他知道，是离开宫禁的时候了。作为天子，臣子们随时都在对他进行察言观色。因此，他刚有离开宫禁的心意，就有一群大臣们上奏请求将长安郊外的太和宫扩建为翠微宫，作为他来年避暑的行宫。他自然准奏，由将作大臣阎立德负责扩大规模，主持设计和修建。

这是一座让阎立德大师心里颇为不快的宫殿，因为他明知道这座宫殿极有可能成为他诸多精美作品中最为短命的，但却又不得不小心翼翼、精心仔细地进行创作的一个作品。因为这个作品是大唐皇帝李世民的行宫，并且是最后一个行宫。

贞观二十二年（648）翠微宫成，北门称云霞门，朝殿曰翠微殿，寝殿称含风殿。四月，唐太宗李世民搬进了长安郊外刚刚落成的翠微宫。

住进翠微宫的李世民依旧召对大臣，处理着朝政。但对这样的工作，他早已心不在焉。实际上，和亲近大臣们相比，他对和尚玄奘法师的召对更为频繁。从贞观二十二年（648）四月到贞观二十三年（649）四月，整整一年的时间里，李世民大多数时间都住在翠微宫，其间多次召对玄奘法师。

最后一次召对，玄奘法师给李世民仔细讲解了自己刚刚译完的《般若波罗蜜多心经》："观自在菩萨，行深般若波罗蜜多时，照见五蕴皆空，度一切苦厄。舍利子，色不异空，空不异色，色即是空，空即是色。受想行识，亦复如是。舍利子，是诸法空相，不生不灭，不垢不净，不增不减。是故空中无色，无受想行识，无眼耳鼻舌身意，无色声香味触法，无眼界，乃至无意识界，无无明，亦无无明尽。乃至无老死，亦无老死尽。无苦集灭道，无智亦无得，以无所得故。菩提萨埵，依般若波罗蜜多故。心无挂碍，故无有恐怖……"

讲完，玄奘法师离开了翠微宫。三天后，李世民驾崩。玄奘法师从此专注于他的翻译事业，再也没有到过翠微宫。

翠微宫是时间最后击败一代雄主李世民的地方，所以，对以后的帝王们来说，这里就成为一个他们极力逃避的阴森之地。无论是李世民的儿子高宗李治还是唐朝的任何一位帝王，以及后来王朝的任何一位帝王，都没有再涉足过翠微宫。他们不仅不敢涉足翠微宫，甚至连想都不敢多想一下翠微宫，真正枉费了阎立德大师倾尽心血精心雕琢的亭台楼阁几十重，更枉费了比阎立德大师伟大一万倍的造化大师在这里精心造作的无限山光和月影。因为再无帝王敢于涉足此地，阎立德大师精心雕琢的翠微宫迅速破败下去，不过数十年，就湮没在一片荒烟落照之中。

荒烟落照之中的翠微宫迅速变成了翠微寺，翠微寺又迅速变成了只有几块断碣残碑的荒野——翠微山中的一小片遗址。

但在帝王们面前呈现出阴森面孔的翠微宫（以及它后来在时光里的变体）却成为诗人们喜爱光顾的一个乐园。

诗人李白写下《答长安崔少府叔封游终南翠微寺太宗皇帝金沙泉见寄》。诗曰：

初登翠微岭，复憩金沙泉。

践苔朝霜滑，弄波夕月圆。

饮彼石下流，结萝宿溪烟。

鼎湖梦渌水，龙驾空茫然。

骊山游人作《题故翠微宫》：

翠微寺本翠微宫，楼阁亭台几十重。

天子不来僧又去，樵夫时倒一株松。

诗人赵秉文留下《翠微寺》：

南山深锁翠微宫，寺在山南十里东。

祇怪朝来衫袖湿，不知身在翠微中。

诗人朱诚泳写诗云：

翠微深处翠微宫，避暑当年说太宗。

吊古不须增感慨，凭高聊复得从容。

千章古木苍烟合，数尺残碑碧藓封。

独喜满前吟兴好，参天万朵玉芙蓉。

清代诗僧灵感寺长老慧禅和尚曾在这里写下《闲嚼集·黄谷寻翠微寺遗迹》诗：

金沙河连金沙泉，几户人家几炊烟。

青苔埋没柱石基，牧儿时拾残玉环。

忽见旌旗满山谷，凝看金阙高九天。

一代君王今何处，依稀绿水伴青山。

……

诗人们对翠微宫并不感到恐惧，那是因为他们没有一位帝王那样的雄心——战胜时间，也没有一位帝王那样的恐惧——不得不在时间面前放弃占有的整个天下。

因为没有这样的雄心和恐惧，翠微宫、时间和江山就在诗人们面前呈现出比在帝王面前亲切温暖得多的面孔。这个面孔充满美好的细节，每一丝肌肤的纹理、色泽和质地都值得悉心玩味和抚摸。

# 镜

# 湖

    天宝三载（744）春，同样的梦境每天晚上都会出现在八十五岁高龄的贺知章梦里，那就是故乡越州山阴老宅门前镜湖里荡漾无端、游移不定的波光云影。贺知章知道，那是来自另外一个世界的暗示：他得赶紧回家，一天也不能再耽搁了。为此，他接连上疏，请求告老还乡。

    疏准。离开京师长安时，宫廷内，唐玄宗赐诗；宫廷外，皇太子及百官好友为其饯行。礼仪的尊崇无以复加，这是三十五岁初至京城的青年贺知章所能想象的离开京城时对自己的送别仪式隆重华美的极致。但这样令无数人艳羡的极致，对此时的贺知章却已失去意义。觥筹交错的灯光笑语里，一个贺知章和以往一样，清晰准确地分辨出每一张脸孔，简短而得体地和每一张嘴巴应对。但另外一个贺知章却在昏昏欲睡，镜湖的波光云影又开始在眼前闪烁，把眼前虚浮华丽的情景撕成毫不连贯的碎片……

    镜湖畔的村庄终于遥遥在望。

    八十五岁高龄的贺知章心脏突然剧烈跳动。

他在亲人的搀扶下，下了华丽的马车。他知道，离开村庄的时候是步行出村的，出了村口，他才跨进马车，向远方进发。如今，生命的轨迹仿佛画了一个圆，他又从远方回到梦中的村庄。他知道，他只能徒步进村，只有这样，那个生命的圆形轨迹才能画上完美的最后一笔。

走向村庄的途中，村庄里的人一个个经过眼前，但没有一个是认识的。他急切地盼着一个熟悉的人出现，结果总是失望。碰到第七个人的时候，他终于失去耐心，开口询问。还好，鬓毛已衰而乡音未改，村人还能听懂他问些什么。但他问到的几个人，却都早已过世。这也难怪，都怪他活得太长，又不早些回家，那些童年、少年时认得的玩伴和朋友，很难有谁如他一般活得那么长久。

村口，一群儿童围上来。村里可从来没有出现过穿着如此奇怪而华丽的老头。对了，还有他后面的马车和那些随行的人，他们的衣饰行头也是前所未见的。贺知章刚想询问你们是谁家的孩子，可是，他八十五岁的嘴巴没有孩子们快，还没等他的话音出口，几个孩子已经叽叽喳喳地笑着问开了："老爷爷，你是谁？你是哪里来的客人啊？"

是啊，我是谁？我是哪里来的客人啊？！

孩子们的问话，一下子让贺知章陷入沉思。

孩子们无心的问话提醒他，他已经成了来自远方的陌生客人。在京城的时候，他以为那里不是归宿，他只是众多从故乡远道而来寻梦的一名倦客，即使美梦如期实现，眼前的万千繁华也不过是过眼云烟的一场梦境，总难令人踏实。因此，他必须回到故乡，只有那里才是他唯一的归宿。但在如期踏入故乡的一瞬间，他却沮丧地发现：眼前的故乡，似乎只有陌生。那么，哪里才是真正的故乡呢？

一个人，到底有没有真正的故乡？故乡，是否永远只能存在于梦境之中呢？还是一个人，故意制造了一个个关于故乡的梦境？还是一个个关于故乡的梦境，故意制造了其中的一个个人？

这些问题，让八十五岁高龄的他百思不得其解，在心里变成了《回乡偶书》的第一首诗歌：

少小离家老大回，乡音无改鬓毛衰。
儿童相见不相识，笑问客从何处来。

生性豁达的他并不乐意囚禁于这些问题之中。所以，他踏进村庄，来到镜湖畔的老宅前。他发现，老宅已非，而湖水依然。

他终于找到了故乡熟悉的事物。他得用这样的事物聊以自慰。于是，他写下了《回乡偶书》的第二首诗歌：

离别家乡岁月多，近来人事半消磨。
唯有门前镜湖水，春风不改旧时波。

他把自己的老宅改成道观，名千秋观。他要在观中，观千秋不变的镜湖水。但这样的镜湖水，他只观了几个月。而后，他就进入了另一个梦境，一个永远无人能够得知其详的梦境。

短篇小说

# 皇帝的新装

## 1

　　我要说，安徒生是个浑蛋，他对我进行了一次无耻的污蔑和羞辱。这让我怀疑他的品质，他是不是真如人们广为称道的那样，拥有一颗金子般的童心？我知道，这样的怀疑会犯众怒，人们一定会认为我居心不良，因为那家伙早已先入为主，占据了你们心中那个最为温暖纯净的部分；而我知道，那个部分不容丝毫亵渎，即使我毫无亵渎之意。我冒犯的只是那个进入了你们心中的人，但你们一定会勃然大怒，以为我在冒犯你们自己，你们一定会用诅咒和口水把我淹死，淹死我这个虚荣而愚蠢的国王。但我还是要辩解，那个人是那个人，你们是你们，我指责的是那个人，不是你们，你们别搞乱了其中的逻辑。算了，能和你们扯什么逻辑？要知道，这个世界上，大多数人是毫无逻辑的，即使有逻辑，也是丝毫不讲逻辑的，支配人们的永远不是理性，而是情绪。对了，就是情绪，就是疯狂而混乱的情绪，那种情绪一直支配着你们的肢体和心灵，把世界搞得更加混乱而疯狂。

好了，既然你们如此热爱那个丹麦人，那我也搬出另外一个丹麦人——索伦·克尔凯郭尔，你们，尤其是你们丹麦人引以为傲的哲学家、诗人。你们比我清楚，尽管安徒生这个情绪性的人一直尊敬索伦·克尔凯郭尔，但后者对他，却没有同样的尊敬。这没办法，索伦·克尔凯郭尔是一位情感和理性都极为发达的绅士（即使他常常自诩为无赖），在他眼中，安徒生那浑蛋的脑子是不大够用的，为此，他对安徒生那厮说了不少风凉话。至于他说的那些风凉话，你们如有兴趣，可以自己去查证。我只想说，第一，我绝无杜撰；第二，对安徒生那浑蛋，索伦·克尔凯郭尔差一点就说出了"愚蠢"这个词，只是碍于同为丹麦名人的情面，以及从可能产生的后果考虑（别忘了，他和我一样明白，你们是一群标榜理性而实则没有理性，更不讲理性的家伙），他没有公开而大声地说出这个词。

好了，现在我要以一个国王、以一个受害人的名义大声说出这个词：安徒生那浑蛋，即使真的心地纯正，有一颗金子般的童心，但他的脑子是不够用的，他是一个貌似聪明、实则愚蠢透顶的人！

我要大声说出他的愚蠢，不仅因为他污蔑了我（不管有意还是无意），我有必要澄清自己的名誉，更因为作为一位国王，我深知愚蠢，特别是那种广为传颂的愚蠢的害处——它会像一种思想的瘟疫，让更多的人变得加倍愚蠢。

大家都知道，安徒生讲了我的故事。一个愚蠢而虚荣的皇帝，被两个骗子欺骗，穿上了一套并不存在的新装，在大庭广众之下进行了一次盛大的游行。同时被欺骗的，还有我的大臣和百姓，他们因为担心别人说出自己愚蠢，和我一样假装看到了那一套并不存在的新装。这就是成人世界的游戏，每个人都担心暴露自己的愚蠢，大家就集体装假，玩一种弄假作真的游戏。最后，只有一个孩子，道出了大家都不敢承认的真相：我其实什么也没穿。

从讽刺成人世界弄虚作假、虚伪胆怯的角度，我不得不说，我并不反对安徒生先生讲的这个故事。可是，作为这个故事的主角，我不得不说，这种讽刺是肤浅的，因为它掩盖了一种更为深刻的真相。说句不客气的话，安徒生先生讲的这个故事，不过是捕风捉影——他只是捕捉到了这个故事的表象，而根本无法洞察这个故事的内心。

那么，这个故事的真相到底是怎么回事呢？

那就听我，这个故事的主角——皇帝本人，给你们讲一遍这个故事背后的故事吧！

## 2

从前有一个皇帝……或者换句话说，从前，当我是一个皇帝的时候，喜欢新衣服。我喜欢到了什么程度呢？我喜欢到了每天都要换一套新衣服的地步。不，不是每天，只要有时间，我每天都要换几套新衣服。这一点，安徒生先生讲得没错。虽然现在，我最讨厌的就是衣服，平均每个星期，甚至每个月才换一次衣服。但那时，也就是我当皇帝的时候，虽然说来可笑，可我当时就是那样的，对衣服的兴趣到了痴迷变态的地步。如今，我早已摆脱了那种痴迷，可更多的人，就是我当年那些臣民的后裔们，对衣服的迷恋却到了更加变态的地步：他们中的许多人每天出门之前，面对着柜子里无数的衣服，根本不知道究竟要选择哪一套。

安徒生先生只知道我迷恋新衣服，却不知道我为什么迷恋新衣服。他连这个都没搞清楚，就接着讲下面的故事。所以，我不得不说，他是粗枝大叶的，从一开始就离谱。一个讲故事的人，你讲一个人的故事，尤其是那个人还是故事的主角，你怎么能不搞清楚他的内心，就讲他的故事呢？

我为什么迷恋新衣服？那是因为我明白，我在演戏，我需要戏装。皇帝的衣服和冠冕，就是我的戏装。自从我当了皇帝，我所有的衣服和冠冕都被规定好了，它们只能是皇帝的，都得打上皇帝的印记。比如，什么样的冠冕、什么样的袍子、什么样的条纹、什么样的色彩、什么样的饰带，这些都是有规定的，必须显示出不同于天下臣民的至高无上的尊贵。还有，世界上有许多皇帝，这一个皇帝的衣服必须区别于那一个皇帝的衣服，绝不能乱了套路。比如，东方的皇帝为了显示尊贵，喜欢用黄色的袍子和龙凤的图案来装饰。我的衣服上就不能用那些东西。并且，在我看来，黄色是土里土气的颜色。我的戏装是蔚蓝色的，因为我统治的国度是一个半岛国家，三面临海，我的都城也在大海边上，海的颜色，是我每天都会看到的颜色，也是我最喜欢的颜色。海，宽阔而深邃，一个杰出皇帝的心胸也应该宽阔而深邃，所以，像我这样一位临海国度的皇帝，用大海的色彩来做戏装的底色是再恰当不过的。此外，蓝色也是天空的色彩，用这样的色彩做戏装，还能显示我的权力是来自上天，不可轻易僭越。当然，使用天空的色彩，还有一个用意——显示这个国度应该有一种神圣的信仰。我希望这个国度的臣民，生存的终极目的绝不可局限于大地，而是应有更高的追求——仰望星空。关于这个问题，我想说得再深一些。在我看来，生命最初来自海洋，是一些水生物种。后来，生命不断升级，来到了陆地上。可别以为陆地就是生命的最后归宿，生命的最后归宿应该是星空。所以，我希望在我统治的国度上的臣民，应该有向往星空的理想。只有这样，一个国家的臣民才会保持高尚的理想和信念，不至堕落于鸡零狗碎的庸俗物质主义。说到这个问题，我不得不说，看看现在的国度和民众吧，他们尽管已经知道我们生活的这个星球不是星空中唯一的星球（在我当皇帝的时候，还没有哥白尼和布鲁诺，但我已经开始遐想地球应该并不是唯一巨大的星球，夜空中那些闪烁的星星也许只是上帝用来装饰夜空的花瓣，浩瀚的宇宙中应该还有不少类似地球一样的星球，否则，天堂能安放在哪里呢？难道能安放在地球上某个看不见的地方？），但多数民众的心中并没有星空，更没有上帝和神灵。他们一生孜孜以求的梦想无非是满足自己现世的欲望，并且大多是一些庸俗肤浅的欲望。看看现在的国度和民众，他们竟然把发明了网络和手机的家伙奉为百年难遇的天才和神灵。他们奉这样的家伙为天才和神灵，无非是因为这样的家伙短短数十年间就创造了令人难以置信的财富，这样的创造被奉为人生最大的成功。可在我看来，这种人创造的无非是一种小小的玩具，我一想到全世界每人每天都要耗费大量时间拿着这样的一只玩具摇头晃脑装出一副无比陶醉的样子就感到好笑。有什么办法呢？别说普通民众，就说统治这个世界的人吧，现在的国度里再也没有了拥有远大理想和诗意的皇帝，有的只是一个个被财团和民众的选票绑架了的可笑政客。我得说，他们今日的表演和我当年的表演相比，并没什么高明之处。为了讨观众的欢心，他们尽管更加卖力，但表演却和我当年一样拙劣。甚至，他们比我当年还要拙劣，因为他们所有的表演，目的只有一个——满足财团和民众的庸俗诉求。他们的表演里没有仰望星空的姿势，因为他们得时刻担心不知道从哪个角落里凌空飞来的臭鸡蛋。

但你们知道，臣民的基本追求是庸俗的，这是一种巨大的力量，面对这种力量，一位拥有远大理想的皇帝其实做不了多少事情，我自然也不例外。实际上，在我当皇帝的那个时代，皇帝的权力早已被限制在出席各种仪式和设计自己服装的狭小区域里。也许这么说会让我有点害臊，因为你们知道了，我是个没有多少实权的皇帝。说得不客气一点，我更多的是一个傀儡意义上的皇帝。可话又说回来，在无比庞大的世界上，又有几个人敢说自己不是傀儡呢？即使是那些拥有实权、表面上无比威严风光的皇帝，在时间和历史面前，又有谁敢说自己不是傀儡呢？如果有谁真敢这么说，唯一能够说明的是，这个人比任何人都要愚蠢和无知！所以，在这点上，我并不感到害臊。

我得说，我不仅不感到害臊，还对自己的工作感到满意，虽然我对那些显示皇帝威严的各种仪式没有多少兴趣。我知道那些仪式是用来唬人的，它们无非是这个国度的一场场集体游戏，用来显示这个国度能够给予生活在其中的每一个人以一种独特的优越感。尽管我心里明白这种仪式给予的优越感是虚假的，但我得认真地参与这种游戏，因为我深知，在这些显示我的威严的仪式中，每一个参加的人，都在内心里把自己当成了我。我无法阻止这样的游戏，那是因为每个人内心都需要这种游戏，都需要在这样的游戏里把自己当皇帝。在各种仪式中，人们看到了我的威严——皇帝的威严，但实际上人们看到的是自己内心渴望的威严。不过在这样的游戏中，表演皇帝的人只能有一个，很幸运，也可以说很不幸，我就是被命运选定为那个需要扮演皇帝的人。

刚才我说，很幸运，我被命运选定成了那个需要扮演皇帝、出席各种仪式的人。那是因为这种被选定的命运，让我拥有一种自己喜爱的自由：设计自己新装的自由。很幸运，我认为我这方面还有一点小小的天赋，能在这样的工作里展示自己的这么一点小天赋，确实给我带来了很大的乐趣。

由于万民的景仰，皇帝的新装成了一种最好的时尚语言，也成了我表达自己想法的最好道具。有了这个道具，我可以让自己的想象力任意驰骋。在蔚蓝的底色上，我让皇袍开满各色的花朵，今天是郁金香，明天是玫瑰，后天是百合，再后天是茶花，抑或是来自东方遥远国度的杜鹃。在蔚蓝的底色上，我让一片片金黄的沙漠肆意铺展，有时又让一列列雄伟的群山傲然耸立，无论是沙漠还是群山，都是我心里向往的地方，和大海、天空并无分别。在蔚蓝的底色上，我让皇袍跑满各种陆地的动物，翱翔各种天空的飞鸟，有的由我目睹，而有的纯属想象。在蔚蓝的底色上，我让一种类似某种鲸鱼的巨大船只，航行在大海之中，这种船只前所未见，它只航行在我的皇袍上和我的脑海里。在蔚蓝的底色上，一种巨大的鸟儿——由铁器、铜器和木材等各种材料制作的鸟儿自由飞翔，在这些鸟儿上方，有时是一片璀璨的星空，有时是金碧辉煌、庄严宏伟的天堂。在蔚蓝的底色上，我让一个个星球以某种看不见的轨道庄严排列，其中有的星球上居住着和我的国度里的臣民长相相似的生灵，有的星球上则居住着迥然不同的生灵；在星球与星球之间，有某种神奇的船只按照某种航线飞行，类似我们星球上那些把各个国度、各个大陆连接起来的船只，只是，那种船只上没有风帆，有的只是一种外观奇特的翅膀。在蔚蓝的底色上，我让那些星球、那些看不见的轨道、那些来往星际的船只，以及船只和星球上的各种生命和居民们呈现出一种和谐、庄严、祥和的美感，让人们目睹它们的时候心生浩瀚和温暖……

我让自己设计的各种新装在一个个仪式上出现，许多次出现都能引起一阵不大不小的轰动。人们对我的新装议论纷纷，经常猜不透其中的含义，而我也无法一一解释，因为某些含义，连我自己也不清楚，它们只是出自我神秘的感觉和朦胧的想象。但我知道，通过这些不断出现、花样翻新的新装，我刺激了臣民的想象力。你们知道，无论对一个国度还是一个人，想象力都不可或缺。缺乏了想象力，一个国度和一个人很容易丧失创造的能力和生命的乐趣。正是因为这个原因，我才对自己新装的设计乐此不疲，甚至达到了痴迷的地步。在我看来，这是我作为一位皇帝真正能做的事情（别的事情，有首席大臣和首席大臣下面的大臣们去做，在这点上，我良好地遵守规则，绝不逾越属于我那个时代、那个国度里皇帝的权力边界），并且也是唯一能做好的事情，因而，这也是我真正的职责所在。因此，这绝不像安徒生先生说的那样，我热衷于每天换一次衣服，是出于一种虚荣和奢华。除了深思熟虑的职责之外，这么干，也是我对沉闷无聊生活的对抗——作为一个拥有丰富想象力的人，我不想在连续数天里都穿着同样的衣服，连续数天里都在重复我自己。我真不明白，安徒生先生是一位不错的童话作家，知道想象力的重要性，但在这件事情上，他为什么对我那么缺乏想象力。

当然，作为一位杰出的服装设计师（请原谅我这么自吹自擂，我也许算不上一位好皇帝，但绝对算得上一位优秀的服装设计师），我并非只对设计皇帝的服装感兴趣。但我清楚，我的才华只能用于设计属于皇帝角色的服装，不能轻易僭越自己的职业角色，否则，那就是不务正业，还可能招来意想不到的结果。比如，有位东方的皇帝，和我一样迷恋服装。为此，他迷上唱戏，因为在戏台上，他可以粉墨登场，穿各种各样的服装，扮演各种各样的角色，最后，他的国家灭亡了，自己也被人杀死了。他迷恋服装和各种角色的各种可能性，这本没什么错，可他太过胡闹，过多僭越了自己作为一位皇帝的角色，丧失了一位皇帝应有的威严，为自己招来了杀身之祸。虽然我对服装有着巨大的痴迷和非凡的设计才华，但我不愿设计皇帝服装之外的服装，正是不想逾越作为皇帝的本分，否则，那些依赖服装设计生活的人们可怎么生活啊？他们一定会骂我这个皇帝抢了他们的饭碗。作为皇帝，我生活优越，又有什么必要抢他们的饭碗呢？

*3*

可追逐利益是人的本性，我不想抢别人的饭碗，别人却想来我的饭碗里分上一杯羹。

说实话，那两个骗子（我得承认，开始，我并不知道他们是骗子）来到面前的时候，我心里并不舒服。他们竟想来为我设计一套服装！这说明，有人认为他们的设计比我高明。对此，我是有那么一点不舒服，可也没什么大不了的。我真正担心的是另外一种可能：有些大臣，比如推荐这两位骗子前来的大臣们，表面上是想讨好我，但在他们心里，说不定认为我只是一位迷恋新装、成天胡闹的皇帝。或者，他们对我的设计有所不满，认为别人可能设计得比我好。有什么办法呢？我既无权力，也没有能力让每一位臣民都理解我服装上的语言。而且，我并没说过不许别人参与设计我的新装，这个国度也没这样的法律。再说了，皇帝新装的设计，本质上是一种艺术活动，应该有大海和天空一样广阔开放的空间，在这个空间里，如果有人能够玩得比我好，又有什么不好呢？所以，我不会吝啬一点金钱和财物，而让那两个家伙失去一次展现他们才华的机会。

况且，他们宣称他们能够设计一种奇妙的新装，这种新装穿在人身上，能够辨别一个人是聪明还是愚蠢——如果一个人聪明，就能发现这件新装是何等奇异和美丽；而如果一个人愚蠢，则根本看不见这件新装。

后面的故事你们知道了，我给了他们所需的财物，供他们置办所需的工具和材料。过了一段时间，他们前来说，前面给的财物用光了，因为他们所织的布料非常奇妙，需要不同于一般布料的精贵原料。那种布料，据他们所说，需要用黄金、白银、玉石、珍珠这些珍贵的东西为原料，再经他们用一种只有他们自己才会的奇妙工艺进行提炼和编织。至于是什么样的奇妙工艺，他们秘而不宣，只是许诺衣服做成之后会把那种工艺的秘密告诉我，作为他们对我的再一次奉献与回报。

又过了一段时间，好奇心驱使我前去视察他们的工作。下面的一幕，大家都知道了，我和随行的大臣们看见他们在空荡荡的织布机上忙碌。至于我当时的表情，在安徒生先生笔下当然是无比震惊和尴尬。因为我面对着一个艰难的选择，是坦然地承认自己愚蠢还是厚颜无耻地掩盖自己的愚蠢，脸不红心不跳，撒谎说自己看到了织布机上那子虚乌有的奇妙布料。我理解安徒生先生为什么这样写，因为只有这样写，这个故事才有矛盾冲突，才会产生吸引读者的戏剧性。

可是，我得指明，安徒生先生对我当时表情的描述是不准确的。我根本没有那种震惊和尴尬！事实恰恰相反，当我看到两个骗子的织布机上空无一物的时候，我不动声色地在心里淡淡一笑。如果要说当时我有所犹豫，那也只是在犹豫如何装出一种夸张的表情，用什么样的言辞赞美那种根本不存在的布料。

4

看到织布机上空无一物的时候，我充满震惊和尴尬。安徒生先生这样描写我当时的表情，完全低估了我的智商和品质。因为他没想到在当时的情况下，我有一种摆脱尴尬的方法。即使真有那么一种能够辨别智慧贤愚的奇妙布料，而我又看不见，我也可以坦然承认自己的愚蠢。实际上，我从未在臣民面前标榜过自己是多么有智慧。我知道自己的角色只不过是一个普通的戏剧演员，唯一不那么普通的是我扮演的角色是皇帝。至于说到自己的智商，我承认，我在某一方面是聪明的，比如设计服装。但在别的方面，我承认自己并不那么聪明。或者，换句话说，我认为只有上帝才是真正聪明的，除了上帝之外的人，那点聪明都只是小聪明。所以，我并不害怕承认自己的愚蠢。即使因为这样的承认，我可能失去自己扮演皇帝角色的权利。但我知道并不至于如此——这个国度的法律从来没有规定一个皇帝需要多么聪明。

好了，我不想再绕弯子了，还是直截了当地说吧，不管你信还是不信，从一开始，我就知道那两个家伙是骗子。我怎么知道的呢？从他们说能做那种能够辨别一个人的智慧贤愚的奇妙衣服的时候，我就认定他们一定是骗子。

这么说并非想说明我有多聪明。我已经说过，只有上帝才是真正聪明的。我知道这两个人是骗子，凭借的并不是自己的聪明，而是我当皇帝的那个时代应有的一点常识。我当皇帝的那个时代，人类的知识系统并不像今日这般复杂。该怎么说呢？其实早已经有人说过了。比如作家米兰·昆德拉先生，他在一本书中说过，在歌德的时代，知识并未像现在这样分成了一条条幽深琐碎的隧道。而人类的整个知识系统，就像由许多条隧道交叉构成的巨大迷宫。每一个人，无论他有多么天才，都只能在单一的某一条隧道里行走，而不可能同时在几条隧道里行走。因而，他也不可能认识整个人类知识的全貌。因此，处在所谓的信息时代的当代人类，一个个以为自己是无所不知的"达人"，但这绝不是真相。从整体上看，从他们所能了解的那些鸡零狗碎的知识碎片看，也许是这样的，但对每一个具体的人来说，其实都是被关在某一条隧道里的自以为是的可怜虫，因为面对当今世界无比庞大的整体知识系统，即使给他几个脑袋，穷其一生，他也不可能了解全貌。因此，当今世界，充斥的只是各条隧道里的所谓专业人士，但对世界有整体性了解的人，一个都没有。而在歌德的时代，人类的整体知识系统尚在草创时期，一个人，假如他像歌德那么天才，他就能够了解和掌握每个知识系统，比如哲学、宗教、文学、艺术、物理学、化学、数学、医学、植物学领域里的最新研究成果。所以，他也就可能对世界具有整体性的常识和理解。而我当皇帝的时代，还要在歌德诞生之前。所以，一个人，只要足够聪明，即使没有歌德那样的禀赋，也能对世界具有整体性的常识和理解。

我还得说，在我的时代，多数人都是谦卑的。只要具有高尚品质和一定禀赋的人，都具备这么一个常识：任何人都没有权力鉴别一个人是否真正愚蠢或者真正聪明，因为掌握这个权力的人其实只有一个，那就是上帝。当然，如果一个人真正理解了上帝的旨意，并且具备上帝一般的高贵品质，他也可能具备这样的权力和能力——仅凭一双肉眼，就能断定一个人的智慧贤愚。

当那两个骗子说他们可以做一件能够鉴别一个人智慧贤愚的奇妙衣服的时候，我就断定他们是骗子。理由有两条：第一，以我那个时代纺织业的技术水平（请相信，对此，我是无比在行的），要制造这样的衣服简直不可思议。第二，打死我，我都不相信两个服装设计师或者说两个纺织工人，能够具备上帝般的智慧和品质。

## 5

所以，真相是这样的，我看到那两个骗子在空无一物的织布机上忙碌的时候，只是心里微微一笑：看吧，一个有趣的游戏正在如我预想般进行下去。

是的，这只是一个游戏，由这两个可爱的骗子挑起，又由我深思熟虑地加入，并且必将有更多的人加入的游戏。

你可能难以理解，我为什么要加入这个注定要让自己蒙羞的游戏？

好了，这就是问题的关键。当安徒生先生第一次听说民间流传的这个故事的时候，他脑子里可能闪过这么一个念头：面对那两个骗子，皇帝先生怎么可能那么愚蠢呢？也许不至于吧？他闪过这么一个念头可以理解，毕竟，会有什么人能够轻易相信那种匪夷所思的衣服的存在呢？但他脑海里永远不可能想到，皇帝先生，也就是我，早知道这是一个骗局，但却主动进入了这个骗局，并且心甘情愿地在这个骗局中扮演了一个极其可笑的角色。

安徒生先生不可能想到这一点，是因为他比我缺个心眼——以他的智力，他做梦都不可能想到我甘心受骗的理由。

好了，那我就告诉你们，我甘心受骗，或者说主动加入这个游戏的理由吧。

第一条理由：按照这个国度的惯例，当年夏天，我得参加一次隆重的典礼，纪念这个国度的一百岁生日。别忘了，这是在夏天，炎热的夏天（别以为全球变暖只是今天的事情，我们那个年代，也有人唠叨，怎么上帝让天气越来越热了，这其中的旨意到底是什么?)。按照惯例，典礼进行的那天，我得穿着皇帝的全部行头，全套重达十五公斤的服装和冠冕，出席全部仪式，包括广场上的演讲、对皇家卫队的检阅，以及通过十个街区的徒步游行。整个典礼从开始到完成，持续的时间长达两个半小时，这对任何人都是一种折磨。我早已领教够了这种折磨。几年前，我已经不止一次和大臣们商量，是否能够简化仪式，不用持续那么长的时间? 或者，是否能够简化我的冠冕，不用戴那么沉重的皇冠，不用穿那么厚重的皇袍? 但我的提议，每次都被大臣们否决。他们的理由很简单：这是祖宗的成法，是这个国度最为重要的一种传统，怎么能够轻易修改? 退一步说，即使要修改，也得先修改法律。可是，修改法律是一件极其复杂的事情，并且我知道，有这帮榆木脑瓜的大臣在，要完成这样的法律修改是一件根本不可能的事情。

当然，什么祖宗成法、什么传统、什么法律，全都是表面的事情。实质到底是怎么回事呢? 为什么贵为皇帝，我却做不到这么一点小小的事情?

答案很简单：服装是一种政治，身体是一种政治。而政治的实质，永远都是权力。在出席典礼这件事情上，如果对皇帝应该穿什么样的服装、进行什么样的活动这样的问题发生了争执，那一定是对皇帝本人应该拥有什么样的权力的问题发生了争执。在大臣们看来，我享受着优厚的俸禄，穿着厚重的冠冕出席这样的典礼，是我应尽的责任和义务。如果我能随意修改这样的责任和义务，也就能随意修改别的责任和义务。而每一次类似的修改，都是对权力边界的修改，也是对利益边界的修改。如果任由我随意进行这样的修改，那就必将侵犯他们的权力和利益边界，破坏几百年来好不容易才得来的君主和大臣之间相安无事的权力和利益平衡关系。所以，别小看这帮大臣，他们其实并不是榆木脑袋，在别的事情上他们可以装糊涂（比如由我随意设计皇袍上的图案这类鸡毛蒜皮的事情上），但在涉及他们权力和利益的事情上，他们无比精明，绝不可能轻易让步。所以，在即将到来的夏季典礼上，我注定又得忍受一次身体的折磨。并且，由于是百年庆典，我忍受折磨的时间还得延长。

而骗子的到来，使我发现，我可能逃脱一次这样的折磨，在炎热的夏天，如我梦中曾经出现过的景象那样，在大庭广众之下心安理得地裸体行走，让夏日的凉风，水一样掠过我的每一寸肌肤。

第二条理由：大庭广众之下裸体行走的可能，让我感到一阵莫名的兴奋，也让我对自己平时引以为傲的服装设计才华产生了疑问。

如前所说，我在自己的服装上放任想象力，尽情展示各种匪夷所思的色彩、图案和结构，并用这些东西表达自己内心对世界充满激情的想象和理解。或者换句话说，就用现在时髦的词汇，我原来的设计是象征主义的。我挖空心思地用各种图案、线条、色彩和构图，探索世界存在的可能，揣测人类未来可能存在的状态，费尽心力地索解上帝创造世界的旨意和秘密，以及人类在此旨意和秘密中应该如何存在及其存在的意义。我得说，这样的揣测和探索让我充满激情，但也让我疲惫不堪。甚至，我对自己的所作所为产生了深深的恐惧和困惑。这种深深的恐惧和困惑折磨着我，除了我自己，极少有人能够察觉。

这种深深的恐惧和困惑不难理解。想象一下我那个时代的人类意识存在状态，尤其是想象一下那个时代里最为杰出的头脑你就会明白。比如说吧，那些早期的科学家，他们相信上帝创造了万物，包括人类自身。而上帝的旨意和秘密就凝聚在这些造物之中。上帝高高在上，遥不可及，对每个人来说，直接认识上帝的旨意和秘密是根本不可能的事情。但有一种间接的方法可以认识上帝——那就是认识上帝所创造的事物的秘密。从逻辑上，这不难理解。既然上帝造物的时候，把自己的旨意和秘密凝聚在其中，那认识了造物中的秘密和旨意，岂不就能够间接窥探上帝的真相？为此，许多的杰出之士耗尽毕生精力，有的还搭上了生命的代价，窥探和触摸到了大量造物的秘密和真相。可是，随着窥探的深入，许多人深感不安，陷入深深的恐惧和困惑。这种不安来自两种可能：其一，是否透露了上帝造物过多的秘密？这样的透露是否僭越了人类的权限，是否符合上帝造人的旨意和目的？其二，随着探测的进行，是否会危及上帝的存在？因为越来越多造物秘密的揭示，提示着一种可能——万物极有可能不是上帝创造的。而这样的念头，在我的那个年代，能让一个人不寒而栗，产生深深的震撼和恐惧。

我得说，我不是那样的早期科学家。或许，我能算一个蹩脚的艺术家吧（这个身份比我的皇帝身份要真实得多，因为这个身份发自内心，并不是一种受制于生存需要而不得不进行的拙劣表演）！我在小小的方寸之地耗尽自己的全部想象力，拼命探索一件小小皇袍里所能够折射的世界和人生的存在可能、真相及其意义。但我早已日益怀疑，这样的探索是否是自作聪明？是否可能违背上帝的旨意？是否只不过是徒劳无功的拙劣表演？

我得说，我的怀疑不是没有道理的。因为我所有的探索都在设计一种可能，作为一个人，应该穿什么样的服装，服装应该用什么样的色彩、图案和线条才足以显示一个人的尊贵以及对上帝和世界的谦卑和敬意？可是，对于这个问题，上帝早已明示：人类最得体、最尊贵、最优美、最谦卑的衣服就是自己的裸体和皮肤。如果不是这样，那伊甸园里的亚当和夏娃一开始为什么赤身裸体？而衣服，从最早的那几片树叶开始，就是一种羞耻和原罪的象征物。由此，我不禁怀疑：我所有自以为是的折腾，极有可能只是在增加自己和人类的羞耻和原罪。

## 6

所以，当那两个骗子第一次来到我的面前，说他们能做一种能够鉴别一个人智慧贤愚的奇妙衣服的时候，我的脑海里就闪过了一个游戏，于是我决定加入，配合这两个骗子，玩一出有趣的游戏。

在这个游戏里，我可以逃脱炎炎夏日里负重游行的一次折磨，让自己的身体得到一次空前的、彻底的解放。

在这个游戏里，我将放弃自己烦琐象征主义艺术趣味的服装设计技艺，用自己的裸体进行一次赎罪，向臣民昭示，什么样的服装，才是一个皇帝，也是每一个人在炎炎夏日里最得体、最尊贵、最优美、最谦卑的服装。我知道，在当今这个娱乐化时代里，有人会调侃我是最早的裸体主义者，对此，我只能嗤之以鼻，一笑了之。因为这样的调侃轻易抹杀了我干这件事情的严肃意义（别忘了，我是以自己的尊严为代价干这件事情的，尤其是在我当皇帝的那个年代里，我干的这件事情匪夷所思，不仅会在当时留下话柄，也会在传说和故事里留下话柄）。我得再饶舌一句：我干这件事情，是放下了作为人类一分子的自负和骄傲，回归了一种原初的朴素和谦卑。

在这个游戏里，我将饶有趣味地欣赏人类，尤其是成人世界集体性的虚伪、懦弱和可笑，以及他们在这个前提下进行拙劣表演的非凡天赋。对于这一点，安徒生先生已在故事里进行了生动的描写，我这里就不再饶舌。只不过，我想提醒一下，在这个游戏的整个过程里，我心知肚明。

看到那两个骗子在空荡荡的织布机上忙来忙去，我最初的反应是心里微微一笑。接着的反应是真想笑出声来，因为那两个家伙的表演着实精彩，而旁边的大臣们表情极其惊愕，但又尽力保持装模作样的平静。

以我当时的处境，如果不想进行这样的表演，我完全可以轻易解套。但我不愿意一个原本有趣的游戏就这么无聊地结束，让我的夏日裸体行走计划也跟着泡汤。

而最重要的是，如果这些都泡汤了，我这个皇帝的名声也就在历史的尘埃里泡汤了——我非常清楚，以我那点在皇袍上进行的拙劣的象征主义趣味服装设计游戏，我将迅速被历史和故事剔除，湮没在无数的、在历史中可有可无的无聊平庸皇帝之中，完全等同于一粒可有可无的尘埃。还有什么比创造和进入一个不朽的传说和故事中更能让人永恒的呢？所以，在那个时刻，我不可能因为一句谎言难以出口而失去可能不朽的机会。

所以，我扫了身边的人一眼，开始大声赞美织布机上子虚乌有的布料是如何美丽。下面的情形不用我多说，借安徒生先生的妙笔，你们都知道了，一场精彩而荒诞的喜剧表演没有就此中断，而是在两个骗子的导演下越来越精彩地进行下去。

当然，我得补充一句，我也是重要的导演之一，虽然我同时也是这场喜剧中最重要的演员。

我得说，我在这场表演中得到了极大的乐趣。由于我利用了人性的弱点，我真正当了一回名副其实的皇帝。那些平时精明无比，在涉及他们权力和利益的任何问题上处处和我作对、不停讨价还价的大臣们这次恭顺无比，毫无羞耻地跟着我，亦步亦趋地进行表演。从他们的表演中，从他们对毫不存在的我的新装的不吝词汇的肉麻赞美中，我感到了极大的乐趣，同时也深刻见识了人类虚伪、懦弱的可能限度。在这个过程中，一次又一次，我想笑出声来。但一次又一次，我都忍住了差点脱口而出的笑声。

如你们所知，表演进行到高潮的时候，终于有人笑出声来了。那是一个孩子。他在满世界飞舞地对我的新装的肉麻赞美中脱口而出："可他什么也没穿啊！"

那一刻，我已经走到了第十个街区。舒服惬意的裸体行走就要结束了，我的心里不禁有那么一点点遗憾。对了，听到了那个孩子的笑声后，我当时的表演是如何进行下去的？安徒生先生的说法是，孩子笑出声来之后，街道上有了越来越多的窃窃私语："皇帝确实什么也没穿啊！"而我，听到了这些窃窃私语，但却不得不鼓起勇气，更加卖力地行走下去。而周围的随从们，也跟着更加卖力地招呼着我行走，有许多人更加认真地托着那根本不存在的裙子的边缘。

我确实更加卖力地行走。那是因为我有点遗憾，这样舒服的行走就要结束了。我又得回到每天都被沉重的皇帝的冠冕所严实包裹的庸常岁月。今后，在炎炎夏日，在大街上，或者在海滩、在田野光明正大、肆意裸体行走的美好感觉又只能出现在梦中了。

## 7

对了，我得讲讲安徒生先生没有讲出的故事的一些细节。因为你们可能会关心一些细枝末节的问题，比如，那个第一个喊出真相的孩子后来怎么了？再比如，因为裸体行走这样的荒诞之举，我会不会丢掉自己皇帝的宝座？再比如，那两个骗子的结局后来怎么样了？

第一个问题的回答如下：

那个孩子，我让手下找到了他的父母。那一刻，他的父母吓得拼命发抖，拼命否认自己的孩子说过这样的话。可让他们没想到的是，我给他们的却是一大笔赏赐。

第二个问题的回答如下：

那次快乐的裸体行走之后，我并没有失去自己的皇位，恰恰相反，我还巩固了自己的皇位，并且借此对大臣们进行了一次羞辱。

故事还得从那两个骗子到来之时说起。第一次召见他们之后，我就知道他们是骗子，但我并没把他们戳穿。第二天晚上，我又对他们进行了第二次召见，当然了，这次召见是秘密进行的，只有一两位绝对值得信任的贴身随从知道此事。

这次召见中，我直截了当戳穿了他们的把戏，并且威胁要把他们秘密处决（如果公开处决，得涉及一大堆法律程序问题，我可没这么傻，必要的时候也得来点黑社会的手段，这种手段，许多皇帝都是运用娴熟的，我自然也不例外）。

他们吓得发抖，不停恳求我的宽恕。

我当然宽恕了他们，但宽恕的条件让他们大为意外。我宽恕他们的条件就是让他们继续把戏演下去。为了彻底打消他们的疑虑，能够放心演戏，我甚至还和他们签署了秘密协议，答应他们，只要好好演戏，不仅不追究他们，还会给他们非常丰厚的报酬。

他们非常乐意地签署了协议，之后又非常娴熟而卖力地进行了表演。当然了，我不得不说，他们是绝对优秀的骗子。因为有这样的可能，他们是杰出的心理学大师，很好地洞悉了人类的内心，包括我的内心。极有这种可能，他们一开始就明白我可能洞悉了他们的把戏。但他们又明白，即使我洞悉了他们的把戏，也乐意接受欺骗，各得其所，联手演出一场精彩的好戏。至少我相信他们是明白这点的，不然，他们不敢拿自己的脑袋开玩笑。毕竟，他们要骗的人可是皇帝，并且是像我这样的皇帝。当然了，虽然我明白，但这只是一种推测，人的内心是一个迷宫，有的你能够推测，有的你根本没法推测，他们具体怎么想，我并不敢轻易下断语。或许，以这两个骗子的角度讲一遍这个故事，能够回答你更多的疑问。但在这里，我就不胡扯他们了。我只能简单告诉你，表演结束之后，他们得到了我许诺的财物，满意离去，但却再也不能跨进这个国度半步，因为这也是我和他们的协议里的条款，假如他们再进入我的国度，我将以间谍罪将他们绞死。之所以有这么一个条款，是因为我虽然尊敬他们的智慧，但却鄙薄他们的为人——他们毕竟是骗子，有那么好的头脑，却不用来干正事，真是辜负了上帝赋予他们的天赋。

当然了，话又说回来，也许他们的天赋本来就不是上帝赋予的。他们或许属于另一种神灵的眷属——撒旦的眷属。我主宽恕！我这是和魔鬼做了一笔交易，并且是一笔友好的交易。这么想，也让我对放走他们，不对他们进行任何惩罚而感到一丝安慰：第一，我得尊重自己的承诺，即使是对撒旦的承诺；第二，既然他们是撒旦，那你想对他们进行惩罚就毫无意义，因为他们总有办法脱身。

第三个问题毫无悬念：我依旧是皇帝。因为带领着大臣对那两位骗子的工作进行了第一次视察之后，我就对大臣们进行了一次甄别：每个人都得在一份文件上签署姓名，并且回答自己是否看得见那件正在制作中的新装。因为惧怕别人说自己愚蠢，他们每个人都签名说自己看得见那件制作中的新装。当然了，我也签名说自己看得见那件新装。但你清楚，因为有我和骗子在前面签署的那个秘密文件，只要出示那份文件，我就能够在事后证明自己一开始就知道这是一个游戏和骗局，并且是由我导演的游戏和骗局。既然这帮榆木脑袋的大臣们天天拿法律、逻辑和文件折腾我，那我也要狠狠让他们见识一下什么是法律、逻辑和文件。

因此，在那次盛大的百年典礼结束之后，我召开了一次严格限制范围的内阁会议。我拿出了以上两份文件，向大臣们解释了事件的真相，把他们狠狠羞辱了一顿，并且提出了自己的要求：从此之后，皇帝穿什么样的冠冕，出席任何典礼的具体方式，都由皇帝在法定预算的范围内说了算。否则，我就会把整个事件的真相和这两份文件向全体臣民公布。

　　事情的结局当然是我如愿以偿，再也不用在炎炎夏日里穿着那么厚重烦琐的冠冕出席典礼。

　　当然了，这些故事的细节，安徒生先生根本没提，因为他根本就一无所知。但我对他并不抱怨，毕竟，这些真相和细节超出了他的想象力。而他，只是一位写儿童童话的作家，让他写成人世界的童话，毕竟有点强人所难。此外，在讲完这个故事之后，我得收回我前面那些对安徒生先生不那么恭敬的话。我得承认，这是为了讲述这个故事所必需的噱头，无论是作为曾经的皇帝还是今日的平民，我对安徒生先生其实都心存敬仰。毕竟，是他的妙笔，改造了我所制造的那个民间传说，让它变成一个能够登上大雅之堂的童话故事，而这，也让我曾经的皇帝生涯能够得到更为久远的流传。毕竟，我也和他一样，讨厌老谋深算、虚伪奸诈的成人世界，希望自己像这个故事中的那个孩子一样，面对充斥世界的虚伪和谎言，敢于畅快淋漓地大声发笑，中气十足地喊出如此动人的话语："可他什么也没穿啊！"

# 斯里兰卡

贞观二十二年（648）夏，在翠微宫避暑的唐太宗李世民一面处理政事，一面频繁召对玄奘法师，询问各种关于生死的问题，以及法师游历西天的故事。

关于今日的斯里兰卡国，玄奘法师这么对唐太宗李世民讲：

陛下，很遗憾，那些年里，我游历了大大小小上百个王国，可是那个叫僧伽罗国或者狮子国的王国，我却没能抵达。这都是因为隔着大海，我从北天竺出发，一路南行，抵达南天竺秣罗矩吒国海边的时候，时机不巧，错过了大船出海的季节，只能站在海边，隔着无边的波涛和云朵，朝那个海中的王国遥遥张望。是的，陛下，这当然有些遗憾。那个海中的王国，也是佛光普照之国，我很想沿着东晋法显和尚两百多年前的行迹，到那个王国逗留些时日。或许，我还能如法显和尚一样，从那个王国乘船出海，沿着佛法东传的海路回国，那样就能节省花在路上的许多光阴，用来翻译带回的佛经。不过，陛下，我并不打算从海路回国。当初从大唐西行，路过高昌国，我曾答应高昌国王，回程一定原路返回，再在那里讲经说法。从高昌国出发，一路上又经过许多王国，结识许多国王，答应他们回程时一定经过原路，再为他们说法。佛家不打诳语，既然答应他们，贫僧必定信守承诺。再说，若非他们襄助，我不可能完成西行游历，这就如今日若没有陛下的襄助，我不可能完成那些佛经的翻译。陛下，还是回到那个海中的王国吧，我虽不打算从那个王国乘船回国，但还是想去那里看看。不是为看那里的风景，而是为了那里的佛法。天竺是佛法龙兴之地，和那里的高僧谈法论道是我在天竺最快乐的事情。我想到那个海中的王国看看，就是为了遇到那里的高僧，看他们能否消融我对佛法未尽的疑惑。是的，陛下，我未能抵达那个王国，但后来的事情证明，这算不上什么遗憾。离开南天竺秣罗矩吒国遥望那个海中之国的海滨之后，我折而向西，游历了中天竺的几个王国，在其中一个王国里，遇到了来自那个海中之国的数位高僧。据说，他们已经是那个海中之国最杰出的僧人，在他们的国度，已经没人能和他们辩论。为了更加深入地了解佛法，他们渡海来到天竺。他们和我辩论，但没人是我的对手。由此，我知道没到那个王国，对我没有多少遗憾。可是，陛下，这也恰恰是我最大的遗憾之处！我是带着疑惑到天竺求法的。可是到了天竺之后，经过在那烂陀寺跟随戒贤法师数年的学习，我通晓了《瑜伽师地论》和许多别的梵文经典，代表那烂陀寺和许多来自天竺各地的高僧、外道论战，多年时间，没有遇到一位旗鼓相当的对手。陛下，你知道，这可不是什么好事。当我带着无比的敬畏和景仰抵达西天的时候，却发现西天的佛法已是落日黄昏，所到之处尽是夕阳晚照，只剩一片佛法兴盛时代残留下来的废墟。整个天竺，只有一座那烂陀寺气象尚存，勉强维持着佛祖的正法，可到我启程回大唐，离开天竺的时候，却发现连那烂陀寺也变成一片废墟了，那片废墟之上行走的再也不是僧人，而是阳光下徜徉吃草的牛羊。而比一座寺庙的毁弃更严重的是高僧的凋零，因为只有他们，才是传承佛祖正法最重要的依赖。抵达秅罗矩吒国海滨，遥望那个海中之国的时候，我曾残存一丝梦想，希望那个王国中能有超过我的高僧住持，继续传承佛祖的正法。可后来的经历，消灭了我对天竺佛法尚存的最后一丝念想。要说我对那个海中之国有什么遗憾，这就是最大的遗憾！可这样的遗憾是没办法弥补的。或许，这样的遗憾只是一个早该放下的妄念，佛法本身在天竺行将消亡的命运只是印证着诸行无常、诸法无我的佛法道理。

是的，陛下，我没能抵达那个海中之国，没能看到那个王国的风景。可是，陛下，或许我该和你说说那座山，就是我站在它的绝顶，隔海遥望那个海中之国的那座山的风景。那座雄踞海滨的高山名叫布呾洛迦山。布呾洛迦山上接高天，下临苍海，山势雄伟，一个人登临山顶，胸中油然而生俯仰宇宙的气势。是的，陛下，我知道，这样的海滨高山陛下曾经登临过。陛下前年征讨辽东，曾经登临魏武帝曹操五百多年前登临过的碣石山，在那里吟诵过曹孟德五百年前在那儿吟诵过的诗篇。可是，陛下，登临布呾洛迦山和登临碣石山的感觉完全不同。碣石山为苦寒之地，寒风凛冽，一个人登临绝顶，会痛感人生苦短，若不纵马挥鞭，逐鹿江湖，建立功业，便会沦落下尘，苦不堪言，虚度此生。但布呾洛迦山为温暖富庶之地，万物繁盛，风光如画，如天造地设的人间仙境，一个人到了那里，除了观赏美景以娱此生，似乎想不起什么逐鹿天下、建功立业的事情。布呾洛迦山奇峰秀崒，山林繁茂，碧水环流，香花满路，一路登山，入眼尽是应接不暇的美景。登临绝顶，你会发现，山下仰望的壁立之地竟有一片平坦的天池。天池水澄如镜，边缘部分清可见底，但在池的中心，却幽暗深邃，深不可测。整个天池有如一块巨大的碧玉，整座布呾洛迦山孤峰崛起，仿佛就是为了在云天相接之处供奉这么一块碧玉。天池边有座用大理石砌成的天宫，里面供奉着观音菩萨。相传，当年观音菩萨修炼的时候，常来这里云游居止，故此，就有了那座后人建成的天宫。以前，那里还有僧人结庐修炼，和供奉观音菩萨的天宫为伴。我去的时候，那些结庐的僧人早已不见踪影。不过，天宫里还在供奉着观音菩萨，依然使天池显得无比神奇。池中昼夜不停喷涌而出的清波，流出池外，流成一条碧波荡漾的大河。这条大河不是飞流急湍，笔直而下，而是环绕往复，不急不缓，绕着布呾洛迦山流了二十圈，才流入浩瀚的南海。这条大河的入海口在这座山的东北海畔，那里有座小城，城中有个港口。这个港口，就是通往僧伽罗国或者狮子国的港口。在这个港口，只要祈请观世音菩萨，出发的海船就能乘着布呾洛迦山天池流淌而下的这条大河，平安无事地到达远在南海上千里之外的僧伽罗国或者狮子国。

至于那个海中的僧伽罗国或者狮子国，我虽未能抵达，可是听说它国土周围七千里，国中的都城周围四十里，土地肥沃，气候暑热，花果繁茂，人口繁盛，物产富饶。国民肤色黝黑，性格粗犷峻烈，但却崇信佛法，好学尚德，勤恳良善。

有趣的是，关于僧伽罗国或者狮子国的来历，《贝叶经》典籍里记载了两种截然不同的说法。

第一种记载，分明是女人们讲的故事。

故事里，这个国家叫狮子国，不叫僧伽罗国。

那时，南海深处的狮子国虽然珍宝无数，但却还是鬼神的领地，从无人迹踏足，因而那里的珍宝外人也无从知晓。后来，南印度的一位国王把公主嫁往邻国，出嫁的路上，经过一片深山，路边突然跳出一只无比威猛的狮子，猛扑而来，吓得侍卫们扔下公主的乘舆，落荒而逃。面对威猛的狮子，公主心想，这回必定命丧狮口了。可是，张着血盆大口的狮子面对美丽的公主，一下子愣住了。愣了一会儿，狮子一把抱起公主，放在背上，驮着公主一溜烟跑进深山幽谷之中，再把公主放进一个幽深的山洞里，看守起来。面对无边的丛林、深谷、野兽、鬼怪和那只狮子，公主又是恐惧，又是伤心，但却无可奈何。那只狮子对公主悉心伺候，捕鹿采果，养活公主，吓退鬼怪群兽，保护公主。如此经过几年，公主怀孕，生下一男一女。这两个孩子形貌和人一模一样，但毕竟是狮子之种，性如野兽。又过了十余年，两个孩子渐渐长大，体格强壮，天赋神力，能和猛兽格斗，在公主的教导下，两个孩子属于人的性情和智慧慢慢觉醒。一天，狮子父亲外出猎捕，两个孩子对母亲说，我们到底算什么呢？父亲是野兽，母亲是人，我们到底算人还是算兽？如果算兽，心有不甘。如果算人，这里加上母亲，只有我们三人，除此之外，这里只有野兽，它们既然不是我的族类，我们到底能和谁婚配呢？母亲只好告诉他们事情的来龙去脉，说人和野兽是不能一起生活的，我逃过多次，但没有成功，你们已经长大，一定要逃离这里，回到人间去。于是，哥哥偷偷跟随狮子父亲，登山越岭，涉水过涧，弄清了山间丛林中的往回路径。乘狮子父亲再次外出猎捕的时机，哥哥带着母亲和妹妹逃离山林，重返人间。回到人间后，母亲嘱咐兄妹二人说，千万不能和人说起自己的身世，以免受人鄙夷。于是，母子三人一起回到母亲原来的国度。回国后，他们却发现原来的国家早已改朝换代，母亲的父亲、两兄妹的外公、原来的国王早已亡故，更糟糕的是连她的宗族也早已死的死、逃的逃，完全不见了踪影。无奈，母亲只好带着兄妹二人投寄在一个普通人家。别人问起他们是哪里人的时候，就说原来是这个国家的人，流离到别的国度，现在又回到故国。别人同情他们，时常给他们吃的穿的。

再说他们的狮子父亲，捕食回来，发现他们不见了，又是思念，又是愤怒，便走出山谷，寻找他们。可偌大的人间，那么多村落和城邑，加上他又不通人间语言，又能到哪里寻找到他们呢？于是，他就在一个个村庄里往来游荡，四处寻觅，咆哮怒吼，残害人畜。不久，他就游荡到了国都附近，只要有人出城，就残害扑杀。人们只有成群结队，带着锣鼓吹贝、弓箭长矛，才能免于他的祸害。这只狮子的存在，让整个王国的人惊恐不安，弄得国王很没面子，于是亲自率领兵将、猎手，出城寻捕。可国王的大军一出城，狮子就溜进山里。一到山里，众多兵将、猎手就无法找到那只狮子的踪迹。而在夜晚，狮子却常常偷袭落单的人，猎杀了数十位兵将，弄得大家人心惶惶，只好撤军回城。可一回城，狮子又跟着回来，继续在城外我行我素，残害人畜。无奈，国王只好招募勇士，许以重金厚赏，猎杀那只狮子。那只狮子的儿子听说国王的赏令，就对母亲说，我们在这里，靠别人施舍的一点东西活命，饥寒的日子已经很久了，我想去应募，或许可以得到赏赐，以便奉养你和妹妹。母亲说，你怎么能这么说呢？他虽是野兽，但却是你的父亲，怎么能以日子艰辛为借口，去忤逆残害他呢？儿子说，他是野兽，我们是人，人兽异类，还能和他讲什么礼仪？说罢，不顾母亲阻止，出门去应募了。那时，狮子正被国王的军队包围在一大片茂密的树林中。由于树林过于茂密，只要一入林中，便会有人落单，而落单者便会遭到狮子的攻击，所以众人没法行动，只好昼夜警戒，继续包围那片树林，一筹莫展。正在那时，狮子的儿子来到那片树林，自告奋勇，愿意进树林刺杀狮子。儿子在衣袖里藏了一把锋利的刀子，独自走进树林。狮子见了儿子，父爱发作，温顺驯服，上前抚爱。在狮子父亲抱着儿子抚摸吮舐，丧失警惕的时候，儿子从袖中摸出刀子，一刀刺进他的腹中。狮子又惊又痛，很快明白是怎么回事，但他心里仍然装满慈爱，不生愤怒怨毒，不忍对儿子下手，只是目中含泪，呆呆注视着儿子，没有任何反击。儿子害怕他的反击，握着刀子，使劲往下，一刀剖开了狮子的整个腹腔，让狮子含着悲苦而死。看到这种情景，众人无比惊骇。大家把儿子引到国王面前，让他接受赏赐。国王很奇怪，问狮子的儿子，你到底是什么人，狮子对待你和别人，怎么有那么大差异，竟然毫不反抗，甘心受死？儿子原想隐瞒，但经不住国王逼问，只好吐露实情。国王听罢，骇然不已，说，罢了，罢了，你竟连自己的父亲都能如此残害，看来真的是兽性难驯！但你为民除害，立有大功，我也不能食言。这样吧，我要重赏报答你的功劳，同时把你远远流放，惩罚你的大逆不道，这样，国法才说得过去。于是，就把儿子的母亲留在国中奉养，而用宝物和粮食装了两只大船，哥哥和妹妹各乘一只，随波逐流，放逐出国。儿子乘的船顺着东南方，来到了大海中的那个宝岛，他看见岛上珍宝众多，风物繁茂，就决定在岛上落脚，不再远行。船上的水手们返回大陆，透露了岛上宝物众多的消息，便有胆大的商人，络绎不绝，乘船前往岛上采宝。狮子的儿子杀了船上的商人，留下他们带去的女子，岛上的人口就这样繁衍开来。数百年后，狮子的儿子的子孙越来越多，又时不时有人从大陆移居岛上，渐渐地，就建立了君臣等级，构筑城邑，组成了这个国家。因为这个国家的先祖曾经擒杀雄狮，立下功劳，才来到这个宝岛建立国土，后人就把国号定为狮子国。至于女儿乘的那艘船，则向西漂荡到了波斯附近，在那里生育了许多女子，建立了一个女儿国，就是现在的西大女国。因狮子国的男祖是一只狮子，所以这个国家的男子都长得像父亲，方脸大颌，性情粗犷，刚健勇猛，暴烈易怒，生性残忍。而狮子国的女祖是一位公主，所以这个国家的女子都面容姣好，温良雅致，勤恳良善。

关于这个国家的来历，还有另一种说法，这种说法分明是男人们讲的故事，同样记载在《贝叶经》里。

这个故事里，这个国家不叫什么狮子国，而有一个堂堂正正的名字：僧伽罗国。

数千年前，这个宝岛上有一座用生铁筑就的大城，铁城很大，但里面却只住着五百名罗刹女。大铁城的城楼上高高矗立着两根铁杆，上面各挂着一面生铁铸就的经幡，用来占卜吉凶。将有吉利之事，左边铁杆上主吉的那面经幡发出响动；将逢凶恶之事，右边铁杆上主凶的那面经幡发出响动。主吉的那面经幡响动，往往是碰到商人登岛，五百罗刹女便变成妖艳美女，手持香花，弹奏妙乐，出城迎接慰问，将商人们诱进铁城，欢宴饮酒作乐，行苟且云雨之事。之后，便把他们关进铁牢里，一个一个慢慢吃掉。当时，南赡部洲有位大商人，名叫僧伽，他有个儿子，叫僧伽罗。父亲老迈以后，僧伽罗就接替父亲，主持商务，带领五百客商，入海采宝，随着布呾洛迦山流下的海流，漂荡到这个岛上。岛上的主吉经幡响动，罗刹女们望见，便变成美女，持着香花，奏着美乐，到海边迎候，和大家相携进入铁城。宴会上，僧伽罗和罗刹女王结对欢会，其余商人，各自和一名罗刹女结对作乐。经过一年，每位罗刹女都生下一子。此时，五百罗刹女都厌倦了各自的男伴，准备将他们关进铁牢，以便等候下一拨上岛之人。就在即将被关进铁牢数日前的一个深夜，僧伽罗突然做了一个噩梦，感到事情不妙，偷偷起身，溜出屋子，在城中转悠，寻找出去的道路。僧伽罗转着转着，就转到了铁牢的围墙外面，听到有人在牢里悲哭。僧伽罗见墙边有树，便爬上树梢，看到一间牢里关着的囚徒。僧伽罗问他为何至此，为何悲哭？牢里的人说，你不知道吗？城里的美女，全是罗刹女，一年前，她们将我们诱入城中，与你们一样寻欢作乐。你们快来的时候，她们就将我们关进铁牢，一个一个慢慢取食。你们宴会上吃到的鹿肉、兔肉，全是我的伙伴们的肉变幻而成的，罗刹女施了魔法，加上你们沉溺欢乐，根本发觉不了。如今，我的同伴们被吃得没剩下几个了，我也快被吃了，而你们也快被关进来了。僧伽罗听后，惊骇震恐，忙问我们该怎么办，才能免于危难。牢中人说，听说海边有一群天马，往来翱翔，如果至诚祈告请求，它们必定前来救助。僧伽罗听了，偷偷告诉五百商旅，他们第二天深夜偷偷起床，溜出铁城，来到海滨，一起跪地，专心祈请。黎明时分，天空中果然飞来五百天马，腾云驾雾，降落眼前。天马说，你们各自抓紧我们的鬃毛，不要掉下去，无论发生什么，都不要回头，我们就能帮助你们飞越大海，脱灾免难。众人听了，各自爬上一匹天马，抓紧鬃毛，天马腾空而起，飞越大海。

岛上五百罗刹女发现各自的丈夫不见了，互相通告，一起带着各自的幼子，腾空而起，凌虚往返，四处寻找。没过多久，她们就在海滨附近的空中，遇到了五百天马和各自的丈夫。于是，五百罗刹女一时悲喜交集，涕泪交流，各自带着孩子飞到丈夫眼前，掩面悲哭说，我修了多大的福报，才有幸能够遇上你这样的好男儿，恩爱已久，有家有儿，如今，你难道真的这么忍心，抛下我们母子，让我们忍受相思之苦，让我孤独终老？希望郎君你回心转意，为我们母子留下来，一起回到城里，继续享受夫妻欢爱。五百商人想起天马的警告，不敢回头。罗刹女们看见劝说不起作用，便开始在空中作法，纵情展现各种声色妖媚娇娆之姿，勾起诸商人爱恋贪染，一个个情难忍受，犹豫难舍，忍不住回头观望，于是便一个个坠落云端，被罗刹女们带回到岛上，关进铁牢。只有僧伽罗一人，智慧深固，意志坚忍，看透这些把戏，心无挂碍，不为所动，得以越过大海，回到故土。

再说宝岛之上，只有罗刹女王空手而回，诸罗刹女纷纷嘲笑，亏你还是王呢，无色，无智，无艺，无能，被丈夫抛弃，还有脸回来，和我们待在一起，羞也不羞？罗刹女王羞愤难忍，带着儿子飞离宝岛，再次来到僧伽罗面前，施展各种魅惑手段，逼请僧伽罗和她回去。僧伽罗口诵神咒，手挥利剑，叱呵说，你是罗刹，我是人，人鬼异类，怎么能在一起？你再逼我，我只好杀了你！罗刹女王无奈，只好离去。但她并没走远，而是带着儿子，赶在僧伽罗前，回到僧伽罗家里，对僧伽罗的父亲诡称说，我是某位国王的女儿，僧伽罗到达我的国土，娶我为妻，生下了这个儿子。僧伽罗想念故国，就带着我们和许多宝物，乘船返回家乡。没想到遇到海难，船只沉没，只有僧伽罗和我们母子得救。我们失去了所有的财物，一路上山川阻隔，冻饿难忍。僧伽罗忍受不了这样的苦难，性情大变，我一句话不合他意，他就骂我是罗刹，给他带来灾难，抛弃我们母子，独自离去。我孤儿寡母，走投无路，想回故国，可是太过遥远，无法回去。想找个地方住下来，又没人收留，进退不是，生计无着，只好带着孩子，前来这里，希望他能念旧情，回心转意，收留我们母子。可是我辗转来到这里，没想到僧伽罗还没回来，不知他到底去了何方，怎么还没回家？僧伽罗的父亲僧伽老人听了她这番言语，赶紧把她请进家门，好言抚慰。没过多久，僧伽罗回家了。父亲斥责僧伽罗说，你怎么能因为损失一点财宝，而怪罪轻贱自己的妻子呢？僧伽罗对父亲和族人说明真相，说他所谓的妻子，其实是罗刹，不可收留。于是，僧伽罗和父亲一起留下孩子，而驱逐了罗刹女王。罗刹女王仍不甘心，就跑到王宫，巧言惑主，向国王诉告僧伽罗。国王想要责罚僧伽罗，僧伽罗向国王说明真相，但国王不相信眼前如此魅惑的女子会是罗刹，还以为僧伽罗说的全是假话。国王被罗刹女魅惑，便对僧伽罗说，你一定要抛弃这个女人的话，我便把她留在宫里吧。僧伽罗说，吾王千万不可，她既然是罗刹，爱吃的只有人的血肉，请把她远远驱逐，如果留着，一定会带来灾祸！国王不听僧伽罗的警告，把罗刹女王纳为妾，留在后宫，纵情淫乐。当日后半夜，罗刹女王就飞回宝岛，召其余五百罗刹女一起来到王宫，施展法术，食人饮血，残害宫中。吃饱喝足，还把吃剩下的人畜尸体带回岛上。第二天，群臣朝会，宫门却紧闭不开。众人等候好久，宫中还是一点声音都没有，只好从宫墙的窗户爬进宫中，察看究竟，发现整个宫中寂静无声，只剩下狼藉血腥的一片骸骨。群官僚佐相顾骇然，不知为何发生了这样的事情。僧伽罗告诉他们事情的始末，说一定是岛上的罗刹女们到过这里了。王室遭难，人心惶惶，国不可一日无主，于是，辅佐国家的老臣和群官宿将，一起议论该推谁为国主。大家都认为只有僧伽罗的福德、智慧和能力能够当此大任，于是就共推僧伽罗为王。僧伽罗推辞不了，只好继位。继位不久，僧伽罗就下令说，我以前在罗刹岛上的朋友们生死莫测，我必须去救他们。再说岛上宝物众多，收藏珍宝，可为国家谋利。于是整顿兵甲，攻打罗刹岛。岛上罗刹，看见主凶经幡响动，知道灾祸来了，虽然惊恐不安，但还是鼓足勇气，整队迎战。兵将登岛，五百罗刹女又在空中抛花奏乐，娇媚嗔怪，施展各种声色淫巧，魅惑眼目，诓诱众人。但僧伽罗王早已知道众罗刹的妖术，命令众军一起念诵破妖神咒，奋起攻打大铁城。众罗刹女溃散败逃，有的沉溺大海，有的坠落悬崖，有的逃隐孤岛，再也不敢返回这座宝岛。于是，僧伽罗王命令手下毁掉大铁城，打开铁牢，救出囚禁于其中的商人，并顺便为国家获得了许多珍宝。不久，僧伽罗王又招募民众，迁居岛上，加上原来岛上出生的五百商人和诸罗刹女生的孩子们，岛上人众逐渐繁衍起来。后来，僧伽罗王又下令在岛上修筑城邑，建立国都，命官治理，于是，这个宝岛就慢慢变成了一个国家。而这个国家，就以僧伽罗王的名字为号，称为僧伽罗国。

那这位僧伽罗王到底是什么人呢？他竟然有如此过人的智慧和定力，能够经得住罗刹女王的万般魅惑而不为所动，不仅自己免于灾难，还能破城除妖，救助其余的伙伴。原来，他是佛祖释迦牟尼成佛之前的一个本生之身，因此，他的这个故事，就记载在《贝叶经》佛祖本生故事里。佛祖成佛之前的无数岁月里，曾一次次降生于天竺大地，享尽人间荣华，也受尽世间苦楚，积累了无边的福德和智慧，直到一千多年前再次降生天竺，才修得无上正等正觉，悟道成佛。佛祖住世时，佛教就曾传入那个海中之国，但佛祖入灭后不久，佛教就在那个王国被外道所灭了。直到八百多年前，印度阿育王横空出世，以煊赫武功统一印度，派自己的儿子带领军队登上那个岛国，岛上的僧伽罗人才又摒弃外道而重新改信佛教。

是的，陛下，没错，那位武功煊赫的阿育王嗜杀成性，在统一印度的战争中，被他杀害的天竺民众不可计数。他那么嗜杀，是因为人心虽然柔软，但心中有些东西却比世间任何坚固的东西都要坚固，即使最善于将一切事物淘洗为乌有的古老光阴，有时都对它们无能为力。据说，那位无比嗜杀的阿育王，数千年前，正是那只威猛无比的狮子，直到八百多年前他变身为人间之王的时候，那狮子一样的威猛还停留在他的身上。同时停留在他身上的，还有他被妻儿离弃时的愤怒和被儿子亲手杀死时的惊恐和疑惧。自然，他被儿子手中的刀子深深刺入腹部的那个时刻，虽有能力，但依旧不忍对儿子下手而流下的那滴眼泪，也依旧停留在他数千年后的心中。正是那滴永久停留心中的眼泪，在数千年的时光里犹如布呾洛迦山上流淌而下那条海流一般，不断流淌壮大，终于在八百多年前的某一天悄然冲垮了他生铁筑成的坚硬内心，使他幡然醒悟，皈依了佛祖的教化。然后，他就以狮子一样的威猛，在印度弘扬佛法，并发誓要把佛法向远比印度还要辽阔的地方流布出去。

是的，陛下，没错，阿育王派到狮子国或者僧伽罗国的那位王子，正是数千年前在树林里把刀子刺进狮子父亲身体的那个人。虽然佛家不打妄语，不作戏论，但故事讲到这里的时候，陛下，我还是忍不住猜测：在他被派到狮子国或者僧伽罗国之前的某个夜晚，幽深的宫室里，阿育王正在熟睡，儿子悄悄摸到床前，袖子里藏着数千年前的那把刀子，在隐约的月光下打量着父亲熟悉而又陌生的面孔，那只想要抽刀的手和指使那只手的心，都在微微颤抖。但最后，因为心中悄然流淌的一滴眼泪，儿子无声无息地悄然离去。当然，陛下，在这样的情景里，你也可以将里面的角色换过来：正在熟睡的那个人是那位王子；站在床边，袖里藏刀，默默注视，最后悄然离去的那个人，正是阿育王。

**注**：《斯里兰卡》素材取自《大唐西域记》。

# 江

# 山

　　康熙二十八年（1689），康熙大帝第二次巡游江南，在
扬州平山堂行宫召见了僧人画家石涛。对于这次召见的经
过，历史记载大致如此：在众多被召见者中（他们大多为
江南文化名流），康熙一眼认出石涛，喊出了他的名字。五
年前，石涛挂单南京长干寺，恰逢康熙第一次巡游江南过
该寺，石涛和寺里僧众一道恭迎接驾，与康熙有过一面之
缘。康熙大帝贵为天子，日理万机，见识过的人物如过江
之鲫，不计其数，要记住一位只有一面之缘的人物并不容
易。故此，五年之后再次邂逅，当康熙一眼认出石涛并且
喊出他名字的时候，石涛受宠若惊，倍感荣幸，当场挥毫
泼墨，绘制一幅《海晏河清图》献给康熙大帝，以颂扬康
熙大帝和大清帝国的伟大功绩。这还没完，召见结束后的
当天晚上，石涛还难以平静，又作诗两首，再次颂扬康熙
大帝，记录下自己受宠若惊、感激涕零的心情。

　　在中国绘画史上，这是一次著名的召见，也是一次充
满争议的召见。对于敬仰康熙大帝的人们，他们认为这次

召见，对石涛绘画技艺的提高有着不可忽视的作用。因为在此之后，石涛搭上了康熙回京的顺风车，作为皇帝的贵宾进入京城的核心艺术家圈子，得以和王原祁、王白石等当时的画界泰斗切磋技艺，大长了见识，大开了眼界，才创作出了《搜尽奇峰打草稿》这样的惊世杰作。正是因为这次会见，石涛才有了京城之行，得以证明了自己的技艺，获得了真正的自信，待他回到扬州之后，画风大变，臻于化境，得以跻身于中国古代伟大画家之列。对于讨厌清朝皇帝和清王朝的人来说，身为前朝大明靖江王朱守谦十世孙的石涛，在这次召见中不仅没有流露出丝毫亡国之痛、故国之思，反而对康熙大帝感恩戴德，卑躬屈膝，极尽阿谀奉承之能事。满人夺了大明的江山，石涛作为大明皇室后裔，竟然亲手为康熙大帝献上《海晏河清图》，不是明摆着承认自己祖上没把江山治理好，这才易手于大清，在新朝皇帝手中四海升平、一片清明吗？石涛这样做，简直是辱没祖宗！如此无耻不肖之人，怎么配得上一代伟大画家的称号？

这样的争论并不奇怪。对于一个人的评价，"长于知礼仪"是中国的优良传统，历史上的著名人物，他们的一生形迹，往往免不了被后人用礼仪的道德丈尺丈量过来、丈量过去，作为著名画家，石涛自然免不了这样的丈量。可热衷于这种丈量的人们，通常有这么一个缺点——"陋于知人心"，在礼仪的丈尺与线条所勾画的一位历史人物的道德肖像中，他们不屑，也没有能力去描画那位人物的心灵图像。比如，对于石涛，对于他和康熙大帝的这次会面，他们无法想象两人在扬州平山堂的密室中，曾经有过这么一次不为外人所知的谈话。

据石涛的一位弟子说，那次谈话，老师晚年的时候曾经和他多次说起，但却嘱咐他不可与外人道之，也不能写进任何野史笔记。对于后面一条，那位弟子谨记在心，终其一生，未着一字记录。但对前面一条，那位弟子虽然牢记于心，但还是不小心说漏了嘴，不知怎么的，就传到了现在。

据那位弟子说，老师石涛晚年追忆，那次谈话，是从老师的身世说起的。

康熙："先生，这里没有外人，我们可以好好说说话。扬州那么多名士，知道朕为何单独召见你吗？"

石涛："圣意不可妄测，臣僧实不知晓。"

康熙："估计你也不知。如果朕没记错的话，你的父亲可是前朝靖江王朱守谦的九世孙朱亨嘉？"

石涛："不瞒陛下，正是。"

康熙："这么说，你是前朝大明皇室后裔了？"

石涛："从前是，如今不是。"

康熙："此话如何说？"

石涛："天下鼎革之时，纵使国破家亡，但臣僧只有三岁，浑然不觉。臣僧只知随着一位公公，进了一座寺庙。待臣僧稍稍长大了一点，听说当年那些事情，虽然开始的时候也很悲切，但那些事情毕竟早已成为前尘影事，与臣僧再无瓜葛，所以也不怎么挂怀。正所谓过去之心不可求，落发之前，臣僧为大明皇室后裔；落发之后，臣僧法名元济。法名之外，臣僧又自号大涤子、清湘老人、清湘陈人、清湘遗人、粤山人、湘原济山僧……名号只是皮相，臣僧之心不着皮相，只随行云流水，羚羊挂角，无迹可求。"

康熙："先生之言甚是。天下鼎革之时，先生懵懂年幼，亡国亡家之事虽堪痛恨，但已是前尘影事，自然不像与先生同宗的那位叔父一般，挂怀切齿。"

石涛："不知陛下说的可是八大先生？"

康熙："正是。你那位叔父朱耷先生，朕也想见识一下，讨他一两幅笔墨。可他的画，所谓'墨点不多泪点多'，对朕和朕的江山可没什么好感，朕可不想自讨没趣。"

石涛："八大先生人品画技天下奇绝，臣僧望尘莫及。天下鼎革之际，八大先生可不像臣僧只有三岁，而是十九岁。所见所闻，所感所受，自然与臣僧大为不同。陛下乃万世难逢之一代圣主，心胸气度卓然不凡，对臣僧那位叔父还望海涵。"

康熙："那是自然。若一位出家人都容不下，朕的江山里又如何容得下天下人？容不下天下人，又怎么能让四海宾服，万方来朝？"

石涛："陛下圣明，赖陛下洪恩，臣僧等辈能苟延性命于今日。"

康熙："先生言重了。你们朱家子孙能活到今日，并不全是我的恩德，还有先皇的恩德。先生试想，我们满人入主中原，夺了汉人江山，心中有恨的又何止是你们姓朱的一家？我爱新觉罗一家要想成为天下共主，让天下海清河晏、永享太平，只有推恩天下，才能收服人心。对你们朱家后人施恩，就是对天下汉人施恩。无论汉人满人还是什么人，只要不反，就是大清的好臣民。"

石涛："陛下圣明。"

康熙："回到刚才的话题，先生可知朕为何单独召对你？"

石涛："还望陛下明示。"

康熙："朕想和你谈谈江山。"

石涛："谈江山?"

康熙："正是。你可知朕为何五年前在南京长干寺见你一面就能记住?你是大明皇室子孙,朕见你之前早已知晓,见了你哪能记不住呢?朕可没那么笨!俗话说,江山轮流坐,明日到我家,我大清江山以前的主人是你们朱家,你们朱家后裔,朕每一个人都得记着,朕的子子孙孙也得记着。五年前见你,朕就好奇,你对朕和朕的江山,会是一种什么心态?朕察觉到,先生好像对朕和朕的江山没有丝毫芥蒂。朕很好奇,朕一家夺了你们朱家江山,难道先生心中真的没有一点恨意吗?"

石涛："陛下如此以诚相见,臣僧只好诚惶诚恐,以诚相答。正所谓人非草木,孰能无情?天下鼎革之际,臣僧虽然年幼,但并非完全懵懂无知,亡国亡家之痛,心中怎能丝毫没有?臣僧长大之后,听故老们谈及当年恨事,痛又加倍,仇恨也随之增长。但臣僧已出家,修习佛法,心里知道如此痛恨,乃是心中魔障,必须放下消除,否则不得安宁。臣僧知悉天下之事,一切都是因缘。凡有为法,一切如梦幻泡影,皆不真实。四大皆空,一切法尘影事都逃不过成、住、坏、空,生、住、异、灭的无常法门,又何况一朝一代一家一姓的天下江山?两百余年前,朱家夺大元江山建大明王朝是因缘;数十年前,天下鼎革,我朱家失江山,大清入关定鼎中原得江山,也是因缘。既然都是因缘,又何恨之有?"

康熙："佛法的道理,朕也略知一点。理虽如此,可是能否做到又是另一回事。先生难道真的毫无一丝挂怀吗?

果真如此，先生又是如何做到的呢？"

石涛："不瞒陛下，臣僧实无挂怀。"

康熙："先生是如何做到的？难道仅只是修习佛法那么简单吗？"

石涛："除了修习佛法，臣僧还修习山水画艺。"

康熙："烦请先生细说。"

石涛："修习佛法无非是课诵、持戒、阅藏、参禅这些事情，想必陛下也有耳闻，臣僧不必多说，还是和陛下说说修习山水画艺吧。"

康熙："甚好！山水画艺，朕也略知一二，可未曾领略其中三昧，悉愿听闻。"

石涛："天下山水，并非笔墨中的山水，笔墨中的山水，也非天下实有的山水。然而，笔墨中的山水，也不离天下的山水。大凡修习笔墨山水的人，都离不开这两个途径：其一，观赏前人笔墨里的山水，体会前人心中的山水；其二，观赏天下的山水，体会自己心中的山水。其一不必多言，无非就是观赏前代的山水笔墨，领略其中绘者的笔意。后者却大有可说，若不是亲历天下的山水，不可得天下江山的真意，也不可得笔下江山的真趣。"

康熙："有趣，何谓亲历天下的山水，得天下江山的真意？"

石涛："臣僧早年削发，颠沛流离，辗转各地，虽吃过不少苦头，可也浪迹江湖，饱游奇山，浸淫丽水，大慰心怀。为了领略山川韵味，每到一山水奇崛之地，常常入山数日，衣衫褴褛，餐花食露，形容有如山中鬼魅，只求与山一体，以便体会山水的脾性。在山中，臣僧有时行走深谷，逐水而行，时行时停，四处盘桓流连；有时四处登临览胜，端坐于山巅一石之上，凝然不动，观察天光山色、朝暮晴雨的变化。开始的时候，臣僧也曾步元代大画家黄公望的后尘，每次入山，都携带一只皮囊，里面放置笔墨画具，每遇到心为所动的胜景，就取出画具，展纸磨墨，摹写草稿。浸淫山水日久，以后再入山，则不必再携带那些玩意。每次得遇山水之奇景，臣僧都牢牢摹写于心中。数十年下来，臣僧搜尽天下奇峰绝水，尽藏之于心田。每当临纸作画，心中山水如波涛云影，汹涌而来，随心取用，信手拈来，取之不竭，用之不尽。"

康熙："先生所言极是，大凡研习笔墨山水，大致如此。可先生并未道出如何得天下山水的真意。难道所谓山水的真意，就是临池作画时胸中涌来的无数山水形迹吗？天下山水，朕也游历不少，如此的形迹，朕胸中也有，朕如何就不能将它们画出来呢？"

石涛："陛下治理天下，劳心烦神，虽对丹青有所涉猎，但并未专心于笔墨，缺乏习练，心不能使手，手不能应心，心手不能相应，故心中虽有山水，下笔之时却不能将山水形之于笔墨。"

康熙："这个理儿朕也明白，朕于丹青，虽有涉猎，可确实缺乏习练。朕的事情太多，没那么多光阴可消磨于丹青之上。再说，朕可不想做宋徽宗，沉迷纸上江山，却弄丢了天下江山。不过，先生猜度，以朕之才，若习丹青，勤于习练，能否心手相应，成为丹青高手？"

石涛："陛下天纵雄才，若勤于丹青，成为高手恐怕不算太难。"

康熙："朕若专习丹青，比先生若何呢？"

石涛："恕臣僧直言，打理江山，陛下是绝顶高手，陛下若专习丹青，恐怕还是比不上臣僧。"

康熙："为何？"

石涛："陛下聪颖悟达，若专习丹青，成为个中高手自是不难。但若要成为高手中的顶尖高手，则需要悟透江山。"

康熙："先生怎知朕不能悟透江山？"

石涛："恕臣僧直言，陛下为江山所缚，故不能悟透江山。"

康熙："朕如何为江山所缚？"

石涛："夺取江山不易，失去江山却易。陛下为天下一代圣主，不仅要为自己坐稳江山，还要为子孙后代坐稳江山，继往圣之伟业，开万世之太平，自然要殚精竭虑，费尽移山之力，故陛下不得不为江山所缚。"

康熙："先生所言极是，世人只知坐江山的好处，不知坐江山的难处。坐江山的苦衷，非三言两语所能道尽。世人只知朕为天下江山的主人，岂知朕亦为天下江山的囚徒，朕实为江山所缚！然如何不为江山所缚，还望先生赐教。"

石涛："悟透江山，便不为江山所缚。"

康熙："如何悟透江山？"

石涛："悟透江山，先要失去江山。"

康熙："失去江山之后呢？"

石涛："还要放下江山。"

康熙："哈，先生妙论，如何失去江山，又放下江山？请先生细说。"

石涛："臣僧祖上太祖洪武皇帝乘时之乱，奋起于草野，夺取江山，坐江山，曾殚精竭虑，费尽移山之力。然我朱家自太祖洪武皇帝开始，数代帝王子孙之中，虽然也有钟情于丹青的，但却罕见真正精于丹青的人。其中虽有诸多因缘，但皆因坐江山，沉迷于江山，自以为江山为我一家的私物，而生出各种贪恋傲慢，不能悟透江山。待天下鼎革之时，我朱家失去江山，子孙颠沛流离，惶惶如丧家之犬，历经亡国失家之大痛，才开始领略到江山的一点点真意。以前坐江山，自以江山为我家囊中之物，常常不以为意。失去江山之后，才知江山的可贵，爱之极，痛之极，恨之极，悔之极，才仔细思量琢磨江山，开始稍得知江山的一些真脾性。纵然如此，还是未能体会江山真正的妙味。为何？只因心中并未放下江山，仍以江山为失去的私物，故而悲伤痛恨，阴图收复。然我大清疆域辽阔，根基稳固，文治武功，远胜前朝，复之无望，又增添十分悲切痛恨。由此，面对天下山水，无论如何奇崛壮丽，都不过平添愁绪，叹之奈何，纵良辰美景，不过虚设，无一处不是染血染泪之物。如此，也是为江山所缚，不能得江山的三昧。"

康熙："那放下江山之后呢？"

石涛："放下江山之后，就开始知道江山自己为江山，乃天地宇宙的江山，非一家一姓的江山，也非一朝一代的江山，而是亘古不变的江山。天下江山，以前朱家未曾有，今日新朝未曾得。天下太平之时，江山之色未曾增；天下疲困之际，江山之美未曾减。江山亘古而在，不因人兴，不为人亡。如此，才可以用平常心观照江山；如此，所观照的江山才能不染观者的私欲，才能呈现江山之为江山的自在之美、本色之态；如此，习笔墨山水的人，才能以自由自在的心来体悟江山、描绘江山。想我朱家从起于草野夺得江山开始，虽然历代不乏习练丹青的人，但大多心为江山所束缚，二百多年间，几乎没有什么人能真正体会江山的真性。若以一家的人而论，我朱家花了两百多年光阴，对江山得而复失之后才始有人真正放下江山、熟悉江山、悟透江山。江山之于人，和世间许多事物一样，有时拥有反而没有，失去反而得到，挂在心上反而不知其味，放下心后反而得品其中三昧。我朱家昔日虽有江山，而心实不得江山；今日失江山之后，反而有人心中得江山。故此，我朱家今日精于描摹江山的绝顶高手不乏其人。"

康熙："先生之言醍醐灌顶。如先生所说，你们朱家花了二百多年失去江山之后，方始有如先生这般放下江山之人，而得江山其中之三昧。自古至今，得江山的如尧、舜、禹、汤、秦皇、汉武，无论文治武功如何震古烁今，根基坚固，短则数十年，长则数百年，都从来没有最终不失去江山的。这是天下常理，无人能够违背。后世的事情不可知晓，朕只想顺天知命，日夜用心，尽力而为，寄望四海清明，天下乐业，为我大清打造一个稳固的根基，延续个三五百年的命脉。无论如何，在朕手上，朕可不想失去江山，若那样，朕就是一个昏君，愧对祖宗和天下臣民。朕也无法放下江山，因为江山就在朕的手上。如先生所言，不失江山，不放下江山，就无法体会江山的真意，就无法悟透江山。话虽如此，但高山仰止，景行行止，即使不能达到悟透江山的至高境界，朕依旧心向往之，还想细听先生说说何为心中得江山，何为悟透江山之三昧？否则，朕这江山岂不是坐得有些可惜了吗？烦请先生再为朕说说。"

石涛："那好，请问陛下，以陛下看来，天下江山可有中心？若有，又在何处？"

康熙："当然有啊！以朕看来，天下江山的中心就在北京，就在中原。否则，何来逐鹿天下、定鼎中原之说？这可是你们汉人说的。在你们汉人眼里，中原就是天下的中心，而京城就是中原的中心，是中心的中心。只有定鼎中原，建都北京，才能真正拥有天下，使四夷宾服，万方来朝。想我满人原居于关外白山黑水之间，虽也建国、定都、称帝，但在你们汉人心中，那只是僻居于关外一隅之地的小国、小都、小皇帝，作不得数的。所以，我历代祖宗才费尽周折，历经血战入得关来，平复四方，定鼎中原，移都北京，占据天下的中心，让你们汉人再不敢轻视。所以，以朕看来，天下江山实有中心，就在中原，就在京城。朕的看法，先生以为如何？"

石涛："陛下乃天下共主，如此看法，那是自然。不光陛下如此，历代帝王眼中何尝不是如此？每一位帝王都有一幅心中的天下《皇舆图》，在此图中，中原、都城确实是天下江山的中心。每一位帝王，都希望《皇舆图》中的边疆无限扩展，《皇舆图》的中心——都城无限壮丽，使远在天边的化外之地慕名来朝，称臣纳贡，不断扩展《皇舆图》中的疆域。然而，在画者眼中，天下江山其实并无中心。"

康熙："何以言之？"

石涛："不忙，请陛下垂目臣僧所画的《海晏河清图》，图中江山，可有一点着落之处？"

……

康熙："先生之图，初初看来，似有中心，朕和朕的玉辇，即为中心。但仔细观看，却发现先生图中，朕和朕的玉辇是悠游移动的，不仅朕在游动，周围的一山、一水、一树、一舟、一人、一骑、一舆、一楼、一观、一厅、一台、一云，似乎都在游动。既然图中所有物事都在游动，就觉满纸空灵，目光并无一处可长久着落，图中万国江山、万千楼台人物，并无一个中心可言。不知朕的观感，可符合先生的笔意？"

石涛："陛下圣明，陛下观感，正合臣僧的笔意。"

康熙："那是如何一种笔意？"

石涛："从山水丹青技法来说，笔下若有目光可长久着落处，此处一点，即为全图中心。全图若有那一个中心统帅，表面看来，则图中各种事物秩序井然，森然罗列，丝毫不乱，但仔细观看，便会给人笔意呆滞、趣味落俗、流于下品、毫无生气之感。所以，长于山水丹青者，笔下并无中心一点，也无目光可着落处。然而如此，又并不都是因为丹青着想，而是为天下江山的实相着想。悟透天下江山实相的丹青妙手，心知江山本无中心、本无着落，若形之于笔墨而令天下江山有中心、有着落，那就有违江山本性，实在是欺世诳人，不齿为之。"

康熙："先生心中江山无中心、无着落，笔下江山无中心、无着落，到底是何个无中心、无着落？"

石涛："江山为妙有，有如天下百千万物的各种妙有，虽然声色繁杂，但它们的本性却不外乎一个'空'字。正所谓，山河大地，其性本空，随所知心，现所知量。有多大的心量，就看到多大的江山。但无论多大的江山，都不是江山的全部。纵使能把这个世界的江山一览无余，但那也不是三千大千世界中的全部江山。就如陛下所观的《大清皇舆图》，其所囊括的江山，前所未有，但依旧不是整个阎浮提世界的江山。即使陛下的《大清皇舆图》能囊括整个阎浮提世界的江山，但对这个阎浮提世界之外的江山，却还是一无所知。陛下的《大清皇舆图》就是能囊括此阎浮提世界之外数个、数十个世界的江山，依旧不可搜罗尽三千大千世界的江山。三千大千世界的江山，其大其广，不可思，不可议。然而，尽三千大千世界的江山，若论细微处，本性还是无外乎一个'空'字。既然为空，哪有所谓什么中心和什么可着落之处？所以，在悟透江山实相者眼中，纸上江山，即为天下江山，天下江山，就是禅境中所感所悟的江山。虽然展纸落笔之时，胸中无数奇峰、无数异水如风卷云聚，汹涌而来，随心择其一二者、三五者、十数者、百千者，形之于胸臆，流之于笔端，成之于纸墨。成之后，观者虽觉满目苍翠，目不暇给，善心悦目，但仔细揣摩，却并无一个实有的物事可着落，并无一处中心可驻留。何以如此？都因为天下江山本无实相，本无着落，本无驻留。故此，天下江山，以凡俗的念头观察，则有中心，有焦点，有要害。何为京畿要地？何为边疆藩属？何为山河险要？何为一马平川？何为关隘锁匙？历历分明。而在悟透江山实相的丹青者眼中，江山妙有，其性本空，没有中心，没有焦点，没有京畿，没有边疆、藩属、险要、平川、关隘、锁匙，无一处不好，无一处不妙，亦无一处可挂怀，无一处可驻留，无一处可束缚。故此，高妙丹青里的江山，虽然能够尽展江山妙有之万千声色，令人玩之、赏之、品之、味之，可怡情冶性，大快胸怀，但其实并无一山一水一物一毫可得。因为无可得，可令人尘俗之念顿消，得失之心顿灭，而能在一纸之上，尽享空灵，悠游骋怀，目骛千里，意接云霄，感悟江山实相，不为所缚，得大自在。"

康熙："先生所说甚妙，令人大开眼界！朕也知晓，《大清皇舆图》中囊括的江山，并非这个世界的所有江山。

我大清为天下的中心，也无非是我大清人这么看罢了。那些藩属之国的臣民，在我大清威武面前，自然也会恭维我大清是天下中心，是万国之中的中心之国。可这不过是他们的权宜之计罢了，不得已而为之，人心隔肚皮，他们背后怎么看，又有谁管得了？再说了，我大清江山之外，还有许多江山不属大清，神州之外，还有别的州土、别的王国不为我大清统属。即使我大清有朝一日能够使整个阎浮提世界的江山为一统，可正如先生所言，阎浮提世界之外还有三千大千世界中无数的江山，那可是广大无边、不可思量的无尽江山！《大清皇舆图》中所谓我大清疆土、我大清国都——北京城是这个世界的中心，只是一个假象，只是朕心中一厢情愿的一个妄念，这个道理，朕以前也曾隐约想过，只是没有先生说得这么明白。朕不明白的只是如何面对江山而又不为所缚而得大自在？江山壮丽，大地妙有，百千万物，活色生香，正如苏东坡先生所说，耳得之而为声，目遇之而成色，天地无穷无尽的奇妙藏在其中，岂能不令人心动，而生爱怜之心、贪图之心？如先生所言，放下江山，悟透江山，明白江山的无尽声色、无尽奇妙，本性只是一个'空'字，然后就能不为江山所缚，而得大自在。既然连江山都空掉了，那不是连自己也空掉了吗？既然连自己都空掉了，那先生所谓的大自在又在哪里？如果真还有那么一个大自在，那到底是怎么样一个大自在？"

石涛："陛下智慧过人，直击要害，让臣僧唇舌不知能在何处鼓动。"

康熙："为何？"

石涛："陛下所问，不可言说。若要言说，就是糊弄陛下。"

康熙："那先生就糊弄一下朕如何？"

石涛："臣僧不敢。"

康熙："所谓天子，就是被臣下糊弄的。不被糊弄的天子，算不得真正的天子。先生尽管糊弄，无妨。"

石涛："所谓得大自在，即无大自在。"

康熙："怎么还是这样的老调？所谓实相，即无实相；所谓江山，即无江山；所谓法门，即无法门；所谓大清，即无大清；所谓朕，即无朕……这谁不会说呢？先生果然糊弄，小心治你一个欺君之罪！"

石涛："臣僧不敢。佛祖所说，每一言，每一语，实不欺人。"

康熙："佛祖不欺人，那先生就可欺君了吗？"

石涛："陛下恕罪，臣僧不敢欺君。"

康熙："那你就说，江山都空了，还有什么大自在？若有，是一个什么大自在？"

石涛："那得等陛下把江山空了，才能体会那个大自在。否则，臣僧所说大自在，并非陛下体会的大自在。如佛所言，如人饮水，冷暖自知，如一个人渴了，别人替他饮水，再和他讲饮水的感觉，渴的人会是什么感受？"

康熙："你别管朕什么感受，你就说你的感受，江山空了，何为大自在？"

石涛："臣僧说了，陛下会以为臣僧是妖僧，妖言惑君。"

康熙："先生好啰唆，就算你真是个妖僧，朕也不会治你的罪。朕要治你，早就治了，何必等到今日？江山空了，何为大自在？快说，朕正想听听你的妖言。"

石涛："那臣僧就说了。说得不好，陛下就当是臣僧戏言。"

康熙："啰唆，快说！"

石涛："不瞒陛下，陛下所问，江山空了，何为大自在，臣僧也曾深感困惑。岂止是困惑，当年，臣僧也曾被这个问题折磨得发狂。前面说过，臣僧早岁削发，辗转广西、江西、安徽、江苏、浙江、陕西、河北等地，浪迹江湖，颠沛流离，发疯一样地登山临水、寻幽访胜，常常一次入山数日，几乎与鸟兽为伍，浸淫于天地大化之间，弄得人不像人、鬼不像鬼。表面是为了学黄公望，体会山水脾性，饱览声色，搜尽奇峰，取景写生，磨炼画技；实则，除此之外，还有一个更加关键的由头。"

康熙："是何由头？"

石涛："正是陛下所说的由头：江山空了，何为大自在？臣僧削发之后，虽钟情丹青，但这只是余事，更重要的，自然还是要修习佛法，悟道见性。否则，臣僧这出家，岂不是可惜了？臣僧阅藏，与《楞严经》最为有缘，可最大的困惑却也在这部经中。《楞严经》云：'大地山河，其性本空，随所知心，现所知量。'道理上不难理解，可臣僧就是见不到大地山河的那个空性。和陛下一样，道理上虽然略有领悟，可道理上的领悟并不等于实际体会到了。就像一个焦渴无比的人，即使来到水边，看见了波光潋滟，听见了汹涌涛声，但被人捆住了手脚，封住了嘴巴，心里虽然知道喝水的妙处，可任你使出百般力气，就是无法靠近湖水，喝到一口净水。如陛下一般，臣僧虽然也明白江山本空，可浪迹于天下，满目所见的江山，全都充满声色障碍，那个藏在声色之中无尽奇妙的空性，臣僧就是无法触摸，无法体会。既然无法如此，也就无法不被江山所困，又如何谈真正放下江山，悟透江山？无法放下江山，悟透江山，就是无法放下自我，悟透自我。为此，臣僧苦恼不已。表面上，臣僧放逐自己于江山之中，无比洒脱；实则臣僧于浪迹之中，有大迷惑，苦不堪言。有时，臣僧几近发狂，一次又一次，在高山之巅，面对深谷，想要纵身而下，亲身体会虚空粉碎；在大江之旁，面对激流，真想鱼跃而下，让肉身随弱水归于大化。但虽疯狂，臣僧神志还算清醒，知其不可，明白这分明是自戕，不仅于事无补，还有违佛教戒律。"

康熙："原来如此，先生求道心切，令人敬佩！后来如何？"

石涛："臣僧颠沛于各地山水之间，心中如此困苦，几翻几覆，不知不觉十数年光阴倏忽而过，但心中大困惑却依然故我。直至某日，臣僧到了一座高山之中，周围天地奇异壮丽，臣僧贪婪，于是端坐于山巅，观山下长江浩荡，两山之间云卷云舒，顿觉心胸浩荡，神清志澄，一坐不起。不觉之间，一日光阴倏忽而过，落日西沉，星宿隐现于天际。正当昼夜交替，似明似暗，似醒非醒之时，倏然之间，大地山河突然粉碎，顿觉寰宇虚空，千山万壑，万水千山，恍如霞光泡影，明光流荡，缥缈变幻，不复再为身心障碍。那个时刻，只觉得身心如一束星光，又如一缕清风，穿山越水，上天入地，随意所之，随意所驻，随心所欲，倏忽而至，倏忽而离，遍体通达，再无滞隔。那个时刻，只觉得大地江山，纤毫毕现，廓尔无形，与身心融为一体，江山就是自己，自己就是江山，自古以来江山在，自己在，江山万古，自己万古，江山无穷，自己无穷，江山坚固，自己坚固，江山粉碎，自己粉碎，江山自在，自己自在。

那个时刻，只觉悲喜莫名，前所未有的舒畅自在充斥天地之间。这种感觉持续良久亦未消散。之后，我心中不免生出一丝狐疑：这是不是一种幻觉？是不是《楞严经》所谓心有五十六种阴魔之一种生出的幻相，不可当作真实，为心魔左右？狐疑即生，稍一定神，发现自己依旧凝坐于山巅，举首望空，银河悬垂，星光璀璨，神清志澄，丝毫分明。垂目远眺，大水奔流，绵延不绝，十余里外江湾宽阔，轻纱薄暮中一舟泊于江边，弦歌谈笑之声，隐约可闻。心想如此距离，如何可闻弦歌谈笑之声？复又闭目，收心凝神。刚刚入定，恍惚之中，只觉自己已经身在小舟之中，只见乌篷之下，有一僧、一道、一儒、一童、一渔夫，正在舟中煮茶弹琴，言笑甚欢。听其琴声，悠然清雅，正为《渔舟唱晚》；视其茶盏，汤色橙红浓艳，嗅其味，醇厚回甘，正为武夷山极品乌龙。然而，我虽在其中，但他们却对我视若不见。听他们言语，他们次日将要拜访某山某寺。第二天，我也下山了，雇了一只小舟，前往某山某寺。日光西斜时在寺中邂逅他们，几人的形容状貌、言谈举止，与前一日见到的毫无差别。和他们谈到前一日，他们果然说夜里泊于某湾，弹某曲，品某茶，和我所见所闻不差毫厘。从这个时候起，我才知道《楞严经》所云'大地山河，其性本空，随所知心，现所知量'果然不是假的！从此自信悟透了江山实相，放下自在，再无挂怀。"

康熙："先生所说境界，果然神奇，不可思议，令朕望尘莫及！想朕今生，是没指望达到先生境界之万一了。不过，朕还是有所不明。既然先生已经了悟江山实相，放下江山，不再挂怀，为何还要寄情于山水丹青呢？这不也是挂怀了吗？"

石涛："山水丹青，不过游戏罢了。可这游戏，也并非毫无意义。想天下芸芸众生，有几个人了悟江山实相，有几个人能不为江山所缚，而不迷于河山声色，而生贪恋，若贪恋不得而又生烦恼痛苦？江山虽藏无尽玄妙，而又有几人能识得江山的妙心，而得自在受用？因此，悟透江山实相之后，臣僧对于江山，就有一种责任。所以，臣僧今日依旧迷丹青，却早已不是臣僧迷丹青，而是山川使臣僧迷丹青，山川使臣僧代山川而说法。山川为众生之母，臣僧亦脱胎于山川。臣僧了悟山川实相，丹青所绘的山川，已不是山川的皮相，而是山川的实相，所以，臣僧笔下的山川，也是脱胎于臣僧真心妙明的山川。山川使臣僧迷于丹青，臣僧心中其实不迷，臣僧搜尽奇峰打草稿，无非是为山川的真性真情代言一二。有朝一日，臣僧与山川缘法尽了，这个游戏也就玩完了。至于臣僧留下的那些墨迹，不过是臣僧与江山神交而留下的一点点痕迹罢了。不管后人怎么看，这些痕迹和臣僧的这副皮囊一样，终归是一些无用之物，都要一起消逝在宇宙大化之中的。"

康熙："先生所言，丹青笔墨之事，虽是游戏，也和生死大事相关，愿闻其详。"

石涛："请恕臣僧浅陋，生死之事，实在是没法说。以佛法看来，生死流转，而其实没有什么生死。生死之事，实无可说，再说下去，无非又是一堆话语游戏。陛下恕罪，对于生死之事，臣僧实在是没什么可说的。"

……

与康熙大帝在扬州平山堂对话之后，该年秋冬，石涛随康熙进北京。数年后回扬州，不复远游。康熙四十六年（1707）丁亥，春，石涛作《梅花吟》诗，其中有"何当遍绕梅花树，头白依然未有家"之句；秋冬，石涛卒，终年六十六岁，落葬于扬州蜀岗之麓。

康熙六十一年（1722）壬寅，十一月，康熙大帝病逝于北京畅春园，终年六十九岁，落葬于清东陵之景陵，留下了还想再坐江山五百年的千古遗憾。

# 记骨

## 1

大唐大历九年（774）早春，寒风凛冽，河北遂州人杨仲翔身在离故乡数千里之遥的蜀南眉州彭山县，在一条小溪边为朋友吴保安夫妇洗骨。他把二人的遗骨分别从两具简陋的薄棺木中取出，在溪水中一根根、一块块地擦拭清洗。洗净之后，再按人体骨骼组成次序小心翼翼排列在一起，在清冽透明、微有暖意的阳光中晾晒。

为吴保安夫妇洗骨之时，杨仲翔垂首低目，莫名悲伤。眼花腰疼时，他会直起腰来，举头望天。天空辽阔，青天高远。二十年前，经过大唐京师长安城时，他也曾如此仰望，不仅仰望苍穹，也仰望青天之下高高在上的大唐天子——玄宗皇帝李隆基。

可如今，他却质疑二十年前那样的仰望有何意义。为了那样的仰望，他和朋友吴保安，以及芸芸众生，承受了不堪承受的命运之重。而到最后，一切的仰望都如眼前，都得低下头来，面对别人和自己在时光淘洗之下遗留的、轻若无物的几根骨头。

2

杨仲翔依稀记得，经过朱雀门的时候，自己和同行的其他军人忍不住伸直脑袋向上仰望。那是大唐天子李隆基站立的地方，也是他高高在上俯视长安城芸芸众生、万千百姓的地方。杨仲翔听说，只是听说，皇城里面是三省六部的官署衙门，再后面是太极宫，太极宫东北方是大明宫，太极宫和大明宫后面是皇家禁苑。杨仲翔知道，那些地方自己此生永远无法踏足，但它们却决定着无数像自己这样的人此世该走向什么样的地方。正如那个时刻，他从家乡河北遂州启程，一路西行，途经许多州县，过西京洛阳，入函谷，经华阴，进入关中大地，来到长安城，在城外露天扎营一夜，一大早便和大军一起动身，经东城春明门入城，一路向西，走到皇城朱雀门楼下，步入当今天子的龙目俯视之中，自己和七万军人一路跋涉经过的行迹，便是由皇城中发出的征讨南诏一纸诏令决定的。对于那一纸诏令，杨仲翔曾在军营大帐和龙武将军、新任的姚州都督李宓等人一起谈论过。他们明白那一纸诏令的用意。前几年，南诏蛮王阁罗凤野心膨胀，袭杀了姚州都督府都督将军张虔陀，攻陷了姚州都督府，朝廷诏命剑南节度使鲜于仲通率领大军征讨，结果惨败而归。这一次，朝廷再次征招河北、河南两道和长安、洛阳两京地区的青壮勇武之人，得兵七万，会聚京师长安，从这里出发入蜀，会同何履光将军率领的岭南五道大军，再次征讨南诏，意图恢复姚州故地，一举歼灭南诏国。因为有鲜于仲通大军征讨溃败的前车之鉴，杨仲翔和李宓将军都清楚即将开始的征讨必定是一场险阻重重的苦战。但他们同样明白，这次征讨必不可少。如果对南诏袭杀张虔陀、攻陷姚州都督府之事放任不管，那南诏必将坐大，和西南的吐蕃联手，一同骚扰攻击大唐腹地——剑南节度使控制的巴蜀地区。若巴蜀地区陷落，那将直接危及大唐京师长安所在的关中京畿要地。纵使放下这些不论，任大唐边疆的一个蛮王袭杀朝廷命官、夺地占府而不闻不问，也会有损朝廷威严，让大唐广袤边疆地区的那些地方豪酋胆大妄为、肆无忌惮、四处作乱，那样，大唐天下将永无宁日。所以，那一纸诏令是必需的，七万大军踏上征讨南诏之路也是必需的，即使其中必将有许多人埋骨他乡，再也无法回归故土，那也是必需的。而对于杨仲翔来说，那一纸诏令更是必需的。因为那一纸诏令意味着建功立业的机会。虽然他在家乡遂州饱读诗书，尤其留意那些兵事权谋之术，自负才华，但因出身寒门，若没有那一纸诏令，要想通过征辟科考进入仕途，甚至有朝一日来到京师，进入皇城六部衙门之中，那是绝无可能的事情。即使到边疆地区从军入幕，那也得看机会。而那样的机会同样极为渺茫。好在有了天宝十三载（754）早春的这一纸诏令，他才有机会变卖家资，打通关节，到龙武将军李宓帐下当了一名普通的行军参军，负责参谋和打理文书之事。而这个机会的获得，还得拜南诏莽荒边远和鲜于仲通之败所赐，他明白，若不是许多和他一样想当参军的人对此望而却步，以他的微薄声望和贫寒门第，根本不可能入幕参军，站立在李宓将军身边。

杨仲翔还记得，大军走过春明街，过了朱雀门，经过明德街，出了西门明德门，就离开了大唐天子的视线和长安城，正式踏上了征讨南诏的道路。一出长安城，严整的队伍就开始松懈了，许多人开始唉声叹气，不停抱怨。正午时分，大军到了咸阳城边，来到渭河桥头，送行的队伍挤满桥头桥尾和两旁的道路。咸阳桥又名渭桥、霸陵桥，是长安人送别西行南往之人的所在，所谓"霸陵伤别"，在这里发生的事情从来都令人伤感。不过，对此他并不挂怀，他的亲友远在遂州，不会跑到这里来送别。再说，从军是他的意愿，壮行的离别酒他早在遂州出发时就痛快喝过了。但眼前的场景还是让他吃惊。这样的场景不用多说，十五年后，他将含着泪水在杜子美的《兵车行》中重温"车辚辚，马萧萧，行人弓箭各在腰。……牵衣顿足拦道哭，哭声直上干云霄……"这样的场景。而在当时，当诗人杜子美站在道旁，目睹眼前情景，酝酿着这首诗的时候，杨仲翔心中并无多少感受，他只是暗中思忖，并不是每一个人都像他这样心甘情愿地前去打仗，对大多数普通士兵而言，他们只是普通的儿子、丈夫、兄弟，他们只想活着回来，天子的宏图远略、将相的功名成败这些闲事统统和他们无关。看着眼前的场景，杨仲翔的心中闪过一丝寒意：大军士气如此，会不会是个不祥之兆？这个念头闪过的瞬间，他不由自主地看了一眼身旁的李宓将军。李宓将军若有所思，眉头紧锁，神情严峻。他不知晓，那一丝寒意、那不祥的念头是不是也在同一个时刻，闪过李宓将军心头？

　　无论心头是否闪过那样的念头，作为七万大军的统帅，李宓将军只能忠实地履行大唐天子进攻南诏的诏命。过了咸阳，大军进入汉中，经艰险的秦岭栈道开赴蜀地，稍做休整，补充粮饷军资，便又开拔，渡过金沙江，经过血战，攻占了姚州都督府，很快打到了南诏国的王城要害之地——苍山洱海地区。在洱海东岸，李宓的大军和左武卫大将军何履光率领的岭南五道大军会合，一起商讨攻打南诏都城——太和城的方略。大家明白，之前的战事都是攻打南诏之战的前奏，眼前的一战才是决定成败的最后一仗。南诏王阁罗凤知道以自己的兵力无法和大唐大军正面交锋，已经把所有兵力收缩集中在苍山脚下、洱海西岸的苍洱之地。这片地区是天险之地，西有南北横陈、高峻险拔、白雪覆顶的苍山诸峰，东有纵贯南北、烟波浩渺的洱海之水，北有山海挟制之间的龙首关，南有山海相应，前面还有一条天然的护城河——洱海的出海口西洱河环护的龙尾关。在苍山洱海和龙首关、龙尾关之间，是南北铺陈达数十里的广阔平坦、物产丰腴之地。在这片广阔之地的中段，坐落着南诏的王城——太和城。面对眼前的情景，李宓将军、何履光将军和众多将军、参军明白，南诏的王畿之地是一座天造地设的大城，南北横陈数十里的苍山诸峰和烟波浩渺的洱水是这座城池的西城墙和东城河，但这两段城墙和城河，大军根本不可能涉足。剩下能够攻打的地方便是龙首关和龙尾关。这两座城关就像苍洱大城的北大门和南大门，只要能够破关而入，太和城便将袒露在大唐的锋镝之下，无险可守，不攻自破。但这两座城关地形险要，地势狭窄，大唐军队虽然兵多将广，但却难以展开，各种进攻手段难以施展，南诏虽然兵少，但防守却不太艰难。既然如此，那是否可以采用围城之策，让南诏王坐以待毙？大家稍一思忖，便明白这绝不可行。以苍洱大城地势之大、物产之丰，就是围个十年八年也能衣食自足，而大唐十余万大军却绝然耗不了这么长时间。别的不说，那么多粮饷耗费就是大问题，再加上久攻而不克，天子必会震怒，更别说将士们远离故土，思归心切，数年下来，必会士气耗尽，不战自溃。所以，剩下的路只有一条，那就是只能急战，以雷霆之势破釜沉舟，硬攻龙首、龙尾两座城关。只要能攻克其中一关，其余一关和太和城便将难以防守，南诏王就将束手就擒。在洱海东岸的营地，李宓和何履光两位将军划分了职责，由何履光攻打龙尾关，李宓攻打龙首关。而全力主攻，则在龙尾关。只要龙尾关一破，大军便可直取太和城，直接攻打南诏王阁罗凤。李宓将军不能用全力攻打龙首关，是因为必须分兵防备北方的吐蕃军。在大军进攻南诏的同时，吐蕃大军开始南下，在大唐北路大军的背后虎视眈眈。大家明白，必须保障北线唐军的安全，在吐蕃军攻破北线唐军之前攻破南诏。只要南诏一破，企图螳螂捕蝉黄雀在后、坐收渔翁之利的吐蕃军便无机可乘，必然退兵。而防守北线的关键在邓州城。所以，北线李宓大军并不能全力攻击龙首关，而只能在尽力攻击龙首关的同时分重兵把守邓州，以求万无一失。

很长时间里，百无聊赖的杨仲翔都在心里复盘南诏之败。但这样的复盘已经毫无意义。攻击龙首、龙尾两关遇到的挫折都是意料之中的。虽然对唐军来说利在急战，但这本来就是一场消耗战，如果不经过长期持续攻击，根本不可能攻破两关。但朝廷等不了那么长时间，催战的诏命一道接一道下达。既然攻击两关受挫，那就得开辟攻击的第三条路线，点苍山不可逾越，那就只能在洱海东岸造船，从水路攻击。但造船并非一朝一夕之功，况且来自北方和岭南腹地的大军里也缺少造船的工匠，即使昼夜不停赶工，耗费数月，所造之船也仅初具规模，勉强堪用而已。但还未等水军练成，船队便被乘夜而来的南诏水军偷袭，一把火烧光。这自然是疏于防备之过，不过也实在是防不胜防。再说，造好的那些船，不过能载三两千人而已，南诏船队昼夜不停在海上巡视，这点兵力即使能够全都渡海登岸，也没什么大用，只不过白白耗损而已。船队被毁，责问催战的诏书又到，海路不通，只好再次加大攻击两关力度。因龙尾关更加险要难攻，只好在攻龙尾关的同时，抽调更多兵力攻击龙首关。偏偏此时，军中疫病流行，军力吃紧，不得不从邓州抽调兵力攻击龙首关。对此，他曾提醒过李宓将军，认为此举不妥。但李宓将军无奈，说没办法，战事旷日持久，朝廷催得紧，战局如此，他也只能赌了。再说，唐军困难，南诏军难道又轻松了？连日激战，他们也早有困顿疲惫之态，或许奋力一击，便能破关成功。只要破关成功，便不用惧怕吐蕃。结果，面对唐军猛攻，南诏不得不从龙尾关抽调兵力增援龙首关。这样一来，龙尾关兵力减弱，何履光军乘机猛攻，一举攻下龙尾关。眼看南诏之战即将取胜，但正在此时，邓州被吐蕃军攻破的消息突然传来。之后的战局便崩溃了。何履光军从龙尾关进攻太和城而不克，与此同时，吐蕃军从北线唐军背后发起猛攻，龙首关南诏军也全力出击，北线李宓大军便被两军夹攻而溃灭。李宓将军战死。杨仲翔持刀奋战，受伤力竭而被俘。李宓军破，何履光军只能急速撤退，大唐天宝伐南诏之役就这样以惨败收场。

如今，大军过朱雀门仰望天子的情景早已依稀模糊，心中复盘战败的差错早已毫无意义，此生的功名也早已尽归尘土，杨仲翔的心中只剩下一个奢望：回归大唐，埋骨家乡。但这样的奢望也只能是奢望了，能够实现的希望早已渺茫得犹如抓住天边的浮云，可望而不可即。被俘后，他的身份再也不是大唐军中的参军，而只是一名南诏土酋的家奴。被俘之初，他还抱着一丝希望，以为大唐还会再次发兵攻打南诏，至少，也会威逼南诏达成合议，其中必有释放此战被俘之人的条款。但大唐没有派兵前来讨伐，相反，南诏军却不断北进，攻击剑南节度使所辖的蜀南地区。不久，在为奴的不堪日子里，传来了安禄山、史思明叛乱，洛阳、长安两京沦陷，明皇天子仓皇入蜀的消息。接下去的日子里，大唐乱成一锅粥，有谁还会念及天宝伐南诏之役被虏之人的事情？其实，被俘之后，杨仲翔早已明白，自己已经成为没有姓名的人。被俘之后，伤还没好，他就和许多战俘一样，在南诏军的刀剑押解之下，和许多南诏人一起收殓大唐阵亡将士遗骸。那么多的阵亡将士，情景惨不堪言。他们先是在战地挖一个个大坑，再把散落附近的将士遗骸收集起来，一具又一具地放在坑里，小的坑里放数百具，大的坑里放上千具，再大的坑里放数千具。这些坑被土石填平、堆垒，垒成一个个大小不一的山包。除了主帅李宓将军单独掩埋，垒墓立石刻碑之外，山包下埋的人全都没有名字、籍贯，所有的人都是一个人，全都是无名之人。杨仲翔明白，如果他阵亡了，也是万千无名之人中的一个。而即使活着，死了之后埋骨异乡，他也同样将是一个无名之人。要想死了之后留下姓名，他只有回到家乡埋骨故土一条路。其实，死后是否留下姓名他早已不在乎了。不用说什么粪土当年万户侯，在亘古的日月交替、时序代迁之前，古往今来的帝王将相死后无不等同于尘土，单是眼前埋骨异乡而无法留名的万千将士，就让他明白自己身后是否留名实在是无聊透顶之事。他想回到故乡，是因为双亲在堂而无法奉养，妻子和一儿一女在家而无法相见。这是让他痛彻心扉之事，也是他梦想回到故土的唯一理由。

但回到故土已近乎绝无可能。被俘不久，他就有了第一个主人，那是南诏军里的一个领主，因为抗击唐军有功，杨仲翔和其他上百名战俘被南诏王赏赐给他为奴。那个人很细心，一一详查每一名战俘的来历。查问到杨仲翔时，他一眼就看出杨仲翔读过书，迅速查出他是唐军中李宓将军帐下的一名参军。不仅如此，他还通过威胁不给大家吃饭，从其他俘虏之口查出杨仲翔这个参军是怎么来的。原来，杨仲翔是大唐宰相杨国忠的远房侄子。杨仲翔变卖家资，打通关节找到杨国忠，向李宓将军举荐，才成为李宓将军帐下的一名参军。那位主人得知这些关节，兴奋不已，开出了绢一千匹的高价赎金，逼着杨仲翔写书信，以为能借此大发一笔横财。杨仲翔对他说，他的书信不可能送达杨国忠手上，那封信即使写了，要到达杨国忠之手，不知中间要通过多少关节，其间消耗的钱财就不止一千匹绢之多。退一万步说，他那所谓的杨国忠远房侄子是七拉八扯才攀附上的，如今，杨国忠应该早就忘了他这个名叫杨仲翔的人，那封信即使到了他的手上，他也会不屑一顾，随手抛弃，绝不可能为他付那么多赎金。主人说，那你就给家里写。杨仲翔说家资早就变卖一空，即使家里得到书信，也不可能再付什么赎金，只不过给家人徒增忧虑烦恼而已。主人说，那你给别的亲人朋友写，反正总得写，赎金一匹都不能少，如果不写，你和别的那些俘虏都休想吃饭，从今天起，先让你们饿上三天试试厉害。无奈，杨仲翔只能写书求赎。但给谁写呢？思来想去，杨仲翔想到一个人，他姓吴，名保安，字永固。

3

　　杨仲翔和吴保安素不相识。他知道这个人，是在大军驻扎在成都短暂修整的时候。那时，他突然接到一封书信，是从蜀中绵竹县寄出的。那封信里，那位名叫吴保安的人写道："遂州故人入蜀，告知足下在征蛮军中，奉职李将军帐下。听说你是乡人中的翘楚，有幸和你同乡，虽然尚未拜访，但心中常怀禀仰。听闻你是杨相国的侄子，又是李将军幕府中的大才，因为德能显著，才受领李将军幕府中的重任。李将军文武兼备，受天子之命专征，亲统大军，将平小寇，以李将军的英勇和足下的才能，大军取胜，大功告成，旦夕之间便能完成。保安幼而好学，长大后专心经史，可惜才能匮乏，只做了这里的一个小小县尉。绵竹僻处剑外，离家数千里，关河阻隔，在这里本已不堪，可还是到了任期将满之时，后面到哪里任职，难以期待。以我的不才，想要通过考核选拔，到别的地方任职升迁，得到另外一份俸禄，实在不敢奢望。可就此回家，归老田园，辗转死在沟壑之间，又实在心有不甘。听说你急人之忧，又重同乡之情，忽然想到你或许可以眷顾我一下，和李将军美言几句，让我能在你的下面执鞭牵马，在李将军军中周旋。待大军大功告成，我也可以沾一些微末的功劳，能够忝居你的身侧。如果这样，那对我就是邱山一样重的恩德，我将永远铭记于心。当然，我知道这也是一种过分的愿望，可是还是想请你为我努力谋划。心中感慨，诚心希望你能宽宥我的造次，诚惶诚恐，希望你能不吝提携。"想起这封信，杨仲翔心中苦笑，大军惨败如此，哪有他说的大功告成，只在旦夕之间？当时，他也在心中一笑，不就是想在军中求个职吗，大军征战，职缺不少，何苦说得这么谦卑？得信之后，他很快和李宓将军说了。李宓将军首肯，说叫他来当个管书记吧，县尉虽小，但缉盗捕贼，想必有些勇气谋略，军中正缺他这样的人。得命之后，杨仲翔立马回信，叫他速来军中。可是，还没等吴保安来到军中，大军便开拔了。可对吴保安来说，这却是幸事，否则，他也必将葬身此地，或者同他一样成为阶下之囚。

　　如今，他只能给吴保安写信，否则，他将连累其他俘虏不能吃饭。大家正在洱海边挖地垒墙、劈石运木、喂马劈柴、炼铁打刀，干的尽是苦事，别说三日不能吃饭，就是差了一餐之饭，都难支持。别的不说，为了自己和难友们的肚皮，他就得写这封信。但他并不指望素不相识的吴保安真能来救他，给他写信，只不过应付眼前之事罢了。再说，这封信能不能送达他手还很难说，或许，他已任职到期，调至其他地方或者回河北遂州老家去了呢。不过，这封信到了他的眼前，他虽不能援救，但请他回乡之后帮忙照顾双亲和家小，那也未尝不是好事。想定之后，杨仲翔展纸写道："永固先生安好无恙。在成都时给你回过那封信，还没等到你的消息，大军已经开拔，深入苍山洱水，结果却败得惨不堪言。李将军阵亡，我成了囚房。自念功名早已成为尘土烟云，在这里忍辱偷生，苟延残喘，无非是顾念双亲家小尚在，不敢先死，并怀想家国遥远，或许有朝一日能归故国乡里。我的才能比不上当年的楚国人钟仪，却还是和他一样兵败被俘；我的德行见识比不上殷商末代的大贤箕子，可还是和他一样做了奴仆。如今，我在洱海边放羊，有如当年在北海边牧羊的苏武；我宁可期待武帝在上林苑宫中射落大雁得到书信，知晓苏武在北海的消息而帮助他回归大汉这类希望渺茫的事情，也不会做李陵那样在异国他乡出卖气节而得富贵的人。自从身陷蛮夷之地而成囚虏，备尝艰辛，供人役使，常常肌肤毁坏，血流满地。人生在世的艰辛，都已以身受之。想我以中原大地的世族之家，而沦亡为绝域蛮夷之地的囚徒，日月交替，暑退寒袭，日思夜想老父老母和亲朋好友身在故国而不得见，看见松柏之树便想起祖先的坟茔而不得洒扫祭奠，而今后自己殒命他乡也无法归葬祖墓之地。想到这些，常常心中发狂，胸中阻隔，痛不欲生，不知自己的泪水会在风中飘向何方。我在这里蓬首垢面，与乞丐无异，即使那些蛮夷之人，见到我的样子都会同情悲伤，叹息一番。我和永固先生，虽然未得谋面，互通款曲，而同为乡里贤达之人，风味相亲，志趣相投。如今，我常思及故人，也曾在梦里想象你的仪表。想到大军驻留剑南成都之日，意气风发，好像就在昨天。那时，承蒙你的问候，便乘间隙向李宓将军举荐你。李公听说你的才名，心想你有勇气智谋，便礼请你为军中管书记。可大军启程去远，你还姗姗未到。如今想来，你这是门传余庆，祖上积善，老天照看，因事耽误，不能入军，所以就能保全性命。如果当时你早早来到军中，就职于李将军麾下，和我一起在幕府参军，那你也会和我一样身陷绝域，一同为囚。我如今力屈计穷，身在困厄，这蛮夷之地的风俗是战败被虏之人可以让亲族前往赎买。寻常俘虏索绢二十匹，可他们认为我是杨相国的侄子，和众人不同，索绢一千匹。杨相国门第高不可攀，我这所谓的侄子是从远方攀附上的，遭逢这种苦难，很难告知他这个消息，只好写书告知你。希望你得到这封书信的时候，再写一封信告诉我远在家乡遂州的伯父杨剑，请他召集亲友，凑集赎金，将我赎回，使我死后骸骨得以归葬故乡。远在蛮夷绝域之地，我左思右想，能够指望的只有你一人。我的伯父杨剑已经去职，书信难以寄达。今天的事情，还请你不辞劳苦，为我奔忙。希望你能像当年的齐国名相晏子一样，在出使晋国的时候遇到羁困的越石父，便解下座驾左边的一匹骏马，把他赎回；也希望你像当年宋国人不惜代价，前往楚国赎回因战被俘的华元。我知道类似的事情，即使古人高义，做起来也很困难。知道足下你名节特著，所以才有这个请求。如果你不哀怜我的处境，那我只有活着时候作为一个俘囚的奴仆，死了之后作为蛮夷之地的一个孤魂野鬼了，此生此世，再无指望！我知道这事让你为难，心中悲苦，我再也说不下去了，只想最后说一句：吴君，请你千万不要丢下我的事不管!"

写下这封信，杨仲翔在洱海周边四处辗转，继续为奴。那封信已经送出，但杨仲翔知道很难有什么结果，不过强人所难，给那个名叫吴保安的人徒增烦恼罢了。剑南偏僻之地的一个小小县尉，不过缉盗捕贼而已，能有多少积蓄？再说，自己的赎金可是一千匹绢，普通地方小官一辈子的俸禄也没这么多。至于自己的伯父杨剑，早已年迈，家里也不富有，即使吴保安得信之后给他写了信，他也只能召集族人，告知大家自己身陷南蛮绝域之地的消息而已。自己早已家道中落，为了在军中谋个职位，变卖家资，空无所有。族人得知消息，不过感叹唏嘘一番，对自己家里有点接济罢了，要凑足一千绢的赎金，那是万无可能的。但即使这样，也算不错，毕竟家人能因这封书信得到一些接济。而这，其实也是自己给吴保安写信的真实原因。他给吴保安写的第一封信，并没请他凑集赎金来赎他，不过请他给家里写信，让伯父凑集赎金送到蜀地之后，由吴保安居中斡旋，前来赎买自己而已。他知道这不过是几句空话，若家里不能凑集赎金，吴保安自然不会勉强在意的。但主人请人看信之后，把那封信撕毁了，还将他打骂一番，让他重写，加上那些恳请吴保安一定要来赎他的话语。无奈，他只好写了上面那封信，寄出之后，想起来都有些害臊，怎么能用所谓的信义去要挟吴保安这么一个素未谋面的陌生朋友呢？

书信被主人送出后，杨仲翔并不抱什么希望。但他也不甘终生为奴，一直在寻机逃跑。第一次逃跑，三天之后就被抓回，他被主人狠狠抽了一顿鞭子，饿了三天。半年后，他又逃跑第二次，数天之后被人抓获，主人把他毒打一顿，脚上戴了镣铐。从此以后，杨仲翔吃饭睡觉干活都戴着那副镣铐，慢慢断了逃亡的念头。转眼数年，赎买杨仲翔的消息和一千匹绢还杳无踪影，但大唐乱了的消息却传到了南诏和杨仲翔的主人耳里。从大唐传来的消息说，平卢节度使安禄山和范阳节度使史思明叛唐作乱，率大军攻破潼关，进占长安，大唐天子李隆基逃亡蜀地。途中，禁军在马嵬坡发动兵变，杀死了宰相杨国忠和贵妃杨玉环。主人想，杨仲翔是杨国忠的侄子，杨国忠死了，就不会有人出那么多赎金来赎杨仲翔了。至于那个什么吴保安，一个小小的县尉，又是一个连杨仲翔一面都没见过的朋友，怎么会来赎他呢？如果要来赎，也早就来了。眼见获取赎绢无望，主人就把杨仲翔转卖给另外一个人。第二个主人把杨仲翔带走的时候，第一个主人不忘嘱咐那人，看好这恶奴，他可是值一千匹绢的人啊，他想逃跑，千万别让他跑了。在第二个主人那里，杨仲翔待了几年，度日如年，其间又逃跑了几次，都被抓回。没过几年，杨仲翔又被转卖给第三个主人，没过多久，又被转卖给第四个、第五个人……杨仲翔被不断转卖，除了那传说中的值一千匹绢的赎金，还因为他读书识文，能为主人记账作书，颇有价值，和一般的奴仆不同。但这个人不安分，老想着逃跑，也让主人不省心，所以他在每一个主人那里都待不长。最后一次，杨仲翔被转卖到一个名叫南涧的地方。这个地方在苍山洱海之南上百里，离大唐的剑南之地更加遥远。没待多久，杨仲翔就再次逃亡。他清楚，要想回归故土，只有逃亡一条路，如果安分地待着，那他只有身死异乡，成为他乡之鬼。即使明知逃亡不成，会受到严厉惩罚，他也在所不惜。大不了就是被主人杀了，如果注定身死异乡，早死一天晚死一天又有什么分别。在南涧，他逃了三次，第三次逃亡被抓回，主人极其愤怒，把他捆绑在一根柱子上，让人用铁钉把他两只脚掌钉穿，在柱子上捆了三天。杨仲翔晕死过去，以为就此命丧他乡。但他还是活过来了，双脚上又和当年在第一个主人那里一样，多了一副镣铐，继续为奴。

## 4

转眼之间，杨仲翔已在南诏为奴十余年，漫长而艰难的岁月，让他的北归之心渐渐泯灭。一同泯灭的，还有他脚上的镣铐。在最后那位主人那里，他得到善待。主人为他去除了脚上的镣铐，再不让他干粗活重活，而是让他管理家里的账目，闲暇时教导家族里的子弟们读书习文。虽然他所教导的书文，只是开蒙时的那些简单玩意儿，但在重武轻文的南诏国，已足够让主人满意，也足以让自己被弟子们称为来自大唐的"杨先生"。十余年的南诏生活，还让他成为这片极边之地的悉心观察者，他渐渐留意这里的地理风物、军政民俗、传说故事，将它们形诸文字，写成笔记。他本无意于文章，开始做这些事情的时候只是为了打发时光，但却在打发时光中慢慢对这些事情产生了真正的兴趣。主人姓李，名金刚。他叫这个名字，是因为父亲崇奉《金刚经》，就把他取名李金刚。李金刚说我们取名随意，不像你们唐人，要按家族字辈来排，又是字，又是号什么的，真是麻烦。我叫李金刚，但我更喜欢阿嵯耶观音，就给儿子取名李观音，这个名字儿子如果不喜欢，他可以随意改。李金刚说他也是汉人，他家不知多少辈前，或许早在八百多年前汉武帝经略西南的时候就随汉军迁到南诏来了。但他也不能说自己是真正的汉人，因为祖祖辈辈和唐人口中的蛮夷通婚，自己身上的汉人血脉还剩多少已经很难说清了。如今，自己身在南诏国，那就只好算南诏人了。如果你能放下唐人的身份，在这里娶妻生子，以后你的子孙也是南诏人了。其实汉人、唐人、南诏人统统都是假象，都是空的，重要的只是自己是个人。其实人又是什么呢？也是假象，也是空的，都是众生之一种。所谓众生，既非众生，所谓人，既非人，又哪里来的汉人、唐人、南诏人？

李金刚的话，杨仲翔深有所感。多年的南诏生活，让他对自己的唐人身份以及所谓的声望名节早已不再在乎。

有时，想起多年前那封写给吴保安的书信，他就惭愧。那封信里，他把自己比作羁困敌国的钟仪、越石父、华元、箕子、苏武等人，但他明白自己根本不能和那些人相提并论。那些人大都是身负使命的大贤，他们最后能够得到义人的帮助回归故国，那是他们身负的使命应该得到的眷顾。可自己身负什么样的使命呢？什么也没有！自己来到南诏，是为一己之功名来的。和那些身死南诏的无数大唐将士相比，能够苟存性命，已是上天垂顾。自己何德何能，又怎么能有那样的非分之想，得到义人的援手，回归大唐？想到这里，杨仲翔非常后悔给素不相识的吴保安写那封信。那封信，说白了，不就是在用所谓的古人高义要挟别人吗？那封信吴保安没有收到最好，倘若收到了，那真是给他徒添烦恼。他若收到，一笑置之倒也罢了，倘若上了心，那自己真是万分羞愧，无地自容。

李金刚经营茶叶生意，把银生节度辖地出产的茶叶运往南诏京畿之地太和城和吐蕃国境内贩卖。跟随李金刚马队贩运茶叶的日子里，杨仲翔行走于银生、太和城和吐蕃国境内奇崛壮丽的山河之间。天地之大常常让他感觉自己渺小的身躯化进了无边的山河里，忘记了自己的存在。有时闲聊，李金刚会和他说，其实早就想放他离去，由他爱去哪里就去哪里，可南诏和大唐两国交兵，他已经在南诏度过这么多年，深谙南诏内情，即使他放他走，南诏国也不会放他走，没有南诏国的通关文牒，他根本无法离开南诏，回归大唐。李金刚这么说的时候，杨仲翔淡淡一笑，说你看我这身打扮，还是唐人吗？想到父母、妻子、儿女的时候，我是唐人；不想的时候，我什么人也不是。如今，在我心里，他们的面目越来越记不清了，连在梦里，都日渐模糊了。回归故土的事我早已不去想了。我只活在命里，我的命把我带到哪里，就到哪里吧。

令杨仲翔想不到的是，从吐蕃回返太和城的时候，在行馆刚刚安顿下来，就有两人寻来。他们一人是来自大唐的使者，一人是南诏国的官员。他们在这里已经等了很久，就等着李金刚的马队和马队里的杨仲翔。

## 5

杨仲翔不知道，在过去的十余年里，素未谋面的朋友吴保安一直为他四处奔走。吴保安得到书信的时候，非常伤感。那时，他得知杨国忠和杨贵妃已殒命马嵬坡，没有他们的帮助，要凑足一千匹绢的赎金比登天还难，但为了当年杨仲翔为他写的一纸荐书，他还是决定，无论如何也要赎回杨仲翔。吴保安如杨仲翔信中所说，给杨仲翔的伯父杨剑修书，请他召集亲友，和自己一起凑集赎金。但书信送出后如石沉大海，并未获得回音。无奈，吴保安只好倾家荡产，变卖家资，得绢二百匹。之后，他在四川绵州的县尉任期也到了，依然未能得到杨剑的回书，于是便离职前往泸州，用那二百匹绢为成本，开了一家杂货店，经营内地和南诏之间的货物生意。之所以到泸州，是因为泸州地处蜀南，和南诏只隔着一条大江，方便打听杨仲翔的消息。在泸州，吴保安辛苦经营十年，每有所得，都省吃俭用节省下来，渐渐积攒了七百匹绢，但离杨仲翔书信中所说的赎金依然还有三百匹的差额。为了凑够赎金，吴保安不能补贴家人用度，慢慢和妻子家人断了音讯。他的妻子王采芝在老家遂州，本已艰难，又失去了丈夫的接济，加上战乱蔓延到家乡，饥寒交迫，再也无法自立，于是带着幼小的儿子，二人一驴前往泸州寻找吴保安。旅途中，他们的钱粮用完了，但距离泸州还有数百里之遥。王采芝无计可施，搂着儿子在路边痛哭。兵荒马乱的年代，每个人都自顾不暇，行人看见都爱莫能助，只是摇头叹息。天无绝人之路，正在此时，一支马队路过，缓缓停下，一位骑者下马询问王采芝。原来，是杨安居大人赴任泸州刺史兼遥领姚州都督府，刚好经过，见一女子在路边哭得伤心，便叫随从上前询问。王采芝哭诉了来由，杨安居大为惊奇，不相信世间竟有这样的奇事，便下马对王采芝说："我得赶往泸州赴任，事情紧急，不能停歇。我没有多余的马匹，不能带你们一起走，先给你们点干粮，吃点东西，前面的驿站不远，你们休息一下慢慢前往。我先赶到那里，叫驿站为你们准备些钱粮，你们再到泸州来。这里离泸州还有大小数十个驿站，请放心，我会吩咐前面的驿站接济你们，我先到泸州帮你们寻找吴保安，如果他还在那里，你们一定能够相聚。"

杨安居一行骑快马，没几日便赶到泸州。刚刚交接完公务，杨安居便命随从找到吴保安。在泸州府衙，杨安居一听吴保安到来便出府迎接，拉着吴保安的手一起升堂叙话。听了吴保安述说十余年来的经历，杨安居甚为感慨，对吴保安说："我常读古人之书，知晓古人行事的风骨，古人的高义，今日已经不多见了，想不到在这偏僻蛮荒之地，竟能见到你这样的高义之人。你为了救赎朋友，竟能做到这种地步，真是令人感叹！说来也是有缘，我在来泸州的路上碰到了你的妻子，略施援手，他们不日就会赶到这里和你相见。我被你的高义所感动，愿助你一臂之力。我刚到这里，没有什么财物帮助你。但想你救赎朋友的急切心情，可以先在泸州府库的官绢中借你四百匹，凑足一千匹赎金之用，多出的一百匹，接济你和家人的用度。待你的朋友回来后，你们再慢慢想法子填还吧。"吴保安大喜，感激之情不尽言表。没几日，王采芝和儿子赶到泸州，和吴保安相见，三人悲喜交集，抱头痛哭。

得到杨安居的资助，吴保安立刻向南诏派出信使，赎买杨仲翔。那时，南诏和大唐的战事已逐渐消停，双方开始互通信使，也有少量货物交易，向南诏派出信使大为方便。但即使如此，过了这么多年，音讯不通，杨仲翔是否还活着都不知道，要找到他的踪迹更不是容易的事情。为此，杨安居修书一封，以泸州刺史的名义向南诏王阁罗凤发出官方文书，说明原委，请南诏国帮助寻找杨仲翔。杨安居此番用意，不仅为了杨仲翔，也想借此机会向南诏国王致意，表达修好南诏的用意。他知道，他虽然遥领姚州都督府，但姚州早已在十余年前的天宝之战中落入南诏之手。眼下大唐虽然刚刚平定安禄山和史思明的叛乱，但各地藩镇拥兵自重，叛乱不断，大唐还在风雨飘摇之中，自保不暇，根本不可能再和南诏开启大规模的战事，他遥领的这个姚州都督，不过徒有虚名，勉强维护朝廷的一丁点面子罢了，根本不可能再开战端，收复姚州故地。

在南诏王阁罗凤的帮助下，使者很快打听到杨仲翔的踪迹，在吐蕃通往银生城的必经之地太和城守候，找到了杨仲翔，向李金刚交付一千匹绢的赎金。但李金刚只收下三百匹。他说他买杨仲翔的时候，杨仲翔早已降价了，就值三百匹绢，他也不相信会有人来赎买杨仲翔。剩下的七百匹，他让使者和杨仲翔留下作为回归大唐旅途的费用。

用李金刚的话说就是，别以为有了南诏王的一句话，通关文牒就是那么容易办理的，不花费些财物，哪里容易办下来。就算有了通关文牒，不花费些财物，岂能那么容易出关？

离开太和城的时候，杨仲翔百感交集，五味杂陈。他和使者一起到苍山脚下埋葬大唐阵亡将士的"万人冢"和供奉李宓将军的"将军庙"祭奠。面对李宓将军和数万将士的亡灵，杨仲翔悲从中来，不能自持。多年的为奴生活，让他已经无力去想朝廷当年为什么要打那场大战，为什么会输了那场大战，并且输得那么惨！他只是后悔为了自己一点梦想中的功名辞亲离家，身蹈险地，沦落为奴。如今，自己虽然被赎得归，但却害苦了那位素未谋面的陌生朋友吴保安，欠下他余生难以报答的恩情。

## *6*

和使者离开太和城，来到泸水边上的豆沙关，杨仲翔踌躇不前。他知道，过了豆沙关，就要渡过泸水；过了泸水，就会回到大唐的泸州；到了泸州，就会见到恩公吴保安。可他却不知道，应该和吴保安怎样相见。

旅途中，通过使者之口，他已知晓吴保安一家为了赎救他付出的一切。他深感愧疚。他知道，十余年前那封信，虽然出于无奈，但他已用一个"义"字要挟了吴保安。吴保安收到那封信，如果不对他施以援手，那就是"不义"。吴保安为了救他，为了一个"义"字，成为"义"的奴仆，为了摆脱"不义"的囚笼，付出了惨重的代价。可是这样，就更加显出自己的"不义"。如今，自己虽然身脱奴仆，可心，却被关进"不义"的囚笼。面对吴保安的高义，他不知道如何面对，如何报答，如何摆脱这"不义"的囚笼。

过了豆沙关，渡过泸水，来到泸州城，杨仲翔即将与吴保安相见。杨仲翔知道，相见的场景不得不如自己和旁人的预想那样进行。一见吴保安，他便下跪，叩首拜谢。吴保安赶紧上前将他扶起，说："不敢当，不敢当，杨公岂能如此？"杨仲翔对吴保安说："吴公大恩，杨某无以为报，当有此一拜，否则不知如何自处！吴公毋辞，请受在下一拜！杨某羞愧，难以启齿，当初落难之时，本不该写信向你求援，我知道这是强人所难，因为身不由己，被迫给你写了那封信，只不过应付主人相逼罢了，不敢指望你能施以援手。想不到你竟如此高义，抛妻舍家相救，你的恩德，真是让我无地自容，三生难报！"吴保安不由分说，把杨仲翔扶起说："当年我向你投书求荐时，也不敢指望你能提携，但你倾诚相待，向李将军举荐我。那时我在绵州为县尉，职位卑微，很少有人青眼相待，想不到你竟如此待我。虽然大军早行，未及赶赴军中，但你的举荐之德，我何尝敢忘？后你落难，我岂有袖手不救之理？"杨仲翔说："话虽如此，但你毁家相救，如此恩义，让我羞愧难当，实在难以为报！"吴保安说："杨公不必挂怀，这都是我该做的，换我落难，你也会一样救我。"杨仲翔痛哭："因为你的恩义，我才得归，从今以后，你如我的再生父母，请受我三拜！"说罢，杨仲翔又俯身叩拜。吴保安忙把他扶起，说："要拜我们一起拜吧，从今之后，你我就是生死兄弟，我比你虚长两岁，你喊我一声兄长就行了。"说罢，二人俯身相拜，抱头痛哭，观者无不唏嘘。

之后，二人又到泸州府衙拜谢杨安居。杨安居在府中设宴相贺，因为杨仲翔和吴保安的义气和行事，杨安居对二人极为看重，引为亲随。杨仲翔亲历天宝战事，陷身南诏十余载，对南诏民情风俗极为了解，为此，杨安居向他详询南诏之事。杨仲翔尽其所知所见，详为述说。末了，杨安居对杨仲翔说："如今我为泸州刺史，遥领姚州都督府，有恢复大唐姚州故地之志，你以为如何？"杨仲翔说："十余年前，大唐天子玄宗皇帝锐意开边，剑南节度使鲜于仲通和姚州都督将军张虔陀迎合上意，挑起边衅，和南诏开战，一位惨败，一位身死。加上李宓将军的洱海之败，前车殷鉴不远，相信府君通达明识，不会步他们的后尘。南诏虽处边地，但并非蛮夷不文之地。南诏如今君明臣强，政通人和，民风剽悍善战，再加唐人不服南方水土，如若轻起战事，深入险地，劳师远袭，绝无取胜之理。当年李宓大军和南诏大战于苍山洱水之滨，全军覆没，七万大军十不存一，惨痛之状，至今痛彻心扉。在下作为李将军帐前参军，曾经仔细推敲过败军覆亡的各种关窍所在。但以今日观察，那些关窍其实都无关紧要，大势如此，其实早已不战先败，绝无取胜之理。还望府君明察，只可安边养民，不可再开边衅，让更多大唐子民徒劳无功，身死异乡！"杨安居听罢，颔首笑道："你的话很有道理，什么恢复姚州故地，我只不过随口说说罢了，我也知道形势如此，此事绝不可为！"

　　杨仲翔通晓南诏风情，深得杨安居信赖，被聘为泸州幕府参军。吴保安也得到杨安居厚遇，生意极为顺利，很快就和杨仲翔一起还清了借自泸州府库的官绢。

　　不久，吴保安受到杨安居推荐，赴任眉州彭山县尉。

临行时，杨仲翔相送，说兄长大恩，无以相报，本当牵马执鞭，伴随兄长左右，奈何离家多年，不知父母妻子是否安好，今当别过，归返遂州，略尽人伦，事尽之后，便至彭山，伴兄左右，为兄驱策。吴保安忙说，杨兄千万不可如此，理当速归遂州，无论如何，不可再来彭山。从此浮云游子，各奔前程，以待他日老归故乡，把酒对月，共话桑麻。

## 7

吴保安刚走，杨安居便被调离泸州，回长安任职。杨仲翔也随之赴京，在杨安居的帮助下，他被任命为蔚州录事参军。赴任前，杨仲翔回到遂州老家，找到自己的妻子。此时，他已离家十五年，到家之时方才得知，自己的伯父早在他离家之后不久就过世了。不知何故，家人也未曾收到吴保安当年的来书，只是得悉天宝年间李宓将军征南诏全军覆没之败，因多年音讯不闻，族人都以为杨仲翔丧命军中，已把他的牌位供进了家族的祠堂。过去这十五年里，老父在得悉李宓军败师亡时茶饭不思，早已故去，余下的老母和妻子遭逢的各种苦楚难以尽述，大家见到他归来时全都不敢相信自己的眼睛。因为老家历经战乱，已然破败，生计难以持续，杨仲翔便把老母、妻子和一儿一女接到自己任职的蔚州谋生。两年之后，因为行事干练，颇有功劳，杨仲翔得以择优选授为代州户曹参军。三年后，老母故去，杨仲翔奉母归葬遂州。三年服丧期满，杨仲翔不愿再继续为官。

离开泸州之后的八年里，前数年，杨仲翔和吴保安还有书信来往。从吴保安来书里，他得知吴保安已经由彭山县尉升为彭山县丞。但不久之后，便再也不见吴保安来书。

三年服丧期满之时，在父母亲的墓地，杨仲翔拜别说："孩儿不孝，双亲在堂，为了一己功名辞家远行，身陷绝域，致使慈父忧心早故。我能归来，得以奉养老母，得见妻子儿女，今后骸骨能归故土，全赖恩公吴保安所赐，他的恩义难以为报。如今我双亲故去，丧期已满，家妻无恙，孩儿已经长大成人，我再没什么挂怀的了。剩下的残生，我要去找恩公吴保安，为他牵马执鞭，以效犬马之劳，但求能报他的恩德之万一。"

于是，杨仲翔一人一骑，离家远行，再次踏足蜀中，寻找吴保安。赶到眉州彭山县衙时，却寻不到吴保安踪影。打听之后，得知吴保安已于三年前在彭山县丞任上和妻子王采芝一起因病故去。由于路途遥远，家资匮乏，儿子吴远之无法奉亲归葬遂州，只能将二人棺木暂且寄存在县城附近的一座寺庙之中。杨仲翔极为痛切，大哭不止，赶到寺庙，设帐祭奠，然后从棺木中取出二人遗骨，在寺庙前的一条溪水中亲手洗净、晾干，在每一节骨头上按照次序墨书标记，以防再次殓葬时有所错乱遗失。墨书标记这些骨头时，杨仲翔小心翼翼，耗时数日才书写标记完毕，将它们分别装进两只白色的锦囊里。

标记二人遗骨的时候，杨仲翔百感交集，仿佛明白了自己这一生的命运。当初，他是奔着功名投军，成为李宓将军帐下一名参军的。当时他万难想到，大军败亡，遗尸遍野，他会成为俘虏，功名转眼成灰，他成了无数收尸人中的一个寻常收尸人。在南诏国苍山洱水之间，他和其他收尸人一起，没日没夜挖一个个大坑，在龙首关、龙尾关的关隘和旷野之间搜寻和搬运一具具尸骸。它们有的完整，有的不完整，因为尸骸太多，不可能整理和标记它们的姓名、籍贯，只能四处收罗起来，不分来处贵贱，一股脑儿填埋进那些大坑里，以"万人坑"这个名字作为它们共同的坟墓。人生天地间，终有一死，死后总得有人收殓，收殓死去的人无论如何都是一种善事功德。如今想来，二十余年前的那场大战，作为李宓将军的参军，他寸功未立，和其他几名参军一样，他们的所有谋划和辛劳都徒然无用，反而推波助澜地把大军一步一步带入全军覆没的死地。虽然败军覆没，并不全是因为他们，甚至也不是李宓将军一人的过错，而若论功，全军将士那是毫无尺寸之功，只不过师丧国辱，惨不堪言，但天命弄人，让他成了战后的一名俘虏、一名收尸人。那些时日里，他和其他俘虏、收尸人一起收殓过无数尸骸，尽管只是草草收殓掩埋，但那也是自己投军后唯一做过的善举。造化弄人，或许正是自己的这么一点点功德，让上天垂怜于他，冥冥之中，让他遇上吴保安这位素不相识的义人，对他伸出赎救之手，让他得以回归大唐，今后能够埋骨故乡。

如今，投桃报李，他把吴保安夫妇的遗骨奉归故乡。而这，是他余生里唯一能报答恩人的微末之事，也是他唯一能把自己从不义的囚笼里稍稍释放出来的小小举动。从蜀地眉州彭山县至故乡河北遂州有数千里，杨仲翔和吴保安之子吴远之身披缞麻，一路徒步而行，且行且哭，归葬吴家祖墓。再次入殓之时，杨仲翔仔细将锦囊中的吴保安夫妇遗骨取出，依据骨上的标记，在棺木中组成完整的两具骨骸。为了厚葬吴保安夫妇，杨仲翔用尽家财，刻石立碑，颂扬吴保安对自己的恩义。之后，杨仲翔又在吴保夫妇墓室旁搭建了一间草庐，洒扫读书，守墓三年。对吴保安之子吴远之，杨仲翔像对自己的亲生儿子一样爱惜。吴远之聪敏慧达，读书不辍，勇武有力，为人和父亲一样豪迈节义，在杨仲翔向杨安居举荐下做了蔚州县尉，后来又成为岚州长史，最后因功加授朝散大夫致仕，声名闻达于一时。

记骨归葬吴保安夫妇数年后，杨仲翔病逝于故乡遂州。临终时，他嘱咐儿子杨义全，在自己的墓碑上刻下"不义之人杨仲翔之墓"几个字。"不义之人"这四个字当然没有刻在杨仲翔的墓碑上，杨义全不会这么干，任何一个儿子都不会把这四个字刻在自己父亲的墓碑上。

时光流逝，发生于大唐天宝十三载（754）的那场惨烈战争被后人写进了二十四史，但那场战争中罹难的无数寻常将士，他们的行迹极少被记录下来。因为吴保安对杨仲翔的罕见义举，他们的事迹在河北遂州被传颂一时。大唐贞元年间，南诏和大唐修好，刻石立碑会盟于点苍山。唐人牛肃至河北遂州，听说吴保安和杨仲翔之事，心中感慨，写成二千余字的《吴保安》一文，收入自己的传奇文集《纪闻》一书。大宋至和元年（1054），宋敏求、范镇、欧阳修、宋祁、吕夏卿、梅尧臣等人奉宋仁宗之命修成《新唐书》，据牛肃《吴保安》一文记载之事，删削之后，修成一千余字的《吴保安传》一文，收入《新唐书》。

公元 2019 年冬，滇西大理人雷杰龙借宿大理下关点苍山龙尾关西洱河畔的朋友杨义全居所，距离天宝公园内俗称"万人冢"的"大唐天宝战士冢"数百米之遥。天宝公园里，刻着明代将军邓子龙凭吊当年天宝之战大唐阵亡将士的诗歌："唐将南征以捷闻，谁怜枯骨卧黄昏？唯有苍山公道雪，年年披白吊忠魂。"万历十一年（1583）夏某日，邓子龙奉诏征缅甸过大理，白日过此处，题诗而去，夜则游洱海，乘舟醉酒而歌此题诗。如今，点苍山上冰雪渐消，洱海已无人乘舟醉歌，唯下关凄厉号叫的风，片刻不息地撕扯西洱河上的夜空。这号叫的风扑进杨义全空荡荡的居所，吹动书桌上的旧书。在这深夜激荡的风和不停抖动的数页故纸中，滇西大理人雷杰龙依据唐传奇牛肃《吴保安》和《新唐书·吴保安传》二文，搜罗掌故，拾遗补缺，辨析源流，罗织经纬，将上述两篇中的人物郭仲翔改为杨仲翔，郭元振更为杨国忠，敷衍成短篇小说《记骨》，遥奠大唐天宝十三载（754）殒命于苍山洱水之间的无数亡魂和唐人吴保安、杨仲翔身上在"义"和"不义"间曾经激烈鼓荡，但如今却已日渐远去的古老义气。

中篇小说

# 斗鸡

是的，我就是贾昌，那个曾经闻名天下的"神鸡童"贾昌就是我。可开元、天宝那会儿的贾昌早死了，今天的我早就不是当年那个贾昌了，如果不是你来问起他的事儿，我都不知道当年那个贾昌是谁了。是的，开元、天宝那会儿，我在宫里斗鸡，明皇与太真妃的事儿，我是知道一点点。可那些事儿，早已化成烟，还说它们干什么？可你这后生，偏是执拗，缠着我不放。如果腿脚灵便些，你第一次见到我，也会是最后一次见到我。我一定躲得远远的，谁也找不到，再也不提那些事儿。可我走不动了，就像门口那棵弯腰的老柳树，只能待在这儿等死了。我不给你讲那些事儿，你是不会放过我，让我清静了。

是的，开元、天宝那会儿，我叫贾昌，长安城东宣阳里人。说起来，我和明皇帝倒是有缘。开元元年，癸丑，明皇登基，而我，就在那年出生。对了，后生，今年是什么年了？唔，元和丙午岁？怎么，又改元了？去年不是还在贞元年间吗？哦，是新皇登基，改号元和了，不好意思，老朽还不知道呢！可这没什么，这种事儿，老朽早已不用知道了。改来改去，还不是过了一年又一年？哦，你问我今年几岁？老朽记不清了，该到九十了吧？哦，你算过，九十四岁了，没错吗？那就算九十四岁吧。人在世上走，风从坡上过，不知不觉就老了，活再长的岁数，全都是眨眼工夫就会做到头的白日梦。经过的事儿，全是梦里的事儿。眼前的事儿，还不是梦里的事儿？梦中人说梦中事，说来说去都是痴人说梦，荒唐可笑！如果不是你执迷不悟，缠着我讲，我才没这份闲心说什么开元、天宝那些梦里的荒唐事。

开元元年三月，一个属鸡的日子，我在鸡叫头遍的时候出生。母亲说，那天凌晨，我一出生就哇哇大哭，可刚哭了一会儿，鸡叫二遍，我就不哭了，鸡叫三遍，我就咯咯笑起来。我母亲姓姚，我父亲叫贾忠，他没有什么了不得的，就是有个好身板。什么样的好身板？说起来你不信！他身长九尺，天赋神力，能把一头发飙的壮牛倒曳着走路。所以，父亲十六岁被招募为宫廷卫士，没过几年，就当了一名"材官"。在长安城，这样的宫廷卫士和小军官多得很，没什么了不起的。我家就住在城东的宣阳里。俗话说"东贫西富，北贵南贱"，一点不假，在长安，富贵的人家不住城西就住城北，我家住在城东宣阳里，那是因为家里穷。要不是父亲运气好，赶上了好时候，我家就没机会离开城东了。景龙四年，韦氏祸乱宫廷，我父亲跟随明皇率领的"万骑营"，攻入大明宫，一举诛灭韦氏，立下了功劳。记得父亲说，那会儿明皇还不是皇上，他还叫什么临淄王，那会儿万骑营里跟随明皇起事的根本没有一万人，只有几百人，就是那区区几百人，别说马，连兵器也没有。

当时事发紧急，除了明皇，还有李仙凫、葛福顺、陈玄礼这些军官有随身佩戴的刀剑，别的人连像样的家伙都找不到。要拼命，总不能赤手空拳吧？事到关头，大家正在发愁，一阵大风吹过营帐，吹得万骑营里大帐前的旗杆吱呀作响，父亲灵机一动，卷起袍袖，上前奋力拔起旗杆，一通挥舞，虎虎生威。明皇见状，大声叫好，说兵器不是现成的吗，支撑营帐的木杆就是啊！众人发一声喊，转眼工夫，就把各个营帐拆倒，每人持一根长木杆当棍棒，跟随明皇，突袭羽林军，攻入大明宫。我父亲跟随在明皇身边，格杀击退数十人，给明皇留下了好印象。因为这次功劳，明皇登基后，父亲就成了明皇的长刀亲随护卫，被称为"千牛备身"，而我们家，也奉诏从城东宣阳里搬到了长安城北大明宫旁的东云龙门街。这可是长安城里离皇宫最近的一条街，天子脚下，只有巨家富户、宗室、贵官之家才能居住。可我家虽然住在那里，但全家人的吃穿用度只能依靠父亲一个小小的"正六品下"的俸禄，生活根本算不上宽裕，平时十几天、二十天才能吃上一顿肉。为此，父亲在外面虽然风风光光，可在家里，却没少受母亲抱怨。不过，在我七岁那年，这一切全都在一夜之间改变了。因为就在那一年，我被召进宫，见到了天下人景仰的明皇帝。

说来惭愧，比起父亲，我更没什么能耐，唯一的本事，就是斗鸡。看你这后生，知书识礼，像个官人，我知道，在你们这样的人眼里，斗鸡算个什么玩意儿，这种本事根本不是什么正道。俗话说，人有三教九流，斗鸡顶多算下九流。可有什么法，龙生龙，凤生凤，老鼠儿子会打洞，我父亲是个粗鲁的武人，我也不爱读书，生性好动。七岁时，我就身手矫健过人，能够抱着柱子，几下子蹿到梁上。

我还喜欢各种各样的鸟儿，能听懂它们的话。成天没事，我就和东云龙门街的小伙伴们在长安城的大街小巷四处溜达，出入各种斗鸡走马的场所，耳濡目染，自然而然就喜欢上了斗鸡。那时长安斗鸡热闹得很，今日的长安虽然还斗鸡，可和当年根本不可同日而语。那时的长安，街头巷尾、歌楼酒肆、皇宫大内，斗鸡几乎时时可见、处处可观。平民百姓、富家子弟、达官贵人，几乎没有不爱斗鸡的。每年清明，更是斗鸡无比火爆的时节，通宵达旦，整个长安城几乎都在斗鸡。明皇还在做藩王时，就喜欢斗鸡，经常出入宫里宫外的斗鸡场所。明皇诞于垂拱乙酉，属鸡，和鸡有缘，怎么会不喜欢斗鸡呢？登基以后，明皇在大明宫和太极宫的两宫之间，专门设立了一个斗鸡坊，搜罗长安城里金毫铁距、高冠长尾的雄鸡数千只，养在那里。为此，明皇又选了六军家属的聪敏少年五百人，司职斗鸡坊，每日驯养调教那数千只雄鸡。据说，斗鸡在汉代就流行了，汉武帝就是个无比喜欢斗鸡的皇帝。古风如此，民风如此，如今，明皇又好之如此，长安斗鸡之风更甚。王侯之家、外戚之家、达官巨富之家，没有哪一家不卖房卖地，花重金搜罗最厉害的各种斗鸡。人们往往以重金下注，许多人一夜暴富，许多人转眼间就变成穷光蛋。有人贫穷，买不起斗鸡，就用一般的家鸡冒充斗鸡，高价售卖。有的人上当受骗，恼羞成怒，报官追索，非把售卖假鸡的人置之死地而后快；也有的人对此不以为意，一笑了之。那时，整个长安城，无论男女老幼，人人都以斗鸡为乐，没人认为那是什么歪门邪道。

七岁那年的某天中午，我正在东云龙门街一个转弯处斗鸡，对手是一位达官之家的少年。那场斗鸡，聚集了许多人，因为我那只并不起眼的斗鸡，在几个月里已经连赢了上百场，而那位少年的斗鸡也连赢了不下二百场，个头、名气比我那只大得多。可我并不担心，我看那只鸡斗过几场，知道它厉害，但它有个弱点——太过急躁，不像我那只那么沉静，所以，我心里有数，知道自己一定会赢。人们下完注，两只鸡放在一起，那只鸡扇翅鼓尾，跃跃欲试，而我那只一动不动，眼睛半睁半闭。那时，我更加坚信自己这只一定能赢。结果不出所料，铜锣一响，我那只刚才还在打盹的斗鸡疾如闪电，凌空一个急扑，一把就抓瞎了另外那只鸡的一只眼睛。仅只一个回合，胜负就已决出。人群中一位形容伟岸、身穿便服的汉子越众而出，鼓掌大笑，走近前来，抚着我的脑袋说："我赢了，我又赌对了！"他问我的姓名，是哪家的孩子。问完，唤旁边一位汉子取出一盏黄金给我，大笑而去。

次日，一名宦官来到我家，召我父亲带我进宫，面见明皇。明皇面熟，笑声更熟，不用说，就是前一日和我搭话的那位汉子，他就是万民景仰的明皇帝。从那天起，我就进了斗鸡坊。为了表示对父亲和我的优待，明皇特许我补了一个右龙武军的缺额，领取俸禄。从第二天起，我就每天和父亲一起入宫。九尺汉子牵一个三尺小儿同入大明宫奉职，这在当时传为一桩美谈。进了斗鸡坊，别看在五百少年里，我年龄最小，可很快，大家都开始听我的，谁也不敢欺负我。这都是因为我懂斗鸡，通鸡性。别看我小，我一进鸡群，就像一位叱咤风云的大将军进了行伍，扫一眼眼前的健儿，就知道近期训练如何，给养如何，士气如何，是否可用，是否可战，对整支队伍的状况了如指掌。由于通鸡性，在鸡群里，同和宫外玩耍的小伙伴们一样，我是不折不扣的孩子王，就像清楚每位小伙伴的脾气习性一样，哪些鸡强壮，哪些鸡柔弱，哪些鸡勇敢，哪些鸡胆怯，什么时候该让它们喝水，什么时候该让它们吃东西，哪些鸡看着要生病，必须提前给它们用药医治……每一只鸡的状况，我都一清二楚。不仅如此，在数千只鸡里，我很快就找出了两只最桀骜好斗、最难以驯服的雄鸡，迅速将它们驯服，让它们听我的话，就像奴仆听主人的话一样。而那两只斗鸡被驯服了，别的数千只斗鸡就没有不服的。不久，主管斗鸡坊的宦官李静忠把我在斗鸡坊的情形告诉了明皇。谁是李静忠？你大约没听说过，可是说李辅国你就知道了。对，没错，就是肃宗时那个被加封为元帅府行军司马，执掌兵权，代宗时被册封为司空兼中书令，当了宰相的李辅国。可那时他不叫李辅国，而叫李静忠，还只是一个屁颠屁颠的小太监，谁知道他后来会变成那个一人之下万人之上、权倾朝野、气焰熏天的宦官宰相李辅国啊?! 那时他主管的只有一个斗鸡坊，要看他脸色的只有五百个小儿，他最多就是一个孩子王。不仅如此，他又瘦又黑，尖嘴猴腮，相貌奇丑，有时还会受到我们的嘲笑，谁能想到他后来会手握兵权，让郭子仪、李光弼这样统领千军万马的大将军也得看他脸色行事，对他退让三分啊?! 什么? 你问那时我看没看出来他是个奸臣? 别开玩笑! 再说了，忠不忠、奸不奸这样的事儿我不懂，也不关心，我只是一个斗鸡的，我只知道那时候的李静忠对我还好，他只是想把斗鸡坊弄好，所以把我在斗鸡坊的事情告诉了明皇。没想到的是，明皇竟然再次召见了我，考问我关于斗鸡的问题。哦，对了，你知道明皇在哪里考问我吗? 洛成殿! 那可是举行殿试、考问进士的地方! 今日想起来还好笑，就在那样的大雅之堂里，明皇考问我的却全是斗鸡的问题。说是考问，那也不全对，因为明皇也是一位斗鸡高手，回答了几个问题之后，问对就变成了切磋。说句大逆不道的话，明皇和我切磋起来，越说越高兴，谈到会心处，我们两人还会击掌大笑。直到今天，我还记得离开时明皇说的话，他哈哈大笑说："想不到你爹贾忠那么个榆木脑瓜，竟会生出你这样有趣的儿子！"第二天，李静忠对我说，通过了洛成殿召对，你就是"翰林待诏"了，和翰林院里那些臭翰林是一样的。我虽然年岁小，可也知道翰林待诏是有好几种的，就问是什么"翰林待诏"。李静忠笑嘻嘻地说："你是'七岁斗鸡翰林待诏'啊！"当然了，我知道，那只是玩笑话，宫里没有"斗鸡翰林待诏"这官儿。但从那天起，我就成了斗鸡坊的头目，位置仅次于斗鸡坊主管太监李静忠，统领五百个斗鸡少年，俸禄加倍，赏赐更加优厚，有时甚至超过了翰林院里那些一般的翰林，各种金帛贵重之物，几乎每天都会跑进我的家里，把我的母亲乐得笑开了花。

我十三岁那年，也就是开元十三年，明皇封东岳，大祭泰山，我奉命跟随御驾，带着三百只雄鸡，在泰山脚下举行连续十天的斗鸡表演，观者如云。那年封禅是冬十月，临近泰山，天公不作美，先是一阵东北风，飞沙走石，吹破了无数帐篷，有的帐篷连木杆都被吹折，天空灰蒙蒙的，数十步之外不见人影。没过多久，忽然又风和日丽，晴空万里。泰山脚下，明皇斋戒沐浴，正准备次日登山，却突然又狂风大作，带来滚滚乌云和刺骨的寒风。明皇连夜祷告。第二天祥风南来，天清地明。这次封泰山，父亲本就带病随侍，经过这么乍阴乍晴、乍寒乍暖的折腾，父亲病情突然加重，封山大典还没结束，就病故了。按照父亲的品位级别，是不能以官家名义归葬家乡的。可经我请求，明皇特许我以孝子的礼节一路敬奉父亲灵柩归葬长安。从泰山到洛阳、长安的官道上，每经过一地，各县的地方官都会提供车马、卫队，迎接、恭送、护卫父亲的灵柩，这样的特殊礼遇，只有王侯重臣才能享受，根本不是父亲一位小小的正六品下的护卫军官能够享有的。开元十四年三月，春日大祭，我又奉召，身穿斗鸡服，带着三百只雄鸡，跟随明皇、太真妃，在骊山温泉大会群臣，为百国使节举行斗鸡表演。表演极为成功，我得到赏金一万两，被人们艳称为"神鸡童"。当时的长安、洛阳一带流传着这样的民谣："生儿不用识文字，斗鸡走马胜读书。贾家小儿年十三，富贵荣华代不如。能令金距期胜负，白罗绣衫随软舆。父死长安千里外，差夫持道挽丧车。"

当"神鸡童"的那些年里，每一年的千秋节，都是我最得意的一天。千秋节就是明皇的诞辰，垂拱年乙酉，那时召成皇后还在相王府，在八月五日诞下明皇帝。明皇登基后，就把这一天定为千秋节，赐给天下百姓牛肉、美酒和百乐，连续狂欢三天，名叫"大酺"。以后，每年八月五日至七日的三日"千秋大酺"就成为开元、天宝年间的定例，和元旦、清明一起成为每年最隆重的三大节日之一。那时，皇家举行的节日大典，元旦和清明在骊山，"千秋大酺"在长安或者洛阳。每到千秋大酺那一天，各种好玩、新奇、有趣的游戏全都会聚京城，别说王公贵族、大臣百姓，连六宫粉黛都会走出宫门，在广场街道上游玩。而在所有游戏里，斗鸡是最受欢迎的，说句大逆不道的话，那一天，我贾昌绝对是京城百戏之王，吸引的眼球并不比明皇少。那一天，一大早，我头戴珍珠翡翠装饰的金华冠，身穿锦缎绣襦裤，一手拿着黄金打就的铎铃，一手执着碧玉为杆、白狐毛为丝做成的拂尘，在成群少年、宫女、小黄门的簇拥中走出大明宫门。在宫门外面宽阔的广场上，早已万众聚集，拭目以待。广场的中心，三千只雄鸡分成两队，一队颈项系着白绸，一队系着黑绸，早已按次序排成阵列。它们一只只雄赳赳、气昂昂，顾眄而视，竖起全身的羽毛，鼓动如风的翅膀，在地上磨砺刀剑般的利嘴和有如铁戟般的脚趾，怒视对方，像两支早已酒足饭饱，鼓足精神，正在阵前等待着一声令下，好好进行一场痛快厮杀，一决胜负的军队。而我，正是那个下令厮杀的人。当我走出宫门，出现在广场上，只听见千鸡啼鸣，欢声雷动，那种场景，仿佛欢迎一位从天庭里降临到人间的神仙。欢呼过后，我昂首走到广场中心的群鸡之阵中，登上高台，临风肃立，面向四方，拱手回礼。之后，偌大的广场逐渐安静下来，像血腥厮杀之前的战场，除了空中刮过旌旗的猎猎风声，静寂得一点声音都没有。之后，我高举拂尘，轻轻一挥，在空中画个半圆。拂尘落下，三声鼓鸣，两队雄鸡开始在三十名小儿的鞭子和钟鼓丝竹的乐声中或进或退，昂然起舞，不断排列变换阵容。你应该知道了，那是一种什么音乐。对，没错，就是《秦王破阵乐》。那本来是一种由人来表演的乐舞，可我某一天突发奇想，能不能让鸡来舞呢？由人来舞，固然精彩激烈，可那只是乐舞戏，没有真正的战斗厮杀。而由鸡来舞，不是一两只，而是三千只，不仅有壮观的场面，还有真正的厮杀，肯定更加精彩刺激。当然了，它们只是鸡，不是人，要演这样的斗鸡戏，要让三千只雄鸡如臂使指，全都听从调度，难度可想而知，天下除了我贾昌，恐怕没人敢想，也没人能够办得到。可我贾昌就是想到了，也做到了，经过斗鸡坊里的上百次训练和大明宫前广场上的几次排练，我就是做到了。在我的指挥调度下，三千只雄鸡进退有序，随乐起舞，激烈厮杀战斗了几个回合，其中一队最终取胜，击败另外一队。结束的时候，广场上再次欢声雷动，上万人齐声大呼："斗鸡！斗鸡！贾昌！贾昌！……"而我，再次立于高台之上，向四方拱手回礼，以表谢意。之后，我缓步走下高台，在经久不绝的欢呼声中指挥三千只斗鸡，不，已经不是三千只了，其中有几百只，已经受伤走不动了。我让两支队伍各自整队，得胜的一支在前，落败的一支在后，像排列整齐的雁阵一样，跟随在我的后面，走进大明宫，回到斗鸡坊。而在我的后面，那些摔跤、杂耍、舞剑、在高杆之上跳舞、踏绳、蹴球、变戏法、耍猴玩鸟的，这些百戏里最出类拔萃的人物，全都看着我走进宫门的背影望而却步，垂头丧气，自愧不如。

那些年，我最烦的就是上门提亲的人，说他们踏破了我家的门槛一点都不夸张。我也曾经去看过几个人家的女儿，可在宫里，在明皇身边，看惯了三千粉黛的我，对她们实在提不起任何兴趣。为此，我成天躲在宫里的斗鸡坊，不愿出宫，为的就是避开那些挤满我家里的提亲人。开元二十三年，就是我二十三岁那年，在大明宫中的一次梨园戏里，我终于看上了一个人，那是著名梨园弟子潘大同的女儿潘飞燕。她的美艳，她的歌喉，她的舞姿，她的啼笑，她的眼眸，我第一次遇见，就心旌摇荡，失魂落魄，为之倾倒，决定此生非她不娶！那场梨园戏刚结束，乘着酒兴，我就跪请明皇，说我想娶潘飞燕。明皇哈哈大笑，说贾昌你这小子眼光好毒，潘飞燕今天是第一次进宫，朕也看上了她，没想到你这小子也看上了。好，好，好，只要她愿意，朕就把她让给你小子！潘飞燕自然愿意嫁给我。于是，在明皇主婚下，我就和潘飞燕结为连理。这以后，我就常常戴着佩玉，和穿着绣襦的妻子一起出入大明宫和太极宫两宫之间的御府之地，我在斗鸡坊，她在梨园坊。而在我们出御府，走到长安街头时，我们的后面总是跟着一大群围观的人，不用说，他们是来看我贾昌，也是来看我的妻子潘飞燕的。不久之后，我们就有了两个儿子，一个取名至信，一个取名至德。天宝年间，太真妃进宫，得宠幸于明皇，而我的妻子潘飞燕因歌舞出众，也得宠幸于太真妃。到那个时候，我的福气和宠遇达到顶点，我和妻子潘飞燕，都成为明皇和太真妃身边的座上宾。

喔，你问我见没见过李太白？那还用说！可那李太白，我们当时叫他李翰林，他在宫里的事情，完全不像你们传的那样。说什么他在开元年间进宫，得罪了高将军、太真妃、杨国忠，被撵出宫，根本不是那么一回事儿！我还记得，李太白是天宝年间进宫的，根本不在开元年间，应该就在天宝初年。我是怎么记得的？因为李翰林进宫不久填的词里，有我妻子的名字"飞燕"两个字，妻子为此津津乐道了一阵子，所以我清楚记得那是天宝初年的事儿。李太白一进宫，明皇就给了他个翰林待诏。可对我们来说，李翰林是什么人呢？就是一个姓李的酒鬼！因为他是一个酒鬼，我们都喜欢他，每次看见他跌跌撞撞进宫，我们说起来都会乐一阵子。天宝二年一个春天的早上，在斗鸡坊附近，我又看见李翰林入宫。他怎么入的宫？被几个小太监背进来的。我看着高力士高将军让几个小太监背着他，嘻嘻哈哈过去了。当天晚上，妻子跟我讲，我才知道那个早上发生了什么事儿。原来，那天早朝后，明皇和太真妃在沉香亭观赏牡丹花，李龟年、我妻子潘飞燕和几位梨园弟子正准备歌舞助兴，明皇问李龟年，最近可有什么新曲子。李龟年说，刚谱了一曲《清平乐》，可惜没来得及填词，只好暂时歌一曲旧乐词。明皇不悦，说："赏名花，对妃子，怎么能老用旧乐词呢？快召李翰林来填词！"高将军赶紧带人出去召李翰林，在东云龙门街一家青楼上找到了他。可他宿醉未醒，就被高将军他们弄进宫来，泼了几瓢凉水，掐了几下人中，折腾了好一会儿，才稍稍清醒，略作更衣整理，就弄进了沉香亭。李翰林真是奇人，到沉香亭，刚听明白是怎么回事，就提笔挥毫，在金花笺上填了三首词。明皇、太真妃一看，拍掌叫绝，立即由李龟年、潘飞燕等梨园弟子吟咏而记，弦歌表演，大家尽兴而乐。歌舞完了，大家看见李翰林斜倚在一张软榻上，又酣睡过去了。明皇看见他脚上穿着一双旧鞋子，还被弄湿了，就说歌新曲，填新词，怎么能让李翰林穿旧鞋呢，赐李爱卿一双新鞋吧。新鞋子取来，李翰林被唤醒，可他还稀里糊涂，揉着眼睛，不知道是怎么回事，看见高将军在身边，就伸出双脚，睡眼惺忪地对高将军说："高将军，请帮我脱下鞋吧！"大家哈哈大笑，高将军也跟着笑起来，俯身给李翰林脱鞋，为他换上新鞋。是的，没错，就是这么回事，当时就是这样。说什么看着李翰林离开了，高将军很生气，对明皇抱怨说李翰林这样的人不过是一个酒鬼，为什么要这样宠着他，明皇安慰高将军说，我知道，你看他那副穷酸样，由他去吧，先让他高兴几天，以后就把他撵出宫去！这些全是瞎编的，我妻子潘飞燕当时就在场，根本没听她说过这样的事儿。再说了，高将军为李翰林脱鞋的事情，只是一件屁大的小事，当时大家提起，只是觉得好玩，谁也没觉得那是折辱了高将军。高将军那样的人，随和得很，心胸大得很，几乎没人不说他的好话，怎么会为李翰林脱鞋这样的区区小事耿耿于怀呢？那事之后不久，一个黄昏，我又碰到高将军从大明湖的一条船上下来，扶着醉态可掬的李翰林，嘻嘻哈哈的，和我打招呼，说明皇又宣召李翰林进宫，去填什么新曲子。说李翰林得罪高将军，高将军嫉恨李翰林，那全是瞎扯淡。

李翰林是没得罪高将军，至于他得罪太真妃和杨国忠两兄妹的事情，那更离谱了！说什么李翰林填词的时候，耍架子摆谱，说天气太热，让高将军脱鞋、杨国忠磨墨、太真妃执扇的事儿，只有你们这些酸腐文人才编派得出来！李翰林怎么会讨厌太真妃呢？"云想衣裳花想容，春风拂槛露华浓。若非群玉山头见，会向瑶台月下逢。""一枝红艳露凝香，云雨巫山枉断肠。借问汉宫谁得似，可怜飞燕倚新妆。""名花倾国两相欢，长得君王带笑看。解释春风无限恨，沉香亭北倚阑干。"几十年过去了，我还记得当年他填的这些词。这些词在宫里唱了多少遍，被妻子唱了多少遍，我都记不清楚了。李翰林讨厌太真妃，怎么能填出这样的词？李翰林对太真妃这样，太真妃又怎么会讨厌李翰林？我只听妻子说过太真妃赞美李翰林，没听说太真妃说过李翰林什么不是。至于李翰林得罪杨国忠，那更离谱了。你知道杨国忠是什么时候入宫的？那是天宝四载的事儿。就在那一年，太真妃正式被册封为贵妃，宫里举行了隆重的典礼，典礼完了，少不了一场斗鸡表演。太真妃被册封贵妃后几个月，杨国忠就来到长安了。那时他还不叫杨国忠呢，而是叫杨钊，"国忠"是后来得宠时明皇赐给的名。说到杨钊改名"国忠"，还有这么一段故事呢。他在宫中得宠后，一天在东云龙门街喝酒，碰到一位术士，给他看相，说他虽然前途不可限量，大富大贵，可命中却有血光之灾。杨钊大惧，花了很大一笔银子求解，术士才为他点破，说了一大堆命相相生相克的道理，最后才说出最要紧的，说他姓杨，属木，名钊，钊属金，金克木，怎么能用属金的字为名呢？一定得改。杨钊问怎么改，术士附耳对他说，找明皇赐名啊，只要不带金就行了。为此，杨钊就请明皇赐名，改名为"国忠"了。这事我们当时都知道，可我们谁也不知道，人算不如天算，后来，杨国忠还是在马嵬兵变中死于刀兵之灾，连明皇也保不了他。话说回来，那杨钊也不是什么太真妃的亲兄弟，而是七拉八扯出来的远房堂兄弟。太真妃被封为贵妃不久之后，杨钊从西蜀来长安，他是以剑南节度使章仇兼琼使者的名义来的。那时候，谁听说过他的名头啊！可他一来长安，就出手不凡，不仅给明皇、太真妃献上各种西蜀出产的名贵土特产，也给宫里宫外每一个有头脸的人送上了一份厚礼，还天天在长安请人宴饮。正是他的大方和阔绰，使大家记住了杨钊这个人，太真妃才认了他这位远房堂兄弟。可他来的时候，没见到李翰林。李翰林早在一两年前就出宫远游了。他见都没见过李翰林，又会为李翰林磨什么墨呢？李翰林见都没见过杨国忠，又怎么扯得上讨厌他呢？如果杨国忠早一两年来，和李翰林碰上了，没准儿两人还会混在一起呢！我可没乱说，李翰林和杨国忠都好酒、好赌，出手阔绰，挥金如土，两人碰上了，没准儿会拉开架势，痛快斗上几回、赌上几把呢！说来有趣，杨国忠能够飞黄腾达，还和赌博有缘呢。

进宫后，每逢宫里传宴戏赌，他就掌管樗蒲文簿，几十人同时玩的赌博，他为每个人的记分居然分毫不差，几轮赌戏下来，谁输多少，谁赢多少，他不用看记分簿，就能心算出来，让大家啧啧称奇，就连明皇也称赞他是个好度支郎。不久，他便担任了监察御史，很快又迁升为度支员外郎，兼侍御史。在不到一年的时间里，他便身兼十几个要职，成为朝廷重臣之一。李林甫李相爷死后，他很快就当了右相，成了杨相爷，想让谁当个什么官，他一句话说了就算数。如果李翰林那时还在宫里和他交好，弄个什么管事的官应该不是什么难事。可那会儿，李翰林早已飘游山水之间了。但我还是听说过，他替个什么官代笔，给杨国忠杨相爷写过一封什么书信，除了赞美杨相爷之外，李翰林最津津乐道的，就是他当年在宫里如何受明皇宠信那些事儿。对，后生，还是你们这些读书人知道，他那封信叫什么《为赵宣城与杨右相书》，写在天宝十四载，什么"伏惟相公，开张徽猷，寅亮天地。入夔龙之室，持造化之权。安石高枕，苍生是仰"，这些话我可不懂，什么龙不龙、石不石的，但肯定是赞美杨相爷的。为什么要赞美杨相爷，还不是为那个叫赵悦的宣城太守，也是为他李翰林自己要官吗？李翰林真要和杨相爷闹翻了，怎么开得了这种口？

是的，李翰林天宝三载那会儿就出宫去了。你知道他是怎么出宫的吗？

是明皇让李翰林出宫的。可完全不像外面流传的那样，是他得罪了高将军和太真妃，他们向明皇进谗言，把他赶出宫去了。我说过了，根本不是那么回事，李翰林得罪的根本不是他们两个人。那李翰林得罪的是什么人呢？不是我们宫里这些人，是他在翰林院里的那些翰林，特别是那位叫张垍的张翰林，张说张相爷的公子。李翰林怎么得罪张翰林的？我可不清楚。自古文人相轻，那些舞文弄墨的人，他们之间的弯弯道道岂是我这样的斗鸡小人能够猜测的？只是听说张翰林对李翰林很不屑，说李翰林不知是从哪个乡下混进京城的无知狂徒，除了喝酒，仅有的一件本事就是招摇撞骗，欺世盗名。而李翰林对张翰林自然也不屑，说张翰林的父亲号称"大手笔"，哪想到传到儿子，竟然变成了一支"小秃笔"。总之，李翰林和张翰林，还有翰林院的那些翰林都闹得很不愉快，没法收场。听说事情最后闹到明皇这里来，李翰林就给明皇写了封辞呈，可谁都知道，那只是故作姿态，李翰林在宫里玩得正欢呢，怎么会真心想离开？可明皇也怕得罪人，明皇是愿意得罪李翰林一人还是得罪翰林院所有的翰林呢？结果不用说，明皇顺水推舟，李翰林得到一笔厚重的赏赐，出宫去了。至于李翰林出宫，明皇问没问过高将军的意见，高将军又说了些什么，谁也不知道。我记得的只是，李翰林出宫的第二天早上，我碰到高将军，随意闲聊了几句。我问高将军，听说李翰林出宫去了？高将军不答，只是望着天空的流云和飞鸟，若有所思，沉默了一会儿，叹口气说，李翰林这样的人，天真烂漫，是位可人，可他属于山水，不属于这里，他如果待在这里，说不定哪一天不小心就会被人弄死。那时候，背黑锅、落骂名的人，只会是明皇。还不如对他重重赏赐，放出宫去，或许还能助他遨游四海，尽其天年呢！

　　李翰林就这样出宫去了。他虽然是天纵奇才，才高八斗，常常自诩什么文曲星下凡，要当什么姜太公、张子房，可在明皇眼里，他又哪里是什么宰相之才。他到宫里来的时候，宰相是李林甫李相爷，李翰林的文才或许比李相爷高，可当宰相，比的不是文才，是心机。那时，安禄山机灵聪慧，通晓六种胡语，当了平卢节度使，深受明皇和太真妃宠信，可他进京，每次拜见李相爷，还没开口说话，李相爷就把他心里想说的话说出来了，弄得他又尴尬又害怕，逢人便说，李相爷简直不是人，而是神仙！李相爷口碑不好，许多人都说他太狠、太阴险，当面一套，背后一套，嘴里和你说的是甜言蜜语，背后的手里捏的就是刀子。可即使这样，明皇还是偏偏让他做宰相，并且一当就是十几二十年，明皇在位期间，论宰相，谁也没他当得那么长。能得明皇宠信这么多年，委以宰相重职，你以为明皇是傻瓜吗？李相爷办事谨慎，做什么事都有法度纲纪，立下规矩，就让每一个人都遵守，任免什么官员，都有一套细致的规定。当然了，最紧要的是他心机深，能看透安禄山这些人的小心思，让他们谁也不敢和他斗。当时天下的兵马，大多归各地的节度使掌管，可让谁当节度使，由朝廷、明皇和李相爷立下的规矩说了算。有李相爷这样的人当宰相，明皇才能垂拱而治，高枕无忧，尽性玩乐。李翰林这样的人，连翰林院的张垍张翰林都斗不过，又怎么斗得过天下那么多官员、那么多节度使？他斗不过那些人，又有谁敢放心让他当宰相？李翰林那样的人，别说当宰相，当个任何管事的官都不行。他以为他胸怀大志，是宰相之才，那简直是个笑话！他这种舞文弄墨的，和我们这些斗鸡的、唱戏的、跳舞的、下棋的，其实都是一样的，只不过是宫廷蓄养的倡伶之人罢了，都是供明皇来取乐子的人物，谁又比谁强到哪儿去了？再说那个李翰林，我对他还不错，在东云龙门街请他喝过酒。喝酒的时候，他和我吆五喝六，称兄道弟，可他以为我不知道，一转身，他就写了一首诗奚落我，说什么"大车扬飞尘，亭午暗阡陌。中贵多黄金，连云开甲宅。路逢斗鸡者，冠盖何辉赫。鼻息干虹霓，行人皆怵惕。世无洗耳翁，谁知尧与跖"。什么"路逢斗鸡者，冠盖何辉赫"！我并不是每次出门，都有随从冠盖的。我第一次请他喝酒，就是一个人在街上走着，刚好被他撞上，拉去喝酒的。他写这诗，不就是骂我贾昌小人得志，得意忘形，让人们羡慕嫉妒吗？就算那样，又是我的错吗？是的，后生，就算你说的对吧，他本意不是要来奚落我，他是在嘲讽世风不古，世人黑白不分，是非不辨，趋炎附势，看事看人，没心没肺，本末倒置。可世风又啥时候古过了？今天的长安，不是又流行斗鸡了吗？好了，不说李翰林了，当时他写了那玩意儿奚落我，我都没想和他计较，现在他都作古了，我也快作古了，又和他计较些什么？

不说他了，说说高将军吧。李翰林出宫的时候骂骂咧咧，甚至还骂了高将军，说高将军不为他说好话。那时，谁也不知道，十多年后，安禄山作乱，李翰林因事流放夜郎，不久得到赦免，他前脚刚离开，高将军后脚就跟着到了，流放的地点、路途几乎和李翰林一模一样，都在夜郎巫州。李翰林不用说，自然写了许多诗，人们都知道。可我听说，高将军流放夜郎，也写过一首名叫《感巫州荠菜》的诗呢。那首诗怎么说来着？我还记得是这样的："两京作斤卖，五溪无人采。夷夏虽有殊，气味都不改。"后生，我知道你们这些读书人，都把李翰林称作大天才、大豪杰，拼命踏踩高将军，把他说成一个小人，可你们不知道，他虽然是个宦官，可也是大丈夫呢！还在李林甫、杨国忠当道的时候，高将军就冒着忤逆的风险，劝过明皇，最好不要让他们当宰相。高将军怎么说的？高将军说李林甫太阴险，得罪的人太多，怎么能让他当宰相呢？至于杨国忠，高将军说他虽然算学好，可是不读书、品性差，用这样的人当宰相，怎么能服天下人心呢？乱事稍平，还都长安后，我听陪伴明皇临幸西蜀归来的梨园弟子贺怀智说，在西蜀，明皇垂泪，悔恨不迭。他听到高将军抱怨明皇，说我早就劝过你，不能用李林甫、杨国忠当宰相，早知如此，何必当初呢？你知道明皇怎么回答高将军的吗？明皇答，我知道李林甫很阴险，可他很能干，有他在，那些蠢蠢欲动的节度使不敢作乱，所以用他当宰相。至于杨国忠，能力比李林甫有所不如，可他有两个好处：一个是懂算学、能理财，府库快空了，只有他能让府库满起来；一个是他很会玩，励精图治久了，朕太累了，什么都厌倦了，就想放松一下，好好玩一下。可朕没想到，这一玩，把天下玩乱了，这都是朕的错，不能怪别人，朕真是愧对天下！

是的，后生，你说得没错，明皇把天下玩乱了，愧对天下，可他最愧对的人就是太真妃！太真妃的事儿流传太多了，有的是真的，有的是假的，有的半真半假。太真妃的事儿我不想说，说多了就是对她的大不敬。没错，太真妃的确很美艳，她的美艳只有天上的仙人才有，不像是人间有的。可太真妃的事儿，我知道的真的不多，虽然我的妻子潘飞燕就陪在她身边，常和她一起为明皇跳舞，是最受她宠信的梨园弟子。我从没听妻子说过太真妃一句坏话。我的妻子只是说太真妃对她好，对每个梨园弟子都好。有时候，我赞美妻子舞跳得好，歌也唱得好，妻子就会不好意思，说比起太真妃那就差远了。我的妻子还常说，太真妃有时候很傻，傻得像个小孩。可我问她太真妃怎么傻了，她又笑而不答。她既然不说，我就不会多问。你知道，别人都羡慕皇宫内府，可我们每一个在里面混的人都明白那里也是最大的是非之地，必须处处留心、处处留神，哪一步路不小心走错，哪一句话不小心说错，就可能被赶出皇宫，弄不好还会不明不白地丢掉性命。说到这里，我得说说我的父亲贾忠，别看他只是一介武夫，大字不识几个，但他能在宫里得到宠信，混到寿终，凭的并不只是对明皇的忠心。有时候，母亲会抱怨他，说怎么在宫里混了那么久，还只是一个小小的正六品下的千牛备身，明皇既然对你那么宠信，怎么也不提提你的官儿？父亲贾忠就说人不能太贪，正六品下的千牛备身有什么不好的？已经比七品的县令强，这样就不错了！许多护卫做梦都想做这个官儿呢！再说了，官儿上去了，得管的事儿就多了，就不能喝那么多酒了。我七岁进宫后，母亲很高兴，可父亲闷闷不乐。他常对我说，这未必全是好事，在宫里混，得要几个脑袋，可一双眼睛、一双耳朵、一张嘴巴就绝对够了！不该看的绝不能多看，不该听的绝不能多听，有的事儿，即使看到了、听到了，也只能当作没看见、没听见。而最要紧的是，祸从口出，不该说的绝不能多说，说出去的就不能收回来，任何一句话，想说的时候一定要在脑子里过几遍，想一想该不该说。你以为我贾昌七岁进宫，能得到恩宠四十多年，靠的本事只是斗鸡？除了脑子机灵，还有小心谨慎和绝不多言。我的妻子潘飞燕，她和我是一样的，太真妃对她好，但不该说的，就算对我，她都绝不多说。

好吧，后生，既然你死死纠缠，我就和你说一点太真妃的事儿吧。其实，那也不是我说的，而是前面和你提过的那位梨园弟子贺怀智说的。听说他早已过世多年了，这件事，他和我说过，应该还和别人说过。你如果听过，我就不说了。哦，你没听过，那我就说说吧。那是太真妃和一块头巾的事儿。天宝五载某日，贺怀智应召进宫。原来，是明皇和王积薪在沉香亭下棋，让他弹琵琶助兴。听说过王积薪吗？那王积薪也是一个翰林啊，并且是通过了考试的货真价实的翰林，不像那个李太白李翰林，不敢来考，靠江湖上弄出些名声，让明皇钦点赏赐。什么，王积薪通过了什么考试？当然是围棋啊！你以为围棋考试容易吗？几年才举行一次，全国那么多围棋高手来考，只录取区区数人，能考中的棋手没几个。那天下棋，王积薪让明皇三子，由明皇执黑先行。王积薪不能不让啊，他可是棋艺天下无双的围棋大国手，明皇棋艺虽然不错，可有时连太真妃都下不过，王积薪不让三子，那棋没法下了。棋局结束，正要数子定胜负，在旁观棋的太真妃早就看出，那棋明皇输了，可明皇生性好胜，眼看就要发生一场尴尬，太真妃就把怀里抱着的波斯小狗放下。那波斯小狗一下子蹿上棋盘，把棋局搅个稀巴烂，还对着王积薪龇牙咧嘴，吠叫不止。那王积薪是个棋痴，见状也对着那只波斯小狗吹胡子瞪眼睛，懊恼万分。而明皇却起身，鼓掌开怀，和太真妃相视大笑。那时，正是初夏午后，一阵清风吹来，满园的牡丹花香混合着太真妃身上的体香，钻进贺怀智的鼻孔，让正在弹奏琵琶的他心旌摇荡，神志有点恍惚。又一阵风起，吹落了太真妃颈项上的一块绿丝巾，正好飘落到坐在一旁的贺怀智头上，和他的头巾缠在一起。贺怀智一愣，只见太真妃轻盈转身，回眸启齿，一笑百媚生，弄得贺怀智再难自持，顿时手足无措，琵琶"哐啷"一声落地。面对他的窘态，包括王积薪在内的所有人都哈哈大笑。回过神来，贺怀智取下绿丝巾，俯首奉还。那天中午，大家尽欢而散。贺怀智回家后，取下戴的头巾，轻轻一嗅，发现上面还留存着太真妃身上特有的那股幽香。当天晚上，贺怀智把那块头巾放在枕边，酣然入梦。梦中，太真妃的音容举止、妩媚风姿又在一阵奇异幽香中闪现，使他难以自持。恍然梦醒，想到梦中情景，贺怀智羞愧难当，觉得那是对太真妃的大不敬。于是，他将那块头巾小心翼翼地装进一只锦囊，再把锦囊装进一只木匣，密封保存，再也不敢取出。转眼十年，天宝事变，贺怀智随明皇临幸西蜀，途中，马嵬兵变，太真妃香消玉殒。在成都，思及太真妃，明皇痛及肺腑，茶饭不思，难以度日。贺怀智不忍，解封木匣，取出锦囊里的那块头巾，奉送明皇。明皇一嗅，顿时泪流满面，说这是太真妃身上的香味啊，当时交趾国进贡的龙脑瑞香，我赐太真妃十枚，没想到今日她人已去，身上的香味还在啊！从那日起，明皇就随身带着那块头巾，一直到他驾鹤西去。

什么，除了明皇和太真妃，你还想知道开元、天宝那会儿更多的朝廷的事情？后生，你别烦我了，朝廷的事情，我又能知道些什么呢？后生你别忘了，我只是一个斗鸡的。少年时代，我不过就是以一点斗鸡的本领，取媚明皇。明皇宠幸于我，把我当作戏子、歌伎这一类人养着，虽然待遇优厚，风光一时，能够住在皇宫附近的街上，但我说到底只是一个小人，不关心，也不懂，不知道什么朝廷天下的大事。我只不过常在宫里，常在明皇身边，所以就有幸见识了一些走进宫里的大人物。前面说过的李翰林就不用说了，小小一个翰林，算不上什么大人物，当时出入宫廷的人里，我算不了什么角色，李翰林也算不了什么角色，还有一些更大的角色呢！

　　我在宫里的时候，曾经见到杜暹被拜为宰相，明皇派遣高将军将杜暹迎进宫来。早在几年前，长安就在流传，杜暹在碛西监察御史任上的时候，有一次出使西突厥，调节西突厥可汗阿史那献和安西副都护郭虔瓘将军之间的纠纷诉讼。阿史那献怕杜暹偏心，给杜暹送来大量黄金，杜暹坚决推辞。左右对杜暹说，出使外邦的使节，没有不收礼品的，如果不收下，一定会让人家不安心。杜暹只好收下了那批黄金，但却悄悄把它们埋在营帐下面。办完公事，出境之后，写了一封书信，遣使返回，让阿史那献去取那批黄金。阿史那献大惊，派人急追奉送，但已经追不上了。杜暹进宫拜相的时候，已经做过黄门侍郎兼安西都护府副大都护、光禄大夫，可他的衣服居然穿得土里土气，旧得发白，还打着几个补丁，一进宫来就受到人们嘲笑，可他一点都不以为意。杜暹谒见明皇，明皇看着不过意，说从明天起，你就是宰相了，再穿成这样会被人笑话，有损大唐宰相的威仪。可杜暹却说，这没办法，他没钱，他在长安连个住的地方都没有。明皇大笑，说他这是明目张胆讨钱来了。谒见之后，明皇就赐杜暹绢二百匹、府第一座、骏马一匹。可即使如此，杜暹的穿着也没光鲜多少，原来，他的俸禄，几乎都用来买书了。开元二十八年，杜暹病死，可家里除了上万轴藏书，还是很穷。明皇不忍，又赠给他尚书右丞相的头衔，遣使护丧，从宫中府库取出绢三百匹赐给他的家人，当作丧葬费用。杜暹嗜书如命，简直不可理喻。他临终的时候，给子孙留下的遗言就是他那些藏书绝不能拿去卖，也不能借给别人，否则就是大不孝，他九

中篇小说

泉之下都不会瞑目！可他过世没几年，杜家家道中落，那些藏书，就进了长安城大街小巷的各处书肆，其中有些，我在东云龙门街还见过。可我只是随意翻了翻，唏嘘一会儿，一轴都没买。我爹不爱读书，我不爱读书，两个儿子不爱读书，将来的孙子大约也不爱读书，买了干什么用呢？

杜暹清廉贫穷如此，可张说就不一样了。张说三度拜相，才智超群，有功于国家，可他贪婪成性，家资巨富。我进宫三年，十岁的时候，张说出任朔方节度使，年关回家，大车排成长队，拉满锦缎布帛和各种财物，喧嚣叫喊，挤得关门水泄不通。那些大车进了城，一些拉进皇宫，送给明皇和妃子、宦官；一些拉进王公大臣的家里，分送各种显贵人物；更多的大车，拉进张家府第。为了整理那些财物，张家门前要喧闹好几个时日。那时天下财物多得很，不独张家如此。每年岁入，赋税入京，只见江淮一带的绸子和绉纱、巴蜀一带的锦缎和各种珠宝珍玩，一车又一车，一眼望不到头，拉进长安和洛阳的府库。那时的粮食很少放进府库，关中连年丰收，府库早已装不下了，大量粟米储藏在百姓家里。河州、敦煌两道屯田，边境的粮食不用内地输入，还有许多余粮转运灵州，沿黄河而下，运进太原的仓库，以备荒年。开元十三年，我随明皇封禅泰山，成千上万的车队马队塞满路途，但吃喝拉撒全由沿途官府供给，不用骚扰百姓。那时候，西方的昆仑吐蕃雪山之地，北方的契丹、靺鞨、奚人、突厥草原大漠之土，东方的新罗、百济、高丽直抵大海之滨，南方的南诏、交趾极南瘴疠之乡，全都宾服明皇。每隔三年，百国使节来朝，明皇赐给他们锦衣玉食，宫里宫外，大宴天下宾客，斗鸡走马，欢乐无比。那时的长安，各种衣饰、各种相貌、各种口音的百国之人来来往往，大家看见他们，一点也不觉得奇怪。胡地来的各种乐器、舞蹈风靡长安，宫廷梨园也在追风。贺怀智曾和我抱怨，他虽善弹琵琶、箜篌，可他最拿手、最喜欢的其实是古琴，可惜古琴安静古雅，现在人心不古，没人喜欢古琴了，知音难觅，他只有在家里弹给自己听，或者偶尔去找王维王右丞，弹给他听。

　　我在宫里的时候，曾经见过许多威风八面的大将军。我父亲贾忠在明皇身边当了一辈子护卫，只是个小小的千牛备身，除了年轻时随明皇起事，攻入大明宫，一生没经历过真正的战阵，所以，他最敬佩的就是那些久经沙场、威风八面的大将军。我是个斗鸡的，为了取媚明皇，故意别出心裁，编排了"秦王破阵"的斗鸡戏，可我这一生，虽然经历过战乱，却根本没见过真正的战阵。不过，经历过战阵的大将军，我倒见过几个。天宝八载，大将军高仙芝入朝，加特进，兼左金吾卫大将军，一个儿子也被授五品官。高仙芝得到这次封赏，是两年前的战功换来的。两年前，高仙芝率军万人，过大漠、雪山、冰川，翻越葱岭兴都库什山，远涉绝域，攻克吐蕃踞守的连云堡，袭占小勃律国都城阿弩越城，斩首五千级，俘虏数千人，其中包括小勃律国国王与吐蕃公主，一举平定小勃律国，唐军声威大震，致使葱岭附近诸胡数十国全都被震慑降服。高仙芝这次入朝得封回安西四镇后，再次出兵，击败了吐蕃大军，降服了大勃律国、朅师国、石国、突骑施等西域诸国。经过这两次征战，高仙芝成为天宝年间声威最为显赫的大将军，听说他还被西域最强大的两个国家吐蕃和大食充满畏惧地称为"高原之王"。天宝十载正月二十四日，高仙芝再次入朝表功。这次入朝，他敬献了俘获的突骑施国可汗、吐蕃酋长、石国国王、朅师国国王。其中，石国国王那俱车鼻施和突骑施国可汗移拨被押解到开远门的时候，就被皇上下旨就地处斩，观者万人，欢呼雀跃，感叹唏嘘。明皇以高仙芝功勋卓著，加授开府仪同三司。高仙芝两次入宫，我都见到了他，但第一次只是远远看见，没能近观。第二次入宫，明皇为了欢迎他，在宫里举行宴会，观看由我主持表演的斗鸡戏。我没想到的是，高仙芝威名显赫，让人闻名战栗，但却姿容俊美，长了一张貌似女人的脸孔，并且说话缓慢，轻声细语，一副腼腆犹豫的样子。我还发现，那次宴会里，高仙芝看斗鸡的时候心不在焉，似有心事，若有所思，并且，他几次下注都错了，这让他很不高兴。多年之后想来，他下注错了，就像一种不祥的预兆。从此之后，他诸事不顺。离开长安之后，他贪暴不法，故意污蔑石国、突骑施国谋反，出兵诛灭以求功劳，引起诸胡愤怒，以致边疆局势不稳的事情被人告发揭露，受到朝廷申饬。接着，他想调回内地任河西节度使的愿望又被多方阻挠，未能如愿。再后来，他率胡、汉三万大军深入大食国境七百里，攻打大食国，在怛罗斯之战中惨败，仅率数千人逃回，遭受了为将生涯里的第一次大败。最后，天宝十四载安禄山作乱，他受命剿灭安禄山，与安军对战不敌，退守潼关，受人诬告，稀里糊涂地枉死于朝廷的刀斧之下。想来高仙芝大将军也可怜，绝域血战，取得不世功名，可刚过了短短四五年便命丧黄泉。可是再想想，高大将军为了邀功，诬石国、突骑施谋反，妄起边事，灭其国，杀其王，屠其老幼妇孺，无端死在他手下的又有多少人？举头三尺有神明，他为此偿上一条性命，好像也没什么可说的。

在宫里那会儿，我还见过哥舒翰大将军。天宝六载，哥舒翰入朝，和明皇相谈甚欢，明皇让哥舒翰取代他的上司王忠嗣出任陇右节度使。那时，王忠嗣受人诬告，正在下狱，严加审讯，说要问斩。离开的时候，哥舒翰极言王忠嗣无罪，明皇不听，转身离开。哥舒翰叩头相随，跪地哀求，言辞慷慨，声泪俱下，再加高将军在旁说情，终于打动明皇，高抬贵手，仅以一个小小的罪名将王忠嗣贬为汉阳太守。事后，提起哥舒翰，高将军多次感叹，说他真是一位侠义之士，知恩图报，不忘王忠嗣的知遇之恩，没有乘人之危，落井下石。傻子都明白，如果王忠嗣真的无罪，那就不应该免掉他的陇右节度使，那哥舒翰就还得继续做个副使，屈居王忠嗣之下，但即使这样，哥舒翰还是拼着性命，为自己的上司辩解。王忠嗣终于幸免一死，哥舒翰取代他做了陇右节度使。可这却是有代价的，那就是哥舒翰答应了明皇，去干那件王忠嗣不愿意干的事儿——攻占吐蕃占据的青海石堡城。王忠嗣原先说，攻占那座城，得死数万人，得不偿失，可明皇开边意正浓，恨极吐蕃，非要得到那座城。哥舒翰上任陇右节度正使之后，知道该怎么做。天宝八载初，明皇将朔方、河东等地十万多士兵统归哥舒翰指挥，以倾国之力，攻击石堡城。六月，哥舒翰亲率大军六万三千人，一路血战，打到石堡城下。石堡城一夫当关，万夫莫开，吐蕃军踞险而守，大军猛攻数日，死伤枕藉，仍然不能得手。哥舒翰亲临阵前，以军法相逼，让先锋官高秀岩、张守瑜领军发动一轮又一轮攻击，死伤数万人之后，终于如期攻下了石堡城。一将功成万骨枯，一切都如王忠嗣所预料！石堡城之战后，哥舒翰又步步进逼，收复了九曲部落。因为这些功劳，哥舒翰拜特进、鸿胪员外卿，一个儿子成为五品官，赐长安城庄园一座、财物无数。哥舒翰每次入朝，总是骑着白骆驼，一天就能行走五百里。哥舒翰第一次入朝，我就亲眼见过那匹白骆驼。那天我入宫，看见那匹白骆驼就拴在大明宫门附近的一个马厩里。我很好奇，过去看，那匹白骆驼身形高大雄伟，通体雪白，双目炯炯，果然不凡。在马厩，还遇到哥舒翰一个名叫左车的家奴。他十六七岁，膀大腰圆，看着极有膂力。我和他谈了一会儿，很投机，就请他有空喝酒。第二天晚上的酒桌上，聚集了一堆朋友，左车借着酒兴，眉飞色舞地谈起青海打吐蕃兵的事情。他说他家主人擅使长枪，他擅使陌刀。每次战斗，追赶上吐蕃骑兵后，他家主人用长枪搭在吐蕃兵肩上，大喝一声，吐蕃兵惊恐回头，把喉头凑上来，便一枪刺穿他的喉咙，往上高高挑起，再摔落地下；而他则闪电般飞身下马，挥刀斩断他的脑袋，塞进皮囊，再飞身上马，随他家主人追逐下一个吐蕃兵。主仆二人配合默契，有如家常便饭，每次打仗，都会塞满整整一皮囊人头。左车每次说到那一皮囊人头，都会从酒桌上站起来，瞪大眼睛，大张着嘴巴，喷着热辣辣的酒气，使劲张开双臂，比一个大大的圆，仿佛正提着一大皮囊人头。我们故作夸张地叫好起哄，说各种赞美他和哥舒翰大将军的话。可是我们都知道，长安城里许多人对他们恨之入骨，许多人家的子弟随哥舒翰在青海征战，再也没有回来。不久之后，长安就有一首李翰林写的诗歌传唱开去："君不能学哥舒，横行青海夜带刀，西屠石堡取紫袍。"可骂归骂，哥舒翰还是一路高升。李林甫与安禄山交好，哥舒翰则与杨相爷融洽，杨相爷取代李林甫成为宰相以后，拉拢哥舒翰，打压安禄山，再加上哥舒翰屡立战功，官运

战象◎

亨通更成了意料中事。没过几年，哥舒翰就兼任河西节度使，进封凉国公，食封三百户；不久，进封西平郡王；天宝十三载，再拜为太子太保，开府仪同三司，再加封三百户，兼任御史大夫。可那时谁想得到，这些禄位来得快，去得更快。仅仅过了一年多，安禄山作乱，哥舒翰就兵败潼关，不久便命丧黄泉了。我还记得，那年乱起，高仙芝、封常清退守潼关，抗命出击被斩，由哥舒翰取而代之。哥舒翰领命出宫的那天，经过斗鸡坊，我见他一路举步迟缓，垂头懊恼，唉声叹气，还突然打了个趔趄，一脚踩空，差点摔倒。看到这种情景，我念头一动，前些年，就听说哥舒翰在军中纵酒无度，极好女色，一次喝酒纵欲之后去浴室洗澡，一阵风过，他就晕倒在地，差点气绝，好久才苏醒过来，因此不能再居军中，获恩准回京，在府中休养。我虽然不懂什么兵事，但看着他在宫中缓缓远去的身影，心里还是一阵发凉，恍然发现眼前的哥舒翰大将军，早已不再是那个传说中在大漠戈壁雪山之上勇往直前、临阵斩将、破阵歼敌、威风八面的大将军，而只是一个被酒和女人掏空了身体和意志的垂垂老者。想到这里，再转头看看眼前的斗鸡坊，昔日喧闹的斗鸡坊，如今空荡寂寥，五百个斗鸡少年，大多已被征调出征，只剩下区区一二十个人，照料剩下的那千余只垂头丧气、无精打采的斗鸡。那些出征的少年，他们和我一样，只会斗鸡，哪里会打仗厮杀啊？我隐约感到，我在宫里，在斗鸡坊待下去的时光已经不多了。

什么？你问明皇出宫那会儿的事情？那会儿的事情乱成一锅粥，谁说得清啊！一会儿听说哥舒翰旗开得胜，叛军败了；一会儿听说哥舒翰败了，全军覆没，潼关失守，叛军要打到长安来了。可叛军还没来，长安就乱了，许多富家大户已经收拾家当，忙着逃走了。可一会儿城门关闭了，不让走了，说明皇和杨相爷正让高适将军招募二十万大军，准备守城，四面勤王的军队也正在赶来，准备攻击叛军，收复潼关。可我感觉，明皇肯定要走了，我得跟着明皇，他走到哪里，我就跟到哪里。所以，还没等到消息，我就让家人悄悄收拾好家当，除了细软和一些吃的，什么东西都别带。一天黄昏，高将军手下的一位小黄门终于告诉我，明皇要走了，让我带上家人一起走，随侍明皇。当天晚上，宫门大开，羽林军拱卫，我和妻子家人跟随皇上的队伍，一起从长安城南面的一个侧门出城。可皇上的队伍刚出城门，人群就乱哄哄往外涌，人喊马嘶，把皇上后面的人马冲乱了。我骑的马儿受惊，在夜色里拼命狂奔。没办法，我是斗鸡的，不是驯马的，无论我怎么吆喝，那马儿都不听我的话。我只有死死拉住缰绳，不让自己从马背上摔下来。可天快亮的时候，我还是和马儿一起跌倒在一个大坑里。那马儿在我之前爬起来，没等我拉住缰绳，就爬出大坑，不知跑到哪里去了。我挣扎着爬出大坑的时候，发现右腿摔伤了，走不动了。天亮后，一位好心的路人给我找了一根竹杖，让我勉强能够行走。我就那样和家人失散了，不知道他们有没有跟上明皇的队伍。可就算跟上了，那又怎么样呢？皇上自顾不暇，没有我在，又会有什么人照看他们呢？再说了，离开了皇宫，离开了长安，我贾昌又算个什么东西呢？从那时起，我已经不再是那个锦衣玉食、在皇上身边奔来跑去、让人羡慕嫉妒的贾昌了。我只是一个逃难的人，一个兵荒马乱里只想着如何苟全性命的人。我就那么拄着拐杖，一瘸一拐，又累又饿，做梦一般，漫无目的地在山里走了几日。走着，走着，前面出现一座小寺庙，我就走了过去。可走到寺庙门口的时候，我眼前一黑，跌倒在地，什么都不知道了。醒来时，我才知道，我已经在终南山了。寺庙的住持叫运平和尚，是他收留了我。在寺庙里住了数月，我的腿好了，就辞别运平和尚，前往长安，寻找妻子和家人。如果他们那天晚上没有跟上明皇的队伍，或许还会回城，住在家里。我一走到城门，就看见门口贴着榜文。那是安禄山的榜文，如今，他已经是大燕国皇帝了，其中一张榜文说赏金千金，寻找贾昌。安禄山第一次入朝时，和我在长安横门的饮宴上认识。安禄山也喜欢斗鸡，早在那时，为了看一场斗鸡，他就常常一掷千金。就在前两年，安禄山还在宫外的一座酒楼上和我喝过酒。我记得，酒楼上，他不停地破口大骂哥舒翰。原来，头一天，他刚在宫中和哥舒翰喝过酒，那是高将军撮合的。高将军知道他和哥舒翰不和，故意准备了那桌酒席，希望他们能够握手言和。结果，安禄山虽然屈从迎合，百般恭维，但哥舒翰却毫不领情，羞辱讥讽安禄山。安禄山醉醺醺地说，他妈的，有什么了不起的？论功夫，大家都有功夫；论战功，大家都有战功；论官位，大家都是节度使；论读书，他虽读过几本破书，可他通晓六种胡语吗？那厮狼心狗肺、猪狗不如，竟敢讥讽我不知道自己老爹是谁。这厮哪里知道，我们突厥人，只消知道自己老妈是谁就行了。说我不知道自己老爹是谁，他还不知道自己老妈是谁呢！如果不是高将军在旁边，我非当场拧下那家伙的脑袋当夜壶。没想到，哥舒翰后来真成了安禄山的阶下囚，可安禄山并没拧下他的脑袋当夜壶，而是安禄山的儿子安庆绪，杀死自己的老爹之后又拧下了他哥舒翰的脑袋当夜壶。实不相瞒，那天在长安南门，看着那张赏千金征求贾昌的榜文，我的心里还是一动：要不要自报姓名，去见安禄山？可那个时候，我最关心的还是我的家人，特别是我的妻子潘飞燕和儿子至信、至德。还是先进城，回家看看吧。一进城，我就发现，长安城已不是几个月前的长安城了。昔日熙熙攘攘的街道，如今行人稀少，有的房子垮塌，是被火烧过的，断壁残垣，黑乎乎的，有的甚至还在冒烟。街道上堆满各种污秽之物，臭气熏天，行人掩鼻而过。我飞快赶往东云龙门街。我家的房子还在，可是已被洗劫一空，里面空无一人，阴森森的，只有一只野狗在撕吃一只死猫，见我进去，对我龇牙狂吠。走出家门，我的心空荡荡的，失魂落魄，低头闷走，不知不觉就走到了大明宫前。几名卫士对我执戈怒吼，他们的衣甲也不是我熟悉的样子。我恍然回过神来，这已经不是明皇住的大明宫，而是叛将安守忠驻守的大明宫。虽然安守忠我也认识，可我能去见他吗？一见了他，我就得去见安禄山。而见了安禄山，我就是一个叛贼了。我的妻子、儿子还没找到呢，如果他们在明皇那里，我成了叛贼，他们岂不也跟着成了叛贼？那岂不是害他们掉脑袋吗？再说，我还突然想起安禄山的家奴李猪儿。是的，后生，没错，就是后来亲手杀了安禄山的那个阉人李猪儿。可你知道李猪儿是怎么被阉的吗？当初，在长安喝酒，我们打趣李猪儿说，你家主人又不是皇上，你跟着他，怎么好好一个人，却成了阉人呢？李猪儿哭丧着脸说，还不是因为喝酒！原来，李猪儿是个契丹人，十几岁就开始伺候安禄山。可一天安禄山喝多了，醉醺醺捧着他的脸蛋说他像个女子，太好看了，可惜就是多了个东西。说完，安禄山就命左右把他按倒在地，拔出佩刀，亲手把他的男根连根割掉。他血流了好几升，昏死了过去，安禄山又用火灰敷住他的伤口，过了整整一天他才苏醒过来，从此他就成了阉人了。想到这些，我一阵战栗，出了一身冷汗，赶紧低头唯唯而退，急急忙忙走出城门，一路上生怕遇上认识我的人，为了那一千金，把我送给安禄山。

出城后，我知道，我已经不能再做贾昌了。我再次前往终南山，前往那座小庙。我请运平和尚收留我，收留那个叫李思飞的人。运平和尚收留了我，我每天的活计就是扫地、种菜、除草、敲钟、燃香、礼佛。转眼一年多，听说官军收复两京，明皇回朝，传位太子，改称上皇，住在兴庆宫。我向运平和尚请行，再次前往长安。进城后，只见满街都是穿黑衣服的人，穿白衣和锦缎的人走半天都碰不到几个。变乱之前，哪见得到这么多穿黑衣的人啊？那时，黑布是不祥之物，只有军士才穿，普通人家只有到祭祀的时候才会买一点来用，平时是碰都不愿碰的。如今，长安满城尽戴黑，军士已经比百姓还多了。穿街过巷，我又走到东云龙门街。我家的房子已不在了，那里残砖断瓦，满目乌黑，杂草丛生，成了一片大火烧过之后的废墟。我再次走到大明宫前，想从这里进宫，前往兴庆宫觐见上皇，结果被卫士挡住了。我说我叫贾昌，入宫去见上皇。卫士们哈哈大笑，说他妈贾昌是谁啊，看你这副行头，竟想进宫，还说去见什么上皇！我低头看看自己的行头，一件破布袍，一双破布鞋，右脚还有点跛，我确实已经不是那个乘着车马、前呼后拥、穿着锦衣缎袍的大内斗鸡主管贾昌了。无奈，我只好离开大明宫门，在街上溜达，希望遇上一个熟识的人。结果，没走多久，果然遇上一位熟人。他是梨园弟子贺怀智。贺怀智和我一样，布衣布袍，憔悴多了。我们在街边一家小店喝酒，喝的是一年之前还难以下咽的那种浊酒。喝着喝着，说起上皇和宫里的事情，贺怀智就先哭开了。贺怀智说，那天晚上，他没被冲散，他和上皇一起巡幸西蜀了。在西蜀，上皇还记得我。一次吃饭，敬奉上来的是一只煮过的鸡，上皇一看，就哭起来了，说贾昌在哪里啊。听到这里，我也哭了。我说我想进宫，看看上皇，哪怕不能再管斗鸡坊了，只和他说几句话也好。贺怀智说，你进不了宫了，我也进不了宫了，我们都见不到上皇了。我被赶出宫了，所有跟随上皇的梨园弟子，还有围棋翰林待诏王积薪都被赶出宫了，斗鸡坊更是早就没有了。别说我们这些人，你来的前几天，就连高将军也被赶出宫，流放夜郎去了。听说，高将军出宫之后、起行之前，还被人狠狠毒打了一顿，打折了一条腿。我知道，上皇是离不开高将军的，我问怎么连高将军也被赶出宫了。贺怀智说，都是那个李辅国，就是那个原来叫李静忠的家伙。他明目张胆欺负上皇，高将军当面怒斥，就被李辅国赶出去了。贺怀智一说，我就明白了。今日的李辅国，是一人之下、万人之上的人物，他早已对高将军怀恨在心，如今正是狠狠修理高将军的时候，岂肯放过？而上皇也保不住高将军了，因为他已经是上皇，而不再是皇上。而当今皇上，是原来的太子李亨，他与上皇不和，我们早就知道。世态炎凉，如今，连上皇的日子都不好过，身边最亲近的高将军都被赶出宫来，像我贾昌这样的人物又怎能进宫留在他的身边？

在长安，我和贺怀智喝了一回浊酒，相对痛哭一回，又在城里溜达了几天，寻找我的家人，可他们依旧没有任何音讯。而我在城里已经待不下去了，现在的长安，已经没有我的容身之处了。昔日的长安斗鸡之王贾昌、百戏之王贾昌，连吃一顿饱饭都不容易了。再说，已经入冬，我再待下去，不被饿死，也会被冻死。我又想到了终南山的那座小庙。天下之大，只有那座小庙和运平和尚肯收留我了。一大早，我出长安南门，赶往终南山。可我没想到，正走着，竟在南门外的招国里，迎面遇见披着破棉袄、形同乞丐的一女二男，背着大捆柴火，步履蹒跚，向我俯首走来。走近一看，正是我的妻子潘飞燕和儿子至信、至德。他们全都灰头土脸，面露菜色，疲惫憔悴。我和他们在路边抱头痛哭，简单说了别后的情形。原来，那天晚上，他们也被冲散了，幸好他们都从马车上跳下来，互相叫喊，虽然那些马车和家里的东西都不在了，但他们终于聚拢在一起。不过长安城回不去了，城里已经冒起烟火，跑出来的人说叛军已经进城，在四处抢劫杀人。没办法，他们只好继续南逃，可逃着逃着，就逃不动了。为了活命，他们用随身带的细软衣物换饭吃，可那点东西，能换几顿饭吃？没办法，他们只好往回走，想着长安城里好歹平静了吧，那里好歹有座房子可住。可回到城里，发现家里早已被洗劫一空。虽然如此，但勉强可以住下来。可没住几天，一伙军士来了，不由分说把他们撵走。城里没法活，他们只好去乡下。如今，他们住在招国里附近的一个小村，只有一间破茅屋，还是一位好心村民借给他们的。为了活命，他们每天背柴到长安城里，勉强换一点糊口的东西。看着他们那样，我知道，我唯一会的斗鸡，早已没有用了。如今别说斗鸡，长安城里连鸡都很少见到了。我连行走都困难，更别说和他们一起背柴火。更何况我多背一捆柴火又能多换点什么东西呢？只不过又增加一张吃饭的嘴巴罢了。无奈，我只好和他们在路边诀别，说让他们先待在这里，以后有活路，再来找他们。可我知道，我不过是在骗他们，我都穷途末路了，还会有什么像样的活路？唯一宽慰的是，至信和至德已经快成年，有他们照看母亲，稍稍让我放心。我忍痛继续赶路，前往终南山。一年之后，我随运平和尚入京，在长安城外的鸡鸣寺常住。鸡鸣寺是一个大寺，香火不错，吃的东西多了一点，我就前往南门外的招国里寻找妻儿。可没想到，短短一年间，招国里附近的几个村庄又经战祸蹂躏，死的死，逃的逃，没剩下几个人，他们谁也没听说过什么潘飞燕、贾至信、贾至德。除了那里，我又找遍了长安城附近的几十个村庄，再也没能找到他们。慢慢地，我也死心了。其实，即使找到了又能怎么样呢？我又能为他们做些什么？从此之后，我就一心侍奉运平和尚，除了洒扫、浇水、种菜、种竹、敲钟、礼佛那些事儿，还学着读一点佛经。可你知道，我从小不爱读书，只不过初识文字，略通文墨，那些佛经，我只不过一知半解，似懂非懂而已。

建中三年，运平和尚圆寂，荼毗之后，他的舍利被安放到长安城东门外镇国寺东侧的一座小山上。运平和尚走了，我也不想待在鸡鸣寺了。我待在那里干什么呢？那里叫作鸡鸣寺，可根本没有一只鸡，更听不到什么鸡鸣。再说了，我早已不叫什么贾昌，我早已叫李思飞了，我要离鸡远远的，连叫鸡鸣的寺庙也要远离。于是，我就搬到了镇国寺东侧的那座小山上，在运平和尚的舍利塔前十余步的地方搭了一间小木屋。几十年里，我就住在小木屋里。这里清静，很少有人来打扰。可顺宗做太子的时候，不知道从哪里听说我是侍奉过明皇的遗老，竟派人前来，花了三十万钱，重修运平和尚舍利塔，还把我的木屋盖成了一间斋堂。在斋堂下面的山下，又置地百亩，让人耕种，每年都把田租用来供养我的斋堂。可是，我早已不需要那么多供养，我每天吃的只是一杯粥、一碗米汤、数枚松子，睡的只是草席，穿的只是一件旧絮袍，走的只不过是斋堂和塔前的这片小树林，方圆不过数百步。昔日贾昌得意之时需要的万千物事，对今日的李思飞来说全都是多余之物。

转眼到了贞元年间，一天，长子至信突然前来看望我，他已经成家，在并州居住，深得大司徒马遂信任，正随马遂入京朝见皇上，公干之暇，四处走访，找到了我。他说那年招国里一别之后不久，他和弟弟就被抓丁从军了，从此，就再也没有见过母亲。而他和弟弟，也在乾元元年九节度攻打邺城的那场大战中失散。后来，几经辗转，他就投在马遂帐下，屡立战功，做了一名郎将。他请我离开这里，随他到并州家中奉养。我谢绝他的好意，说就当你爹贾昌已经死了，你还是走吧。他大哭跪拜而去。第二年，次子至德又来，他在洛阳、并州、长安之间贩卖货物，说哥哥至信找到了他，告知他我在这里。他请我回洛阳奉养，我和他说了与至信同样的话。他又送我大量金帛，全都被我拒绝。之后，他们就再也没来过了。不仅他们没来过，别的人也很少来了。几十年前的那个贾昌真的死了，没人知道了。

可我没想到，如今你又来了。哦，对了，后生，老朽该怎么唤你？哦，陈鸿，想起来了，真是对不起，你已经说过了。你是怎么来的？哦，是和友人从春明门出来，来踏青的，看见这里有松柏竹丛、小村阡陌，像个世外桃源，想来歇歇，就来了。哦，你看，我又忘了，你说过了，你是和你那个朋友白乐天，正写个什么歌来着，听说老朽在宫里待过，见过明皇和太真妃，就来打听那些开元、天宝的事情？哦，你们正在写的叫长、长什么歌来着？哦，叫《长恨歌传》？（注：元和丙午岁（806），诗人白居易、新科进士陈鸿搜访开元、天宝遗老，合作撰写《长恨歌传》，记明皇、贵妃事。元和庚寅岁（810），陈鸿意犹未尽，再撰《东城老父传》一卷，记贾昌事，全文近两千字，文见《宋史·艺文志》史部传记类和《太平广记》卷四百八十五。）什么，等你们写好了要不要让我看看？不用了，我什么都看够了，不想看了！我见过的事儿，如今想起来都不像真的，你们只是听说那些事儿，写出来会像是真的吗？再说了，就算我见过明皇、太真妃，我又知道些什么？在宫里那会儿，我不过是他们养着的倡伶之人，每天都要揣摩他们的心思，取媚他们。可我又哪里真的能揣摩得透他们？我知道的只是，我表演斗鸡给他们看时，自己其实也是一只斗鸡，他们在看斗鸡，也在看我。可他们不知道的是，他们在看我表演时，我也是一个悄然的看客。不只是明皇和太真妃，杜暹、张说、高将军、李林甫、杨国忠、高仙芝、哥舒翰、安禄山、李翰林、贺怀智、李龟年、王积薪……他们看我表演的时候，我也在看他们表演。只不过，我知道自己下贱愚钝，只是一个斗鸡的小人，从来不敢指点他们罢了。可有时候，我又忍不住心里犯嘀咕：我并不是天下唯一的斗鸡者，天下的每个人，其实都是斗鸡者。或许，该换个说法儿，天下的每个人，其实都是一只斗鸡。就像天宝十五载，就是安禄山乱起，我在宫里看见哥舒翰大将军奉命驻守潼关，剿灭叛军，领命出宫，在斗鸡坊前唉声叹气，不小心打了个趔趄的那天晚上，我在家里做了个梦，梦见整个皇宫，从大明宫到太极殿，全都变成了斗鸡坊，宫里认识不认识的每一个人，连我自己，都变成了一只斗鸡。无数只斗鸡振翅鼓尾，捉对厮杀，直杀得整个皇宫，不，应该是整个斗鸡坊血流满地，一地鸡毛。而我贾昌，平时在斗鸡们面前耀武扬威的斗鸡坊主管，那时只是一只孱弱的小斗鸡，根本不敢和任何一只鸡搏斗，面对群鸡乱战的场面，我只是胆战心惊，忙着寻找空隙，落荒而逃。可好不容易逃出了皇宫，不，应该说是逃出了斗鸡坊，我发现斗鸡坊外的整条东云龙门街，整个长安城，全都变成了一个巨大的斗鸡场，偌大的斗鸡场里没有一个人，只有无数只斗鸡，正在捉对玩命厮杀！

好了，后生，你说明皇属鸡，又让我贾昌这样的人得志，在皇宫里穿着朝服斗鸡是天下大乱的不祥之兆。可我要说，哪有什么兆不兆的，要说有什么不祥，那是人心不祥！自古以来，人们爱斗鸡，那不只是人心贪婪好赌，还有人心好斗，每个人都想成为那只以天下为赌注，永远不败，永远赢下去，得以昂首傲视，睥睨天下群鸡的大斗鸡。再说句大逆不道的话吧，有时我想，明皇不仅生肖属鸡，他自己就曾是一只天下最厉害的斗鸡。在我出生前几年，他就狠狠斗过一次。那一次，我父亲贾忠挥着大棒，跟在他身边搏斗，这是我父亲一生最大的骄傲，可他不知道，其实他当时只是一只凶狠的小斗鸡。那一次明皇赢了，输掉的是韦氏、长乐公主、上官婉儿那些大斗鸡。我出生那年，明皇又狠狠斗了一次，这次，他赢的是他的姑母太平公主那只大斗鸡。一只斗鸡要能赢，除了天时地利人和，最重要的就是那只斗鸡要凶狠，要有勇，要有谋。年轻时候的明皇为什么一直能赢，就是他除了天时地利人和外，还有勇、有谋、有狠劲。可一只斗鸡，赢了另外一只斗鸡，也是有代价的。那是什么代价？不仅是赌注，还有赢了后的鲜血淋漓。不说太平公主，就说赢了韦氏乱党那回流的血吧。听父亲贾忠说，韦氏乱党几十家人的男丁，凡是比马鞭高的都被杀掉了，他自己也是杀人者之一，每次想起来都难受，所以才喝那么多酒。我父亲受不了，明皇又受得了吗？为了一直能赢，有一次，他甚至连自己的三个儿子都杀掉了。明皇后来为什么和太子李亨不和？那是担心儿子有一天和他对决，成为一只比他更厉害的斗鸡。可明皇还是老了，他的心越来越软，手越来越软，眼睛也越来越软，越来越见不得鲜血淋漓了。他累了，不想再做一只斗鸡。他花那么多钱，在宫里养了我、李龟年、贺怀智、王积薪，还有李翰林这样的人，就是不想再做一只斗鸡了。因为他心里明白，我们这样的人，心里根本没有一只好斗鸡该有的那种狠劲、阴谋和诡计，只能陪他玩，根本不能陪他斗、帮他斗。而他不知道的是，他能善待亲近我们这些人，他就已经不再是一只厉害的好斗鸡了，就像没有一只斗鸡能永远赢下去一样，他这只大斗鸡，后来也输给安禄山、儿子李亨、太监李辅国这些更年轻、更厉害的大斗鸡。可这些赢了的大斗鸡又能怎样呢？还不是转眼就输掉？他们不光输给别的斗鸡，还输给了比斗鸡更厉害千百倍的岁月。而能在斗鸡场上幸存，从此远离斗鸡场，远离搏斗，只是安心面对自己的性命和时光流逝的斗鸡，自古以来就没有几只。

哦，后生，是的，你说得对，我说过，那个贾昌早就死了，如今的我不是一个斗鸡小人，也不再是一只斗鸡了。

我只是一个乱世里幸存的老人，像你说的那样，只是一位遗老。可后生你知道什么是遗老吗？就是一个早就该死而不死，该收而不收，在新朝的阳光里等着老天爷哪一日忽然想起来就收回去的老人。哦，别说什么寿比松柏了，你可知道眼前这片松柏有几棵？一百零八棵。运平和尚活了一百零八岁，我就种了一百零八棵。每天朝夕，我都在这片林子和塔前跪拜洒扫，几十年来，我就这么侍奉着运平和尚，就像他还活着那样。

哦，对了，后生，知道我为什么要这么侍奉运平和尚吗？是的，他救过我的命，收留过我，是我的恩人。可还有别的因由：运平和尚懂鸡，对鸡好。天宝十五载六月，出宫的时候，我随身带了一只最心爱的斗鸡。夜里出南门，我和家人失散了，和马儿失散了，摔坏了右腿，可和那只斗鸡没有失散。右手拄着拐杖游走的那几天里，我饿得发昏，可我左手还一直拢着那只斗鸡，没想过要把它吃掉，一直到走进终南山，摔倒在那座小庙前。运平和尚收留了我，也收留了那只斗鸡。后来，运平和尚到长安，常住鸡鸣寺，那只斗鸡也跟着来到鸡鸣寺。每逢运平和尚讲经，那只鸡就会到大殿前肃立静听。那曾经是一只多么高傲的斗鸡啊！败倒在它眼前的斗鸡成千上万。在那些败将面前，它早已习惯像一位旗开得胜的大将军或者帝王一样肆意炫耀威武。可在听经的时候，它安静乖巧得像一个懂事听话的小孩儿。一天，运平和尚讲经，那只鸡又来听。运平和尚讲完，那只鸡突然昂首高鸣三声，然后阔步绕殿走了三圈，在大殿门槛前停下来，对着殿里的佛像和运平和尚，再次昂首高鸣三声，慢慢蹲下去，头轻轻一歪，气绝而逝。运平和尚见状，颔首合十，带领众僧，齐唱三声佛号。我抱起那只雄鸡，涕泪伤感。运平和尚对我说，贾昌，你这个神鸡童，真是浪得虚名，你还不如一只鸡明白！

是的，运平和尚没错。我九十多岁了，不知道还能在这里守上多少年。可就算能守到一百零八岁吧，或许还是不如一只鸡明白。

# 临

# 梵

## 1

　　乾隆二十八年癸未（1763）六月的一个早晨，大清皇城乾清宫养心殿三希堂和煦的阳光中，《宋时大理国描工张胜温画梵像》长卷册页安静地躺在一尊宽敞雅致的龙案上。清高宗乾隆大帝独自端坐案前，轻轻打开册页，小心翼翼，从右至左，缓缓摊开画卷，一幅又一幅诞生于大理国的梵像画，带着八百年前的金色光辉，神秘而又清晰地映入他的眼帘。

　　已经连续数个早晨，上过早朝，听完群臣的奏议，对一些胸有成竹的政事拍案表态，对一些尚无把握或者永远无法有把握的事情按下不表，留待再议，众臣散去，走出乾清宫，乾隆帝都让黄门太监留下刚刚由浙江学政调任的礼部侍郎李因培，陪驾进入养心殿三希堂，观赏这册新入宫廷的宋时大理国画卷。让此人伴驾，是因这位被江南名士袁枚先生推许为"天下第一名士"的李因培，上知天文，下知地理，学问无所不通，对画事亦颇有用心。但更重要的是，他来自云南。那个僻处大清帝国西南的极边省份，竟然也能生出李因培这等敏捷颖达的人中翘楚，这让乾隆帝大为吃惊。如今，让他吃惊的是这卷刚刚搜罗进宫的云南古画。不，不仅是这卷古画，还有那个虽有所闻，但却从未认真留意的古老王国——南诏大理国，也同样令他吃惊。对那个古老王国，群臣之中只有李因培最为了解。这个人不仅来自云南，心里还杂七杂八装着云南上千年的掌故和文献。在三希堂玩赏这卷古画，有此人在身边，就能让这卷古画以及那个诞生了古画的古老王国在眼前活色生香起来。再说，让这位来自云南的新任礼部侍郎陪驾，一起赏玩来自他故乡的这卷古画，不仅能满足他类似博物家的好奇心，也能稍稍抚慰他的思乡之情。这可是一种特别的恩宠，在提防每一位臣下的同时，尽可能显示对他们的特别礼遇，让他们心怀感激，为自己用心做事，这可是自古明君的一种为君之道。

不过，这次进入三希堂，却没让李因培伴驾。已经没必要让他伴驾了，诞生这幅不朽长卷的那个古老王国，在前几个早晨三希堂温暖清澈的晨光中，已经借助李因培妙趣横生的旁白和这幅长卷一幅幅画面上的线条、色彩以及众多的佛、菩萨、应真罗汉、国王大众和画中各种物事交相辉映散发出来的辉光，在乾隆帝心中激起久远的鸣响，热烈复活了。如今，他只想静静地独自端详这卷古画，不需任何人在场，甚至那几位宫中画画人，丁观鹏、丁观鹤、唐岱、郎世宁，他们都不得在身边聒噪。让他们待在南薰殿吧，那儿才是他们该待的地方，朕的书房岂是他们轻易能来的？前几日曾让他们来过一次，对这幅长卷，他们聒噪来聒噪去，说的都是这幅长卷古画的技法、描工、构图、用色，以及那位他们八百年前的同行张胜温。遗憾的是，关于这位姓张的画画人，连那位以博闻著称的李因培先生也在胸中的万卷文献里打捞不到关于他的只言片语。作为一群画画人，他们聒噪的都是画画的破事，又怎么能够体会一位君临天下的伟大帝王、一位统御四极八荒的大清皇帝在这幅诞生于八百年前的不朽画作前的微妙心思呢？

早晨的阳光明亮而清朗，像一层薄薄的透明的黄金，均匀铺洒在三希堂一间雅室的宽敞龙案上。正对案桌，乾隆帝细细打量这卷古画。这卷古画如今以册页装裱，但其中相连相续的一幅幅图画分明是长卷画的格局，最初完成的时候该以卷轴装裱才对。从画中的多处破损和其中六份题记来看，在不下八百年的时光里，这卷古画该是由卷轴而图册，由图册而卷轴，再由卷轴而图册，经过了许多次装裱。轻轻抚摸古旧的纸页，细细凝视其上的勾金线条、敷设色彩，从第一幅图画"利贞皇帝骠信画"开始，到第二幅图画"护法天王"，第三幅图画"佛祖"，第四幅图画"天龙八部护法龙王"……直到最后一幅图画"十六大众国王图"，总共一百二十九幅图画，乾隆帝一幅幅浏览下去；最后，乾隆帝的目光又回到开始的第一幅图画，定格在那位点苍山下率领皇后、儿子、臣工、随从、仪仗朝圣礼佛的大理国利贞皇帝骠信的面孔上。这位大理国利贞皇帝骠信，博学的李侍郎竟然也不知道他准确的名字，只说还要回去慢慢考据一番。用他的话说，大理国前后二十余位段姓国主，因文献缺失，他们的世系和这位利贞皇帝的名字不是花几天工夫就能搞清的事情。搞清这些事儿，就让李侍郎慢慢去弄吧，乾隆帝好奇的并不是这位利贞皇帝的名字，而是他的那副面孔。那是一副多么雍容华贵、淡雅、从容、自信的面孔啊！这位利贞皇帝虽然僭称皇帝，其实不过是向宋称臣，地处偏远的一位小国之王，怎么能有如此一副面容呢？！记得第一次打开这幅画卷，看到这位小国之王竟然拥有这么一副面容时，他曾对之哂笑不已。可是，第二次打开这幅画，尤其听了李侍郎对南诏大理国国史的讲述之后，他的感觉悄然变了。他发现，这位利贞皇帝的神情虽和一位小国之王的身份并不相称，但却是发自真心、自然流露的，并非毫无理由的狂妄做作之态。那么，他能有这副神情的理由从何而来呢？按李侍郎的说法，南诏大理国虽是西南偏僻小国，但却曾在大唐天宝年间两次击败大唐，让叛贼安禄山借此窥破了表面强盛的大唐军力其实已经极为虚弱，故而胆敢冒天下之大不韪起兵反叛，引发了"安史之乱"的血雨腥风，导致大唐国力大损，从此一蹶不振，直至走向衰亡。南诏强大的时候，称霸西南，兵锋直指巴蜀，其中一次还攻陷成都，饱掠而回，掠俘的人里，就有许多画工。说不定，那位名叫张胜温的大理国画工，就是当年南诏从成都掠回的画工里的一位后人呢。李侍郎说这些的时候，一边卖弄他的远见卓识，一边不忘他酸腐文人的本色，乘机进谏，说什么云南虽然偏远，但却丝毫不可忽视。云南之南的缅国北望云南，南攻暹罗，正在一步步坐大，不可不防！如果云南乱了，缅国就有机可乘，必起边衅，弄不好会祸乱整个云南，乃至整个西南。而西南乱了，就会耗损整个大清的国力，动摇大清的根基。历史上，这样的例子并不鲜见，远在大唐的事情不说，就是本朝康熙爷时，吴三桂之乱，就差点动摇大清国本，可见，云南虽远，但云南之事无小事，千万不可因云南偏远而对之掉以轻心。李侍郎的良苦用心按下不表，还是接着说这位利贞皇帝骠信的这副神情从何而来。难道南诏曾经强大到足以挑战大唐，妄图问鼎中原的过往辉煌给这位小国之王留下了来自过往时光的自信从容？不至如此吧?! 南诏是南诏，大理是大理，按李侍郎所说，这位利贞皇帝主政时的大理国和国势鼎盛时的南诏国至少隔着几百年，南诏国的国主姓蒙，大理国的国主姓段，南诏国的强大和大理国又能有多少干系呢？李侍郎的回答符合乾隆的想法，这位利贞皇帝的自信和南诏国确实没有多少干系。他的自信，并非来自南诏国时的武功，而是来自大理国时的文治。

大理国时的文治是怎么一回事呢？前几日李因培在三希堂早晨的阳光中描述了一个匪夷所思、闻所未闻、令人难以置信的神奇之国。那个王国的中心，在云南大理点苍山下的大理城。点苍山，就是画卷里那列十九座雄峰蜿蜒盘踞、白云如玉带般缥缈其间的庞大山峰。用李侍郎的话说，那列庞大的山峰，如一条青黑的巨龙，从天而降，南北盘亘，常年冰雪覆顶，四时云雾缠腰，奇峰堆叠多不可数，幽涧高壑深不可测，草木鸟兽多不可识，森然壁立让人望之出神。李因培少年时，曾随父远游滇中，来到点苍山下，他举首望山，惊讶得张大嘴巴，神识出窍，茫然恍惚，仿佛突然遭逢一个熟识而又陌生的奇异梦境，竟然一时不知身在何处，直到父亲俯首呼唤，他才好不容易回过神来。如今离滇宦游多年，在纸上和点苍再次相逢，少年时初见点苍的出神之感忽又袭来，一时竟有望峰息心、老归故乡之志。望之出尘的点苍山下，则是华丽旖旎的人间仙境。大理国的国都大理城，宋时叫作羊苴咩城，大明前朝扩建为今日的大理府城，就坐落在点苍山下。城郭奇伟雄峻，楼宇巷陌威严井然，城中人众繁盛，风俗淳朴，知书达理，城周沃野百里，物产丰饶。城郭数十里之外，躺着洱海，烟波浩渺，鱼龙潜跃，临之有渔舟唱晚、泛舟江海之感。大理苍洱风光之盛，驰名滇中，享誉海内。昔日，大明前朝第一名士杨升庵因罪流放云南，一路沮丧郁闷，直至来到大理点苍，精神方才为之一振，其《游点苍记》有言："自余为僇人，所历道途，万有余里，齐、鲁、楚、越之间号称名山水者，无不游。已乃泛洞庭，逾衡、庐，出夜郎，道碧鸡而西也。其余山水，盖饫闻而厌见矣。及至榆榆之境，一望点苍，不觉神爽飞越。比入龙尾关，且行且玩，山则苍龙叠翠，海则半月拖蓝，城郭奠山海之间，楼阁出烟云之上，香风满道，芳气袭人。余时如醉而醒，如梦而觉，如久卧而起作，然后知吾曩者之未尝见山水，而见自今始……"李侍郎说，杨升庵并非虚言，自己出滇宦游数十年，所历山水无数，深感天下并无一处名山胜水能和点苍胜景相提并论。其中道理，并非其余山水不及点苍之秀、之奇、之壮、之美，而是苍山洱水之间，流荡着一股奇特的气韵。那股气韵，正如升庵先生所言，若置身点苍山海之间，则油然而生一种"如醉而醒，如梦而觉，如久卧而起作"的奇异感觉。那种感觉，正是自己当年初见点苍时，瞬间惊讶无语的恍若入梦之感。在那种感觉里，仿佛眼前的梦境才是真实的，而梦境之外的真实记忆，反而不过是一些梦里划过的前尘影事。

苍洱之间的奇特气韵，博学的李侍郎说，应该是一股佛国特有的气韵。不知是苍洱的山海之气孕育了佛国的出尘之气，还是佛国的光辉普照，使人面对山水，顿生出尘之想。总之，一个人置身苍洱，南诏大理五百年佛国故地的气息便会扑面而来，让人顿生如醉而醒、如梦而觉之感。按李侍郎的说法，南诏国和大理国的文献虽然早已在元、明之际毁弃大半，但在支离破碎的残留文献中和当地百姓的口耳相传里，这两个王国的两位创建者——南诏国的细奴逻和大理国的段思平，都是受到观音菩萨护念的下凡天人，他们创建的国度，都是观音菩萨护持的妙香国度。这就难怪眼前这幅"利贞皇帝骠信画"的古画里，居住着那么多的观音菩萨化身。李侍郎还从元代郭松年的一篇游记里搜罗出这个国度崇奉观音的证据。元代初年，郭松年漫游到大理时发现，那里的居民不论贫富，家家茹素，绝不饮酒吃肉，人人家里都有一间静室，用香花净水供奉着观音像。除了供奉观音，他们还供奉着书圣王羲之的画像。问他们为什么不供奉孔圣人，他们竟然没听说过有孔子这么一个人。不供孔子而供观音和王羲之，天下竟有如此悖谬之地？！李侍郎说这不奇怪，这都是因为南诏大理国五百年崇佛而不尊儒，沿袭相因，以致如此。尤其在大理国三百余年间，开科取士，取的都是能读书的僧人。那些取用的僧人，虽然也略通儒家文典，但只不过表示他们能识文断句而已，真正考校他们的，其实是是否精通佛典。以此方法取用的人，名叫"释儒"，释为其实，儒为其表。这就是说，那个国度，其实是用佛法而非儒教来治理的。那会是什么样的国度呢？李侍郎说，从文治来看，不可小视。因以释治国，大理国虽然僻处西南，不足以和中原争锋，但却政治清明，人民富庶，路不拾遗，夜不闭户，承平三百余年，几无祸乱悖逆之事。但以释治国，就定能如此吗？要知和大理国同代，同样以释治国的西夏、吐蕃，两国朝堂之内，血腥满地，朝堂之外，烽烟四起，各种祸乱悖逆之事还算少吗？为何独有大理偏能致此清明和平之境？

李侍郎说，那就得归功于大理国的君清臣明了。大理国段氏二十余代国君，历代崇奉佛法，大多清明寡欲，不恋权位，先后竟有十余代国君暮年逊位出家。据《南诏野史》记载，其中还有这么一位名叫段素兴的奇特君主。他的祖父段素隆不乐为君，禅位为僧，传位于侄子段素真，开了大理国君逊位出家的先河。没想到，段素真为君数年后，亦不乐为君，步了叔父的后尘，禅位于段素隆的孙子段素兴。而这位段素兴"性好游狎"，根本不像一位国君的样子。他听说东都拓东城，就是今日的云南府城昆明城山海亦奇，美女众多，就把都城从大理迁到了拓东城，在那里广营宫室。拓东城的花木比不上大理，他就在城中广植花木，"于春登堤上植黄花，名绕道金棱，云津桥上种白花，名萦城银棱。每春月，挟妓载酒，自玉案三泉，溯为九曲流觞。男女列坐，斗草簪花，昼夜行乐"。段素兴爱花，是出了名的，在滇中，时至今日，还有一种素馨花，据说就是因他所爱而得名，所谓"花中有素馨者，以素兴爱之，故名"，正是说此。段素兴如此胡闹，自然引起臣下不满，在位三年，就被执掌权柄的相国高氏所废，另立段氏新君。这对一般国君，可是奇耻大辱，可奇怪的是，这位段素兴，竟然不以为苦，反以为乐，乐呵呵地说为君有什么好，不过终日案牍劳神，令人头昏脑涨罢了，如今不用当国君，正好放开手脚好好玩去。这位被废国君段素兴，暮年时分玩够了，也出家为僧去了。

用李侍郎的话说，大理国有段素兴这么淡然的国君，那是因为有高氏那样贤明的相国。大理国立国数代之后，国柄便被高氏掌握，形成段氏为君、高氏掌权的传统，段高二氏，几乎平分国权。但奇特的是，段高两家，竟能长久和睦相处，相安无事。如有段素兴这样的不肖君主引起众臣不满，就会由段高两家商议废去，另立段氏新主。而被废之君，也不用担心杀身之祸，为庶为僧，随其所愿，都能善终。这个传统，沿自一位名叫高升泰的相国。高升泰平乱有功，执掌大权，一时权欲膨胀，废君篡位，别改国号。但高升泰临终时，却当众立下遗嘱，让其子复国号为大理，还政于段氏。自此，段高两家，君相依旧和睦如初，如此相承百年，直至大元忽必烈军入大理，大理国祚才告终结。历数史书，君臣相得之事虽不鲜见，但能如大理国这样君臣和睦共掌国家达数百年之久者绝无仅有。因段高两家福德，大理国灭后，两家后裔亦未灭绝。在滇中，段高两家民望甚高，大元年间，段高子孙依旧奉朝廷之命，或为总管，或为土司，分别治理滇中各地。其中的高氏后裔，直至本朝改土归流之前，还在做姚州土司。有一位名叫高奣映的土司，亦道亦释亦儒，博学高才，风华俊迈，著述极丰，睹其遗作，其见识超卓不群，丝毫不亚于江南儒雅高士。

前几日李侍郎对南诏大理国的描述，让独坐三希堂的乾隆帝神往不已，真想来那么一次云南之巡，亲睹苍山洱水之间流荡的佛国气韵。李侍郎曾说，大理国灭后，自元、明以迄本朝，滇中儒学大兴，虽已不再由"释儒"之徒治理，但因长达五百年的佛国流风所及，直至今日，滇中佛教依旧兴盛，与内地相比，不仅毫不逊色，甚而有过之而无不及。本朝世祖、圣祖年间，就曾有诗人吴梅村盛赞滇中佛教说："苍山与洱水，佛教之齐鲁。"以西南偏僻一省之地，而能得此盛赞，真真令人称奇！

可是，巡游云南，绝无可能！要知朝廷那帮腐儒，自古把皇帝巡游视为劳民伤财的荒谬之举。在他们看来，一位皇帝，成天待在皇城宫苑里就行了，有什么可巡游的？如果要外出，在春秋大祭的时候到皇城之外转悠转悠就够了。再说了，如果皇城里待腻了，想看风景，不是还有承德避暑山庄吗？难道一年数月，甚至大半年待在那里，看那里的七十二景还看不够吗？那帮腐儒如何知道，一位拥有万里江山的皇帝，如不出去逛逛，那万里的江山其实就只是留在《皇舆图》上的一堆线条、图形和文字罢了。皇城再大，也只有一座，又怎么大得过天下的州府城镇？七十二景再美，也不过是方圆数十里的景致，又怎么能和天下那么多大山大水的奇美绝域之境相提并论？那帮腐儒怎能知晓，一位皇帝，他拥有的江山越是广大，他所能亲临的境域便会愈加狭小，他越是对天下充满好奇，就越是被困锁于貌似奢华但却了无生气的一隅之地。那帮腐儒以为，天下越大，需要处理的政务就越多，一位天子就应更加勤勉，除了每天上朝议政之外，下朝之后还应该批阅那些永远批阅不完的奏章，怎么还能有闲心出宫去瞎转悠呢？那帮腐儒，除了外敌入侵、国家危亡的时刻怂恿皇帝御驾亲征振作军心民气之外，从来想不起皇帝也想到大江南北转转。他们年老疲惫的时候大呼小叫，说什么宦游经年，恳请告老还乡，他们不知道皇帝待在皇城里，从来没有告老还乡的机会，一生走过的地方，还比不上他们宦游所历之地的半个小指头。假如皇帝想到哪里走走，他们便会立马搬出秦始皇、隋炀帝、前朝的正德帝，说什么殷鉴不远，所谓巡游天下，不过是祸国亡家的荒淫无道之举。那些腐儒，简直无法和他们理论！难道那些终年待在皇城里的皇帝就是有道之君，就不会祸国亡家了吗？想想十二年前那次江南之巡，自己花了多大力气！为了能够成行，自己厚着脸皮，暗示江南的地方督抚接连上奏，请求驾临，以慰士民渴仰之望。为此，那几位地方督抚老大不情愿，勉强上奏，没少受朝廷那帮言官的弹劾羞辱，说什么他们如此谄媚邀宠，鲜廉寡耻，简直想用口水把他们淹死。为此，自己不得不连下两道上谕，阐明南巡江南的四条理由。可那四条理由，在那帮腐儒眼里，又能算什么理由呢？最后还不是被他们一一批驳，弄得自己当朝发火："怎么了？朕就是昏君！朕就是荒淫！朕就是要去江南！谁再阻挡，就是让朕不爽！谁让朕不爽，朕就要他的脑袋！"如此发火，那帮腐儒才被吓到，那次江南之巡才能成行。可是，自己想要的这次云南之巡准是没影了。远在万里之外的极南、极边之地，朝臣有一万个理由阻挡。再说了，自十二年前那次南巡之后，仅仅六年，又再次南巡，之后五年，就是去年春天，又第三次南巡。说来也是，每次南巡，所耗确实不菲，最近这些年，是别再指望什么南巡了。遥远的云南，李侍郎嘴里、杨升庵文里见之"如醉而醒，如梦而觉，如久卧而起作"的苍山洱水，就只能在眼前这卷古画里神游了。

如今，在养心殿三希堂的一尊龙案上，细致把玩这卷来自宋时大理国的长卷古画，乾隆只能在心中默默做了一个小小的圣断：让南薰殿的那些画画人，不，最好是让他们之中的梵像画第一高手丁观鹏，临摹这卷古画。

对于这个小小的圣断，乾隆有着充足的理由。传了八百年的这卷古画太旧、太破了，再有一点风吹草动，再经一点折腾就会烟消云散。为了它能长久存留于世，必须有一个新的摹本，否则，哪一天原本毁了，天下人就再也不知还有这么一卷稀奇的绝世古画了。

在这个圣断之中，乾隆还有另一个小小的圣断：得让丁观鹏在临摹的第一幅图中，就是那幅"利贞皇帝骠信画"的图中，以自己的面容取代利贞皇帝骠信。也就是说，乾隆决定，要让画画人丁观鹏临摹之时，把大理国利贞皇帝骠信画成自己。丁观鹏画时，人物衣饰、器物可以不变，但那位从容自信，雍容华贵，点苍山麓玉带云之下率领皇后、群臣、侍女、护卫、仪仗礼佛的皇帝，必须画成爱新觉罗·弘历，而不是那位什么大理国的利贞皇帝。

对此，乾隆同样有着充分的理由。

其一，数日前，他梦入苍山洱水，身穿画上那位利贞皇帝所穿的黄袍，仿佛变成了大理国的利贞皇帝。那个梦里，只有眼前的苍山洱水和身上那身大理国黄袍是真切的，其他物事，全都依稀恍惚。记得梦中自己还曾哂笑，为何放着大清皇上不做，却偏要跑去什么大理国做那么一个偏僻之地的小国之王？自己刚一哂笑，那个梦境便倏忽而逝，被另外一个梦境取代。梦醒之后，自己忍不住猜想：是不是宋时的那位大理国利贞皇帝骠信，正是自己八百年前的前身？是不是正因如此，经过八百年的流转，这幅当年自己命人所画的画卷，又物归原主，和自己在此重逢？而当重逢之时，这幅画卷早已残破沧桑，而自己却春秋鼎盛，正在做着大清国的皇帝。既然自己八百年前的前身，就是大理国利贞皇帝骠信，那为何不把利贞皇帝骠信画成自己呢？何况，自己如今已是中原大国——大清国的皇帝，今日的面容，必定压过八百年前的面容，那为何不以今日的面容，替换昔日的面容呢？昔日的那张面容虽然还好，可经历八百年的光阴洗刷，早已太过沧桑古旧。而今日自己正当五十二岁盛年，天下升平，又刚刚讨平北疆、南疆，文治武功，就算和过往的许多伟大帝王相比，自信也毫不逊色，以自己今日的面容替换自己昔日利贞皇帝骠信的面容，只会给新摹的那卷画作大大增添色彩。

其二，在新摹的那卷画里，把大理国的皇帝画成自己，能够有资教化。按汉人的说法，皇帝就是天子，权柄授之于天，奉天承运，替天统御万民，天子之威，不容僭越，如此，天下才能不乱，万民才能得享太平。由此可知，自己生在世间，能贵为大清皇帝，那是天意。而如此尊贵的天意，自然不会随便降临到一个普通人头上。它不降临到别人头上而降临到自己头上，说明自己的智慧福分远远高于常人。自己如今的智慧福分高于常人，那是早在八百年前，就已高于常人。在新摹的那册画卷里，臣民将会看到，早在八百年前，自己就已经贵为大理国的皇帝。而佛教的看法，与此并不相违。能贵为大清皇帝，那是自己宿智超迈，宿福深厚。在新摹的那册画卷中，臣民将会看到，早在八百年前，自己就在西南边地的那个妙香佛国——大理国中为转轮圣王。而如今，自己则是名曰"大清皇帝"的更大的转轮圣王。

其三，退一步说，就算自己昨夜梦为利贞皇帝神游大理国只是一个错觉，梦里的前身利贞皇帝骠信只是一个虚妄不实的幻念，那又如何呢？

所谓画儿，不过游戏罢了。日常里，皇上只能做皇上，不能做别的角儿，可皇上一个角儿，又怎么能够满足一个人想做各种角儿的念想呢？天下人最大的念想是做回皇上，可一旦贵为皇上，做腻了皇上，就会发现，所谓的九五之尊，实则了无生趣。皇上也是人，是人就想做各种角儿，尤其是那些他没做过的角儿。这就是为何历代有许多皇上不爱做皇上，却偏爱去做什么大将军、和尚、道士、词人，甚至什么商贩、木匠、戏子之类微末的角色。当然，大清列祖列宗虽然心作此想，可行止却没这么胡闹。大清天子只在梦中、只在画里做各种角儿的游戏，朝堂之上，臣民之前，依旧是威仪万方、行止端严的皇上。远的不说，最近的先皇雍正大帝，尊居大位十三年，日夜忧勤，无一日懈怠，毫无土木、声色之娱，为天下人做了一位最勤勉的好皇上，可在画里，他却做了许多梦里想做而光天化日之下不能做的角儿。这不，在这里，还恭存着先皇的《雍正帝行乐图册》呢。在那些画里，先皇不再以一位威严天子的装束示人，他变成了猎人、隐士、道士、渔父、农夫、喇嘛、蒙古王公、诗人、儒生、琴师。在画里，他也逃脱了皇城宫廷的困锁，得以置身天地大化之间；他面对的，也不再是那些朝堂争议、案牍劳神的破事。在天地大化之间，先皇得以随心所欲，逞意驰怀，尽情做他心底想做的各种角儿。在画里，先皇或持弓问天，或荷杖溪涧，或倚树逗猿，或论道深山，或飘逸擒龙，或观水沉思，或摩崖冥禅，或临渊休憩，或绝壁题诗，或独坐幽篁，或横槊刺虎……在西洋画家郎世宁的笔下，先皇甚至穿上西洋的装束，或上山猎虎，或独坐闲庭，幽默风趣，令人莞尔。先皇这些角儿和姿态，在那帮腐儒看来，简直荒诞不经，不伦不类。他们哪知，在他们眼里性格急躁、不苟言笑的先皇，实则对世界充满好奇，甚至对远在西洋的异域也充满兴趣，想做一回西洋人呢！爱新觉罗家族可不像那帮汉人腐儒，认为只有汉人的衣冠才是好的，别的服饰、物事都是上不了大雅之堂的不伦之物。以前满人的服饰、物事，不是也被他们这么看吗？简直荒谬！所以咱满人坐了天下，就逼他们剃发改服，为的正是要灭掉他们的这种迂腐和傲慢。不灭掉他们的这种迂腐傲慢，爱新觉罗家永远都是他们眼里的蛮夷之辈，如何配坐在他们心里只有汉人才能坐的江山？

先皇在画里可以变成梦里想做的各种角色，乾隆又何尝不是如此呢？除了大清天子，在梦中，他变成驰骋沙场、秋季点兵的将军，雅阁之间淡然鉴宝的雅士，古阁庭院之中怅然观月的汉家公子，深山寻采灵芝的仙人，古装捻须、对雪温酒、执笔沉吟的诗人，猎场射熊刺虎的壮士，围猎野餐的主人，观画听琴的高人……在梦里，他还精通佛法，明心见性，得大涅槃、大自在。他化身维摩诘居士，对众敷演佛法；他化身普贤菩萨，高踞莲座，悠闲观看侍者给自己的坐骑——大白象扫洗洁身；他化身文殊菩萨大德法王，结跏趺坐，头戴黄色班智达帽，左手托法华轮，右手施说法印，右为普贤菩萨，左为地藏王菩萨，座前莲花盛开，池边众僧围绕，头顶天花纷坠，下界大黑天、吉祥天母、降魔阎尊三位天神前来护法，人天大众，听他说演甚深微妙大法……这些梦里想做的角色，或凡或圣，或庄或谐，他都让丁观鹏、郎世宁、张宗苍等人在画里帮他实现了。如今，在这些角色里，再加一个小小的大理国皇帝，又有何不妥呢？

## 2

正午时分，大清皇宫画院南薰殿，画画人丁观鹏接到乾清宫总管太监赵德胜宣说的上谕，由他主笔临摹《宋时大理国描工张胜温画梵像》。赵公公特意嘱咐，在新画里，一定得把那位大理国蛮王的面容画成当今圣上，丝毫不得闪失。赵公公还一并带来了那册画卷，说先让他看上几日，心里记熟了，就得送回三希堂。画画的时候，如果忘了那册画卷的模样，画不下去，想要再看看那册画，再和他说，他回禀圣上，再从三希堂借出来。赵公公还问，这卷新画得花多少工夫才能画成？丁观鹏回说，数十尺的画，一百二十多幅画，工笔描金，敷彩上色，那是极细的活儿，别的活儿什么也别干，起早摸黑，少说也得个三年五载。赵公公说皇上虽不着急，可也是越快越好，别说五载，三年画好得了。丁观鹏打了个折扣，说三年不说，五载不论，四年如何？赵公公说，好，那就四年吧，我这就回禀皇上了。赵公公转身刚走，又折回来，说看这记性，这么紧要的事儿也差点忘了！皇上特意叮嘱，得先画好第一幅画的稿本，就是那幅把那位大理国蛮王换成圣上面容的稿本，请皇上过目。得等皇上中意，画了圈儿，整个活儿才能开工。

南薰殿一间画室里，丁观鹏盯着那卷古画发呆。那卷古画，自内府从琉璃厂古玩店搜购进宫之时他就和南薰殿的画画人唐岱、郎世宁、金廷标以及自己的弟弟丁观鹤一起鉴定玩赏过了。前几日，他们还被召进养心殿三希堂，和圣上一起玩赏议论过它。那时，他就隐约知道圣上有意临摹这卷古画，并且圣意所属主笔临摹的人很可能就是自己。这不奇怪，谁让南薰殿待诏画画人里，自己的梵像画功夫无人能及呢？如今接到上谕，让他临摹这卷古画，丁观鹏一点都不意外。

不仅毫不意外，丁观鹏还觉得这是自己和这卷古画的一段奇妙因缘。细细翻阅这卷古画，读着上面众多的题记，他陷入了对这卷古画在八百年时光中如何奇妙旅行的遐想。

《梵像卷》共有北宋盛德五年大理国僧人释妙光，明洪武年间宋濂，僧人宗泐、来复和明永乐大帝时曾英，天顺无名氏的六则题记。当然，丁观鹏明白，如果不出意外，喜爱题记的圣上迟早还会在这卷古画上加上自己的第七则题记。

画卷最早的题记为大理国描工张胜温请大理国僧人释妙光所作的题记：

> 大理国描工张胜温描诸圣容，以利苍生，求我记之。夫至虚至极，有极则有虚，虚极之中，自生明相矣。明相生一气，一气成大千，有众生焉，有佛出焉。众生无量，佛海无边，一一乘形，苦苦济拔，知则皆影相济也。实如神慕张、吴之遗风，恰武氏之美述者耳。当愿众生心中佛，佛心中众生，唯佛与众生，无一圣凡异。妙手一出，灵显于心，家用国兴，身安富有。盛德五年庚子岁正月十一日释妙光记。

看着这则题记，丁观鹏不禁产生一丝疑惑：难道这么一幅长卷画，只是张胜温自己起心动念画的吗？如果那样，得花多长时间啊？如果这位张胜温先生不是极其富有，怎么对付这么长时间一家的生计呢？一位画工，能有多少资财啊？像自己这样的宫廷一等画工，一月的俸禄不过十一两银子而已，比一位七品县令强不到哪儿去。何况京城居之不易，靠这点银子，只能勉强住在南柳巷，每天到皇城供职，光是路上往还，就得费尽气力。想要住到北柳巷，或者离皇城更近一点的地方，那是难上加难的事情。供奉宫廷画院，每年一百三十二两银子几乎就是所有进项，想画几张画补贴家用，那更是想都不能想。既然在皇家画院供职，那就只能奉旨作画，画的每一幅画，都是为圣上画的，都只能放在南薰殿、如意馆或者圣上的御书房三希堂。即使回家后，在家里画的画也是圣上的，万万不可流出去，只能带进宫里。如果流出去，被人知晓告发，轻则丢掉饭碗，重则获罪皇上，那是万万不可的事情。故此，很难想象，如果没有金主襄助，那位大理国描工张胜温先生能够独自完成这么一件巨作。那襄助人是谁呢？从第一幅画的题字"利贞皇帝骠信画"以及其后那幅"南无释迦牟尼佛会"的题图文字"奉为皇帝骠信画"来看，襄助人显然就是那位画里的大理国利贞皇帝骠信。可见，这幅长卷画就是为皇家画的，这位张胜温先生的身份也和自己一样，就是一位宫廷画画人。可这位妙光和尚为何不说这是奉大理国皇家之命画的，而只简单提说张胜温先生此举是为了"描诸圣容，以利苍生"呢？或许，妙光和尚题记的时候，"奉为利贞皇帝骠信画"这事儿早已不必再提了。可是，这幅长卷的所有者又好像是张胜温先生，而不是那位大理国利贞皇帝。如果这画是大理国利贞皇帝的，那请妙光和尚题记的人就应该是大理国皇家的人，而不是张胜温先生。

或许，张胜温先生仅只是替大理国皇家向妙光和尚请求题记的，这幅长卷画的所有者还是大理国皇家。算了，不追究了，这幅长卷画的主人管他是谁呢。正如妙光和尚所言，作这幅长卷，是"描诸圣容，以利苍生"的，它到底属谁所有，这就是一种执念。或许，正如李侍郎所说，在佛国大理，这幅长卷虽奉皇家之命而画，但完成之后，可能并不存放在皇家内府，而是存放在某一个寺院。因为大理国佛教画像、造像极多，而这些事儿需要一份可以依循的精美范本。这幅长卷，就是这么一幅范本，可为各处寺院画像、造像以作参照的圭臬。是否真是如此呢？妙光和尚的题记里找不到答案。这位和尚关心的只是佛法，不愿在这些琐碎的事相上纠缠。从他的简单题记里可知，这位和尚，确是一位精通佛法的高僧。好吧，就不纠缠这些事相了。可是，丁观鹏还是有一丝遗憾：妙光和尚的题记里，丝毫没有画者张胜温先生的只言片语。算了，想知道张胜温先生的事情，只是出于对同行的好奇。可一位画画人，从古到今，又算什么角色，值得被提起呢？想到这里，丁观鹏想起两位从前善画人物的画画人。一位是春秋时的敬君先生，齐王建造九重台，召他入宫作画。敬君久不得归，渴念妻子，就画了妻子的像，挂在居所，早晚视之流泪。没想到，这幅画被齐王看到了，知道他妻子是位绝世美人，竟然派人找到他的妻子，据为己有。另一位是大唐画画人阎立本。某日，下朝之后，唐太宗李世民与侍臣泛游春苑，见南诏国所贡的两只奇鸟嬉戏池中，太宗喜爱不已，急召阎立本进宫描绘。那时，阎立本刚刚回家，屁股还没坐热，太监就来大声宣召画师阎立本进宫作画。那时，阎立本虽已做到郎中之职，并非专职画画人，但还是急忙携带画具进宫，奔走流汗，俯伏池侧，手挥丹素，描绘那两只破鸟。他狼狈的样子，引来太宗和侍臣、太监哄笑。耐着性子画完那两只破鸟，回家之后，阎立本召来几个儿子，慎重对他们说："我从小就好读书、作辞章，但今天却因为丹青闻名，所以才会有各种描画的苦差，以及今日的奇耻大辱！你们应该引以为戒。从此我要立下家训，子孙再也不能习画，否则就是不孝！"后来，他还一路高升，做到了右丞相。那时，左丞相是姜恪，曾在西域立有军功。时人曾嘲讽他们："左相宣威沙漠，右相驰誉丹青。"阎立本的才能本来足堪相位，可人们还是认为他只配作丹青。而丹青，和做官相比，只是一种下流不堪的技艺。和大唐相比，如今宫廷画画人的地位更是江河日下，更加不堪了。今日供职大清皇宫南薰殿的画画人，不过是奉旨专为皇上作画的仆役之徒罢了，许多人做梦都想着哪天能得皇上恩赏个官家出身，以便名义上能跻身仕流，脱离画画人的身份。可是，这样的机会又有多少呢？自己供职南薰殿数十年，也只见到张宗苍一位画画人，在乾隆十九年时得到恩赏，以一名户部主事的头衔放还终老。那时，张宗苍已经六十九岁，竟然为此喜极而泣，遥对乾清宫不停叩头谢恩，还破费请南薰殿的画画人们大喝了一顿。那时，因常年劳累，用眼过度，张宗苍的一双老眼早已坏了，再留在画院也没用了，这才赏个头衔，恩准放还。放还之后，仅仅过了两年，就听说他在吴中老家过世了。不过，他也算功德圆满，好歹在临终之前弄了个清流出身，也算光宗耀祖了。如自己这般，虽也得到皇上恩宠，但想有张宗苍那样的归宿，也是很难指望的。如今，自己目力和壮年时相比，也大大减弱了。或许，摹写完这幅长卷，将是自己此生供职南薰殿所能干完的最后一件活计了。对了，不知那位八百年前的大理国描工张胜温先生，他的来去之处如何。得了，不用再纠缠他的来去之处了，反正接下来的数年里，隔着八百年的时光，自己将与他切磋技艺，朝夕相处，和下棋的人对弈手谈一般，于无声之处，和他进行无数次目谈、手谈、心谈。

妙光和尚题记之后，是大明初年宋濂和宗泐和尚的题记：

> 凡其施色涂金，皆极精致，而所书之字亦不恶云。……其所谓庚子，盖宋理宗嘉熙四年，而利贞者，即段氏之诸孙也。夫以蛮夷窃弹丸之地，黄屋左纛，僭拟位号，固置之不必言，然即是而观，世人乐善之诚，胥皆本乎天性，初无有华夷中外之殊也。东山禅师德泰以重购获此卷，持以相示，遂题其后而归之。

宋濂把这幅长卷画完成的年代"盛德五年庚子"推算为南宋嘉熙四年，丁观鹏不知是否可靠。而李侍郎的意见也是如此，他还说宋濂名声虽大，但如他那样的前朝之人，考据功夫稀松平常得紧，他这个断语大可不必相信，确切考据，要待他搜罗大理国相关文献之后才能确定。而宋濂对大理国段氏皇族所谓"夫以蛮夷窃弹丸之地，黄屋左纛，僭拟位号，固置之不必言"的不屑之论，丁观鹏也只是一笑而已。宋濂被前朝洪武皇帝誉为"开国第一文臣"，位高权重，自是有几分自负，有这种议论毫不奇怪，可他不该连个岁次也不题啊，这真是有违一般题记的常理。不过，他还是题了这句重要的话："东山禅师德泰以重购获此卷，持以相示，遂题其后而归之。"丁观鹏虽为画者，但精于画佛像，常年茹素礼佛，对前朝传灯之事颇有所知。这位重金购买这幅长卷的东山德泰禅师他虽不识，但下面一位题记者——宗泐和尚，丁观鹏却是知晓的。这位大和尚可是大明初年京师南京城三大寺之首——天界寺善世院的住持啊。大明管理天下佛法事务的总衙门僧录司就设在天界寺中。宗泐和尚博学通儒，善诗文，为洪武皇帝所赏识，是当时声望极高的法界名宿。他的题记留下了岁次记录，是为"洪武戊午"年，也就是洪武十一年。至此，为何宋濂会与宗泐和尚一起题记也就清楚了。洪武皇帝曾令设元史馆撰修《元史》，而元使馆就设在天界寺，监修总裁就是宋濂。那时，宋濂和宗泐和尚是在同在天界寺居止的。看着宋濂和宗泐和尚的题记，丁观鹏明白：诞生于宋时大理国的这幅长卷画，历经宋、元数百年的辗转，在洪武初年被游方的东山德泰禅师发现，重金购买，带到南京天界寺。东山德泰禅师深爱这幅长卷，所以要请当时最富声望的僧俗两界名宿为这幅长卷题记，加持护佑，以期望它能得到更好的保存。而当时常住天界寺的元史馆总裁宋濂和天界寺善世院住持宗泐和尚名重天下，是最好的题记人选。所以，宋濂和宗泐和尚的题记应该都在"洪武戊午"年，这也就能解释为什么宋濂题记不落岁次，因为宗泐和尚已经落了，宋濂不必再多此一举。想到宋濂这一年的题记，丁观鹏自然想到宋濂的命运。他在题记中嘲讽那位大理国利贞皇帝骠信"夫以蛮夷窃弹丸之地，黄屋左纛，僭拟位号，固置之不必言"，语气颇为不屑。他在题记之后不久便告老回乡，离开时，洪武皇帝还亲自为他饯行，弄得他感恩叩头痛哭，和洪武帝约定说："臣没死之前，请允许臣每年来宫内觐见陛下一次。"回乡后，他每年都如约进京陛见。可刚过两年，也就是洪武十三年，他的长孙宋慎就被牵连进胡惟庸案，导致一家遭祸，长孙宋慎与次子宋璲都被斩首。朱皇帝还想处死宋濂，幸亏马皇后及太子朱标力保，才得免一死，恩准流放至四川茂州安置。可他还没到茂州，便死在流放路上的夔州了。虽说自古伴君如伴虎，而如洪武朱皇帝那样的刻薄寡恩之君，也是千古罕有。如果宋濂先生那时知道李侍郎描述中的大理国君臣相得，数百年间极少杀戮的故事，不知他还会不会看不起那位他所鄙视的蛮夷之君？

接下去的题记是洪武十二年前灵隐寺住山和尚来复禅师应德泰和尚之请所题的。丁观鹏纳闷，为什么刚刚请宋濂和宗泐和尚题记一年之后，德泰和尚又请来复禅师题记？何况这位来复禅师籍籍无名，声望名气和前二位不可相提并论。解释只有一个，宋濂和宗泐和尚的声望让德泰禅师很满意，但他们题记的内容却有敷衍潦草之嫌，似在德泰禅师坚请之下不得已勉强应付了事。所以，德泰禅师觉得仅只如此，还对不住手中的这幅长卷，必须再请一位高人题记。而这位高人，必须和他一样，是真正挚爱这幅长卷的人。而来复禅师的题记，应该让这位德泰禅师满意了：

> 滇池之南，有国大蒙。作藩中夏，惟佛是宗。王妃宰臣，以善为宝。胶彩糜金，成此相好。菩萨罗汉，慈威俨然。亦有龙鬼，拥护后先。幡盖旌幢，树林池沼。莲花交敷，旃檀围绕。集兹众妙，间错庄严……

在来复禅师眼中，这幅长卷的精致华丽固然宝贵，但深深打动他的却是画卷中所载南诏大理国崇尚佛教的情景，他为此虔诚地焚香稽首，礼拜赞叹。来复禅师眼中，这幅长卷中的南诏大理国众生，并没有宋濂等传统儒者"华夷之辨"的分别心，而是一切众生在佛的国土中都是平等的。所谓"众生与佛同体"，无论何地之人，只要心中有佛，虔敬礼佛，都同体庄严灿烂。来复禅师虽然无名，但有了他的题记，这幅长卷的精气神，总算和这幅长卷的第一个题记——大理国僧人妙光的题记接上了。

想到德泰禅师对这幅长卷的挚爱，丁观鹏不禁感慨，为了让这卷画能得宝爱、能得流传，这位禅师可谓费尽心力！他不仅不惜重金购买，还辛苦请宋濂、宗泐、来复等人作记。成住坏空，以一切国土之坚固，都尚且如此，何况一纸之脆弱，水火刀兵，瞬间化为乌有，那是极易之事。如果没有德泰禅师这些人的宝爱维护，自己又如何能有如此福分，在南薰殿正午的阳光中细细把玩这件人间至宝呢？

有了德泰禅师等人的宝爱，这幅长卷得以暂时安身于南京天界寺。接下去的题记则是永乐十一年，也就是距离洪武十一年之后六十八年的事情了。这一年，曾英为这幅长卷题记。他对大理国描工张胜温极为赞叹，说"虽顾虎头、李伯时辈，亦可与颉颃者矣"。对此，丁观鹏微微一笑。这位曾英不知何许人，他说张胜温画技能与顾恺之、李公麟相提并论，似有过誉之嫌，但他能把张和顾、李二人相提，说明他亦是颇通画艺之辈，明白这幅长卷的技法重在线条勾勒，而不在色彩敷设。曾英题记中让丁观鹏留意的是这么一件事。他说这幅长卷在德泰禅师"自游方时获此卷，珍藏什袭，亦有年矣"之后，"自东山（德泰）仙化，此卷流落他所"。看到这里，丁观鹏心里一紧，担心这幅画遭到什么不测。幸好，这幅长卷命不该绝，它从天界寺流往他方之后，竟又安然无恙地被德泰禅师弟子月峰禅师重新购回，存于东寺，也就是慧灯寺。看到这里，丁观鹏记起，天界寺曾在洪武二十一年，也就是德泰禅师请宋濂、宗泐、来复等人题记仅仅十年后，经历一次火劫，全寺悉数化为一片废墟。或许，这个时候德泰禅师已经入灭，而这幅长卷也刚好在此时流出天界寺，冥冥之中似有菩萨护佑，刚好躲过了这次劫难。

那么，画卷流出之后又在永乐十一年被月峰禅师购回所藏的这座东寺，也就是慧灯寺，是哪一座古刹呢？对此，丁观鹏困惑不解。慧灯寺不少，宁波府有座慧灯寺，峨眉山有座慧灯寺，南京是否也有座慧灯寺呢？从曾英题记来看，他说的这座慧灯寺似乎在南京，但又没确指是不是在南京。即使在南京，这座慧灯寺也应该不是原来的天界寺了。曾英题记之后仅仅十年，曾于洪武十一年毁于火灾又奉洪武皇帝之命重建，并被赐名"天界善世寺"的这座古刹，在永历二十一年再次遭逢火灾，几乎毁灭殆尽，只剩下大雄宝殿。如果这幅长卷此时保存在寺中，那当绝无幸免之理了。

幸好，天界寺两次火劫之时，这幅长卷保存在慧灯寺。可是，逃得过火劫，逃不过水劫。曾英题记之后十三年的英宗天顺己卯年，一位佚名者的题记（此记不全，缺下文及署名）中，接着记录了这幅长卷另一次让人揪心的磨难：正统己巳年，洪水骤涨，漫及慧灯寺，这幅长卷被水浸漫，幸被月峰的弟子镜空和尚及时从水中捞出。虽然画还完好，但已被水浸渍得几乎散落，只好请人装裱成册，以便保存。那次水劫的浸渍之迹，如今还很显眼，让人心疼不已。而这幅长卷如今以册页而不是卷轴的面目出现，应该就是那次重新装裱的结果。

至此，大明前朝的题记再无新续。或许，这幅长卷从云南流落辗转，到洪武初年被德泰禅师发现购买，携之藏于南京天界寺，再到流出天界寺，再到被月峰和尚回购，藏于慧灯寺，经历一次水劫，幸存之后，就一直安住在慧灯寺了吧。从那位佚名者题记之后，到当今圣上的乾隆二十三年，掐指初算，已经过去了三百余年！难道这三百余年里，它就一直安住在慧灯寺？这座慧灯寺，又会在哪里呢？到底是哪一座慧灯寺？

其实，丁观鹏隐隐有一种猜测，但又不敢断定：这个慧灯寺，应该就是浙江宁波的那座慧灯寺。从三百余年前的题记中这幅长卷遭逢的那次洪水浸漫入寺的情景看，慧灯寺的地势应该不高，而浙江省宁波府的那座慧灯寺正符合这种情况。那里地处大海之滨，江河湖汊纵横，水患是常有之事，发生洪水浸漫这种事情一点都不奇怪。而更加巧合的是，去年李侍郎还在浙江学政任上，宁波府是他常去之地。今年六月他才调任礼部侍郎，他刚奉调进京不久，就说在琉璃厂搜到一件古画长卷，跟乾清宫总管赵公公说要不要叫南薰殿的画画人看看，要不要购进宫来。于是，这幅长卷就从琉璃厂一位古董商的店铺里购入皇宫了。皇上看到这幅长卷，自然龙颜大悦，喜不自胜，大大赞美了李侍郎一番。有没有这种可能，李侍郎就是在宁波慧灯寺里搜到这幅长卷的，之后借擢升进京之际将它献给皇上以谢皇恩？如有这种可能，那他为何不直接献上，而要绕一个琉璃厂的大弯子？这也容易理解，李侍郎毕竟素有清望，如果他直接将画献给皇上，那就会有许多麻烦。如果那样，有人会问，李侍郎你是怎么弄到这精贵玩意儿的，有没有巧取豪夺？如果没有，是买的吗？那你花了多少银子？你俸禄多少，为何舍得花那么多银子？就算你舍得花那么多银子，那你买画献给皇上，是不是献媚邀宠？你知道皇上爱画，就这么干吗？作为朝廷重臣，你这不是让皇上分心，耽溺于此等嬉戏游乐伎俩吗？你这么做，不是陷皇上于不仁、不义、不礼、不信、不智吗？那帮言官的嘴巴可比刀子还要锋利，精明的李侍郎做事滴水不漏，绝不会给他们留下这样的把柄。

　　和那帮言官不同，就算这幅长卷真是李侍郎在慧灯寺搜罗到，带进京来，绕着弯子献给皇上的，丁观鹏也认为李侍郎此举实在高明，毫无不妥之处。理由很简单，如果他是李侍郎，看到故乡云南有这么一件珍宝，而又无比宝爱这件珍宝，想为它寻个更能得到善待、更加安全、能保存更久的所在，那这个所在会是哪里呢？当然是皇上的御书房！对保存这件珍宝，天下还有比这更好的所在吗？！不管李侍郎是怎么弄到这幅长卷的，但为了这件稀世之珍能有个更好的所在，李侍郎竟能放下悄悄占为己有的贪念，将它献给皇上，想到这里，丁观鹏不禁对李侍郎多了几分敬意。

　　可是，就算这是真的，但李侍郎就真的为这幅长卷找到了一个最好的所在吗？

　　正午灼人的空气里，小心翼翼摩挲打量着这幅长卷，丁观鹏眉头渐渐锁上。他想起前几日自己和郎世宁等人被皇上召到乾清宫，和皇上一起把玩这幅长卷，一起看这些题记。皇上和李侍郎对这幅长卷爱不释手，于是，自己就忍不住多了一句嘴，说这幅长卷既然进了三希堂，成为皇上珍爱的藏品，那皇上为何不为这幅长卷作个题记呢？

没想到的是，平时偏爱给各种藏画题记的皇上竟然沉吟不语，似有深意，故意把话题岔开。

如今，想起当时的情景，又想到赵公公适才所传上谕，在新摹的画里，需把那位蛮邦大理国利贞皇帝画成当今圣上，丁观鹏心中隐隐泛起一股说不清道不明的不安。

8

将皇上圣容入画，这样的事儿丁观鹏干得多了。专为皇上画的《大阅图》《平安春信图》《观荷抚琴图》《佛装像唐卡》《采芝图》《射熊图》《古装图》《射猎图》《刺虎图》《围猎聚餐图轴》《观画图》《洗象图》……这些画里的皇上，不是大多出自自己和郎世宁之手吗？南薰殿画画人里，要论画皇上肖像，就自己和郎世宁最拿手，既逼真，又传神，深得皇上欢心。在这些画里描绘皇上圣容，丁观鹏没有什么不安的。就算把皇上画成文殊菩萨、普贤菩萨，也是如此。即心是佛，只要觉悟，人人皆可做佛。皇上把自己当成菩萨转世，那就当皇上是菩萨转世吧。或者，皇上并没这么狂妄自大，他只是想着他如今虽然还不是菩萨，但历劫之后终能成为菩萨，那就当皇上未来之世终究能成菩萨吧。无论如何，皇上想把自己画成菩萨，都表明皇上心中有菩萨心肠、菩萨善念，照着皇上所愿去画就得了。皇上不仅喜欢在这些新画的画里把自己画进去，还喜欢把自己画进临摹的古画里呢。自己不就临摹过那幅宋徽宗赵佶、宋高宗赵构曾经收藏过，如今又被皇上收藏的宋人无名氏画作《鉴古图》吗？那幅自己的临摹之作里，构图不变，可画里的陈设换成了皇上收藏的古物，图中那位端坐牙床的鉴古高士换成了当今圣上。一起换了的，还有牙床背后屏风上挂的那幅肖像，它也换成了皇上的肖像。或许因对自己的鉴古水平颇为自负，皇上对这幅临摹之作极为喜爱。为此，皇上不仅对自己颇多慰勉，还兴致勃勃在画中题记："是一是二，不即不离。儒可墨可，何虑何思？"皇上也是有趣，画里鉴古的人只是皇上的影儿，屏风上又挂着画里皇上的影儿的影儿。皇上意思是说这两个影儿既是一个影儿，又是两个影儿，他既可做这个影儿，又可做那个影儿。更有意思的是，皇上还在这幅画上加盖了一枚"上皇义人我不为也"的印章。如此，这幅画里又多了"上皇"和"义人"这两个影儿。上皇、义人，这两个影儿加起来的意思不就是讲仁义的好皇上吗？一个讲仁义的好皇上，这可是皇上最大的影儿，每天都得扮演的影儿。这可是世人嘴上不敢说，但人人梦里却最想扮演的影儿。放眼当今大清天下，能光明正大地扮演这个影儿的人也只有当今皇上一个人而已，别人若是扮演这个影儿，那就是大逆不道的灭族之罪。这可是最令天下人羡慕的影儿，可皇上却说自己不想扮演这样的影儿，而想扮演画里那些各种各样的影儿。人在世上，扮演来扮演去，都不过扮演一些影儿罢了，都是些梦幻泡影、捕风捉影的游戏之事。既然皇上这次想在那幅大理国梵像卷的临摹之作里扮演一回那位八百年前的大理国皇帝，又有什么打紧呢？不过给皇上多加一个画里的影儿罢了，作为听皇上差使的画画人，照做不就行了吗，又有什么可纠结的呢？

可丁观鹏还是有些纠结，不安感越来越强烈。在南薰殿自己那间画室里，他一直盯着那幅长卷，仿佛它很快就会在眼前烟消云散，自己看它的每一眼都将是最后一眼。本来应该开始琢磨如何描画稿本的事儿，可他却无法琢磨下去。按一般作画规矩，都是先画好线描稿本，呈给皇上御览，皇上认可画圈之后，再以稿本为底本，细描勾画，敷彩上色，正式作画。这幅长卷虽有一百二十多幅图，单是制作稿本就是一件极费工夫之事，可这事儿其实并不耗神。毕竟，这又不是新画，得费尽心机工巧，琢磨如何让皇上喜欢，大家也喜欢。这只是临摹，除了第一幅画的稿本中得把那位利贞皇帝的面容、姿态画成当今圣上，需多费点心思外，其他图画依葫芦画瓢，尺寸、线条、构图、物事，照着原本一幅幅描将下去就是了，没多少可费心思的，只需尽量描得和原本一致就行了。至于极少地方和原本有细微差异，那是不可避免的，对此，皇上也会理解。这就如唐太宗李世民当年把褚遂良、虞世南、冯承素、欧阳询召进宫中临摹《兰亭集序》，四人对着王右军《兰亭》真迹临摹，都能形似《兰亭》，但若仔细观察四人手笔，却会发现四件摹本之间，都有细微差别。这说明他们每一人所临的必定都和王右军的真迹有细微差异。这就是说，他们四人的临本，没有任何一本能和《兰亭》真迹毫无二致。尽管四人之中，冯承素名气在其他三人之下，加上性格谨小慎微，他临《兰亭》之时，必定小心翼翼，一笔一画完全依照王右军真迹书写，而不会如其余三人那样任性纵情，依照胸臆有所发挥，因而冯之《兰亭》，最近右军真迹，甚或和右军真迹极少分别。可惜的是右军真迹在四人临摹之后，随唐太宗李世民一起入葬昭陵，早已湮灭于无形了，右军真迹如何，四人临摹之作和右军真迹比对又如何，这样的事儿早已无从知晓，只能空留遗憾。

想到兰亭掌故，丁观鹏心头一震，似乎明白适才听到赵公公所传上谕之后为何感到不安了。其实，他心中早已隐约有了那个念头，那个他不敢细想的、大逆不道的念头。

丁观鹏明白，那个可怕的念头，只是他妄测的上意。从正午到午后，从午后到日头西斜，他都待在画室，思忖着他所妄测的上意。直到另一位画画人，他的弟弟丁观鹤走进画室和他打招呼，邀他一起回家，他才回过神来，起身离开画室。

他们有一搭没一搭闲聊着走出皇宫，再出宣武门，穿街过巷，走过琉璃厂。路上，丁观鹤曾问他为何闷闷不乐，是不是有什么心事。丁观鹏这才知道，和弟弟闲聊的时候，自己走神了，不止一次。他轻描淡写，随意敷衍过去，弟弟就没再问。走到北柳巷，丁观鹤家住在那里，二人拱手别过，丁观鹏再独自走到南柳巷，回到家里。

在路上，尤其是走过琉璃厂的那一段长路，丁观鹏心中一片悲苦。这所谓的"京都雅游之所"，各种书肆、古玩店铺林立，是自己闲暇时常来光顾的地方。可这里虽然热闹，却罕有机会碰上什么书画珍品。书画珍品都被私家秘藏，怎么会轻易弄到这种地方来呢？再说了，在京城，又有谁的藏品比得上皇上乾清宫的御书房呢？自己在宫里做一等画画人，为皇上奉旨作画，名分好听，在京师众多画画人里虽然颇受推重，可多年以来俸禄微薄，一直手头拮据，为此，可没少受夫人抱怨。如果不是皇上的画画人，凭自己的高超手艺，在琉璃厂开一家字画店，既为他人作画，又经营别人字画，各种进项少说也在宫廷画画人数倍以上，手头岂会拮据？可自己为何偏偏要在宫中作画，做皇上的画画人呢？还不是冲着皇上御书房里那些古字画、古玩、古籍藏品去的吗？琉璃厂虽大，可所有的稀奇玩意儿统统加起来，又能有几件可堪入眼的？它们连皇上御书房的一个小角落都比不上！如果不是身为宫廷画画人，自己怎么能有机会进皇上御书房，见识那么多稀世名画古玩呢？又怎么能在最近几日，得睹这无比珍奇的大理国梵像长卷呢？这幅长卷从琉璃厂进宫，但这种事儿太稀罕，自己和那么多高手常在那里逛，怎么闻所未闻，却偏偏被到京城没几天的李侍郎偶然遇上了？一件宝物能进宫，那定是有人特意要将那件宝物弄进宫。将宝物弄进宫的人，用意也不外乎两个，一是取媚皇上，二是想卖个好价钱。只要是皇上看上的玩意儿，没有出不起价的。可对皇上要价也不能太离谱，否则，引皇上动怒，皇上就可下旨征用那件玩意儿，弄得你鸡飞蛋打，一两银子都别想得到。十余年前那幅黄公望《富春山居图》的赝品，不就是这么进宫的吗？那虽是一幅赝品，可也技法高明，仿得不错，轻易骗过了皇上。那位胆大包天的无良画商为了冒充真品，故意漫天要价。而皇上也爱极那幅画，没等南薰殿画画人们加以鉴别，就轻易断定那是真品，急忙在那件赝品上题记。其实，那幅赝品不难鉴识，只是皇上既然认定为真，大家也就不便忤逆点破。再说了，如果点破，那位画商不定就得掉脑袋了。他不就是为几千两银子吗？再说了，那幅赝品虽不值那个价，可也算一件稀罕玩意儿，收在皇上书房未尝不是一件好事，又何必要坏人之事，让人家丢掉性命呢？可是，那家伙也太贪婪，听说皇上将那幅赝品认定为真迹，并且已在上面题记，竟然临时变卦，将索价翻番，

210
战
象 ◎

弄得赵公公不好做人。最后，连一向温和的赵公公也怒了，故意在皇上面前说那人坏话，皇上龙颜大怒，下旨征用那幅画，弄得那家伙一两银子都没得到，气得差点跳了护城河。在皇宫就是好，什么珍奇玩意儿都能见识。没过几年，又一幅黄公望的《富春山居图》进宫了。那可是真迹，真正的黄公望《富春山居图》前半部分"无用师卷"。两幅画放在一起，大家都看出后面进宫那幅才是真迹。可皇上既然已断定前面那幅赝品是真迹，为了不让皇上尴尬，大家谁也不敢点破。皇上圣明，皇上应该也能看出后面进宫那幅才是真迹。元人作画，尤其是长卷画，一般都在卷末题记，哪有在卷首空白处题记的呢？前面那幅赝品竟然在卷首空白处伪造了几个人的收藏题记，那简直是欲盖弥彰，怎能骗过人呢？可皇上却被骗过了！那是因为皇上太爱那幅画，初见之下，一时兴奋，忽略了这个细节，忍不住匆忙题记。后面进宫的那幅，不仅神乎其技，让前面那幅相形见绌，收藏题记也都落在后面，符合元人习惯，一看便知是黄公望真迹。两幅画放在一起，一看便知一真一假，以皇上圣明，此时也该明白自己错了。可君无戏言，皇上说的每句话都是金科玉律的圣谕，就算错了也都是对的。故此，前面那幅赝品只能当作真迹了，而后面那幅真迹则只能当赝品了。为了证明自己永远圣明，皇上召了几位德高望重的臣子进宫，和自己一起给后面的那幅真迹题记。当然了，题记只能说那幅画大家和皇上一起鉴定过了，是赝品。可皇上心胸广大，境界澄明，心中无真无伪，只要画得妙的，都珍爱宝藏，所以心知其伪，但却一样宝爱，不因其伪而对其轻忽视之。那几个家伙何等样人，都是精明的老狐狸！他们的题记，既抬高了皇上，照顾了皇上的脸面，又暗示自己其实已经看出来了，他们题记说是伪作的这幅画，其实正是黄公望真迹。这帮老狐狸，他们既不愿在眼前忤逆皇上，也不愿在身后留下浅薄无知的骂名。没过多久，皇上也看出了他们的用意，很不高兴，便又请梁诗正、沈德潜两位大人进宫，让他们在后面进宫的这幅真迹上再次题记，明确地说明这幅画是赝品，并且特意让梁诗正写了一段痛加贬损的话在上面。皇上就是这么随性，就算明知自己错了，那也要错到底，即使知道后世可能被人嘲笑，也要多拉几个垫背的，跟着他一起被嘲笑。

想到此处，丁观鹏突然冒出一个念头。那个念头甚至把他自己吓了一跳。其实，皇上是有一个法儿，可让自己免在这事儿上被后世之人嘲笑的。

这是一个什么法儿呢？想一想，丁观鹏都觉得很无耻，可他又忍不住那么想。那法儿很简单，皇上根本不用费那么多周折请那些大人进宫，给那幅真迹题记。皇上既然对那真假两幅黄公望《富春山居图》那么宝爱，只需学唐太宗李世民对王右军兰亭真迹那样，驾崩之时把它们带进陵寝不就结了吗？那样，后人不就再也看不到它们，更不会知道他曾经对它们看走眼，真假颠倒了吗？

想到这里，丁观鹏不寒而栗。他为那幅黄公望《富春山居图》真迹担忧起来。皇上圣明，自己一个画画人想得到的，难道皇上就想不到吗？

想到此处，丁观鹏一个激灵，仿佛明白了一个问题。即使皇上真作此想，也不可能那么轻易地将它们带进陵寝。皇上一旦驾崩，说话算数的就将是新的皇上。皇上宝爱此画，难道新的皇上就不会宝爱？就舍得让它们随皇上封入地下，埋于九泉之下了吗？所以，皇上要真的将它们带走，就不能留下后路，那就只有一个法儿。

那个法儿就是将它们在自己眼前一把火烧掉。

黄公望那幅《富春山居图》不就差点被这么烧掉了吗？

这幅画黄公望画成后，题款送给好友无用禅师。之后四百多年间，这幅画不断辗转，先后经无用禅师、沈周、樊舜、谈志伊、董其昌、吴正志之手，再传到吴正志孙子吴洪裕手上。本朝顺治年间，吴洪裕于"国变时"仓皇逃难，置其余家藏于不顾，唯独随身带了这幅《富春山居图》和南朝王右军七世玄孙智永法师手书其祖王右军集字的《千字文》真迹南逃。顺治七年，吴洪裕在江南宜兴吴府卧病在床，弥留之际，气如游丝，但却死死盯着枕头边的宝匣。家人明白，他放不下匣中宝物，便打开取出，展开在他眼前。里面藏的正是这幅《富春山居图》和智永手书《千字文》的真迹。看着这两幅字画，吴洪裕眼角慢慢滚落两滴老泪，半晌，憋足剩余力气，清晰而生硬地吐出一个字："烧!"说完，慢慢闭上了眼睛。家人惊呆了：老爷这是要焚画殉葬呢！一家之中，家主就是一家人的皇上。这两幅画在吴家传了三代，早已成为传家之宝，吴洪裕既然这么说，就得按照吴洪裕的旨意一把火烧掉，谁敢不遵，谁就是大逆不道。吴洪裕不仅要烧，还要亲眼看着它们烧掉。于是，吴洪裕就让人扶自己出卧房，命家人在庭院之中生起火炉，亲眼看着传了上千年的《千字文》真迹被投入火炉，冒出青烟，焚烧殆尽。接下去要烧的就是黄公望《富春山居图》真迹了。看着《千字文》焚尽，吴家有人实在不忍，失声痛哭。颤颤巍巍的吴洪裕也忍受不了，于是就说，明天再烧《富春山居图》吧。第二天，吴洪裕又被扶出来，同一个炉子的火点燃了。最后时刻，吴洪裕让家人以美酒相祭，将一壶绍兴老酒泼进火炉。酒助火力，火势更盛。家人抱着宝匣，从中取出《富春山居图》，准备投入火炉。看着此景，吴洪裕实在不忍，最后瞥了一眼，把头转到一边去，示意家人将他扶回卧室。他并没改变主意，他最后不忍的并不是烧掉这幅画，只是不忍亲眼看着烧掉这幅画。

于是，在他回卧房之后，这幅《富春山居图》真迹在众目睽睽之下被投进了火炉。火苗一闪，冒出青烟！

就在这幅画即将付之一炬的瞬间，人群里猛地蹿出一个人，他是吴洪裕的侄子吴静庵。他蹿到火炉前，一手伸进火炉，一把将这幅刚刚冒出火苗的画轴抽甩出来。与此同时，为了担心吴洪裕再出卧房察看，他往火中投了另外一幅画。

吴静庵救出了《富春山居图》！可这幅画还是有一部分烧毁了，从中断成两段。前段被重新装裱，还叫《富春山居图》"无用师卷"，就是数年前进了皇上御书房的那卷真迹。后段更短，听说也被装裱收藏，名为《剩山图》。可惜，那幅《剩山图》自己无缘得见，也不知它今日身居何处，是否安好。

想起这幅画被烧的掌故，丁观鹏仿佛明白了什么。明白了什么呢？看自己这副记性，真的老了！适才还有的念头，怎么被吴洪裕那厮一把火给烧没了呢？

哦，对了，那厮烧了两把火，不是一把火。他前一日那把火烧的是智永和尚手书王右军集字《千字文》真迹。那厮心也太硬，竟然下得了那个狠手！这不，看这记性！《兰亭》真迹不就是被智永和尚精心收藏的吗？

遥想当年兰亭之会，书圣王右军醉中挥毫而得冠绝千古之《兰亭集序》，封于密函，传之子孙。大唐贞观年间，唐太宗李世民打探到《兰亭》真迹在王右军七世玄孙智永和尚的弟子辩才和尚手里，就派御史萧翼故意接近辩才和尚，巧取豪夺，取得《兰亭》真迹，气死辩才和尚。唐太宗得到《兰亭》真迹，无比宝爱，将褚遂良、欧阳询、虞世南、冯承素召进宫，玩赏临摹。临终之时，李世民向太子李治请求"赐一物"，随葬入昭陵。李治涕泣应允。贞观二十三年，太宗驾崩，《兰亭》真迹从此长埋于九泉之下。从东晋穆帝永和九年到唐太宗贞观二十三年，王右军《兰亭集序》真迹存世近三百年，终于陪伴唐太宗李世民一起寿终正寝。自此，《兰亭》真迹灭，正如宋人陆放翁诗中所叹："茧纸藏昭陵，千载不复见！"

可《兰亭》真迹真被埋入昭陵了吗？唐亡之后，五代十国，天下大乱，耀州刺史温韬把唐太宗昭陵打开，所获宝物甚多。温韬行事决绝，无所顾忌，他不仅敢冒天下之大不韪盗掘皇陵，还敢明目张胆炫耀盗墓所得之物，将它们一一登记罗列在册。可在他罗列的册子里，却没有《兰亭》真迹。这是怎么回事呢？难道太子李治同样宝爱《兰亭》，太宗驾崩之后并没遵旨将之随太宗葬入昭陵吗？以前，丁观鹏也是这么想的。或许，《兰亭》真迹至今还在，就躺在高宗李治和武则天同葬的乾陵里。历代帝王陵寝，罕有没被盗过的，可不知为何，乾陵却至今没被盗掘过。这么说，《兰亭》真迹还有再现于世间的一线希望，因它可能还躺在乾陵某一个地宫的一只宝匣里。可是，适才想到吴洪裕临终前焚毁智永和尚手书《千字文》和烧坏《富春山居图》的典故，丁观鹏明白了这么一件事情：《兰亭》真迹绝无再现世间的可能了！它没被葬入昭陵，也没被葬入乾陵，而是被太宗命人在眼前焚灭了！吴洪裕能想得到的事，唐太宗李世民怎么会想不到呢？他要干净利落、不留余地地占有《兰亭》真迹，那只有一个法儿，就是将它在眼前焚化。而这，也能解释为何耀州刺史温韬登记所获的昭陵宝物里，并无任何一纸字画。而以唐太宗李世民行事的一贯作风看，他也是下得了这种狠手的人。他一生征战，亲手格杀上千人，他连自己的亲哥哥、亲弟弟都下得了手，张弓射杀，又有什么理由对区区一张《兰亭》茧纸下不了手呢？

　　是的，他有什么下不了手呢？别看世人对稀罕字画那么珍爱，一幅宋、元和大明前朝的珍稀玩意儿动辄千金难求，或藏于私家秘府，或收于皇宫大内，可一旦糟蹋起来却是匪夷所思，毫不含糊，狠心毁文灭画的人又岂止他唐太宗李世民一位？说什么"夫画者，成教化，助人伦，穷神变，测幽微，与六籍同功，四时并运，发于天然，非由述作"，这不过是如张彦远、如自己一样的爱画之人一厢情愿的幻念罢了！别看古今字画这么珍贵，可自古以来，又有几人真爱字画呢？恰恰相反，各种毁灭字画的事儿倒是史不绝书。图画上古之时便有，作于绢帛之上。而书画之妙，则始自秦汉。汉武帝创置密阁，以聚天下藏书。汉明帝雅好丹青，别开皇家画院，又立鸿都学，广召奇才异士，天下奇艺云集。可转眼就到汉末董卓之乱，皇都洛阳西迁长安，内府秘藏书画绢帛，对那些乱军而言，哪有丝毫文采？汉代数百年间所收七十余车的历代书画，不过尽是些遮风挡雨之物，被用来当作帷帐革囊，身披背负，一路向西。途中道阻，遇雨则弃，人踩马踏，尽入泥壤；遇寒则焚之取暖，化为灰烬；及至长安，所余不过十之一二。魏晋之间，书画多有收聚，可刘曜乱，洛阳陷，所收图书，一时尽焚。至桓玄性贪好奇，天下有名字画，必使归于己有。桓玄篡逆之后，东晋皇家府藏，尽为桓玄一人之物。转眼，桓玄败亡，宋高祖刘裕急令人入宫，尽收桓玄所藏书画。梁武帝萧衍，对书画更加宝爱，在位既久，搜罗更广。太子萧纲，雅有才艺，诗文俱佳，善画丹青。侯景作乱，萧纲夜梦秦始皇复生，想要再焚天下藏书。不久，侯景攻陷京师，内府图画数百函，果然焚于侯景之手。侯景之乱平，天下所余书画尽载归于江陵。不久，西魏大将于谨兵临城下。梁元帝萧绎知道城将不保，聚集字画典籍图书，共十四万余卷，命后阁舍人高善宝举火焚之。所藏吴越宝剑，也令人在柱子上折断。面对书籍字画燃起的大火，元帝想要投火自焚，但被宫嫔拉住。可气的是，这混账东西竟然临火哀叹："萧氏至诚，遂至于此，儒雅之道，今夜穷矣！"好像他萧家亡国，全是这些字画书籍惹的祸！这混账简直疯了，明知这些书籍字画关乎天下儒雅之道，为什么还要一把火将它们烧掉？一个人坏到这个份上，和暴君秦始皇又有什么两样？西魏大将于谨入宫，只在灰烬之中抢出书画四千余轴，载归于长安。这次惨祸，自始皇焚书以后所未有，所以颜之推《观我生赋》浩叹云："民百万而囚虏，书千辆而烟飏。溥天之下，斯文丧尽！"

　　江陵焚画之祸后，陈后主肆意搜求，又有所聚。隋平陈，文帝命裴距收罗，得后主所藏字画八百余卷，运入洛阳皇宫，在观文殿后筑二台：一名"妙楷台"，藏自古名书；一名"宝迹台"，藏自古名画。隋炀帝巡幸扬州，将二台字画尽装一船，随驾玩赏，中道船覆，大半沦弃。炀帝败亡，所余字画，尽归宇文化及。宇文化及败亡，尽归窦建德、王世充。唐高祖李渊武德年间，窦、王败亡，二人所藏，全被司农少卿宋遵收于一船，溯黄河西上，期藏之于长安。不料大船触礁沉没，幸存字画，只不过十之一二……自此之后，又有安史之乱、五代十国之乱、宋灭之乱、元灭之乱、大明前朝灭国之乱，兵火江波，年代浸远，自古名字名画，失散弥多。再加吴洪裕这等狼心狗肺之徒据为己有，为一己之私狠心毁弃，古之名画，别说秦汉、魏晋、唐宋真迹几不可睹，就算元、明真迹也所存甚少，难得一见。自己今日能有幸得睹大宋时大理国所传这幅长卷梵像画，不知是几世累积才能修来的福分！

## 4

丁观鹏一夜辗转难眠。可第二天，他还是和往常一样，起个大早，七时抵达宫门，向门禁点卯报道，来到南薰殿画院。

在专供自己作画的那间画室里，他又在画桌上展开那幅《宋时大理国描工张胜温画梵像》，怔怔地仔细观看。他知道，接下去数年里，自己就得和这卷画儿做伴了。自己先得把这卷画儿整个儿装进心里，再一幅幅将那一百二十九幅画儿全都画出来。自己先得将它们画成稿本，请皇上过目首肯，然后再按那些稿本，一幅幅重新绘制，细笔勾描，敷彩上色，直至完成整个活儿。

眼前要干的活儿，是绘制这幅长卷的第一幅图"利贞皇帝骠信画"的临摹稿本。得按赵公公所传上谕，把画里的利贞皇帝骠信画成当今圣上。赵公公说了，得先完成这幅画儿，后面的活儿才能开工。如此看来，对临摹这幅长卷，皇上最在意的就是这幅画，所以急着让自己先完成这幅画的稿本，再按照稿本绘制成画。后面的活儿，快点慢点，皇上其实并不在意。

丁观鹏取了一张宣纸，铺展在画桌上。端详着这张鲜亮素净的宣纸，他的心中一片迷茫，不知从何处落笔。他太困倦了。他坐在椅子上，轻轻闭上眼睛。他得在心中打理一番思绪，打上一番腹稿。可他的思绪不知不觉离开了即将描摹皇上圣容的第一幅稿本，变成了许多幅别的稿本。

恍惚中，他看到在南薰殿，或者在别的地方的画室里，一张画桌上静静铺展着一卷摊开大半、被镇纸压住的宣纸，宣纸前面默然立着一位画者。那位画者，像自己，又不像自己。只见他凝视宣纸，若有所思，终于缓缓提笔，在宣纸上轻轻一点。于是，那卷宣纸上就有了最初的一点墨迹、一根线条。它们连绵不绝地延伸、浸染，逐渐变成一幅完整的画儿。接着，这幅画儿继续延伸、浸染、蔓延，成了第二幅画儿。接着，便有了第三、第四、第五、第六、第七幅画儿……直到变成许多幅画儿绵延在一起的长卷。

这幅长卷的第一幅图，是《宋时大理国描工张胜温奉旨观摩大理国皇帝骠信送子剃度图》。为了画好这幅长卷的第一幅图，大理国描工张胜温先生全程观摩了利贞皇帝骠信为太子举行的剃度典礼仪式，把参加典礼的人，尤其是利贞皇帝、皇后、太子、高相国、相国夫人等人的面孔、神态、姿势以及他们的服饰和仪仗、器物记在心里，并在仪式结束之后匆匆勾勒下他们各自的草图，形成草本。

这幅长卷的第二幅图，是《宋时大理国描工张胜温画大理国皇帝骠信送子剃度草本图》。张胜温根据日前观摩仪式后分别所绘人物、物事的草本，凝神构思绘制了流传至今日的长卷梵像第一幅画《利贞皇帝骠信画》的草本。这幅草本中，大理国利贞皇帝骠信带领众臣、家眷、仪仗，为太子举行剃度典礼仪式，但这幅草本里没有背景，也就是没有背后那列苍茫雄奇的点苍山。

所以，就有了第三幅图，那就是《大理国描工张胜温遥望点苍图》。都以为画画这事儿，画山易，画物易，画人难，画人之神情更难，岂知画山，尤其画山的神情也是不易。若画山易，岂有黄公望、石涛等辈长年浸淫山水之间，有时形同野人，饱历奇山异水，搜尽奇峰打草稿之事？自己在南薰殿以善画人物著称，可山水却不是长项，盖因自己笔下之山水，多是画中所学之山水，非搜尽天下奇峰打草稿之山水。《宋时大理国描工张胜温画梵像》第一幅图中之点苍山，虽寥寥数笔，略加勾画点染，但却气象万千，尽显波谲云诡、开阔浩荡之气，若非技艺高超，并对点苍山熟稔于胸，岂能及此神妙之境？若当时奉命画此图的人是自己，那人物、仪仗、衣饰都不是问题，唯一的问题就是这些物事背后的点苍山。为了画好点苍山，自己少不得多花费些工夫，多方行走，多方打量点苍山，直到胸中有点苍、熟点苍，才敢在纸上画点苍。不过，或许那位大理国描工张胜温不用如此，或许他自小就生长于点苍山下，梦中都会有点苍，因而画这幅图时根本不用再看点苍。不过，还是让他看看点苍再画吧。李太白诗云："相看两不厌，只有敬亭山。"小小敬亭山尚且如此，长卷中的点苍山、李侍郎口中的点苍山，宏阔深邃，那是比敬亭山大千百倍的山，在画点苍之前让他再好好遥望一下点苍山又有何妨呢？

而第四幅图，是《张胜温梵居礼佛图》。长卷中利贞皇帝骠信送子剃度典礼图之后，便是护法天王图、佛祖释迦牟尼图以及诸佛菩萨、各种应真罗汉图和南诏大理国诸祖师图。画好诸佛菩萨罗汉像，必须心中先有诸佛菩萨罗汉像。自己心中的诸佛菩萨罗汉像来自哪里？当然来自心中所思所想。可心中所思所想，并非无本之木、无源之水的凭空妄想，而是有其来龙去脉的所思所想。梵像画，心中所思所想，不外张、曹、吴、周"四家样"，张胜温所处宋时大理国，流行梵像画则又不过吴、周两家样。以张胜温所画长卷观之，勾线施彩，线条柔顺，设色精美，构图奇巧，视之简约奇妙而又灿烂绚丽，更近吴、周两家画样之风，而非张氏晕染凹凸之法和曹氏"曹衣带水"铁线紧身之姿。画梵像该依循哪家画样，虽然是画者的要务，但却并非至关紧要之事。画梵像，最紧要之事是要心中见佛。而心中所见之佛，则并非全是前人画样中所画之佛。前人画样中之佛，不过是前人心中所见之佛的影儿，而并非自己心中所见之佛的影儿。若心中并无自己所见之佛影而全依前人画样中之佛影画梵像，则自己所画之梵像，并不能称为心中所见之梵像。而若非心中所见之梵像，则难言具足梵像应有的清净庄严、智慧慈悲的神态。如此所绘之梵像，是为欺世盗名之梵像，而非真具佛心慧眼之梵像。故此，对于一位梵像画者，最难之处并非依照哪一家样来画梵像，而是心中须先能见佛，先有自己心中所得之梵像。那梵像画者如何能见佛，如何能让自己心中先得清净庄严、智慧慈悲之梵像？除了亲近佛、法、僧三宝，一心向佛外，几乎别无他法。而即使能够如此，临画梵像之前，还得多日清净持戒，发心许愿，虔诚礼佛。如此至诚，方能如妙光和尚题记中所言："至虚至极，有极则有虚，虚极之中，自生明相矣。明相生一气，一气成大千，有众生焉，有佛出焉。"一位梵像画者，清净持戒，至诚恳请，方能至虚极，或在梦中，或在心中，生诸佛菩萨之明相，能得见佛。如此，方能作梵像，所作之梵像，方能妙手应心，利益众生。所以，大理国画工张胜温能作此神妙梵像长卷，需在点苍山下择一庄严梵刹而居，清净持戒，虔诚礼佛，直至心中见诸佛菩萨清净庄严智慧慈悲像，才能画梵像。

在此之后，则有《张胜温作梵图》《张胜温礼请妙光和尚题记图》《元灭大理国张胜温梵像不知所终图》《德泰和尚游历遇张胜温梵像重金购买图》《德泰和尚天界寺礼请宋濂题记图》《德泰和尚天界寺礼请宗泐和尚题记图》《德泰和尚天界寺礼请灵隐寺来复和尚题记图》《东山慧灯寺曾英题记图》《东山慧灯寺遇水浸漫镜空和尚救梵图》《浙江学政李因培游慧灯寺得梵图》《礼部侍郎李因培携梵入京秘藏画琉璃厂图》《乾清宫三希堂乾隆得梵玩赏图》……

接下来一幅该是什么图呢？丁观鹏略一思忖，微微苦笑，这就是《南薰殿画画人丁观鹏奉旨临摹宋时大理国描工张胜温画梵像并易大理国利贞皇帝骠信为当今皇上圣容图》了。

那之后的图呢？

之后的图便是《乾隆临崩毁宋时大理国描工张胜温画梵像图》！

丁观鹏知道，这幅图大逆不道，除了在心里画画之外，是不能在纸上落一点墨迹的。

皇上如此宝爱这幅长卷，但却会毁了这幅长卷！这个念头跳出来的一瞬，曾把他暗暗吓了一跳。可如今，这个念头却越来越清晰：是的，皇上没准儿会毁了这幅长卷，而他丁观鹏，则会成为皇上的帮凶！

丁观鹏知道，这是一个可怕的念头，可这个念头，却不是凭空而生的。这个念头其实早在昨日正午时分，坐在南薰殿画室的时候就冒出来了。这个念头冒出来时，大热天，他把自己吓得打了个冷战。其实，这个念头早在数日之前就隐隐而生了，那是自己应召进乾清宫养心殿三希堂和皇上一起玩赏这幅长卷的时候。那日，和皇上一起看了这幅长卷的六个题记，又看皇上那么宝爱这幅长卷，他就贸然恭请皇上再为这幅长卷题记。千古帝王之中，恐怕很少有别的帝王如皇上这般喜爱在字画上题记落款了。可出乎意料的是，皇上竟对自己的提议默然不答，顾左右而言他。那时，他就隐隐不安，觉得什么不妙的事情将会发生。皇上才思敏捷，对为字画题记落款之事往往迫不及待，几乎都是提笔展纸，一挥而就，如今却为何迟疑犹豫了呢？昨日赵公公拿来的这幅长卷上，依然没有皇上的题记，这是不是皇上不想题了呢？皇上既然不想题记，那就说明皇上并不想收藏这幅长卷了。可既然如此，皇上为何又对这幅长卷如此宝爱呢？这个谜，昨日上午赵公公匆匆赶到南薰殿，向他宣达临摹这幅长卷的上谕之后揭开了。赵公公特意嘱咐，皇上明示，必须把画里那位大理国利贞皇帝骠信的影儿拿掉，把他空出来的位置换成当今圣上的圣容。那个时刻，他心里一咯噔，坐实了这个可怕的念头。

丁观鹏明白，这个念头绝不能向任何人透露！如果透露出去，那就是妄测圣意，诽谤当今圣上，那可是掉脑袋的罪过！

自古被皇上砍掉的画画人脑袋不是一两颗。汉元帝不就砍掉毛延寿的脑袋了吗？后宫那么多美女，元帝竟然懒得亲自去看，偏要用画画人描摹的美人图挑来宠幸，本就荒唐。还是王荆公有见识，知道"意态由来画不成，当时枉杀毛延寿"。王荆公只是从大致理儿上明白毛延寿冤枉的道理，丁观鹏作为画画人，就更能知道毛延寿为什么冤了。虽说秦汉画艺始妙，可也妙不到哪儿去。要知道秦汉那会儿的画画人，王僧粲的凹凸法还闻所未闻，"曹衣带水""吴带当风"也是后来才有的事儿，更别提今日宫廷流行的郎世宁所擅长、自己也能熟练掌握的西洋明暗晕染画法了。秦汉那会儿，即使神乎其技如顾虎头、陆探微之辈，线条神韵虽能鬼斧神工，可所画人物与其真实样儿相比，也仅能略似而已。画里模样与真人模样纤毫毕至，不差分毫，唐宋时都不能做到，直到大明前朝末期西洋画法开始传入时才能勉强做到。可元帝是不管这些的，他一看眼前即将远嫁匈奴的王昭君，姿容神态，竟然是宫里前所未见的美人，就一股脑儿怪在毛延寿身上，要杀毛延寿。皇上既然要杀一个人，何况是根本不入流的一个小小画画人，那有司就得为皇上找一个杀他的罪名，所以毛延寿收了许多美人贿赂而没收王昭君贿赂所以故意没把她画好的罪名就被罗织出来了。其实只要身在宫中就会知道宫里耳目众多，大臣贵胄尚且伴君如伴虎，不得不小心谨慎，处处留心，何况毛延寿那样身份低贱卑微的画画人，又为元帝做那等紧要之事，给他一百个胆儿，他也不敢做那种荒唐之事。可他做没做有什么关系呢？既然皇上要杀他，那有司就会说他做了。一个画画人，是不能为自己分辩什么的。就像大明前朝为洪武皇帝画像的几位画画人，洪武朱皇帝长那个样子，如实描摹，皇上说怎么把他画那么难看，杀！于是一名画画人脑袋没了。第二位画画人多加修饰，把他画得很好看，皇上说怎么把他画得那么好看，一点也不像他，如此谀媚取宠，欺君罔上，杀！幸好当今圣上姿容也算风流俊伟，性情也较平和宽厚，为他描摹圣容不是一件难事，自己能在今日供奉南薰殿，用不着那么提心吊胆，已经是前世修来的福分。

想到当今皇上和汉元帝、洪武帝相比的好处，丁观鹏再次感到庆幸。他明白，作为一位宫廷画画人，他遇上了难得一遇的明君。皇上虽不是宋徽宗那样的高明画家，但也算粗通画理，对画画人也颇能善待。皇上登基之前，宫中造办处发放银钱的册子上还把画画人称作"南匠"，把画者和一般工匠等同视之。正是皇上下旨，以后册子里一律不能再写"南匠"，而要写作"画画人"。"画画人"虽然比不上"画士""画师"，但在皇上眼里，画画人毕竟不再是一般工匠了。而在正式的皇家图书中，画画人则一律被写作"画院供奉"或者"画院供奉候选"，这说明皇上已经把画画人当作"臣"看了。尽管这样的臣依然是没有正式品位的"微臣"，可毕竟是臣了，这早已让大家对皇上感激不已。再说了，皇上对自己也算不错，一直把自己当作一等画画人，每月赏给钱粮银八两、公费银三两，有时完成一幅皇上中意的画儿，皇上还有别的赏赐。而最值得感怀的，是皇上曾御笔题词，赞美自己仿佛前朝大画师丁云鹏的转世再来之身，画艺绝伦，不在丁云鹏之下。能得皇上如此亲笔御赏，这可是光宗耀祖的事儿，作为一位宫廷画画人，自己早已知足，对皇上感恩戴德，夫复何求？！

可是，自己为何还要妄测皇上将要毁掉这幅宋时大理国梵像长卷呢？先别说这样的念头大逆不道，单说皇上对自己这么好，而自己却如此妄测圣意，于心何安？

丁观鹏忍不住再次检视自己这个念头是不是荒谬绝伦。

就算自己不是妄测圣意，而是猜中了皇上的心思，那皇上的心思又是如何呢？他为何要把自己画成大理国的利贞皇帝，又为何要毁了这幅长卷梵像？

是的，自己起意猜测，是因为皇上不想为这幅长卷题记。但皇上今日不想题记，怎知皇上今后就不想题记了呢？就算皇上不想为这幅长卷题记，不愿宝藏这幅长卷，那也并不能推测皇上必定要毁掉这幅长卷。

接下来的关窍就是皇上要把第一幅画中的大理国利贞皇帝换成自己的圣容。皇上如此，不过一时神往那位大理国利贞皇帝罢了。那位大理国利贞皇帝，虽然比不上今日大清皇帝的威仪，但在李侍郎描述中，自有一种匪夷所思的风雅快活，不仅能在当皇上的时候饱览人间美景，还能在皇上当得累了不想再当的时候潇洒脱身，找一清净梵刹皈依佛门，从此清风明月，息心灭妄，悟道成佛。如此的皇上，风流成仙两不误，是当今大清天子也难以做到的极品皇上！皇上有这种心思一点儿也不奇怪。皇上有此念，不过多一个想做的"我"罢了。皇上在那么多的画儿之中做了那么多的"我"，多做这么一个八百年前大理国皇帝的"我"，又有何不妥呢？反正这些"我"，都是皇上心中的一个个影儿。就如皇上在《鉴古图》中的那两个影儿，都不过是一时颠倒妄想要做的影儿罢了。在皇上眼里，就连大清天子这个身份，也不过一个时时在做而又不大想做的影儿。这些影儿都不过是心中的一个个妄念罢了，并不是那个明心见性、见性成佛的"真我"。皇上要在临摹的新画中做一回八百年前的大理国皇帝，不过一时兴起，想做另一个假我，不过梦幻泡影的游戏之事，有什么紧要的呢？

可是，一转念，丁观鹏觉得皇上这回的游戏还是有些紧要，因为皇上在乾清宫养心殿三希堂玩赏这幅长卷时的一句话让他难以忘怀。

"八百年前，朕就是皇上，大理国的皇上！八百年前，朕就是画里的这位大理国利贞皇帝骠信！"

这句话，是皇上得意忘形的时候说的。皇上说完这句话，哈哈大笑。大家也跟着哈哈大笑，纷纷附和皇上。当时，包括丁观鹏自己，谁都没在意皇上这句话。这话有何值得在意的呢？皇上已经是大清天子，刚刚平息了青海、南疆、北疆之乱的天子，率土之滨，普天之下，万方来朝！皇上治下，北过蒙古草原荒漠，东临大海苍蓝之水，南达广西、云南林莽森森之地，西极西域、西藏戈壁雪山之巅。当今圣上的皇舆之广、文治武功之盛，早已在当年大理国十倍百倍之上，皇上说出这样的话，大家都当一句取乐的戏言罢了，谁都不会当真。可是，如今丁观鹏却不能不当真了！因为皇上已经传下旨意，让他临摹张胜温长卷时把大理国利贞皇帝骠信拿掉，换成皇上的圣容。而这，意味着这幅临摹的新作完成后，传诸后世，人们将会看到，距今八百年前的大理国皇帝骠信，正是大清皇帝乾隆爷八百年前的前世之身！

丁观鹏知道，当今皇上一向心思缜密，绝不会随意做一件事情。他让临摹这幅长卷时把利贞皇帝骠信画成自己，那就是要告诉后人，他八百年前就已经是皇帝，就是足以跟大宋争锋、清乐治平的大理国皇帝。他要告诉天下臣民，他当大清皇帝不是凭空而来的，而是有着深厚福德因缘的。他是转轮圣王，早在八百年前，他就在观世音菩萨护佑的妙香佛国大理国当皇帝。

皇上这些心思，丁观鹏不敢质疑，也不想质疑。

但他担心的一个问题出来了。

如皇上所愿，临摹的新画完成了，睹画的人一眼便知当今大清乾隆皇帝正是八百年前大理国利贞皇帝骠信的转轮应世之身。但如果人们再看到《宋时大理国描工张胜温画梵像》真迹时，那会作何想呢？那人们就会知晓，他丁观鹏临摹的时候，故意把利贞皇帝的面容换成当今圣上乾隆爷的面容。那时，人们会作何议论？说他丁观鹏故意篡改原画，以取媚皇上？对此，他丁观鹏并不在意。他只是一名小小的宫廷画画人，生时既已卑微，又何必关心那些身后名节的余事？他若在意这些，也早就不会甘愿受此奉旨作画、作茧自缚的羁绊了。他担心的是，他不在意，但皇上必定会在意。因为人们看到真迹，便会知晓他丁观鹏不过是遵奉皇上圣谕，把大理国利贞皇帝骠信的面容换成皇上的圣容罢了。如此一来，人们便会知晓，所谓八百年前大理国利贞皇帝骠信是大清乾隆皇上的前世之身，或者说今日的乾隆皇上是当年大理国利贞皇帝骠信的转轮应世之身，不过是一个妄想戏论罢了。

而皇上绝不愿因此成为一个妄想戏论！以皇上的缜密慎重，如果只是一时游戏，不会特意下旨把自己画成那位利贞皇帝。在画儿里，遵照旨意，把皇上画成猎人、隐士、道者、渔父、农夫、喇嘛、蒙古王公、诗人、儒生、琴师、鉴宝高人，甚至文殊菩萨、普贤菩萨这些影儿是一回事。画前面那些影儿，无论是皇上还是别人，都知道这是游戏之事；可把当今皇上画成昔日另一位皇上，则是另一回事，因为这样的事儿从未有过。皇上要做这等前所未有之事，必有非同寻常的用心。而这个用心，丁观鹏认为自己猜测到了，皇上便是要用这么一幅画，证明自己是转轮圣王，并且八百年前就是转轮圣王。

丁观鹏不敢质疑，也不愿质疑乾隆的用心。他只是感到，自己奉旨临摹的新作完成之时，已经艰辛传了八百年的《宋时大理国描工张胜温画梵像》真迹缘尽入灭的时刻便也将随之而来了。

那时如果真迹还在，自己的临摹之作与之对照，那皇上的用心便会被后人识破，沦为戏谈笑料。

所以，皇上绝不会让那卷真迹活下去。皇上临驾崩之时，或以之陪葬入陵，或以火焚化，必会毁了那卷真迹。并且，以皇上心思之缜密，绝不会留下尾巴，定会命人在眼前一了百了，燃了那卷真迹。

或许，一起燃的不仅是那卷真迹，还要搭上那卷黄公望《富春山居图》真迹。以皇上的聪敏，他必定早已发现他认为是伪作的那卷黄公望《富春山居图》其实正是真迹。让它传下去，后世之人就会知晓以风雅自居的皇上真正的鉴古水平到底是怎么回事儿了。对了，一起燃的，自然还有那幅皇上御笔题为真的黄公望《富春山居图》伪作。那幅伪作燃了倒没多大可惜，既然有它这么一幅伪作，那就说明天下还有更多《富春山居图》伪作没被搜罗进皇上的御书房。

黄公望那幅《富春山居图》真迹是否会被皇上毁掉，丁观鹏虽然关心，但却知道那和自己没有什么关系，所以不太放在心上。

他放在心上的，还是这卷《宋时大理国描工张胜温画梵像》。他知道，如果他奉旨临摹，把那位大理国利贞皇帝骠信画成皇上的圣容，自己就有可能帮着皇上毁了这卷真迹。

而自己如果帮着皇上毁了这幅真迹，那后人就会在心里画一幅《乾隆帝临崩毁宋时大理国描工张胜温画梵像》。丁观鹏知道，后人心里的这幅画中，乾隆的卧榻之侧，必然挂着一幅他的临摹之作。那时真迹毁弃，伪作流传！那时，自己该早已不在世上了，不知那时黄泉之下的自己，将以一幅什么样的面孔，面对后人心里的这么一幅画作？

可是，作为一位小小的画画人，只有一颗脑袋的画画人，除了遵旨作画之外，他又能干些什么？

他自然什么也干不了，只有奉旨作画。

可他忍不住转念一想，或许，这些都是自己的妄测，皇上未必是这样的心思。即使这些就是皇上的心思，皇上也未必会真的毁掉这卷真迹。皇上心地仁厚，到时心里或许会有那么一丝不忍，回心转意，留下这卷真迹。当年吴洪裕焚智永和尚《千字文》真迹时，不就是有那么一丝不忍，把焚《富春山居图》推迟到次日的吗？次日焚《富春山居图》，他又有那么一丝不忍，不忍直视，转身进屋，才给侄子吴静庵留下抢救这幅真迹的机会。一幅真迹，和人一样，何时生，何时灭，自有命数，不容妄测。或许，自己担心它的命数，只是妄测，不过自作多情，自寻烦恼。皇上正当春秋鼎盛，即使自己今日奉旨临摹，离皇上驾崩之时也还有许多年月，这些年月里，皇上就不会转变心意，留下这卷真迹吗？即使皇上未能转变心意，决意临崩之前毁掉这卷真迹，难道他就不会有如吴洪裕当年焚《富春山居图》时一样的一丝不忍，转身不忍直视吗？那时，又会不会有一位如吴静庵一样的人，逮住机会，救出这卷真迹呢？应该不会有那么一个人、那么一只手吧？毕竟，这可是皇上，不是吴洪裕，谁敢这么做，就是抗旨，掉的可不是一只手，而是一颗脑袋。那时到底会怎样，自己真的无从知晓了。毕竟，自己如今年过六旬，到时定已作古，墓木已拱了。

5

半月之后的一个下午，丁观鹏奉旨临摹的第一幅图《利贞皇帝骠信画》稿本已快完成，只差最后点上那位大理国利贞皇帝骠信的双目了。自然，这张面孔是当今皇上乾隆爷的圣容，即将点上的也是他的眼睛。在南薰殿画室，丁观鹏俯身对纸，握着细笔，凝神屏息，准备点将下去。可是，正当笔尖即将触及纸面的一瞬，他的胸部突然隐隐痛了一下，手腕也跟着微微颤抖起来。他顿了顿，放下画笔，长叹一声，颓然落座。此时已快到歇息出宫之时了，这样的活儿，还是留待明日再说吧。

和往常一样，他依旧和弟弟丁观鹤一起步行回家，在北柳巷口拱手作别。回到家，草草用过晚饭，丁观鹏蹙着眉，走进书房，掩上门，独自发呆。他明白，明儿一早，皇上的眼睛就会点到那张面孔上，皇上就会在稿本中变成那位八百年前的大理国利贞皇帝骠信。完成稿本之后，得送皇上御览，如皇上首肯，就将正式作画了。丁观鹏预计，这幅画儿，今秋就能完成。自己虽然觉得大大不妥，可除了如此，又能如何呢？罢了，罢了，一切的罪孽，还是自己承担吧，谁让自己身为皇上的画画人？

不知不觉中，夕阳的余晖渐渐褪去，夜幕从窗外，从南柳巷、北柳巷，从京城的大街小巷中，从护城河里，从京城大大小小的河中缓缓升起。虽很困倦，但丁观鹏毫无睡意，料想这将是又一个不眠之夜。搭着一条薄巾，斜倚在靠窗一只躺椅上，怔怔盯着窗外不断加重的夜幕，丁观鹏若有所思。恍惚之中，他觉得那墨汁般黝黑的夜幕是从京城地里的裂缝中爬上来的，四面八方，正在向他聚拢过来，拂之不去，推之不开，正将他紧紧包裹。他想呼喊家人，可那股黑暗压住了他的胸膛，让他无法喘息，堵住了他的喉咙，让他无法喊出声音。

　　丁观鹏只觉被那股黑暗包裹、挤压、席卷，身不由己，向着黑暗的深渊急速下坠。这是梦中被魇住了吗？此前也被魇过，只要默念佛号，就能从梦魇中醒来。他定下心神，赶紧在心中不停默念"南无阿弥陀佛"。然而，他并没从黑暗中出来。相反，他在黑暗中越坠越深。丁观鹏发急，难道这是命终之时降临了吗？前面深不见底的黑暗之处，难道会是阿鼻地狱吗？自己一生敬佛，行善积德，到底作了什么孽，会坠入阿鼻地狱呢？丁观鹏一阵恐惧，但在瞬间心念电转，自己虔心向佛，断无轻易坠入阿鼻地狱之理。他再次定下心神，不停默念"南无阿弥陀佛"佛号。不久，他就看到一股金色的光柱从头顶的黑暗之处垂照下来。那股光柱照遍他的全身，其中如有无数的纤细柔软的手指，将他轻轻托住，让他慢慢停止下坠。接着，那股光柱旋转起来，裹挟着他向前飞奔。光柱旋转越来越快，飞奔越来越快，快得让他心慌意乱，只有不停默诵"南无阿弥陀佛"佛号才能稍稍安定心神。就在他心神快要混乱的一瞬间，突然一声轰响，他顿时感到虚空粉碎，自己整个人都消逝无形了。但一瞬之后，他就回过神来，发现眼前突然大放光明，一片前所未见的金色光芒呈现在自己眼前。他仔细打量那片光芒，天下怎么可能有如此灿烂、洁净、晶莹、艳丽的光芒呢？这样的色彩和光芒，该用什么样的颜料才能调配出来呢？瞬间，他就确定，这样的色彩和光芒，人间的颜料根本不可能调配出来。再看那光芒和色彩，它们在慢慢晃动，荡漾，浸漫，通透而有质感，逐渐聚合成一种熟悉稳定的形状。那是再熟悉不过的形状，是在自己笔下画过无数次的形状。没错，这是一片莲瓣，一片前所未见，无比美艳、柔软、鲜活而巨大的莲瓣。注视着那片莲瓣，他的心被一股喜悦的暖流充满。那是一股陌生的、前所未有的喜悦的暖流。他的目光离开那朵莲瓣，发现这朵莲瓣的旁边是另外几朵莲瓣，同样美好而神奇，他发现自己被这几朵莲瓣包裹着，正躺在一朵巨大的莲花的花蕊之上。一股美妙的声音远远传来，那是前所未闻的美妙之音，他一时无法判断那是什么样的声音。莲花缓缓摇动，一左一右，一右一左，一上一下，一下一上，幅度轻柔而舒缓。多么熟悉温暖、久违而又陌生的摇动，恍如孩童时在母亲目光注视下的摇篮里。他舒展舒展身子，无比舒适而清爽。他缓缓坐起，在莲蕊上坐起，在莲花上坐起。他扶着一朵莲瓣站起身来。抚摸那莲瓣的手感无比奇异而舒适。他抬起头来，眼前的景象让他惊讶无比！一片多么壮丽的湛蓝啊！他在一片多么壮丽的湛蓝的大海上啊！说什么"东临碣石，以观沧海"，人间的沧海怎能和眼前这片沧海相比啊！自己所坐的莲花，就漂浮在这片前所未见的沧海之上。除了自己所坐的这朵莲花，这片湛蓝的大海上还漂浮着无数朵莲花。微风拂过，风中充满奇异的香味，他翕动鼻翼，分不清那是莲花的芳香还是大海的芳香。对了，这是不是佛经中描述的香水海呢？他打量那些莲花，看见有的莲座上空无一人，只有艳丽的花瓣和莲蕊随着清风安静地摇曳；有的莲座上坐着人，那是各种姿态、各色各样的人，穿着各色各样的衣饰。在朵朵莲花之间，是连绵不绝的湛蓝水域，水中鱼龙潜跃。各种前所未见的生灵，或在水中嬉戏，激起阵阵涟漪；或在水面滑行，犁出条条浪花；或升腾于碧波之上，带起根根水柱，撒下团团轻纱似的薄雾。最近的几朵莲花上，有人向他颔首致意，他们一个个似曾相识。对了，他们手里都拿着画笔，他们应该是些和自己一样的画画人。他看到他们手里的画笔，不经意地垂首看了一下自己的右手，发现手掌里不知何时已经多了一支画笔。那支画笔笔管有如荷梗的形状，但却没有荷梗的细刺，而是视之晶莹剔透，握之温润腻滑，无比精美而舒适的一根笔管。再看笔毫，那是一朵小小的花蕾、一朵含苞欲放的花蕾。他不由画兴大发，不假思索挥起画笔，在眼前的虚空中划过一条弧线。他惊奇地发现，咫尺之外的空中，留下一条金红色的划痕，正在清风中随风摇曳，缓缓浸漫开去。在那浸漫荡漾的金色中，他挥笔轻轻一点，一朵绀青出现了。他童心大起，忍不住凌空随意挥洒，各种线条、各种色彩从毫端连绵涌出，呈现在他的眼前。可是，这些线条和色彩虽然华丽美妙，但却都随风摇曳浸漫，渐渐荡漾消散于无形。对了，这是在海中。海波漂荡，海风吹拂，要能到岸上就好了。佛经之中，有香水海处，必伴须弥之山。须弥之山在哪里呢？心念刚起，莲花突然离开海面，腾空而起，带着他凌虚蹈空，向着前方飞驰而去。转眼间，莲花缓缓降落，一列雄伟森然的山峰赫然横亘在眼前。那列山峰奇峰叠起，连绵不绝，白雪覆顶，玉带缠腰，前所未见，但又似曾相识。他离开莲座，站立在一片平畴广野之上。这片广野平坦似镜，水晶碧玉为地，光滑润洁，这里一片，那里一片，长满各种奇异艳丽的宝树，上面开满各种形状色彩的花朵，结满各种形状色彩的果子，散发着各种美妙诱人的芳香。他盯着前面一棵宝树，思忖着如何才能画出这种宝树的稿本，调出这种宝树的色彩。花果诱人的芳香钻进的他的鼻孔，他突觉饥肠辘辘。心念刚起，目光所聚的一枚果子就缓缓飘落，悬停在他的口边。他一张口，还没来得及细看那枚果子，那枚果子就缩成他嘴巴大小的形状，咕噜一下钻进他的口里，接着变成一股甘甜爽舒芳香的汁液，钻进他的喉咙，浸漫他的身心，让他满口余香，心满意足，饥饿的感觉瞬间荡然无存。他在宝树之间且行且停，但见广野宝树之间，立着一座座金碧辉煌的佛刹。只听梵音袅袅，从最庄严宏伟的一座宝刹中飘出。他不由自主向那座宝刹走去。山门敞开，走进宝刹高大雄伟的山门，前面立着天王殿。走进天王殿，殿宇正中立着两位面目狰狞的天神，看他进来，对他怒目而视。他有些心惊，这两位天神，正是《宋时大理国描工张胜温画梵像》中第二幅图上的那两位天神。这两位天神，不同于一般佛刹、佛像里的天神，他们的名号虽然在梵像卷里有标识，但字迹已经模糊不可辨识。但李侍郎却知道他们的名号，说他们是大黑天神，是南诏大理国佛教的护法神。只是如今，他们正站在自己面前，恶狠狠地盯着自己，似要把自己生吞活剥。丁观鹏忙向他们不迭礼拜，接着赶紧离开天王殿。天王殿后面是弥勒殿，里面香花围绕，妙音袅袅，但不知为何，弥勒菩萨所坐的莲花座上却是空的。虽然心里纳闷，但他还是向莲座礼拜。走出弥勒殿，眼前豁然开朗，一幅宏伟壮丽的图景奇迹般出现在眼前。最近之处，是一座巨大的莲池，湛蓝的池水、池中的莲花、潜跃的鱼龙、飘荡的清风和气味，情景一如适才所历的香水海，只是要比香水海小得多。不过，莲池虽比香水海小，但只消看上一眼，就知道它的色彩、质地远比香水海精致优雅得多。比如，池边的石阶，晶莹剔透，是用碧玉铺砌而成的，而围栏金黄灿烂，分明是用黄金雕琢而成的。丁观鹏知道，世间绝无此等华贵精美的莲池。莲池正中，跨着一道数百丈长的虹桥。丁观鹏站在桥边远眺，看到莲池对面的场景，一如平日所做的梦中那么神奇。不，自己平日所做的梦中，怎会有如此的神奇庄严呢?! 这不正是自己心里画过、手中画过的《极乐世界图》吗? 只是，自己梦中见过、手里画过的《极乐世界图》和眼前的图景相比，如何及得万一呢! 虹桥的尽头，成十成百位天女迎风舞蹈，那是迎接从莲池中莲花座上化生而来阿弥陀佛土的人，他们正前来参加阿弥陀佛会，聆听阿弥陀佛正在妙演的法音。远远望去，天女背后，装饰美妙严整的巨大莲座之上、宝幢之下端坐的，不正是宝相庄严、慈悲智慧圆满的阿弥陀佛吗? 来自诸佛国土的无数诸佛菩萨、罗汉、护法天王、优婆塞、优婆夷，上下左右围绕环护，正在恭敬虔诚谛听他正在敷演的无上微妙清净法音。只是眼前的景象中，有一点和他平日所想、所画不同，那就是在阿弥陀佛和诸佛菩萨的背后，巍然横亘着一列雄伟的大山，正是自己适才目睹的《宋时大理国描工张胜温画梵像》第一幅画里所画的那列大山。但见那列大山的雪峰之上，升起团团七色的云朵，顺着峰峦，缓缓流淌下来，流淌到半山腰，便向这里飘来，从云中撒下各色香花，漫天飞舞。看着那列高山，丁观鹏思忖自己可从未想过应在《极乐世界图》里画上这么一座大山，因为净土三经里，都说阿弥陀佛国土里，四处都是平坦无碍的无边广野，生长着无数的宝树香花，并无高耸之山或者低洼卑湿之地。可眼前的这列高山，不但丝毫无碍阿弥陀佛国土的清净庄严，反而为阿弥陀佛国土增加了不少庄严宏伟之感。心念及此，再次举头望山，丁观鹏发现那山时而清晰，时而隐约，似有实无，似无实有，变幻不绝，在空中幻化着各种美妙绝伦的图景。佛经有言，无边刹境，随所知心，现所知量。是不是心中有山，眼前自然有山，心中无山，眼前自然无山？阿弥陀佛国土的一切，包括这座山在内，一花一树，一草一木，一线一色，都在和阿弥陀佛一起敷演着甚深妙法？

丁观鹏举步走上那道横跨莲池之上的虹桥。他想走到对岸去，走到阿弥陀佛周围的大众里，在那里亲睹阿弥陀佛的圣容，谛听他敷演的无上妙法。刚走几步，一低头，他吃惊地发现，脚下有图画。怎么能踩在图画上呢？他赶紧跳到一边，紧挨玉阶雕就的护栏，侧身而行。但看脚下，依旧是图案，熟悉的图案，对了，那是《宋时大理国描工张胜温画梵像》里画页边上装饰的铎铃图案，隔几步就有一个这样的图案。他再看桥面正中的图画，十几位衣饰怪异的蛮王，正神情肃穆，赤脚履地，一起走向前方。那不正是《宋时大理国描工张胜温画梵像》里最后那幅《十六国大众朝圣图》吗？只是这幅图在这里被放大了，在桥面上延伸了两丈左右的距离。走完这幅图，丁观鹏看到桥面画的是长达丈余的两幅《护国经幢图》，图中那些梵文写就的奇怪文字，连博学的李侍郎也一个都不能辨识。接下去，走出数十丈，丁观鹏看到了脚下的《守护摩醯首罗众图》《伏烦拙菩兽伽金刚图》《大圣大黑天神图》《大圣福德龙女图》《大女药叉神图》《金钵伽罗神图》《大圣三界转轮王众图》《诃梨地母众图》《南无如意论界图》《南无资意金刚藏图》等图。前面还有一幅幅图，一直绵延到桥的尽头。丁观鹏明白，整座虹桥的桥面上，都画着《宋时大理国描工张胜温画梵像》这幅长卷画册，只不过这幅长卷画，从自己这头看，是被倒着画罢了。它们每幅图长五六尺、一两丈不等，粗略一算，这座桥该有不下百丈之长。他无暇一幅幅细看下去，他加快脚步，想尽快走到桥的那边。临近桥头，低头一看，最后那幅图果然是《利贞皇帝骠信画》。他仔细看那幅图，看利贞皇帝骠信的面容。没错，他依旧是那位大理国利贞皇帝的面容，就是《宋时大理国描工张胜温画梵像》里出自大理国描工张胜温先生手笔的面容。其实，从虹桥那头的第一幅画开始，他就辨别出来了，这是出自张胜温先生手笔的画卷，是放大了十余倍的画卷。即使放大了十余倍，但它依旧是出自张胜温先生手笔，而不是自己或其他人临摹的画卷。

目光离开画卷，他抬起头来，隔着桥头只有数十步了，桥头站立的婀娜多姿的天女已在向他弯腰致意，预备迎接他的到来。丁观鹏抬足向前，前面只剩一两丈长的几幅题记文字了，他不想再细看，只想快点走到桥头，加入阿弥陀佛法会大众的行列。可就在他刚刚举步的瞬间，却发现立在桥面上的那只脚一软，带着自己的身体往下一沉，他赶紧收回刚刚抬起的那条腿，急忙踩到桥面上。可那条腿也往下一沉，弄得他一个趔趄，上身一倾，差点摔倒。定睛一看，他吃惊地发现，就在一瞬之间，虹桥的护栏消失了，脚下的玉阶消失了，甚至连整座虹桥都消失了，只剩一幅长长的画卷，悬浮在莲池上，而他，就站在那册画卷上。那册画卷像一条长长的金红色的绢带，随风飘荡在莲池之上，弄得他在上面摇摇晃晃，难以立足。幸好，在这里，他的身体似乎并不那么沉重，摇晃了几下，好像又找到了平衡。他开始慢慢挪动脚步，试图走到似乎近在咫尺的莲池彼岸去。可是，刚挪动了几步，他就发现这幅画卷连接彼岸的那一端冒起了青烟，接着又冒出火苗，开始燃烧。他还发现，那火苗不是红色的，而是黑色的。对，那是黑色的火苗，把一切线条和色彩一股脑儿归于黑色的火苗。他一转身，发现数步之外，正在这幅画卷第一幅图里的大理国利贞皇帝面孔上也开始冒出青烟，冒出黑色的火苗。他呆呆看着那里，不知所措，正在想着是否应该跳下莲池，把画卷扯到池里去，用水熄灭上面的火苗。可一转眼，他就看到整幅长卷的许多地方，都开始冒出青烟和黑色的火苗，而有的地方已经断了，断成了黑色的一片虚无空洞之物。黑色的虚无空洞正在迅速扩散，以不可阻止的速度扩散，很快，整幅长卷，包括自己立足的地方，都变成了黑色虚无之处。整幅长卷都不见踪影了，只剩一条宽达丈余、长达百丈余的一条巨大的黑色之物。可自己还在，还悬空站在黑暗之处，站在距离莲池水面几尺高的地方。接着，目光越过身旁的那一溜黑色，他发现莲池湛蓝的池水也开始褪色了，一片一片，一块一块，由蓝转白，由白转黑，一片一片的黑色不断浸漫，连接成更大的一片片黑色。一起褪色的，还有池中的莲花和池水中的鱼龙。它们都变成没有色彩、没有线条的黑色。他再看远处阿弥陀佛敷演妙法之处，发现宝刹、莲花、经幢、宝树、仪仗、漫天飞舞的香花，甚至连远处的那列群峰，都正在褪色，由各种金碧辉煌、艳丽绝伦的色彩和线条开始褪色，一直消退成一无所观、一无所别的黑色。随着色彩消退的，是众天女、诸佛菩萨、罗汉、护法天龙大众，甚至连正在敷演妙法的阿弥陀佛，都开始四方星散。很快，周围的色彩和线条就所剩无几了，适才还无比灿烂辉煌、庄严华美、见所未见的阿弥陀佛国土就只剩下残山剩水般的一点点色彩和线条了。残剩的这点色彩和线条，支离破碎，惨不忍睹。丁观鹏心想，若给它们取个名字，是不是也可以叫它《剩山图》呢？只是这可不是自己未能目睹的黄公望富春山居《剩山图》，而是《丁观鹏游阿弥陀佛国土剩山图》。他刚作此念，残余的色彩和线条从四方汇聚而来，在眼前飞舞，交汇、浸漫，以自己熟悉的笔意和色调，组合成一幅崭新的图画。那幅图画刚刚固定下来，悬空飘在他的眼前，他就忙着仔细打量。那可不是什么黄公望《剩山图》，也不是什么《丁观鹏游阿弥陀佛国土剩山图》，而是一幅《利贞皇帝骠信画》图。那幅新图，一看就是出自自己手笔的临摹之作。里面的利贞皇帝骠信，面容无比熟悉，正是大清国乾隆皇帝爱新觉罗·弘历的圣容！再看这幅图的落款岁次，"乾隆二十八年癸未秋"几个字赫然在上。看到这幅图，丁观鹏心里一惊，突然想起了什么可怕的事情。是不是因为自己画了这幅图，才让那幅《宋时大理国描工张胜温画梵像》真迹毁掉了？是不是那幅真迹毁掉了，自己通向阿弥陀佛国土的那座由这幅真迹铺就的虹桥跟着毁掉了？自己通向阿弥陀佛国土的虹桥毁掉了还不打紧，是不是这幅真迹毁掉了，一个以这幅真迹为虹桥的清凉壮丽佛土就跟着毁掉了？想到这里，丁观鹏悲从中来，一股从未有过的恐惧和罪恶感从心中升起。他对眼前这幅图，自己曾经奉旨临摹的这幅图充满嫌恶！他恨不得它在眼前立马消失。

很快，他发现这幅图开始褪色，各种自己无比熟悉，有时甚至感到得意的色彩和线条开始褪色，直到褪成一片苍白，直到褪成一片黑色。然后，整个世界都只剩下黑色了。连自己的整个身心都只剩下黑色了。整个世界，没有一丝色彩、一根线条、一点气味、一点声音、一点暖意。只剩黑色，永无休止的、了无生趣的、冰凉冷寂的黑色。

对于一位画者，一位以色彩和线条的游戏为最大快乐的画者，丁观鹏不知道，身处这不剩一根线条、一丝色彩的永无止境、无边无际的黑色世界是不是最令人恐惧的阿鼻地狱？他只知道，他又开始下坠，急速地下坠，向着更为幽深、更为黏稠的黑暗之处下坠。他知道，再这么坠落下去，他很快就会被幽深稠密的黑暗压得粉碎……

次日，丁观鹏眼疾复发，不能视物。他让家人告知弟弟丁观鹤，托他向画院告假数日。

在家将养的数日里，丁观鹏苦思冥想。他知道，他不能进谏，让皇上放弃自己的想法。作为一名卑微的画画人，他连向皇上进谏的资格都没有。他知道，他不能抗旨，如果那样，他将搭上自己的身家性命，还可能祸及家人。而即使抗旨，皇上的念头也不会有丝毫改变，他会命别的画画人取代自己，完成临摹那幅梵像长卷。

但在那几日里，他终于想到了一个人。他知道，只有那个人，或许能让皇上改变自己的念头。

*6*

丁观鹏病愈入宫供职之后的第二天正午，三世章嘉呼图克图若必多吉大国师进宫，觐见乾隆皇帝。

自地安门附近的嵩祝寺居所到紫禁城乾清宫养心殿，行程不到小半个时辰。路上，想起此日觐见皇上，为的竟是一幅小小画卷的事儿，章嘉国师心中不禁微微一笑。前日一大早，南薰殿画画人丁观鹏前来，跪拜啼泣，如有天大的事相求。没想到，竟是为了那么一卷画儿。听完丁观鹏的话，自己只是淡淡问他，丁先生如果奉旨行事，皇上就定会毁了那卷画吗？先生应知，这或许只是先生的一个妄念罢了。丁观鹏说这个问题他也反复问过自己，也希望这只是自己的一个妄念，但各种迹象、各种推测，以及他的噩梦，明白告诉他这不是妄测，倘若自己奉旨行事，皇上定会毁了那卷画儿。即使这只是一种妄测，但也应该以防万一。他央求自己想个法儿，断绝皇上今后毁了这卷画儿的念头。面对这位自己和他学过唐卡，也曾礼请他为自己画过唐卡，并且如此执着于那么一卷大理国画儿的画画人，章嘉国师不禁也对那卷画儿生出亲眼一睹的好奇。不过，自己当时并未轻易答应丁观鹏，而是对他说，法界万物，都逃不过成、住、坏、空，一卷画儿也是如此，缘至而生，缘尽而灭，该灭之时，灭了又有什么可惜的呢？先生又何必挂怀？就如你们汉人念念不忘的那幅被大唐皇帝李世民毁掉的王右军《兰亭集序》真迹，自晋至唐，一张传了三百年的茧纸，想必早已残破不堪，存之不易，即使当时不毁，也未必就能传至今日。再说，为了那张破纸，许多人贪、嗔、痴三毒如火焰般疯长，竟至使人干出许多欺骗偷盗、杀人越货之事。如此不祥之物，坏人性命，毁人道业。大唐皇帝李世民毁了它，断了后人念想，正是断了后人因此物而造的恶业，又怎知不是一大功德呢？再说，《兰亭》真迹又怎么毁得掉呢？要知道真正的《兰亭》真迹，不是灭了的那一张破纸，而是人们心里对王右军兰亭笔意的念想。或许，正是那一张破纸没了，人们从冯、褚、柳、欧的临摹之作的对照中对王右军笔意的追寻念想更为强烈。灭了那纸真迹，人人笔下便都可有一幅《兰亭》，人人心中便都可有一幅《兰亭》，那幅《兰亭》，虽非右军真实笔意，又是右军真实笔意。所谓的右军兰亭笔意，不就是右军挥毫之时那一丝俯仰万物、任性骋怀、物我两忘、与物无碍、洒脱澄明的一点妙心吗？真正的《兰亭》真迹，乃是实无一物可寻的真迹。把《兰亭》真迹当一物，实乃颠倒妄想、逐梦寻影的可笑之念。大唐皇帝李世民灭了那一张破纸，灭的正是这种颠倒迷妄，而不是《兰亭》真迹。或许，那一纸《兰亭》真迹，正是因为灭了，才在人们心里活得更加鲜亮久远。

可那画画人丁观鹏也是机智，并未被章嘉国师的话头绕进去，让他免除这么一趟劳役。丁观鹏说这是一幅传了八百年的梵像卷，和一般文人字画不可相提并论。他竟还搬出章嘉国师自藏文翻译成汉文的《造像度量经》立论，说明佛教造像、画像的重要，论证这卷梵像万万不能毁弃。其实，自己又何尝不知呢？玩玩话头，只不过和丁观鹏多日未见，戏言取乐罢了。佛法虽然稀有难得，但人心五毒炽盛，魔道盛行，佛法难传，古今如此。佛祖世尊临近涅槃时曾经授记，自己寂灭之后，正法流传一千年。正法流传一千年之后，像法流传一千年。像法流传一千年之后，进入末法时代。末法流传一万年之后，佛法在世间寂灭无闻。想当年大唐玄奘大师入天竺求取《瑜伽师地论》时，距离佛祖寂灭已过千年，正法已然式微，佛法进入像法时代。如此算来，自玄奘大师入天竺千年之后，已到大明前朝将亡之时。那时，像法已尽，末法兴起，如今的本朝，正是末法开始流传的年代。正法时代，人们学法，尚能遵循佛祖的言教，不离佛法大义根本；像法时代，佛法虽不至背离佛祖言教的根本，但却已经开始走样，只能和佛的言教大致相似而已；末法时代，人们开始背离佛祖言教根本，无论如何努力，佛法都将日渐式微。末法时代初始，人们虽有背离，但尚能大致依照佛法经、律、论三藏所说理解佛法。之后数千年，世俗之法大兴，出世之法渐灭，经、律、论亦灭，佛祖言教，只剩支离破碎的一堆佛教造像、画像和一些佛菩萨的名号。之后数千年，连这些造像、画像、佛菩萨名号也将烟消云散了，世人除了一句"阿弥陀佛"名号之外，对佛祖的言教，甚至对佛祖释迦牟尼和众菩萨的名号都一无所知、闻所未闻了。那时，佛法就灭了。之后数千年的婆娑世界，就连一句"阿弥陀佛"名号也终将消逝。之后，婆娑世界将陷入地、水、火、风和刀兵大劫，延续数十亿年。直到四十六亿年之后，未来佛弥勒佛世尊才会降生人间，教化众生。那时，佛法才会重兴，但却已经是弥勒佛世尊的教法而非释迦牟尼佛世尊的教法了。末法时代里，人们学习佛法，能够依赖的便是经、律、论三藏和佛的造像、画像。这些物事的毁坏，便是毁坏佛法在世间的根基。所以，从佛法来说，毁坏这些物事是罪孽深重的，因为这会毁坏人们学习佛法的凭依之物。故此，每一本佛经里，都要不停提醒人们爱护此经、护持此经、传扬此经，功德无量，不可思议；而诽谤此经、毁坏此经，则罪孽深重，必下阿鼻地狱。佛经如此，佛菩萨的造像、画像又何尝不是如此？佛虽说不可以相貌音声求我，以免执迷，但这并不是说佛菩萨的造像、画像就完全无用。不仅不是无用，反而是大大有用，因为佛菩萨的造像、画像能帮助人们对佛菩萨生起思慕、敬爱之情，对佛法生起敬信、肃穆之心，功德同样不可思议。故此，多数佛经里虽不明言塑画佛菩萨像的功德，也不大谈论毁坏佛菩萨像的罪孽，但护持或者毁坏佛菩萨像的功德与罪孽，却是历历分明、不可轻忽的。对一般佛像、梵像尚且应如此，丁观鹏说到的那卷大理国梵像卷，先不说它是否真如丁观鹏说的那样神乎其技，但它能够流传八百年，本就是一种殊胜因缘，又怎能轻易毁弃呢？果真如丁观鹏所说，这卷梵像可能毁在皇上手里，那更是不能接受的事。毕竟，当今皇上不仅是皇上，还是和自己一起开蒙、一起长大的朋友和兄弟，怎能忍心看他造下这等罪孽呢？

但章嘉国师清楚，皇上毕竟是皇上，有大多数皇上都有的执拗和骄傲。如果他真有如丁观鹏所说的那种念头，那要让他放下，也不是轻而易举的事。为此，早在昨日晨，他已命人向乾清宫主管赵公公禀报，说想念皇上，恳请面圣。赵公公很快传话，皇上也想念国师，次日正午便可觐见。

转眼来到乾清宫养心殿前。和往常一样，章嘉国师早已掐准时辰，在皇上罢朝小憩时分来到这里。乾隆听值班太监唱喏"章嘉呼图克图觐见——"便早已出殿，下玉阶相迎。章嘉国师作势下跪，但没等他跪下，早已被乾隆趋前扶起。乾隆笑言："早已说好，国师不必行此大礼，怎么又来这一俗套？"乾隆既然如此，章嘉国师也就不以为意，和他相携进殿。

其实，章嘉国师早已不用对乾隆下跪了。自从乾隆十一年皇上下旨将雍和宫改建成藏传佛教寺庙，自己奉命为首任堪布，并向皇上传授了"胜乐"灌顶密法，皇上跪受灌顶之后，就再不好意思接受自己的跪礼了。但自己见驾，还是坚持向他行此大礼，不仅为了随顺世俗方便，还因为皇上虽把自己当大国师看待，但自己心中实无什么大国师之念。但每次面圣，皇上都在他作势下跪之时快步趋前，将他挽起，这早已变成他们见面时的固定举止。皇上的这种举动，让章嘉国师追忆起当年从青海西宁跟随大将军年羹尧入京觐见先皇雍正爷的情景。那时，正值青海罗卜藏丹津叛乱之祸，西陲之地，战祸惨烈，血腥满地，不少僧众参与叛乱，而朝廷大军也毫不留情，对叛乱僧众痛加杀戮。后来，还是先皇慈悲心起，想起章嘉二世大师临终授记说要转世到西北之地，如今应该早已转世，有十余岁了吧？先皇担心自己死于战乱，紧急颁下谕旨寻访章嘉二世转世灵童，西北地方僧俗，无论参与叛乱与否，十五岁以下之人一律不得杀戮。由此，被青海佑宁寺僧众冒死保护的自己才能前往拜会岳钟琪将军，并在一年之后随年羹尧大将军进京面圣。见到先皇时，自己给先皇下跪，先皇急步上前，将时年八岁的自己一把抱起，抱进殿中的御榻上并排共坐。从四岁时被认定为章嘉二世的转世活佛起，自己就很少被人抱了了。活佛是只能跪拜的，怎么能被随意抱起呢？所以，当先皇抱起自己的一瞬间，自己不由想到早已过世的双亲，心中竟有一种说不清是酸楚还是欢喜的感觉。记得当时先皇还对一起入宫觐见的年羹尧大将军说，他最高兴的不是年大将军打了胜仗，平定了青海叛乱，而是年大将军帮他找到了自己，找到了章嘉二世的转世灵童。觐见之后，先皇命二世土观罗桑却吉嘉措活佛照料自己的日常起居，并给自己传授显密佛法和朝廷的各种礼仪。不久，自己就移居当年章嘉二世昔日驻锡的嵩祝寺，获准按前世所得封赏，乘坐黄马车，坐九龙褥。先皇还命自己和皇四子弘历，也就是今日的皇上等皇子一同在宫中读书，学会了汉、藏、蒙、满等多种语言，与比自己大六岁的当今皇上结下了同窗之谊。或许，正是因为幼年亲历惨烈战祸，见过了太多杀戮血腥，此生除了尽力弘传佛法之外，自己最用心的事情，便是辅助皇上维护各族、各教的祥和与安宁，消弭那些能够消弭的战乱与杀戮。为此，十余年前，清军平定了西藏珠尔墨特那木扎勒叛乱事件之后，自己曾力劝皇上，将西藏的政教权力交给七世达赖喇嘛，并授权他管理西藏地方政务，一切重大事宜，概须事先呈请驻藏大臣和达赖喇嘛共同定夺。以前，西藏屡服屡叛，战乱不绝，皇上此举，成功维护了西藏雪域十余年的祥和气象。但愿这样的气象能够一直维持下去。八九年前，蒙古活佛哲布宗丹巴发动叛乱，皇上正在新疆征讨，无暇顾及，为了消弭战祸，自己冒死前往面见哲布宗丹巴，多方劝解，方才平息了事端。自己虽身为京城掌教大喇嘛，但性喜宁静，平日常居嵩祝寺，潜心汉藏佛法经论的翻译和著述，对教中事务，能不过问的尽量不加过问。皇宫虽在附近，但若无事，也很少进宫觐见皇上。如若进宫见驾，那一般都是皇上对西藏、蒙古、西北事务有难决之事，召自己进宫商讨。如此次为一卷古画进宫，那还是前所未有的事。

两人相携进入养心殿，并排落座，宫人献茶。乾隆说："朕正想念国师，想到嵩祝寺见国师呢，国师就来看朕了，这不是心意相通吗？"

章嘉国师颔首："皇上为天下夙夜繁忙，岂敢有劳皇上？还是臣僧来见皇上合适。"

乾隆说："国师前来，想必有要事，但说无妨。"

章嘉国师微笑："此番来见皇上，实无要事。只是听说皇上新近得了一幅稀罕画儿，一时好奇心生，想要一睹，不知皇上可否开恩赏脸？"

乾隆一听章嘉国师前来竟是为了赏画，顿时兴致大发："没想到国师今日有此雅兴，甚好！甚好！不知国师想看哪幅画儿？"

"皇上新得的宋时大理国梵像卷，可否一观？"

"哈，甚巧！甚巧！"乾隆拍手而笑，"那卷画儿确是奇妙，朕让丁观鹏临摹一卷，日前送到了南薰殿画院处。昨日知晓国师要来，不知为何，朕忽然想到那卷梵像，其中有些画儿，朕颇有不解，正想着国师来了，好向国师请教，朕就让人从南薰殿取回三希堂来了。真是心有灵犀，没想到国师也要看这卷画儿！"

片刻，《宋时大理国描工张胜温画梵像》卷册摊开在三希堂一尊龙案之上，章嘉国师俯身一幅一幅展卷细看。

一盏茶工夫，章嘉国师看完画卷，缓缓转身，对乾隆说："皇上适才所说不解之处，是在何处？"

"不解之处甚多！"乾隆指着章嘉国师指掌所按的那几幅画儿，说，"比如这幅《神会大师图》。前面数幅画了禅宗诸祖图，从迦叶、阿难等天竺诸祖到达摩、慧可、僧璨、道信、弘忍、慧能等中土诸祖就该完了，六祖慧能之后，'一花开五叶，结果自然成'，以后的禅宗高僧，就很难说谁是七祖、八祖、九祖了。怎么这里六祖慧能之后，又画了这么一幅《神会大师图》？难道说六祖慧能的传法弟子神会大师是禅宗七祖不成？更加不解的还在后面。怎么神会大师之后，画的是《和尚张惟忠图》？这位和尚闻所未闻，竟然也跟禅宗诸位祖师同列！再说这位和尚的名号，既然称为和尚，怎么会没有法号，而只是一个汉人姓名呢？还有和尚张惟忠之后的几幅画儿，又是什么纯陀大师、湛光和尚、摩诃罗嵯、赞陀掘赤，这几位和尚，同样闻所未闻，也和禅宗诸位祖师同列。这到底有何深意？还请国师详解。"

　　章嘉国师注视着画卷，微微一笑，说："皇上圣明，能作此问。此卷画中确有不少不妥之处。正如皇上所言，中原禅宗诸祖，画到六祖慧能就该打住，不应再画一位七祖神会大师。可皇上别忘了，这可是南诏大理国的梵像卷，不是宋朝的梵像卷。南诏大理国地处西南边鄙之地，宋时北与大宋四川和吐蕃国接壤，南与安南、暹罗国相连，西与大宋广西为邻，去天竺国也不太远。如此之地，虽是佛国，但佛祖教法传承，自然与中原大为异趣。这就好比今日西藏、蒙古，所传佛祖教法为密宗喇嘛教法，与中原所传显教禅宗，景象亦有许多不同。这本属自然，没什么可奇怪的。观此画卷，宋时大理国佛教，似有中原禅宗显教、吐蕃密教、天竺密教诸多浸染，多宗并存，共居无碍，而又以除佛祖释迦牟尼之外的阿嵯耶观世音菩萨殊为第一崇奉菩萨，殊为有趣。据说今日云南佛法鼎盛，有'苍山与洱水，佛教之齐鲁'之说，原是有南诏大理国时种下的深厚佛根善缘啊！皇上所说卷中六祖慧能之后，似不该有七祖神会大师之图，那正是宋时大理国佛教景象与中原有所差异所致。或许，南诏国时把中原禅宗传到南诏大理国的高僧，正是神会大师的弟子，他们把神会大师奉为继六祖慧能之后的中原禅宗七祖便是自然之事。此等说法，中原禅宗世系里或许不论，但在天遥地远的南诏却深以为然，一直沿袭到这位大理国描工张胜温画这卷梵像的时候。而这位名叫张惟忠的和尚，以及以下的几位和尚，他们在中原文献中闻所未闻，应该不是中原人士，而是南诏大理国本地僧人或者天竺所来梵僧。他们既然列在图中的中原禅宗七祖神会大师之后，这就表明他们在南诏大理国是被奉为祖师级的高僧，或许，称他们为'南诏诸祖'也无不妥。只是和前面诸位祖师不同，他们所传的未必都是禅宗，而是我们今日说不上名号的一种什么宗。可宗派的名号差异，只是佛祖教法的名相之别罢了，无论是何宗派，只要传的是佛祖教法，那就都是正法。至于皇上说的这位张惟忠和尚为何没有法号，而直称其姓名，并不难解。这位张惟忠，初时应是一位大居士，大理国不是有'释儒'吗？亦僧亦儒，儒为其表，僧为其实。想来这位张惟忠，既被列为'南诏诸祖'之一，必是释儒中最杰出者。或许，他晚年正式出家为僧，亦有法号，但张惟忠的名字早已叫得太响，法号反而不大为人所知，故南诏大理国人还是习惯以张惟忠和尚称他。想是南诏大理国佛法不拘一格，并不在乎僧俗之相，只要佛法修为高妙，堪为宗师者便以宗师视之。此梵像卷南诏诸祖师像后，便画《文殊请问图》，想是该国极重修礼讲文；而在此图之后便画《维摩大士图》，想是此国极尊维摩诘大士这样深得佛法的在家居士。而张惟忠和尚，便是这样被尊为一代宗师的得法居士。"

"国师妙解，令朕大开眼界！可朕还有一事未解，还请国师开示。护法龙王之后，便是《十六应真罗汉图》，何以这十六位罗汉名号也和惯常所说大有差异呢？"

章嘉国师微笑："这是翻译的缘故。画卷中装饰有多幅梵文书就的护国经幢图，由此可知这些应真罗汉的名号，自是梵僧由梵文译成汉文的。梵文译成汉文，自佛经翻译之始，佛经中地名、诸佛土名、诸佛菩萨罗汉名，出自不同译经僧之手，便有不同称呼名。这些汉文称呼名号，直到大唐梵经汉译大致完成，《大藏经》修订之后才固定下来。想是南诏大理国译经僧来自南天竺，初习汉文，又未得见中原汉译佛经，便各自以汉文译之，故此这些应真罗汉名号，便和中原所说有所差异。"

乾隆笑道："朕明白了，原来是翻译所致，其实并无不同。国师适才观画，若有所思，想必此画，还有别的问题？"

章嘉国师说："除了前面所说之外，观世音诸多名号，也和常说有所不同，有的差异想必也是翻译所致，而有的名号，则是梵、藏、汉文中所无，想是南诏大理国民众口中所传。这些差异都是小事，最紧要的是卷中诸佛菩萨、罗汉、护法龙王、天王的排列顺序，多有不妥之处。想是此画如题记中所说'装池屡易'，由卷轴变成图册，再由图册变成卷轴，再由卷轴变成图册，多次变更，以致如此混乱。比如卷中第一幅图《利贞皇帝骠信画》，是画大理国利贞皇帝送子剃度礼佛的，那它后面跟着的就应是卷末那幅《十六国大众朝圣图》，可那幅图不仅没跟在这幅图后，还居然隔着上百幅图，变成了最后一幅图。这两幅图，原本定是排在一起的，前面这幅图之后，后面那幅图便应接上，此后才应是那幅《护法天王图》。"

章嘉国师说罢，乾隆若有所悟，点头称是："还是国师法眼清明，能识破这些关窍。朕和李侍郎，还有那些南薰殿画画人佛法修为浅陋，只留意此画技法如何、流传如何，没留意此画中最大不妥，原来是诸佛菩萨、应真罗汉的排列顺序大有颠倒混乱之处。朕深爱此画，如此不妥，可不是小事。朕想烦劳国师，厘定各幅图之间的排列顺序，重新装裱此画。朕知此事劳心费神，如此劳烦国师，大有不妥，国师以为如何？"

章嘉国师微笑，手指画卷说："皇上看看，这卷画儿可还经得起折腾？"

乾隆注视这卷画儿，皱起眉头，苦笑说："再装裱一次，朕这卷画儿可就更加残破不堪了。也罢，也罢，朕就不烦劳国师了。"

"可为皇上厘清这卷画儿各幅图画之间的前后顺序，臣僧还是不敢推辞。"章嘉国师说。

"国师这是为何？"乾隆不解。

"适才皇上不是说要让丁观鹏临摹这卷画儿吗？"

"正是如此，朕已传谕让丁观鹏临摹这卷画儿……哦，对了，国师之意是让丁观鹏按照国师重新厘定的各画顺序临摹此画？"

见章嘉国师微笑点头，乾隆拍掌称快："这倒是个好主意，这样一来，这卷画儿最大的缺漏就算补上了！只是这样，又要烦劳国师了，真是过意不去。"

章嘉国师微笑："无妨，小事一桩罢了，岂敢惮劳？"

乾隆说："如此甚好！"说完转身招呼太监赵德胜宣南薰殿画画人丁观鹏觐见。又转身对章嘉国师说："那以后就烦劳国师了，丁观鹏临摹此画，若有何不妥之处，还请国师加以指教。"

章嘉国师说："丁观鹏精通画技，技法上的事儿，无须臣僧置喙。臣僧只是重新厘定各幅画的顺序，订正各位佛菩萨、应真罗汉的称呼，其余事一任丁观鹏去做。只是如何临摹此画，臣僧还有一议，还请皇上定夺。"

乾隆说："国师请说。"

章嘉国师正色说："臣僧观此画卷，如观无数佛菩萨国土，佛法源流，清晰可见，庄严佛土，清净微妙，浩渺宏大……"

"朕观此卷，亦有如是之感，故朕对此画卷，异常宝爱。"

章嘉国师话锋一转："可这毕竟只是宋时大理国一小国之画卷。今日大清文治武功胜过昔日大理国何止百倍，皇上英明神武，睿智圣明，也胜那大理国利贞皇帝何止百倍，该当有一卷远胜此卷的佛国世界源流图卷。"

乾隆心中一动："国师此是何意？"

章嘉国师说："临摹这幅画卷，少说也得花费数年工夫。若全照此卷一笔一画、一色一线，丝毫不作更改临摹下去，不过又得一卷翻新临摹之图，临得再好，也不过一卷仿作罢了，何值花费如此功夫？既然费力临摹此作，需重新厘清更改各幅图画排列顺序，订正诸佛菩萨、应真罗汉名号，那临摹出来的画卷，已是大作更改后的画卷，实则已是一卷新画了。既然需作此更改，不如就作一番大改，只需临摹大理国描工张胜温梵像笔意即可，其余图卷技法与诸佛菩萨、应真罗汉、护法天王、天龙排列顺序全改。如此，皇上既可宝藏这卷大理国梵像真迹，又可得一卷焕然一新的佛法世界源流图卷。如此两全其美，也不枉费画画人丁观鹏这数年辛苦功夫。再说，以今日丁观鹏、郎世宁等画人而论，其技法精妙，丝毫不输当年的那位大理国描工张胜温，甚或远甚于他，出自他们笔下的这卷新画，无论色彩技法还是境界气象，必当不输眼前这卷画，甚或还能远胜于它。如此一卷新画，承续彰显诸佛菩萨佛法源流，不光有助佛祖教化，是为一大殊胜功德，还能彰显我大清文盛佛兴气象，岂不两全其美？"

乾隆略一思忖，说："如此甚好！还是国师想得周到，如此一来，比照旧临摹这卷画儿确是要好。想我大清画院广罗天下身怀绝世画技之人，如丁观鹏、唐岱、张宗苍、金廷标等人，画技本已高明，又从郎世宁、王至诚等处习得西洋画法，中西技艺，融汇一体，画艺更臻精妙。最难得的描人状物、色彩敷设，无不穷形尽相，精彩绝伦，尽得微妙。而这位丁观鹏，众人之中又显超迈，仿佛前朝画师丁云鹏转世之身，云鹏技艺本已精微，而观鹏之技似又远胜于他。今由国师细致厘定各幅画儿排列顺序，订正诸佛菩萨、罗汉、天龙名号，梳理佛法世界法脉源流，再由丁观鹏按国师指点画出稿本，由国师与朕审阅定本，再让观鹏按照定本细细画去，数年之后，朕必得一卷精妙绝伦，远胜大理国此卷的佛法世界源流长卷梵像图！想我大清从太祖、太宗、世祖、圣祖以至先皇，历代奉佛，又多有如国师等高僧大德辅佐，佛法之盛，毫不输于前朝，更不输于那南诏大理国，也该是有这么一卷远胜于此的梵像长卷图！"

章嘉国师颔首微笑："皇上英明，不如就把这幅新画名之曰'法界源流图'？"

"法界源流图？"乾隆略微沉吟，说，"好，丁观鹏新摹之画就叫《法界源流图》！"

"这卷新画既名《法界源流图》，那这卷大理国梵像中的两幅画再放进去就不妥了……"章嘉国师沉吟说。

"哦，国师说哪两幅图放进去不妥？"乾隆不解。

章嘉国师俯身指着画卷的第一幅图《利贞皇帝骠信画》，又翻到画卷最后一幅《十六国大众朝圣图》，说："这两幅放进《法界源流图》不妥。《法界源流图》虽说临摹张胜温笔意，但已是我大清的梵像长卷，不再是什么大理国的梵像长卷，是我大清的《法界源流图》，不再是什么大理国的《法界源流图》。在我大清的《法界源流图》里，再放什么大理国皇帝和大理国的十六国大众，那岂不滑稽可笑?!"

　　乾隆略为思忖，说："如国师所言，在我大清的梵像长卷《法界源流图》里，再放这两幅画确实不妥。不过，这两幅画，尤其是第一幅画，朕亦宝爱不舍，这可如何是好?"

　　章嘉国师微笑："无妨，只要让丁观鹏把这两幅图合在一起，另外临摹一幅新图即可。"

　　章嘉国师如此说，心里别有一番计较。他知道，如此一来，即使皇上定要让丁观鹏在新临摹的这两幅图中把那位大理国利贞皇帝骠信画成自己，那也无妨。今后，即使真如丁观鹏所料，皇上要毁了眼前这卷大理国梵像卷，那皇上也没必要将此卷全部毁了。按自己计较，这卷大理国梵像卷中的第一幅图和最后一幅图，实则已从临摹整幅画卷中分离出来。今后，即使丁观鹏已奉旨把皇上画成了那位大理国利贞皇帝，皇上要毁了原先的真迹，以免让后人知道皇上篡改原画，那皇上至多只需毁了这卷大理国梵像卷中的这两幅图就行了，而绝不至于毁了整幅画卷。虽然若皇上今后真要毁了这两幅图，以丁观鹏看来那也殊为可惜，可这整幅大理国梵像长卷真迹毕竟能够大半保存下去了。

乾隆沉吟。

章嘉国师并不担心。皇上先前已经允诺对新临摹之作进行大改，名为《法界源流图》。这可是大清的《法界源流图》，不再是大理国的《法界源流图》。在大清的《法界源流图》里，怎么能再容得下一位大理国的皇帝呢？皇上对那幅大理国利贞皇帝骠信送子剃度图虽有不舍，但还不至于把适才说定的全都推倒重来。

乾隆终于颔首："国师所言甚是，把这位大理国利贞皇帝骠信和那十六国大众朝圣图放进我大清《法界源流图》里确实不妥，那就把这两幅图剔出来，另摹一卷新图。只是这卷新图称作什么好呢？"

章嘉国师说："就名《蛮王礼佛图》吧，皇上以为如何？"

乾隆笑言："就叫《蛮王礼佛图》吧。这位大理国利贞皇帝骠信，虽然号称皇帝，可当时那大理国只是大宋属国，向大宋称臣，他实则只是一位国王，哪里能称皇帝呢？"

章嘉国师说："当时宋太祖一统天下，面对天下皇舆图，挥玉斧而划界，说'大渡河以西无复我有'，大理国遂得保存，名虽为大宋属国，实则一切事务，大宋无从置喙，其国之王自称皇帝，大宋也听之任之，无可奈何。此骠信国王，当时自称皇帝，虽属自然，但今日摹写其人之图，乃我大清之图，非大理国之图，况复今日大理国故地云南，早已入我大清皇舆教化，当日一大理国皇帝，以今日大清观之，不就一蛮王？故此图只能称为《蛮王礼佛图》。"

乾隆展卷，再次凝视那幅《利贞皇帝骠信画》，说："国师所言甚是。可不知为何，这位蛮王大理利贞皇帝，朕似乎还与他颇有因缘呢！数日前朕还在梦中去了趟大理国，在那大理国，朕似乎就是这位蛮王，这位蛮王仿佛就是朕大宋时的前身呢！怪不得这幅画卷辗转流传，最后还是落到朕的手里，而朕第一眼看到这位利贞皇帝，也觉得似曾相识呢！"

章嘉国师看看那幅图上的利贞皇帝，又看看乾隆面孔，莞尔而笑。

乾隆："国师何故发笑？"

章嘉国师正色："请谅臣僧浅陋，以臣僧观之，这位大理国利贞皇帝似非皇上大宋时前世之身。皇上梦入大理国，为利贞皇帝，不过是皇上宝爱此画，日有所思，夜有所梦，颠倒妄想，寻梦逐影罢了，不可以为真实。再说皇上身为大清天子，文治武功，神武圣明，历代前朝没有几位帝王能和皇上相提并论，以臣僧浅陋，不明皇上为何羡慕这么一位小小的大理国国主？"

乾隆微笑："国师过誉，历代帝王，文治武功远胜于朕者多矣！不过今日大清，确实远胜昔日偏安一隅之大理，可朕就是不明为何偏偏羡慕这位大理国国主。或许，是朕常有出尘之想罢了。侍郎李因培说大理国数百年清平无事，君清臣明，历代皇帝晚年都能安心逊位出家，不用担心家国变乱。想来朕继大统也有二十八年了，有时，还真想放下皇位，逊位出家，云游天下呢！国师不是数次向朕请求，想要朕革去国师掌教喇嘛职位，到五台山闭关清修吗？朕未答应，那是天下还未大定，朕还要国师劳神辅佐，掌管天下喇嘛事务。待天下大定之时，朕会答应国师的。可朕，就未必能有国师的福气了。朕还想到五台山闭关清修呢！朕羡慕那位大理国利贞皇帝，是羡慕他身为一小国之君，却有如国师一样的深厚福德！"

章嘉国师说："臣僧明白皇上出尘之意。可皇上菩萨心肠，身负天下大任，自然不能随性而为。皇上甚深福德亦不可思议，臣僧些许福德，有赖皇上、先皇、圣祖护佑，岂可和皇上福德相提并论？"

……

正说着，堂外太监呼唱："南薰殿画画人丁观鹏觐见——"

乾隆转身说："宣他进来！"

丁观鹏走进养心殿三希堂，看见章嘉国师和皇上在一起。

丁观鹏作礼下跪："微臣丁观鹏叩见皇上！"

乾隆扫了一眼跪在地上的丁观鹏，冷冷地说："丁观鹏，前日早上，你在何处？"

丁观鹏心里一个咯噔，心念电转，如实禀奏："回禀皇上，前日早上，微臣去了嵩祝寺。"

乾隆说："丁观鹏，谅你也不敢欺瞒！你该到的是南薰殿，却到嵩祝寺何干？"

丁观鹏额头冒出汗珠子，如实禀奏："微臣到嵩祝寺拜见章嘉国师。"

乾隆说："你有何事拜会章嘉国师，谈佛论道吗？"

丁观鹏回禀："微臣浅陋，不敢和国师谈佛论道。微臣拜会国师，为的是为皇上临摹大理国梵像卷的事。"

"此事与章嘉国师何干？"乾隆故意不紧不慢地问。

章嘉国师微微一笑，平静注视着跪在地上的丁观鹏。

丁观鹏不敢抬头："回禀皇上，微臣拜见章嘉国师，是临摹大理国梵像卷，有事不明，故向国师请教。"

"何事不明，要向国师请教？"

丁观鹏平静回禀："臣观大理国梵像卷，多幅图画次序混乱颠倒，诸位祖师、菩萨、罗汉名号前所未见，不明所以，故向国师请教。"

乾隆说："丁观鹏，你还敢说自己浅陋，不敢和国师谈论佛法？你既然识得这些，难道它们只是画画的事儿吗？"

丁观鹏跪在地上，不知该如何回禀，只是叩头不止。

章嘉国师神色不动，依旧平静注视着跪在地上的丁观鹏。

一阵清风吹进养心殿三希堂，放在龙案上的《宋时大理国描工张胜温画梵像》的一角微微颤动，发出细碎轻盈的响声。乾隆转头，看了一眼窗外，红墙黄瓦之上的天空清澄高远，少顷，回过头来，对丁观鹏轻声说："平身吧。"

丁观鹏没听清，依然跪着，不敢起身。

乾隆又说了一遍："起来吧。"

丁观鹏这才作礼起身。

乾隆说："丁观鹏，知道朕为何召你吗？"

丁观鹏说："回禀皇上，微臣不知。"

乾隆说："还敢说不知！"

丁观鹏说："皇上恕罪！"

乾隆说："临摹那卷画儿，今后全听章嘉国师吩咐，活儿干完之前，不必再向朕回禀。"

丁观鹏微微一愣，继而大声说："微臣遵旨！"

乾隆说："丁观鹏，你得尽心尽力，为朕好好画一幅大清梵像卷。若画好了，朕说不准赏你一个头衔，让你像张宗苍那般放还终老。"

丁观鹏说："临梵之事，赌上一双老眼，微臣必定尽心画好！至于皇上恩赏，微臣所领早已心满意足，岂敢再有他望！"

乾隆说："哼，谅你丁观鹏也不敢再有他望！"

## 7

当年（乾隆二十八年，公元1763年）末，丁观鹏临摹《宋时大理国描工张胜温画梵像》第一幅《利贞皇帝骠信画》与最后一幅《十六国大众朝圣图》，合为《蛮王礼佛图》，献于乾隆皇帝。乾隆帝收藏于乾清宫养心殿三希堂，似乎不甚宝爱，今日早已不知所终。

乾隆三十二年，在章嘉国师指导下，丁观鹏按"张胜温笔意"临摹《宋时大理国描工张胜温画梵像》的《法界源流图》长卷梵像完成，敬献乾隆皇帝，宝藏于乾清宫养心殿三希堂。同年，乾隆皇帝为《宋时大理国描工张胜温画梵像》真迹御笔题记，述其令丁观鹏在章嘉国师指导下临摹该梵像卷为《蛮王礼佛图》与《法界源流图》的因缘始末，是为该梵像卷自大理国妙光和尚第一次题记之后的第七次题记。

同年，李因培于福建巡抚任上被诬陷，以"属员亏空不实"之罪，降为四川按察使，不久，被乾隆皇帝下诏赐死，年仅五十一岁。二十年后，曾被李因培好友袁枚在《随园诗话》中称赞为"一代闺秀之冠"的李因培长女、诗人李含章，省父墓，作诗奠曰："空馀马鬣五湖隅，不见巫阳降紫都。万里云山栖大鸟，廿年风雨泣诸雏。及门尽望西州树，此地曾还合浦珠。回首音容竟何处，白杨萧瑟惨啼乌。"（《七子山省先大人墓》）

乾隆三十五年，南薰殿画画人丁观鹏双目失明，离开宫廷画院，未得皇上恩赏。次年，丁观鹏以庶民身份病逝于京城。因《清史稿》不载，不知丁观鹏生于何年，故不知其享年几何。

乾隆五十一年四月二日午后，三世章嘉国师若必多吉在五台山圣地圆寂，享年七十岁。

乾隆五十七年，八十一岁的乾隆皇帝玩赏丁观鹏《法界源流图》，睹物思人，命宫廷画人黎明依照丁观鹏所摹《法界源流图》，再重摹一卷《法界源流图》，是为黎明本《法界源流图》。

丁观鹏本《法界源流图》原藏清宫内廷。民国十三年十一月五日，冯玉祥无视清宫优待条件，派鹿钟麟带兵入紫禁城，逼溥仪离宫并乘机掠得大量宫中财物，史称"北京政变"。溥仪携带包括丁观鹏本《法界源流图》在内的大批文物离开故宫，住进北府（载沣的居处），继而又逃进日本公使馆，并于次年被日本人护送至天津寓所。1931年，丁观鹏本《法界源流图》被溥仪携至伪满洲国长春宫中。1945年后，转由其亲属携至吉林通化玉皇山某寺。1969年，丁观鹏本《法界源流图》幸被通化市生产指挥部送至吉林省博物馆，免遭浩劫，馆藏至今。黎明本《法界源流图》命运与丁本大致相同，同被溥仪携出清宫后带至长春伪宫。1945年后流散民间，今为辽宁省博物馆收藏。

《宋时大理国描工张胜温画梵像》真迹一直秘藏清宫，不为人知。清亡，"北京政变"后，不知何故，并未被溥仪携出故宫，后被保存于国立北平故宫博物院。1937年抗日战争全面爆发，梵像卷真迹随故宫博物院藏品内迁重庆，并于1944年在重庆中央图书馆展出，引起学人震惊，掀起研究热潮，至今不绝。1949 年，《宋时大理国描工张胜温画梵像》流转到台湾，今藏于台北故宫博物院，和黄公望《富春山居图》"无用师卷"一起，同为该院"十大镇馆之宝"。

# 战

# 象

　　金色的光芒刺破云层，从天空垂下，照在台北圆山公园的一个水池上。那道光纯净、细致、温暖，像无数亮闪闪的手指抚摸着世界上最后一头战象林旺眯缝着的眼帘。在那道光芒里，战象林旺再次打量世界。狭窄的水池，坚硬的水泥台阶，台阶上的几只香蕉、苹果，身形瘦弱矮小的饲养员以及他背后的假山，假山旁的房舍，房舍里面的几只非洲狮和隔着栏杆对着狮子指指点点、吵吵嚷嚷的几个游人。世界太狭窄了，了无生趣！战象林旺不愿再看这些早已看了几十年的情景。它的眼帘下垂，下垂得只剩一道若有若无，刚好能感受得到光芒，但又能把周围的情景成功阻挡在外的细线。这就好了，眼前的世界开始退后、模糊，逐渐消逝于无形。此后，另一个世界慢慢出现。那是战象林旺谙熟的世界、想看见的世界。在那样的世界里，它又能在宽阔的大地上骄傲地行走。

　　那是一次次多么骄傲的行走啊！每一次行走都通往新奇的世界，每一次行走都那么惊心动魄！它曾走过遥远的北方大河，那条大河两旁曾经铺满和南方的大河边别无二致的莽苍森林、广阔滩涂和无边草场。那里曾是犀牛、河马、鳄鱼、老虎、狮子、麒麟、孔雀、鲲鹏以及无数种动物，当然也是自己的同类们相互角逐的广袤天地。但动物们的相互角逐和人类的相互角逐相比，有何乐趣可言呢？只有人类的角逐才是值得参与的角逐，只有参与人类的角逐才能看得到真正惊心动魄的风景，只有参与人类的角逐才能领略自己内心深处勇气和恐惧最后的边界。战象林旺看到在北方大河边的平原上，它和数百头战象排列在一起，像一堵灰色的城墙，准备压向一箭之地外的战阵。那是长戈如林的战阵。厮杀前的世界那么安静，安静得只剩阳光和风的声音，安静得似乎整个世界只有自己孤零零地站在那里。它不耐烦甩了甩长鼻子，似乎想要吸进世界最后一股空气。多么舒服的空气啊，带着北方大河古老的湿润和芳香。深呼吸让它安静下来，让它看见许多和它排列在一起的战象们，它们有的也和它一样不耐烦地甩了甩长鼻子。冲锋之前，它忍不住回头张望。在大地上行走的活物中，很少有别的活物有它和同类那么宽阔高远的视野。它看见象队的背后，是大片的马队，马队的背后，是林立的人类战士的森林。密不透风的森林，没有退路，它就站在森林的第一排，是森林边缘最高大的树木。过一会儿，后面的森林就会移动上来，如果它不动，就会被推倒、践踏。它只能转过头来，面对前方的敌阵，发出一声长长的嘶吼。它的嘶吼，汇入无数雄浑尖利的嘶吼之中，它看见对面的阵列在它们的嘶吼里微微颤动。"咚——咚——咚咚——咚咚——咚咚咚——"，第一通鼓声在后面响起，那是用象皮、马皮、麒麟皮、鳄鱼皮蒙就而成的各种皮鼓的声音。

阴险狡诈的人类总是能用各种奇奇怪怪的法子弄出各种声响，压过其他任何一种活物在大地上发出的声响。它讨厌人类，但它喜欢这种人类弄出的声响。这种声响能激发它古老的怒气，三通鼓声响过，用不着背上战士的吆喝驱策，它稳稳地迈开脚步，开始前进，一步，两步，三步，步幅越来越大，它开始加速，奔跑，冲刺。酣畅淋漓的奔跑和冲刺！微小的箭矢划过皮肤，不过擦痒而已。长戈飞来，它有时歪歪脑袋，让长戈飞身而过；有时用鼻子一甩，把长戈击向侧面。转眼，它和同伴便如凶猛的洪水，冲开了一道横列的堤坝，在对方被撕开的阵列中厮杀、碰撞、践踏、席卷。它用巨大的前腿踏破一个人的脑袋，用锋利粗壮的长牙刺破一名战士的胸膛，再用长鼻子把一名马背上的骑士卷起，左晃一下，右晃一下，再用劲往上甩，然后松开，将那位骑士高高抛向天空。那个人在空中尖叫，可周围的声音实在太多了，它听不到他的尖叫。周围是无数声音汇聚在一起的声音，那种声音排山倒海、混乱无序，仿佛正在撕碎整个世界。它喜欢这样的声音，这能激发它更大的怒气，让它更加凶猛酣畅地冲击、践踏、席卷。

可是，在一次次冲击、碰撞、践踏、席卷之中，北方大河边的天地越来越小。温暖的天气开始变寒，湿润的风渐渐干燥，大片的森林和草场在缩小，广袤的原野被分割成越来越小的方格子，大地慢慢失去了足够它和同类纵横驰骋的战场。它开始一路南行，越过无数的山谷、河流，来到南方的广阔温暖潮湿之地。在南方的大片天地中，它继续一次次行走、冲刺和厮杀。它在古印度厮杀，它和同类在战场上的事迹，被记载在《吠陀经》的圣歌里。在古印度大陆上厮杀无数次之后，它一路向西，有时在陆地，有时在港口登上大船，漂过苍茫大海，登上新的陆地，在名叫波斯的战场上厮杀。在高加米拉战场上，它面对过亚历山大大帝指挥的希腊人的楔形阵。那位年轻气盛、毫无畏惧的伟大帝王，在会战前夜因为它和其余十四头战象恐惧得彻夜难眠，不得不为了消除恐惧向他的神灵献祭。那场会战他虽然胜利了，但却为了对付它和其余十四头战象付出了惨重的伤亡。那场会战之后，它和其余幸存的几只战象便加入了亚历山大大帝的队伍。作为一只战象，只要能填饱巨大的肚子，只要能继续在战场上驰骋、厮杀，加入哪一支队伍有什么关系呢？它继续行走，这回是一路向东，向着波斯帝国属于亚洲大陆的部分，向着印度的数十个王国进发。伟大的亚历山大大帝一路连战皆捷，但在印度丛林里的一场惨烈恶战之后，他的军队止步不前了。历史记载中说，那是因为亚历山大大帝的部下厌倦了建功立业，不愿再随他打到世界的尽头，实则却是因为连亚历山大大帝自己，即使经过对神灵的多次献祭之后，依旧无法克服对前方摩揭陀国多达六千多头的战象的恐惧。而在摩揭陀国的后面，旃陀罗笈多王国还拥有九千多头战象。亚洲丛林那么多巨大的战象，让亚历山大大帝和他的同伴们着迷，也让他们颤抖。它和同类以及支撑它们生长的亚洲大地的伟力，第一次让一位试图征服世界的伟大帝王和他的伙伴们的勃勃野心化为乌有。

从印度向西折返之后，它和同类转战北非和欧洲。在北非的大海边，它和数十头战象在迦太基王国的伟大统帅汉尼拔的指挥下率先冲锋，踏破比希腊马其顿人的楔形阵还要坚固十倍的罗马军团方阵。但在北非和罗马人战斗，汉尼拔总感到吃力，于是他决定渡过直布罗陀海峡，绕道欧洲，进攻罗马人的后方。通往欧洲战场的路途无比艰险，虽然已经过去两千多年，但在战象林旺眼里，比利牛斯山、阿尔卑斯山的道路依旧白雪皑皑，尤其是阿尔卑斯山隘口的险境，依旧让它恐惧不已。在雪山之中，缓慢蠕动的队伍前不见头，后不见尾。那是和丛林、平原完全不同的景致。世界那么单调，只剩下一片洁白。阳光下冰雪的反光，刺得它双目发疼，让它狂躁不安。为了让它平静下来，好一阵子，驯象师不得不用绿色的布匹蒙住它的眼睛，让它在带子的牵引下慢慢前行，直到它的眼睛终于能够适应眼前的一片雪白。队伍正在缓慢行进，前面突然传来一声充满恐惧和暴怒的嘶吼，以及那声嘶吼过后的一声巨大的、由下而上腾起的轰响。那是一只战象滚入了雪山下的深渊。队伍停顿下来，心惊胆战地注视着头顶的积雪，会不会因为这次震动引发一场雪崩将大家吞没？停顿半晌，队伍继续小心翼翼向前蠕动。终于到了最险要的那段山崖，面对崖壁外侧恐怖的深渊，它几次忍不住停下脚步。但在驯象师的安慰、吆喝下，它只能紧贴着崖壁，缓慢地迈步前行。它明白没有退路，倘若它停下脚步，拒绝前行，那它就会被凶狠的人类弄下悬崖。虽然心惊胆战，但它还是成功地通过了那道隘口。下山之后，它才知道，它是数十头战象中唯一通过那道隘口的，它的其余同伴，不是掉下悬崖，便是倒毙于路途，身躯做了人类的食物。同样掉下悬崖或者倒毙于路途做了人类食物的，还有同行的一万多匹战马。作为驱策一支十万多人、一万两千多匹战马和几十头战象成功翻越阿尔卑斯山的伟大统帅，汉尼拔完成了人类战争史上的一次壮举，被载入人类的史册。可作为一头战象，林旺见识到的却是他和人类惊人的残忍。或许，从一开始，汉尼拔就清楚不可能带着一万两千头战马和几十头战象成功翻越阿尔卑斯山，但他偏要带上它们，不是要用它们去和罗马人作战，而是要让它们为他的军队运输装备、给养。不仅如此，这一万两千多匹战马和几十头战象，自身也是重要的给养之一，当他和军队需要新鲜的肉食补充体力之时，再也没有任何比这些活动的、听话的大型动物更好的待宰之物了。史籍记载，汉尼拔这次跨越阿尔卑斯山的远征，行程近九百公里，只用了三十三天时间就越过了有着无数艰难险阻的阿尔卑斯山，但下山之后，他的九万步兵、一万两千骑兵和几十头战象组成的庞大队伍只剩下两万步兵、六千多没有马的骑兵和唯一一头战象了。那头唯一成功通过阿尔卑斯山的战象就是林旺。它还记得，下山之后，在一条小河边，汉尼拔走到它面前，抬手摸着它的长鼻子，和它互相注视了好一会儿。它在汉尼拔的眼中看到了泪水。它还在那泪水的背后，看到了汉尼拔对罗马人烈火一般的仇恨，以及那烈火般的仇恨背后如阿尔卑斯山冰雪一般的坚硬和冷漠。它还知道，汉尼拔和它的对视，似乎有一个约定：让它站在他的身边，和他一起见证它和同类的付出命有所值，他将把一系列震古烁今的辉煌战绩和无数罗马人的鲜血载入人类战争史的不朽史册。它明白汉尼拔的约定，但它又能对他说些什么呢？难道和他说，它已经看到了他在特拉西梅诺湖战役和坎尼战役中全歼罗马大军，创造了人类战争史的经典传奇？难道和他说，罗马人在数年的惊恐之后，很快找到了对付他的办法，用他对付罗马人的方式对付他的祖国迦太基；而他，将很快老去，不得不从亚平宁半岛渡海回到北非的迦太基，并在那里被年轻的罗马将军大西庇阿击败，然后遭到自己祖国的背叛，不得不流亡遥远的异国他乡，并在罗马人的追逼下绝望地喝下那杯来自遥远东方的毒酒？

难道和他说，作为唯一一只战象，它只有孤独而没有任何战斗的勇气和兴趣，它只能选择在恰当的时机离开他，再次奔赴有其他战象和它一起并肩战斗的战场？

离开汉尼拔后，它继续在亚平宁半岛上厮杀，在北非的大海边厮杀，在小亚细亚半岛上厮杀，在巴尔干半岛厮杀，在欧洲大陆厮杀，再兜了一个大圈，折返南亚大陆，在印度、斯里兰卡、孟加拉、缅甸和暹罗厮杀。在两千多年的战象生涯里，它和同伴无数次踏破对方的阵容，为自己，也为自己的军队、国王和统帅带来巨大的荣誉。在两千多年的黄金时光里，战象林旺和它的同类拥有过无数的骄傲战绩。那时，它们是陆地上最大的动物，是军队里最令人恐惧的武器。它们常被部署在战阵的中央，既是最坚固的防御核心，也是进攻时冲垮对方战阵的最强大力量。冲锋之时，它们三十公里的时速、庞大如小山般的体型、强韧厚实的皮肤（有时还在全身披挂甲胄）、巨大的四足、粗壮尖利的长牙、强壮柔韧的长鼻再加上背上披甲的驭手、弓弩兵、长矛兵……数十头、上百头、上千头战象阵列一旦发起冲击，便像一列列黑压压的山峰压向敌阵。如此的阵列无坚不摧，让对方装备长矛、战斧、战刀、弓弩的步兵和骑兵方阵极难化解。而对方的阵势一旦被冲破，则会遭到象阵的无情践踏。即使那些没被象阵冲垮的敌方军阵，也会被象阵驱赶到一边，或者在象阵压迫下后退，失去原先完整的阵势，直到最后被撕裂、冲溃。除此之外，缺乏战象的敌方军队，核心机动阵列是拥有战马的骑兵，但战象恰巧是战马的天敌，无论如何训练有素的战马，都会慑于战象的威猛，胆怯恐惧，难以自制，更别说正面交锋。就算只是听到战象的嘶吼，闻到战象的气味，大批的马队便会战栗惊恐，望风披靡。在两千多年的时光里，战象林旺和它的同类享受着战场上至尊王者的尊严，一支军队里，只要有了数十头、上百头战象，军队便有了必胜的勇气和信心。而战象林旺，生生世世里常是主帅或者国王乘坐的那头战象，在一次次的血腥厮杀并赢得战斗的胜利后，它常常驮着主帅或者国王，巡视全军，在雷鸣般响起的欢呼声中，它常常对着天空畅快怒吼，感谢神灵和大地赐予它的属于一头骄傲的战象的生命。

但在两千多年里，它和同伴也遭受过无数次挫折和失败，为对方的军队、国王和统帅送上胜利的光荣。汉尼拔死后一百多年的塔普苏斯会战中，它和同伴便遭遇了恺撒大帝的第五军团。在它和同伴冲锋时，第五军团的方阵突然闪开一个通道，在它们冲过通道时，它们巨大的腿突然遭遇了无数长柄战斧的劈砍。对于战象，这是被记载进人类史册的一次耻辱性的失败，而对于恺撒和他的第五军团则是一次彪炳史册的光荣。那场会战后，战象便成为罗马第五军团永久的标志。但这不算什么，还有比这次失败荒唐可笑得多的一次次失败。一次战役中，它和它的同伴们冲锋之时突然听到几百头猪的尖叫，一时惊恐万分，掉头狂奔，瞬间冲乱了自己的军阵。一次战役中，它和它的同伴遭遇上千头驼峰上冒着烟火的骆驼，再次惊恐万分，四散奔逃。一次战役中，它和冲锋的同伴被诱进一条山谷，而那谷中早已挖了许多陷阱，堆了许多浇油的柴草，设立了许多栅栏机关，它们不得不在到处乱窜的烟火和四处横飞的箭雨中落荒而逃。一次战役中，它和同伴发起冲击，在距离对方阵列数百步之时，突然看到对方阵列中蹿出上千只狮子，再次惊恐万分，掉头狂奔，冲乱了己方的军阵。而可笑的是，那突然出现的上千只狮子，其实都只是纸糊笔绘的狮子。战象林旺知道，一次次可笑的失败，是因为人类太狡猾，知道有效利用它们害怕猪叫、烟火和狮子的天性，更是因为它们和地球上的任何一种生命一样，内心深处都有本能的恐惧、愚痴和迷惘。而它，虽然历经轮回，战斗了千百世，却依旧无法彻底克服那种本能的恐惧、愚痴和迷惘。

但战斧的劈砍，猪的尖叫，狮子的幻影，横飞的标枪、箭矢和烟火以及大地上塌陷的陷阱这些事物都没让战象林旺遭受真正的挫败。一次次征战中的那些挫败只是军队统帅指挥调度不当而偶然造成的挫败，那样的挫败并不能真正动摇战象林旺内心的骄傲。它真正的挫败是在一场场战斗中发现，火枪、火炮这样的新玩意儿越来越多了。这些带着巨大声响、爆炸和烟火的玩意儿飞来的时候实在太快，简直无影无踪，只闻其声，不见其形，防不胜防，直到它们突然撕开自己的皮肤、撕裂自己的肢体之后，才能发现它们多么恐怖！这些恐怖武器的到来宣告了战象黄昏时代的来临。幸运的只是，战象林旺在自己的黄昏时代依旧留下了最后一段美好而辉煌的战斗记忆。

那是在中南半岛的丛林中，它作为暹罗国王纳黎萱的坐骑参与了和缅甸王储帕玛哈乌拔拉的战争。那场战争，也是战象参与的最后一场值得纪念的战争。那时暹罗国的大城王朝被缅甸国灭亡，暹罗国王子纳黎萱逃离王城，不甘亡国之辱，卧薪尝胆，积蓄力量，在肯城自立为王。缅甸国王闻讯大怒，派遣王储帕玛哈乌拔拉率象兵讨伐。纳黎萱挥师迎战，他们依托东南亚的山岳丛林地带层层设伏。一次战斗，缅军进入了暹罗军的埋伏圈，在纳黎萱率领的暹罗军象兵冲击下死伤遍野，四散逃跑。纳黎萱已经取得胜利，本想就此收手，可在那时，战象林旺却和他开了个玩笑，不顾他命令停下的吆喝，撒开四蹄没命地追赶奔跑中的缅军象兵。那是因为它突然春情发作，被前面一头奔逃中的战象吸引，跟着它的气味没命追赶。看到国王的战象前冲，本已接到命令停止追击的其他暹罗军只能跟在国王后面追赶。结果，纳黎萱国王和他的军队反而被大批迎击上来的缅军后续部队围困，陷入苦战之中。混乱之中，战象林旺失去了追赶的那头战象的气味，狂躁不安。正当危急之时，刚才追赶的那只战象的气味又在远处出现了，于是，它发疯一般撞开身边的几只战象，撞开周围的人马，循着那头战象气味飘来的方向冲去。那头战象的气味近了，它已经看清了那头战象的脑袋。那头战象的驾驭者见它冲来，连忙驱象奔逃。几头缅军战象向那头战象靠拢掩护，几头缅军战象则向它冲来。眼看那头战象又将远去，它心中发急，对着那头战象发出几声嘶吼。那是召唤的嘶吼。那头奔逃中的战象听到嘶吼，突然停顿，不顾驾驭者的吆喝，转过头，向它奔来。结果，那场战役中最富戏剧性的一幕出现了。因为那头正在向战象林旺奔来的骑乘者，正是那次战役中的缅军统帅——缅甸王储帕玛哈乌拔拉。于是，两支军队的对决简化了，变成了林旺和那头战象的对决。其实这么说并不对，因为林旺和那头战象并未对决。它们只是亲昵地互相打了个照面，脑袋顶着脑袋、耳朵擦着耳朵、长鼻子绕着长鼻子、身躯靠着身躯、大腿挤着大腿厮磨了一会儿。它们干这些事儿的时候，人类看不懂它们的举止，听不懂它们的语言，还以为它们在互相对决呢。其实那个时刻，对决的是它们背上的暹罗国王纳黎萱和缅甸王储帕玛哈乌拔拉。在它们转来转去、互相亲昵的时候，背上那两人正在以命相搏，决定着两人的性命和两个王国今后近百年里的命运。结果是人们熟知的，当它们冲到面前，脑袋对着脑袋的时候，对面那头战象脑袋稍低，纳黎萱的战刀狠狠劈向帕玛哈乌拔拉，帕玛哈乌拔拉奋力举刀架住，此时的情势对帕玛哈乌拔拉不利。当林旺率先转身，横列在另外那头战象面前的时候，纳黎萱此时不得不侧着身子，情势极为不利。而帕玛哈乌拔拉乘此时机，挥刀狠狠劈向纳黎萱，纳黎萱招架不及，只能低头闪身躲过刀锋，但头盔却被帕玛哈乌拔拉的战刀砍破。之后，另外那头战象跟着林旺转身，以便和林旺的身躯靠在一起。此时，纳黎萱已经缓过劲来，在林旺的背上挺直了身子。而此时的帕玛哈乌拔拉却因刚才那一次劈砍用力太猛，身子剧烈下倾，几乎跌下了象背，刚想调整姿势，又正赶上所骑战象转身，身躯又被甩到一边，要想迅速挺直身躯更加艰难，挺身立起之时，身不由己地把后背暴露给了对手。乘此时机，纳黎萱早已挥刀，凌空向他后背狠狠劈下。这一劈，帕玛哈乌拔拉避无可避，刀锋竟从他的右肩斜刺里深深劈过，几乎劈下了他的整个右肩，让他立刻毙命。帅亡兵溃，暹罗军大胜，这场纳黎萱在象战中斩杀缅甸储君帕玛哈乌拔拉的战斗就此结束，纳黎萱就此成为暹罗国历史上最著名的民族英雄。关于这场战斗，事过之后，人类演绎出各种各样神乎其神的传奇。至今，在泰国首都曼谷以北百余公里之外的著名古城素攀府，当年这场战斗发生的地方，也是当年纳黎萱劈杀帕玛哈乌拔拉的地方，还矗立着古暹罗国王纳黎萱骑着战象的雕像。这里每年都要举行战象节游行，纪念那次伟大的胜利。来这里观光旅游的人们，都对那披红戴绿装饰得色彩缤纷的象兵队列赞叹不已。而那挥刀骑象、器宇轩昂的古暹罗国王纳黎萱的雕塑更是让人驻足仰目，遐想不已。对此，战象林旺没什么可说的，因为如果要说，难道能说伟大的古暹罗国王纳黎萱的那次光辉战绩，不仅来自他的勇武，更来自它的一时发情，对缅甸王储帕玛哈乌拔拉骑乘的那头母象的发狠狂追？难道要说它因为那次发情，改变了一场战役的进程，以如此滑稽可笑的方式参与并悄然修改了人类世界上两个国家互相征战的大历史？

可无论如何，那次战斗，是战象林旺最后一次有尊严的战斗。那次战斗，暹罗国王纳黎萱收获了一个王国和那个王国之后一百多年里的和平，而它则收获了缅甸王储帕玛哈乌拔拉骑乘的那头母象，和它共度了数十年美好的时光。之后，它的日子就江河日下、日益不堪了。一百多年后，在印度大陆爆发的普拉赛战役中，它最后一次在战场上驰骋冲锋。那是一次血腥、凄凉、惨淡的冲锋。在英国人的火炮、来福枪面前，它和它的同伴们犹如一群纸糊的巨兽，徒有其表，不堪一击，转眼工夫便灰飞烟灭。那次战役之后，属于战象的黄昏时代拉上了最后的幕布，战象数千年的辉煌历史彻底结束了。从此，林旺失去了作为战象的所有光荣，只能在大地上苟延残喘，沦为一头搬运圆木、石料，偶尔也会到马戏团里表演的象奴。是的，它只是一头象奴了，再也不是一头骄傲的战象。数千年神灵眷顾的光荣永远消逝了，余下的时光里，即使它偶尔还会重拾战象的身份，被军队征用，参与一场战争，但它再也不是战争中能够赢得光荣的角色了。在枪炮横行的战争时代里，它只是军队后勤运输部队里的一名普通搬运工，屈辱地躲在战线的后方，在人类的呵斥下缓慢地搬运弹药、装备、给养以及各种形形色色的玩意儿。即使它依然渴望奔跑厮杀，但早已没有任何一位将军会组织一支象队冲锋陷阵了，因为那样，那位将军就会成为人类战争史里的笑柄。

作为大地上活得最久的一头战象，林旺参与了人类历史迄今为止的最后一次大战。那是战火几乎遍及半个地球的一场大战。从泰国的一家运输公司里，林旺被征调，由一名运输工人再次变身一头战象。但它并未能够就此参与战争。在泰国，征调它们的那支岛国部队来自日本列岛的一个港口城市，士兵们大多是商人的儿子，他们对做生意的兴趣远远超过打仗的兴趣。在那支部队里，作为战象的林旺和它的同伴们依旧只是一群不领薪水、只能勉强吃饱的运输工人，它们帮助那支部队倒运物资，大发横财。直到临近战争结束，由于战事吃紧，它们才被派往战场。它们一部分被派往印度的英帕尔地区，一部分被派往缅北地区。

在缅北胡康河谷地带的万塔格山上，战象林旺走到了自己生命中的最后一片战场。可这是一片什么样的战场啊？！没有开阔的广野，只有遮天蔽日的丛林。没有足以纵横驰骋的通道，只有仅仅能够容一身通过的狭窄山道。没有堂堂的阵容，只有一路逶迤、背上压满重物的大象、马匹、水牛、山羊和猴子。是的，没错，还有猴子，连瘦小、胆怯、狡猾的猴子也背着鼓囊囊的背包，加入它们的行列来了。这真是耻辱！同样耻辱的，是队伍中那群凶残、丑陋、穿着黄色军衣、长着黄色皮肤的军人，他们的样子，并不比成群的猴子好到哪儿去。这些军人用鞭子、刺刀驱赶着它们。用枪炮战斗的年代，军人对待它们的态度再也不是对待战友的态度了，没有丝毫的尊重、同情、怜悯。而它们，也对这群叫作军人的家伙充满畏惧、蔑视、仇恨。但它们对他们不能有丝毫反抗，相比冷兵器时代，这些猥琐无耻的家伙能够更加简单轻易地结束它们的生命。在那条密林中的狭窄山路上，战象林旺每日背负着数百公斤的重物，饥一顿，饱一顿，艰难地负重而行。它一路上忍受着威胁、叫骂、鞭打，目睹着这群猴子一样的军人时不时对它的同类和其他动物们的屠杀。他们最先杀害的是走不动了的水牛、山羊、马匹和大象。他们射杀它们之后便将它们肢解、食用。他们甚至把吃不掉的肉涂抹上食盐，再捆绑在它们背上。在行军途中，他们就曾把一只吃剩的象腿捆在它的背上，让它驮了两天，才取下吃掉。他们接着杀掉的是猴子。那是他们训练过的猴子，听他们的哨音行止。十多只调皮的猴子不听号令，在经过一个山坡时背着背囊逃进森林，把他们气得嗷嗷大叫，气急败坏地举枪射杀。他们射杀了几只猴子，但其余几只猴子逃掉了。他们肢解吃掉了杀死的那几只猴子，再把剩余的数百只猴子三五只、十余只用绳子串在一起，防止它们逃跑。用绳子串在一起的猴子行动不便，常常在路上绊倒在一起，引起猴群的混乱。猴子力气小，负重行军没几天，便有许多没法行走了。于是，他们开始处决猴子，为了节省子弹，他们用刺刀捅破它们的肚子，用战刀砍下它们的脑袋。然后，他们吃了那些猴子。吃了猴子之后，他们继续吃其他动物。战象林旺知道，两千多年前翻越阿尔卑斯山那一幕又在重演了。这帮混蛋不仅让它们搬运军需，而且也把它们作为军需，它和上百头大象、上千匹马、几百只猴子，既是搬运工，也是行走的新鲜肉食，总有一天，它们会被这群猴子一样的人吃光的。

如果不是因为一次战斗，它们真会被这群混蛋吃光。突然，一发炮弹爆炸，接着是暴风骤雨般的枪声、爆炸声，一支密林中冒出来的军队袭击了这支队伍，截断了这支曾经不可一世的军队通往前线的唯一一条补给线。这支队伍乱了，动物们四处乱跑，有的跑进密林，有的滚下山崖，有的被枪弹所伤，倒在地上痛苦挣扎。那些驱赶它们的猴子一样的军人除了被打死打伤不能跑的之外也跑了。战象林旺知道，失去了它们驮带着的给养，在莽莽原始森林中，那群人不可能跑得太远，森林中的毒蛇、猛兽、蚁群正在等待着他们的到来。

战象林旺没跑。战斗发生的时候它正饿着肚子，背上还驮负着重物，前腿膝盖附近还被一颗子弹穿透。它早已精疲力竭，跑不动，也不想跑了。它静静地俯卧在地上，等待着自己的命运。它和其余十二头战象成了发起这次攻击的那支军队的战俘。

当它和其余十二头战象作为战利品从丛林小道来到公路上的时候，战象林旺看到了人类匪夷所思的力量。崭新宽敞的道路散发着新鲜泥土的芳香，路的里侧裸露着鲜红的石头和泥土，外侧堆放着同样的土石和倒伏斩断的树木藤草。在道路的前端，林旺看到了那几头奇形怪状的巨兽。它们行动缓慢，但却力大无穷，巨大的爪子、强壮的臂膀、宽大坚韧的嘴巴能够把树木一口咬断、泥土一把推开、巨石一把举起，坚硬的山岗、密布的森林在它们面前全都不堪一击。那些怪兽爬到哪里，崭新的道路就延伸到哪里，军队就开拔到哪里。随同道路一起延伸的，还有路边的钢铁管道，战象林旺不知道，那是输油管。在宽敞的道路上，除了那些开路的怪兽，还奔跑着其他几种怪兽。其中一种怪兽每侧长着五只巨大的轮子，两侧一共长着十只巨大的轮子。那种怪兽奔跑的速度极快，一点不比自己冲刺的速度慢。那种怪兽的脊背宽敞，背着一只巨大的筐子，筐子里能够塞几十名士兵。那些士兵脸色黝黑，荷枪实弹，扁平宽阔的钢铁头盔在阳光下闪闪发光，他们经过的时候，战象林旺惊奇地注视着他们，他们也惊奇地睁大眼睛，向它们欢呼。那种怪兽奔跑的时候，除了背上驮人，屁股后面还拉着一种长着两只轮子、一个身子和一根圆形钢管的玩意儿。林旺觉得那种玩意儿似曾相识，知道它那寒光闪闪的嘴里能够喷出撕裂一切的声响。林旺出神地注视着眼前的一切，人类战争的崭新舞台正在它的眼前铺展，可在这新的舞台上，它早已被淘汰，不再拥有丝毫立锥之地。

在十轮大怪兽之间，偶尔还奔跑着长着四只轮子的小怪兽，那是长官们的座驾。那种小怪兽在一支军队里的位置，曾经是战象林旺们的位置。但一切都已远去，那样的小怪兽在林旺和伙伴们身边呼啸而过的时候，常常溅起一摊泥水，泼洒在它们身上，毫不留情地扬长而去。

一只小怪兽在它们面前停下来，下来一位将军。战象林旺后来才知道，那位将军姓孙，是眼前这支军队的统帅。

孙将军走到它们面前，注视着它们，他将决定它们的命运。几个人走到他面前，向他抬手行军礼，其中一位军官向他汇报俘获它们的经过。过了一会儿，一位俘虏——他是从泰国被日军征调跟随而来的华人驯象师——被喊到孙将军面前，和孙将军说了些什么。

孙将军知道，在他的军队里，这些战象毫无用处，他想放了这些战象。但驯象师说这些战象都是驯象，毫无野外生活经验，如果放了，它们将很难存活。

孙将军犹豫了，他再次注视那些战象，缓慢移步到战象林旺面前。他注视着林旺的眼睛，不知为何，眼前这头战象似曾相识，但又想不起在哪里见过。战象林旺也注视着他的眼睛，他的目光也似曾相识。瞬间，林旺想起来了，它好像认识这个人，即使他早已换了一副面孔，但他的目光没换，依旧是两千多年前它在成功翻越阿尔卑斯山之后在山下一条小河边见过的那两道目光。是的，那是迦太基统帅汉尼拔注视它的目光。那目光里有刀锋一般的锐利寒冷，又有火山岩浆一般的炽热温暖。战象林旺打了个响鼻，低低头，弯弯长鼻子，向老朋友表示问候。孙将军愣了愣，似乎想起了什么，却又什么都没能想起，但他的目光愈加温暖。他或许想不起那头翻越阿尔卑斯山后唯一幸存的战象，但他谙熟那个历史上著名的战例以及许多以战象为一支军队主角进行的战例，就像他谙熟如今正在进行的这场大战中许多以坦克为战场主角进行的战例。这些战象，标志着他一生里最辉煌的战绩——是他和他的军队，打败了号称"丛林之王"的日军第十八师团，俘获了这些真正的"丛林之王"。孙将军喜欢这些战象，除了谙熟那些以战象为主角的战例，还有一个隐秘的原因：他想和对手进行一场赤裸的对决，一场剔除一切武器、装备的外在因素，只以身体和智慧进行的赤裸的、真正公平的对决，一场就如他在年青时代作为中国篮球队主力右后卫在球场上和队友一起奋力击败了菲律宾队、日本队，夺得了东亚运动会篮球冠军那样的对决。在他心中，那场对决取得的光荣，丝毫不亚于他如今在战场上取得的光荣。和那样的光荣相比，战争中的光荣已经越来越值得怀疑了。比如眼前自己正在享受着的这场胜仗，这到底是自己和战友们的光荣呢，还是美制十轮大卡车、美制 C17 运输机、美制 M3A3 "斯图亚克"轻型坦克、美制 M2 型 105 毫米榴弹炮、美制 M2 型汤姆逊冲锋枪、美制 M1 型卡宾枪的光荣？孙将军知道，一名战士、一名将军在那些注定越来越厉害、越来越恐怖的杀人武器面前，已经越来越难以谈论什么是真正的光荣了。孙将军知道，这次战争结束后，战争的黄昏即将降临，战士和将军的黄昏也会跟着降临。不久的将来，一个人在战争中的角色，会不会如一头战象、一匹战马一样沦落到它们今日毫不重要、毫无尊严的可怜境地呢？有谁会怜悯一位彻底无用之人呢，就像怜悯今日眼前这些无用的战象？这些昔日战场上神灵一般的斗士，被神灵抛弃之后该怎么度过自己的余生呢？只有真正的战士，才会尊重失去作战能力的战士，可能的话，还是让它们待在部队里吧，就让它们像一位老兵，在军营里慢慢老去。想到这些，他轻叹一声，微笑着摸了摸战象林旺的鼻子，拍了拍它的脑袋。然后，他转身吩咐身边的副官把这些战象留在军中，并且一定要善待它们。

不久，人类第二场世界大战结束了。剩下的战争虽然还在进行，但早已和战象们毫无关系。战象林旺接下来的故事早已广为人知，它和伙伴们被孙将军带回中国。1945年，这群战象和它们的骑师跟随新一军骡马队经由滇缅公路长途跋涉回到中国。离开了野生植物繁茂的缅北和滇西，人们才意识到一头战象一顿饭需要吃掉多少东西，新一军的后勤部门为此吃尽了苦头，而战象们也不得不临时学会一些简单的表演技巧，沿途杂耍换点吃喝给自己赚点伙食补贴。尽管如此，漫长而艰难的旅途中，还是有六头大象因为照顾不周死在路上。当它们抵达广州时，战争结束了。在广州，包括战象林旺在内的七头战象在军中干着可有可无的工作。它们在 1946 年春天参与了长沙"抗战烈士纪念碑"的建造，协同工人搬运石料。它们还在马戏团进行表演，为湖南饥荒进行募捐。不久之后，新一军后勤部门实在难以维持七头战象的吃喝，不得不将其中四头战象分别送到了北京、上海、南京和长沙的动物园，而剩下包括林旺在内的三头战象，则遵照孙将军的吩咐，重新安置在广州一座公园内。

1947年，孙将军离开东北战场，被派遣到台湾从事训练部队的工作，临行之前，他没有忘记带上包含林旺在内的三头战象。由此，战象林旺在港口登上了轮船。三头战象中只有它知道自己并非第一次登上大船渡海，在它眼里，大海并无什么不同，不同的只是大船并非木制，船上也不见了从前迎风鼓荡飘扬的风帆。渡海过程中，又有一头战象病死。登陆台湾岛来到高雄凤山军事基地的时候，只剩林旺和另外一头战象——母象阿沛相依为命了。在高雄凤山军事基地，它和母象阿沛受到良好照顾，吃喝不缺，只是偶尔从事一些搬运原木、石料的简单工作。1951年，母象阿沛病逝，林旺成为当初十三头战象中唯一的存活者，同时也成为世界上最后一头活着的战象。

母象阿沛病逝后，战象林旺停止进食三天。它本想一直停止进食下去，但眼前香蕉、甘蔗、苹果、芒果、荔枝、鸭梨的芳香最后还是击败了它，帮助它再次活下去，代价则是它得继续忍受作为世界上最后的、唯一活着的一头战象必须独自忍受的孤独。

1954年秋，战象林旺离开高雄凤山军事基地，被送往台北圆山市立动物园。战象林旺记得孙将军在基地举行了一个小小的仪式，向它举枪、敬礼，像送别一位历经沙场的老兵。在它登上大卡车前，孙将军凝视着它，目光湿润，再次向它行军礼。它也低低头，摇摇大耳朵，弯弯长鼻子，打了个响鼻，向孙将军回礼。它知道，孙将军即将失去兵权和自由，而它，将遵循孙将军为它安排的后路，听天由命地度过自己的余生。

来到台北圆山动物园之后，战象林旺和当时年仅三岁的雌象马兰为伴。那时，战象林旺的名字仍然是"阿美"。园方觉得这个名字太过女性化，因此取"森林之王"之义，为它改名为"林王"，但却因为一名记者报道它入园的新闻时误将"林王"错听成音调接近的"林旺"，并将这个名字在报纸上刊登出来，之后，它的名字，也就是世界上最后一头战象的名字就被最后定格成"林旺"。对此，战象林旺没什么可说的，生生世世里，它有时有自己的名字，有时没有自己的名字，到底有没有自己的名字，有什么样的名字，它根本不在乎。但它到台北圆山动物园并被更名为"林旺"之后就名声大震，成为那座城市家喻户晓的明星却是它没想到的。无数游客慕名而来，只为一睹它的风采。他们前来看它，不仅是来观看世界上最后一头战象，也是来向孙将军致敬。因为那时的孙将军已经因为子虚乌有的"兵变"事件而失去自由，他的一切战功和事迹都被当局删除。而当局却无法删除战象林旺，人们来看战象林旺，便是来看孙将军，并借此对当局曲折表达他们的不满。理性骄傲的人类有时真是不可理喻！他们一些人常常随意删除另一些人的历史和事迹，而一些人要保存对另一些人的记忆，有时却需要借助像它这样的一头动物才能实现！

以后的日子平淡无奇。1969年，五十岁的战象林旺性格大变，管理员在他的粪便中发现血丝，经诊断发现它患了大肠瘤，需要手术治疗。由于当时动物园没有麻醉大象的经验和技术，只好将它五花大绑进行手术。手术虽然成功，但战象林旺在手术过程中忍受了前所未有的疼痛和恐惧。剧痛中，它的眼前出现幻觉，又看到了人类一次次对它和它的同类们进行屠杀、肢解、食用的场景，从此，它对兽医和管理员的态度变得异常恶劣，不再如以往那般温驯。

那次手术之后，剩下的日子更加难熬。自 1971 年起，战象林旺每年 11 月至次年 5 月间都会有一段"狂暴期"，会变得具有攻击性。为了安全与管理的考量，园方将林旺的一只脚用铁环加以固定，从此，战象林旺只能在无比局促的一隅之地转圈。这种囚徒的日子一直延续到 1977 年，公园扩建象栏，脚镣才得以解除。

1983 年，园方为林旺举办六十六岁生日派对。在此之后，每年 10 月的最后一个星期日，园方都会为林旺举办生日派对，与众多游客一同为林旺"祝寿"。这种待遇对林旺是一种殊荣，这是人类对世界上最后一头战象赋予的殊荣。但这种殊荣对战象林旺有什么意义呢？它知道，人类永远不会真正尊重一头战象，他们永远那么虚伪，他们这么做，只不过是为了以此招徕更多游客。

1986 年，台北市立动物园从圆山迁往木栅区，许多台北市民驻足街道两旁观看动物们，特别是战象林旺搬家。此时的林旺早已对人类充满怀疑，不愿挪窝，数十名工作人员和兽医折腾了一整天时间，才将它"拖"进特制的大型货柜。抵达木栅的新家后，战象林旺和母象马兰一起度过了十余年相濡以沫的时光。2002 年 10 月，马兰因淋巴癌去世，林旺失去老伴儿，常常独自望着笼舍发呆。它知道，作为一头大象，它最后离去的日子不远了。

2003 年 2 月中旬，平时不爱下水的林旺，却时常浸泡在水池里，有时甚至会泡上一整天。人们都以为那是它用身体泡在水里产生的浮力减轻自己关节炎的疼痛，却不知道那是它在水的浸泡里，在水光潋滟之中整理和重温自己生生世世的记忆。

在天晴的日子里，温暖的正午时分，它俯卧在水池里，一次次用长鼻子把水吸满，喷向自己的眼睛。它用洗净的眼，观看自己制造的彩虹。在自己制造的彩虹里，它看到自己生生世世里看到的那些奇景。在自己制造的彩虹里，它看到了两千多年前的一条道路正中，迎风站立着一位僧人。那时，它的背上，驮着古印度乔萨罗国的一位国王，而那位僧人正好挡住了国王和它前行的道路。在它和国王的身后，是一支杀气腾腾的大军；而在那位僧人的背后，则是他的家乡和祖国——弱小的迦毗罗卫国。那位怒气冲天的乔萨罗国国王正要从那个路口经过，前去摧毁那位僧人的祖国。那时，它和背上的国王，已经第二次来到那个路口；而那位僧人，也第二次来到那个路口，如一位庄严的神灵，站在那里。第一次来到这里的时候，国王被那位阻挡的僧人说服，率军折返了。但这一次，国王不愿听从他的劝告和请求，大声呵斥他让开道路。那位僧人合掌而立，垂下眼睑，如一棵风中默然而立的菩提树。国王命武士上前将他拉到一边，但武士们走到他的面前，却一个个面面相觑，犹豫着谁都不敢动手。国王恼怒，吆喝催动它上前。它走到僧人面前，那位僧人岿然不动。它想闪开那位僧人，或者把他挤到一边，但无论它怎么走，那位僧人都正好挡在它的面前，避无可避。国王发怒，命令它将那位僧人踩在脚下。它虽然是一头暴躁的战象，是一头曾在刑场上把许多犯人、在战场上把许多敌人踩踏在脚下的战象，但面对那位僧人，它的心中却充满犹豫、温暖、敬畏和尊重。一种奇怪的情感，让它面对那位僧人仿佛面对自己的亲人。在国王的再次催逼下，它先是高高立起，差点把背上的国王甩到身下。接着，它的两条巨大的前腿落下来，但并没落在那位僧人的身上。那两条前腿落在距离那位僧人身前半步之地。然后，心中升起的一股奇怪的力量，逼迫着它不由自主地匍匐下来，像一只温顺的山羊，匍匐在那位僧人的面前。那位僧人睁开微闭的双眼，注视着它。那是它永世难忘的眼神，清澈、透明、温暖，充满慈悲、智慧的力量。那位僧人注视着它，对它微微颔首，伸出右掌，摸了摸它的脑袋，对它默默说了几句话。那是只有它才能知晓的几句话。那几句话中，那位僧人给予它授记，他告诉它，它心地纯良，天性强记，有大无畏，但嗔心太重，它必经历生生世世的轮回、战斗，才能消泯心中嗔恨，脱离象身，转为人身，直心向道，历经劫难，终得彻悟，终得圆满。

公元 2003 年 2 月 26 日凌晨，战象林旺被管理员发现安详地侧卧在水池边，休克死亡，享年八十六岁。

但对于生死，愚蠢的人类又知道些什么啊？他们只知道为纪念它而举办了长达一个月之久的纪念活动。他们只知道成群结队地涌入公园，留下大量的鲜花和卡片，然后又把这些无聊的玩意儿扫进垃圾桶。他们只知道让台北市长马英九授予林旺"台北市荣誉市民"的荣耀，连后来以贪腐闻名的陈水扁也装模作样地为它献上花圈，并在卡片上写下"给我们永远的朋友，林旺"。他们只知道把林旺制作成全世界最大的亚洲象标本，放置在园内的教育中心，供游客参观纪念。虚伪的人类，他们一边大规模消灭着大象生存的空间，一边却说什么大象是他们永远的朋友，是什么台北市的荣誉市民。就让他们把地球上所有的大型动物、珍稀动物都做成标本放在博物馆里纪念吧，就让他们把什么狗屁荣誉市民的荣誉都授予那些干燥僵硬的标本吧！作为一只战象，林旺根本不需要这些破玩意儿。

　　它只需要飞翔，乘着一道灿烂的光，它在那个水池上起飞，飞过那片巴掌大的地方，飞过那个小小的公园，飞过那座小小的城市，飞过那个小小的岛屿，飞过那片蔚蓝的海峡，飞过华东、华南的苍茫大地，飞到雄伟壮丽的云贵高原，飞到高原上一片蓝色湖泊的上方。它缓慢降落，来到这片湖泊边的一座城市上空。它继续降落，在这座城市的钢筋水泥的森林中盘旋。一栋粉红色的建筑吸引了它的目光，它从那栋楼房的窗户飞进去，飞进了昆明的一家妇产科医院。再次睁开眼睛的时候，他发现自己躺在婴儿床上，躺在母亲温暖的怀抱里。他从婴儿床和母亲的怀抱里下来，走进幼儿园，走进学前班，走进云师大附小。从云师大附小走出来，他走进云师大附中，走进建设路的一家电脑游戏厅。他在椅子上坐下来，打开电脑，打开《三国杀》的游戏界面。这时，身边一位少年注意到他胖胖的身材，对他笑了笑。他打量那位少年，觉得在哪里见过，似乎早已相识千年。他对那位少年笑了笑。那位少年说："我叫孙立人！"他奇怪，他怎么会叫孙立人？那位少年笑了笑："你知道，这是一位著名抗日将军的名字，没办法，我爹姓孙，崇拜孙立人，就给我取名孙立人。没关系，就叫孙立人吧，等我长大，办身份证时，如果不喜欢这名字，再把它改了。"他说了自己的名字，两人挥起手，"啪"的一声，击掌为交。然后，他们戴上耳机，开始各自的游戏。他瞥了一眼，看见孙立人打开的，是著名的二战游戏《荣誉勋章》。

# 魔巴之死

## 1

魔巴岩宽又梦见大水。最近他老在梦里见到那片大水，那是一片月光下无边无际的大水，从深邃的夜空中晃晃悠悠悬挂下来，在大地上汇聚成一个接近天边的高山湖泊，湖泊中闪耀着一双双亮晶晶的眼睛。那些眼睛是从天上下来的，它们是人的眼睛，水牛的眼睛，马的眼睛，马鹿的眼睛，老虎的眼睛，黑熊的眼睛，豹子、狐狸、豺狗、山猫、野猪、猴子、蟒蛇、乌龟、斑鸠、老鹰、孔雀、犀鸟的眼睛……魔巴岩宽知晓，那些眼睛是从天空的森林里来的，开天辟地的路安大神把它们从天上放下来，不久它们还要回到天上去。他看不见它们的脸孔和身躯，只看得见它们向他忽闪忽闪地眨巴着。他听见了它们叽叽喳喳的声音，但又听不清它们在说些什么。他感觉它们在招呼他过去，就像那片亮晶晶的湖水在招呼他过去。他感觉无法控制自己的脚步，正在身不由己地往前飞奔，整个身躯都在迎面而来的风中变轻，直至凌空而起，飘向它们，又在那片大水之上缓缓降下。他感觉双脚触到了凉阴阴的水，那水慢慢浸透了他的身躯，漫上了他的头颅，钻进他的骨头。但奇怪的是，他并不感到憋闷和疼痛，反而却有一种难以言喻的舒服、畅快和自由。他觉得在水里，他像一条回到家里的鱼。

梦里的那片大水让他想起早已亡故的妻子纳香，想起六十多年前他们在一起的第一个夜晚。那个夜晚的梦里他也见到了那片大水。

那天黄昏，他和大头人勐烈的女儿，十六岁的纳香，手拉手走进寡妇衣拉吉的木楼。他们在火炭边吃了衣拉吉煮的稀饭，喝了她自己酿的小红米酒。月亮爬上山头的时候，衣拉吉起身离去，把整个木楼和夜晚留给他们。他们背对背在床上躺下来。床上铺了崭新的绣花被褥，被褥上撒满了淡紫色的樱桃花瓣。花瓣是他和纳香当天到永果山采来的，带着淡淡的蜜香。那栋木楼是永果寨里最好的木楼，勐烈头人住的木楼都没有这栋木楼漂亮。纳香说衣拉吉和她的男人都是阿爸买来的奴隶，听阿爸说衣拉吉的男人十多年前为了整个寨子献出了自己的人头，衣拉吉从此成了寡妇。这栋木楼就是阿爸送给衣拉吉的。衣拉吉现在已经不是奴隶了，她和两个娃娃的日子都归全寨人照管。岩宽说："我也是你阿爸的奴隶，没有你阿爸照管，他们会砍下我的人头祭谷子。"纳香说："他们哪个敢?!谁砍了你的头，我就叫阿爸砍下他全家的头，连他家的牛头、马头、猪头、鸡头、狗头、老鼠头都砍下来。"岩宽轻声笑起来，说："你阿爸在的时候他们当然不敢，你阿爸不在了他们就拿我的头祭谷子了。"纳香说:"不会的,阿爸不在了,你就是魔巴,就是头人,你要砍哪个人的头都行,没有人敢动你的一根汗毛。"岩宽说:"我是个奴隶,你阿爸准我们两个好?"纳香说:"他就要我们两个好。中课的噶撒王子向他提过亲,他说纳香有心上人了;岳宋的胡玉王子向他提过亲,他说纳香有心上人了。中课和岳宋都是阿佤的大部落,别的小部落想攀还攀不上,阿爸都一口回绝了。我明白阿爸的心思,阿爸就是要把纳香交给你,把永果交给你。纳香自己也要把纳香交给你。"

纳香说的时候,翻过身来,捧着他的脸。月光从窗格子里钻进来,他看见了纳香月亮一样的脸庞和星星一样的眼睛。那双眼睛火辣辣地看着他,痴痴呆呆,像要把他整个人都吸进里边去。纳香蛇一样光滑的双手在他的身体上穿行,像很久很久以前阿妈娜朵的双手在他的身上停顿和游走。想到面孔清晰而又模糊的阿妈,他的眼泪悄悄流出来。纳香将他搂进怀里,亲吻他的眼睛,吸他眼睛里的水。一股热流从他肚子里涌上来,涌上他的胸膛、喉咙、鼻子、眼睛。那是一股想要痛哭的激流。他知道不能哭,和纳香在一起的第一个夜晚不能哭。但他无法控制,只好拼命压低声音,像一头孤独的野兽,嘶哑着啜泣。纳香跟着低声啜泣起来。她说:"岩宽,你怎么了?"他说不出来。纳香把他的头埋进自己怀里。闻到一股温暖的幽香,他渐渐平静下来,觉得整个世界全都是月光下温暖的幽香,比樱桃花、比整个永果山的鲜花还要香的幽香。纳香清晨的花瓣一样潮湿的嘴唇在他的脸庞上移动,渐渐贴近他的嘴唇。他感觉心里燃起一阵仿佛要将整个世界烧成灰烬的烈火,让他不管不顾地紧紧抱着纳香,把纳香压在身下。他贪婪地吮吸着，想把纳香的每一个部分都吸进自己的心脏。他们紧紧抱在一起，在撒满樱桃花瓣的床上翻滚。纳香的喘息钻进了他的心里，他感觉到花瓣轰然破碎。纳香整个人在月光下打开，他觉得自己快要跟着破碎了，整个世界都快要跟着破碎了。这是他长久以来渴望的破碎，他在破碎中感到晕眩，觉得自己快要在那阵晕眩中痛快地爆炸。在那当口，一丝寒冷的念头突然闪过他的脑际，接着，他便感到腹部涌起一阵毫无征兆的疼痛，一股黑暗如水的冰凉从心中莫名涌起。那股冰凉感四处弥漫，逐渐弥漫到他的嘴唇、他的手、他的皮肤、他身体的每个部分。他开始不由自主地抽搐、发抖。

他把纳香推开，他翻过身去。他说："不可以的，今天晚上不可以的。今天晚上我们只可以说话，背对着背睡觉，不能做那种事情，这是规矩，坏了规矩要受惩罚的……"

太阳爬上六十多年前永果山头的那个早晨，他们手牵手来到勐烈头人面前。勐烈头人站在寨子中央，像一座黑色的大山。

勐烈头人先问纳香："纳香，昨天月亮爬到永果山的时候，你在梦里见到什么？"

纳香说："阿爸，昨天月亮爬到永果山的时候，我在梦里看见金黄的芭蕉娃娃抱着芭蕉树，芭蕉树爬满整个寨子；我和岩宽在寨子里栽种竹子，竹子一栽下去就长出竹笋，风吹过来，我听见竹笋在风里拔节、抽枝、长叶；我和岩宽在东山坡栽种樱桃，风吹过来，我在风里听见樱桃花开的声音；我和岩宽在西山坡上放牛，风吹过来，牛群爬满整个山坡。"

勐烈头人眉开眼笑，说："吉兆！吉兆！我就晓得是吉兆！昨天月亮爬到永果山的时候，我看见慕依吉神从月亮下来，告诉我说，纳香跟着岩宽，永果的汉子和女人会像林子里的鸟儿，飞遍阿伍山的每一个山头，在每一个山谷里鸣叫；永果的水牛会有老鼠那么多，遍布每一个山坡；谷子会长满阿伍山的每一片土地，酿出的水酒会像南卡河的水，永远流淌，太阳不从西边爬上山坡，南卡河就没个见底的时候。"

勐烈头人注视着岩宽说："岩宽，昨天月亮爬到永果山的时候，你在梦里见到什么？"

岩宽说："水，我见到大水，月光下黑色的水，望不到边的水，黑暗的水。大水从天上下来，装满一条山沟，装满一个坝子。我一个人走到水边，什么人也没有，就我一个人。我看见水里眨巴着一些亮晶晶的眼睛，它们是一些人的眼睛，水牛的眼睛，马的眼睛，马鹿的眼睛，老虎的眼睛，黑熊的眼睛，豹子、狐狸、豺狗、山猫、野猪、猴子、大蛇、乌龟、斑鸠、老鹰、犀鸟的眼睛……"岩宽说的时候，全身凉阴阴的，凉到骨头里。他不知道昨夜梦里为什么出现那么一片黑暗的大水，他对那片水感到恐惧，但又控制不住自己的脚步，在梦里一步一步走向那片梦中的黑暗之水。

勐烈头人的脸在阳光下黑暗下来，像一片黑色的水。他闭上眼睛，念念有词，若有所思。

勐烈头人好久不说话，像一座沉默的大山。

纳香问："阿爸，岩宽梦见的是吉兆还是凶兆？"

勐烈头人没有睁开眼睛之前，岩宽好好看着勐烈头人的眼睛。岩宽不知道为什么，勐烈头人睁着眼睛的时候，他不敢好好看着他的眼睛。

岩宽知道自己的梦不是吉兆。勐烈头人既是永果的头人，也是永果的大魔巴，他既是勐烈头人的奴隶，也是勐烈头人的徒弟。勐烈头人说要把自己的全部本事都教给他。他已经从他那里学会了一套卜梦的本事。岩宽晓得两个人在一起的第一个夜晚，梦见芭蕉、栽竹子、放牛、烧饭是吉兆，表示两个人可以在一起。这些都是地上的事物，芭蕉、竹子都是向天上长的，烧饭的火烟也是向天上飘的，牛头砍下来也是挂在树桩上献给天上的路安大神的，两个人在一起，将来也是要回到天上的路安大神身边去的。梦见大树倒下，太阳、星星、月亮下落是凶兆，两个人只能中断恋情。大树倒下，小雀没有家了；太阳落下，地上没有火了；星星落下，天空没有眼睛了；月亮落下，人的脸上没有光亮了；人死以后见不到路安大神，落到地底下受魔鬼欺负了。芭蕉、竹子、放牛，纳香都梦见了，这些也是纳香想梦见的，纳香和自己在一起一定可以幸福快乐。可自己梦见的却是大水，一片黑暗的大水，从天上下来的大水，要把自己吸进去的大水。他心里涌过一阵寒意，他怕失去纳香。他紧张地看着勐烈头人，看他怎么说。

勐烈头人睁开眼睛，看看岩宽，又看看纳香，慢悠悠地说："不是吉兆，也不是凶兆。"

纳香问："不是吉兆，也不是凶兆，那是什么？岩宽梦里见到的是什么意思？"

勐烈头人注视着岩宽，把手放到岩宽头上，他的眼睛像一个埋藏着某种秘密的湖。他轻声对岩宽说："岩宽，我的孩子，你梦里见到的，以后你会明白的。"

## 2

魔巴岩宽躺在北京协和医院宽敞的病房里。这是他第二次来到北京。一个多月前，他在永果寨里主持砍牛尾巴仪式的时候胸部突然一阵绞痛，晕倒在地上，被永果人送进县医院。数日后，他便被女儿鹿月乘机接到北京。来北京之前，在县医院的病房里，他对从北京匆匆赶回的女儿说，去北京也可以，五十多年前他就去过北京，现在他想去收收脚迹。他知道路安大神就要召他回去，但收过脚迹之后，必须尽快把他送回佤山，因为路安大神只能在佤山接他到天上去。

岩宽记得五十多年前的那个秋天，他三十岁不到，刚刚配合解放军在和流窜到南卡河的一股残匪的战斗中用缅刀砍下了敌人的三颗头颅。那次战事结束后，解放军邀请佤山的部落头人们到北京参加国庆观礼，勐烈头人也在受邀之列，但他不敢去见"汉人的皇帝"。多数头人都不敢去，他们害怕"汉人的皇帝"，害怕山遥路远，身死异乡，魂魄回不了佤山。解放军的代表们把嘴皮说破，头人们还是不敢去。但他们知道不能不去。汉人换了朝廷，佤山虽然山高皇帝远，汉人皇帝的手臂不够长，伸不到佤山的村村寨寨里来，但皇帝的袖子却是又宽又长的，他们发起怒来，抬起手，袖子就能遮住佤山的太阳。佤山的太阳遮住了，天就不会亮了；天不会亮了，谷子就不会长了；谷子不会长了，就没有小红米酒喝了；没有小红米酒喝了，男人就没有力气挥舞长刀，女人就没有力气生孩子了。所以头人们虽然百般推托，但还是知道汉人的皇帝既然喊去，那就还是得去的。好多头人不敢去，就派自己的儿子、女婿去。勐烈头人没有儿子，那就只能派自己的女婿岩宽去。但他并没和岩宽明说，只是接着几天睡不着觉，白日里唉声叹气。岩宽见状，就说要代他走一趟，没想到勐烈头人却很犹豫。勐烈头人对他说，去见汉人的皇帝就是去当人质，不知道什么时候能够回来。虽然他已经悄悄卜了几回鸡卦，每次都是大吉大利，但他还是放心不下。勐烈头人还说，本来自己应该亲自走一趟的，把老骨头丢在路上也不在乎，只是他还有一个算计，这是对岩宽的最后一次考验，只有经过这次考验，永果人才会相信岩宽是永果人的岩宽，今后他见路安大神去了，永果人才会推举他做率领永果人的雄鹰。

离开寨子前的那个晚上，纳香在岩宽怀里哭。她担心岩宽回不来。岩宽说已经卜过鸡卦了，大吉大利，自己一定可以回来的。再说，他和解放军并肩打过仗，知道他们是好人，他相信解放军代表说的话，这次去北京，就是增长见识，并不是去当人质，一定能回来的。但纳香说，她感觉岩宽这一去便是不想回来了，她心里知道岩宽一直想离开永果寨。岩宽就不说话，他知道他的心思蒙不过纳香。纳香说："我晓得你心里苦，你心里有什么事情瞒着我？"岩宽还是不说话，他确实有事情瞒着纳香，但他也不清楚那件事情的底细。纳香说："阿爸对你那么好，拿你当亲儿子看，就是对他亲女儿也没有对你好，你对他还是不冷不热的。当着面喊他阿爸，阿爸叫你做什么你就做什么，可我晓得你在背地里躲着阿爸、害怕阿爸，你的心和阿爸隔着一条大河。可阿爸就当作晓不得，还是拿你当亲人看。"岩宽还是不说话。纳香说："阿爸晓得你想离开永果寨，如果没有纳香和鹿月，他不会放你离开永果寨。"纳香说：

"你为什么想要离开永果寨？阿爸对你不好吗？纳香对你不好吗？"岩宽说："不是，阿爸和纳香对我不好，世上就没有人对我好了。"纳香说："岩宽，你一定要回来，你晓得岩宽回不来了，纳香就活不成了；纳香活不成了，鹿月就没有阿爸，也没有阿妈了。"

离开永果寨，岩宽像一头离开笼子的野兽。路上的一切都那么陌生而又那么新鲜，让他好奇而又兴奋。但他却不清楚这是不是自己心里真正渴望的。他只清楚自己想离开永果寨，但又不知晓自己想去一个什么样的地方。他只是觉得内心深处有一团冰凉如水的阴影，长久以来自己一直被那团阴影笼罩。那是他长久以来闷闷不乐的原因，也是他想离开永果寨的原因。可是当他像一只雄鹰一样离开了永果寨，离开了阿佤山，心中的那团阴影却并没随之消失。

### 3

第二年春天，岩宽回到永果寨。

永果寨的上百个汉子到离永果寨二十里的地方迎接他。大家不由分说，用轿子把他抬回永果寨。在离永果寨十里的南卡河口，他看见了勐烈头人和纳香抱着女儿鹿月站在河边，他还看见勐烈头人的头发白了。

勐烈头人在寨子里宣布，自己不再是大魔巴，岩宽才是永果人的大魔巴，今后寨里所有的占卜、拉木鼓、砍牛尾巴、接新火、婚丧事务一律由岩宽主持；今后自己见路安大神去了，岩宽就是永果部落的大头人。勐烈头人说，七天以后，由岩宽主持剽牛、祭木鼓，准备种谷子。

祭木鼓要用人头。岩宽问勐烈头人："阿爸，七天以后来得及吗？人头猎好了吗？解放军和人民政府叫不要猎人头。"勐烈头人说："人头不好猎了，汉人大都是解放军，解放军的人头不能猎。猎了别的寨子的人头，他们又要来猎我们寨子的人头。"岩宽说："那今年就不猎人头了？"勐烈说："今年不猎。"岩宽说："可以用牛头替代？"勐烈说："牛头？怎么能用牛头？"岩宽说："你说今年不猎人头了。"勐烈说："今年不猎人头，今年人头已经有了。"

一个赤身裸体的人被关在牛圈里，全身污秽，像一根泥里捞起的柴，手脚被篾索捆绑着，脖子上留着一圈黑色的枷疤，缩在一个阴暗的角落里，只有眼皮和嘴唇是红色的，看见岩宽来的时候，那两片红色缓慢地蠕动起来，说明他还活着。他还是个十多岁的孩子。这是勐烈头人派人到勐梭部落用两头黄牛换来的，准备种谷子的时候砍头祭木鼓。岩宽从孩子的眼睛里看到了绝望和悲哀。岩宽问："他叫什么名字？"一个汉子说："没有问过他。"岩宽问："你叫什么？"孩子迟疑地看着他。他又问："你阿爸、阿妈叫你什么？"孩子说："我没有阿爸阿妈。"声音比蚊子还细。

岩宽吃不下饭，喝不下水酒，也睡不着觉。

他想起自己的阿爸阿妈，他们已经如远去的梦一般遥远。他隐约记得，四五岁的时候，他睡了一觉，做了一个长长的梦，梦里看见无边的大水。梦醒之后，他就来到了一个陌生的地方，见到一些陌生的人。后来他知道这个地方叫永果寨，这里有勐烈头人，有纳香，有衣拉吉和其他许许多多人。而他的阿爸、阿妈以及他的寨子，寨子里的那些人，像一摊水，被太阳晒干，永远不见了。他哭，他喊，他叫唤。只有一个陌生的女人和一个小姑娘陪着他。他哭的时候，那个女人和小姑娘也陪他哭；他不吃饭，小姑娘也陪他不吃饭。后来他知道，女人叫衣拉吉，小姑娘叫纳香。

小孩躺在牛圈里，没有阿爸阿妈，连自己的名字也没有，只有一颗头颅，七天以后要由他——永果寨的大魔巴、未来永果部落的大头人岩宽，主持祭木鼓的仪式，砍下他的头来，装进木鼓柱上高高的笼子里，放十五天，让苍蝇、蚊子和蛆虫叮咬，然后由自己领着全寨子的人，送到谷子地里去。

岩宽猎过人头，当过猎头英雄。他来到永果寨，发现大人们看他的眼神有些不对。他知道他们没有把他当作永果人。十五六岁的时候，勐烈头人命他参加了一次猎人头行动，在一个山垭口埋伏了三天三夜，看见七八匹马和十多个人走过来。那是一队汉人的马帮。他们慢慢走近，一个骑马的少年走在最前面。岩宽手里握着弩箭，箭尖涂着毒药。岩宽瞄准了那个少年，看清了他扎着红布带的宽阔的额头；看清了他英俊的面孔和微微上翘、有些俏皮的嘴唇；看清了他细长挺拔的腰际，别着一支二十响的手枪；岩宽甚至看清了他的眼睛，那是一双明亮而清澈、带着一丝忧郁和梦幻的眼睛。岩宽微微有些心惊，那张脸和那双眼睛似曾相识。领头的汉子打出一声尖利的呼哨，大家突然发动凶猛的袭击。岩宽看见那个少年吃惊地回过头去，打算拨马奔逃。就在他回过头去的一个瞬间，岩宽举着弩箭腾身而起，对着他的脖颈射出一支利箭。只见那个少年一头栽下马来，其余的人见状，魂飞魄散，没命奔逃。岩宽手提弓弩，站在少年面前，怅然若失。少年惊恐万状地圆睁着双眼，像一条挣扎的鱼，口鼻不断吐出血泡。汉子们围过来，其中一人挥起缅刀，砍下少年的头颅，拴在一根长长的竹竿上。大家凯旋，在离寨子一里远的地方放起火铳。寨子里的人们闻声而出。领头的汉子告诉大家，这一次的猎头英雄是岩宽。大家在岩宽的头上缠上红布，把他高高抛起。纳香也挤过来，紧紧拉着岩宽的手，生怕他被别的女孩子抢去。纳香的眼睛里闪着幸福的光芒，但他却闷闷不乐。纳香问他为什么，他说他射死的那个少年，他的脸孔和眼睛，像水塘边自己的影子。

在后来的部落争斗和与来到佤山的日本人、英国人、国民党军的战斗里，岩宽又陆续猎获过人头。在日本人进犯南卡河的一次战斗里，岩宽还率领过一次伏击，亲手砍下一个日本军官的脑袋，夺取了他的战刀。

岩宽这次要主持仪式，砍下一个没有阿爸阿妈，也没有名字的孩子的人头。

他又看见那片黑暗的大水，那片他梦醒之后就失去了阿爸阿妈和整个寨子的大水。

他对勐烈头人说，不能砍那个孩子的头，祭木鼓可以用牛头替代，他梦见慕依吉神说了，路安大神和他说，三佛祖升到了大天庭，和自己成了亲兄弟，三佛祖不喜欢人的血腥味，路安大神也不喜欢人的血腥味了，用牛头祭祀木鼓照样长谷子，今后再也不能用人头祭木鼓了。

勐烈头人很吃惊。永果人很吃惊。勐烈头人说，现在他自己还是大魔巴，他没有梦见慕依吉神和他这样说。拿人头祭木鼓是老辈子传下来的，不拿人头祭木鼓，谷子就不会长，谷子不会长就没有阿佤人。这也是路安大神告诉慕依吉神，慕依吉神告诉阿佤人，祖祖辈辈传下来的，怎么汉人换了皇帝，路安大神就会改了主意？

岩宽说，这真是慕依吉神和他说的，慕依吉神转达路安大神的话说，再不能猎人头祭谷子，阿佤人是一家，汉人和阿佤人是一家，缅人和阿佤人也是一家，大家都是兄弟姐妹，再不能猎人头，再不能抢东西。阿佤人不说假话，岩宽不说假话。如果怕不猎人头长不出谷子，会饿死永果人，那就先饿死岩宽吧。

三天三夜，岩宽躺在木楼上，没吃一口饭，没喝一口水，只是静静地躺着。纳香陪着他，衣拉吉大妈陪着他，三岁的女儿鹿月陪着他。纳香去看勐烈阿爸，阿爸一个人坐在黑暗的木楼里，像一座黑暗的大山，任凭她怎么央求，一言不发。

一直到第六天太阳落山的时候，岩宽依然滴水未进。他只是安静地躺着。纳香跪在他身边，她已经不说什么了，也没有力气说什么了。她也已经几天没吃没喝。她告诉岩宽，如果他死了，她也活不成了。

整个永果寨子都在沉默。

月亮升起来的时候，勐烈头人走进岩宽和纳香的木楼，身后跟着衣拉吉大妈。衣拉吉大妈端着一瓦罐刚刚煮熟的稀饭。勐烈头人在岩宽和纳香身边坐下来。他摸摸岩宽的额头，看着岩宽的眼睛，一滴老泪掉在岩宽深陷的脸颊上。他握住岩宽的手说："我梦见慕依吉神和我说了，岩宽说的是对的，路安大神的确改变了主意，不准再猎人头祭谷子，用牛头祭谷子，谷子照样长，照样饿不死永果人。"

## 4

牛圈里的孩子被放出牛圈，留下了人头，勐烈头人把他给了岩宽，他成了岩宽的奴隶。岩宽给他取了名字，叫永水。岩宽主持了祭木鼓，用一头水牛的脑袋代替了永水的脑袋。谷种撒下去，永果人盯着山坡上的谷子，看老天爷会不会下雨，谷子会不会出土，会不会长高，会不会抽穗，会不会饱，会不会被老鼠、野猪和小雀吃掉。老天爷下雨了，谷子出土了，谷子长高了，谷子抽穗了，谷子饱了，谷子黄了，谷子被老鼠、野猪、小雀吃了一些，但还是丰收了。

谷子丰收的时候，勐烈头人却病倒了。

岩宽做过鬼了，勐烈头人起不来；汉人解放军的医生来过了，勐烈头人起不来。勐烈头人说他梦见慕依吉神了，路安大神要召他回去了。在路安大神居住的地方，人的眼睛亮晶晶的，牛的眼睛亮晶晶的，马鹿的眼睛亮晶晶的，豹子、狐狸、豺狗、山猫、野猪、黑熊、猴子、大蛇、乌龟、斑鸠、老鹰、犀鸟、白鹇、山鸡、小雀、老鼠的眼睛亮晶晶的，它们在路安大神居住的天空的森林里闪闪烁烁，奔走出没。以前它们被路安大神放到大地上，后来被召回去了。所有地上跑的、水里游的、天上飞的，总有一天，它们也要被路安大神召回去。他也要被路安大神召回去了。他说吃也吃够了，喝也喝够了，女人也睡够了，人头也砍够了，牛尾巴也砍够了，他也要回去了。

月亮出来的时候，勐烈头人叫纳香、衣拉吉回去，留下岩宽，他要和他说说心里话。

勐烈头人说："岩宽，我晓得你有话问我。"

岩宽说："阿爸……"

勐烈头人说："我晓得你不想叫我阿爸。"

岩宽说："阿爸……"

勐烈头人说："有话就问吧，不要闷在心里，这些年你一直有话闷在心里。你不要闷出病来，我见路安大神去了，你就没有人可以问了。"

岩宽说："阿爸，鹿散人……我是鹿散人？"

勐烈头人说："我晓得你想问鹿散人。是的，你是鹿散人。鹿散人现在没有了。你是最后一个鹿散人。"

岩宽说："鹿散人怎么没有了？"

勐烈头人说："鹿散人在二十多年前就没有了。你是最后一个鹿散人。"

岩宽说："二十多年前？二十多年前鹿散人就不在了？"

勐烈头人说："是二十五年前，那年你五岁。"

岩宽说："我晓得你会晓得，我五岁那年，鹿散人怎么没有了？"

勐烈头人说："你早就疑心我了？你早就晓得鹿散人为什么不在了？"

岩宽不说话，像一团黑暗中的影子。

勐烈头人长叹一声，一颗老泪滚出眼眶："有些事我本来不想说，我想把它们带到路安大神那里去，可是一想到你，一看见你的眼睛，我就想起黑夜里的深山老林。你的心被乌云遮盖着，一辈子不开心，一辈子看不见太阳，我从来没有看见太阳爬到你的脸上。而我就是那个拿走你的太阳的人。我想给你一切，给你纳香，给你魔巴，给你头人，给你整个永果，但我就是不能给你太阳。因为我的太阳也被拿走了，被我自己拿走了。"

岩宽说："我现在才晓得，我心里的太阳是在五岁的时候被人拿走的。那天寨子里来了很多人，我最近才晓得我们那个寨子叫鹿散寨，我现在才晓得那个寨子在我五岁的那一天不在了。那天寨子里来了好多人，我听说他们叫永果人，好多人剽牛、敲木鼓、唱歌、跳舞。阿妈拉着我，阿爸拉着我，我看见永果的勐烈头人和鹿散的岩盖头人一起把梭镖插进大黄牛的心窝。我看见永果的勐烈头人和鹿散的岩盖头人一起喝鸡血酒。月亮爬上寨子，我在阿妈的怀里睡着了。在阿妈的怀里我看见一片大水，大水在月亮下闪着黑色的光芒，在黑色的光芒里有许多亮晶晶的眼睛，那些眼睛对着我眨巴，那些眼睛会说话，它们说它们是鹿散人，它们把寨子搬进了月光下的水晶宫里。我听见阿爸阿妈在大水下面喊我，我听见他们的呼唤，但我看不见他们的身影。我找到了一条独木船，划到大水里，想找一道门，门里面有我的阿爸阿妈，有我的鹿散人。那道门怎么也找不到，我就在水上打转，大声叫喊，没有人听到我的叫喊。一直到太阳出来，我都没有找到那道门。太阳出来的时候，大水不在了，大水里的眼睛也不在了，阿爸阿妈也不在了，连太阳也不是原来的太阳了。太阳不会笑了，太阳的脸变黑了。我问所有的人——他们都是我不认识的人——我的阿爸阿妈到哪里去了？他们都不说话。我问所有的人，我在哪里？我要回家！他们都不说话。我想走出不是我的寨子的寨子，总有人跟着我，几年里我从来没有走出永果寨子一步。衣拉吉大妈跟着我，衣拉吉大妈给我做饭，晚上抱着我睡觉，衣拉吉大妈也不准我走出寨子一步，说走出去一步就会被坏人砍下脑袋祭谷子。只有纳香和我玩，和我说话，我哭的时候她就哭。寨子里的孩子们都躲着我。寨子里的汉子们看我的时候，眼睛都像豺狗的眼睛。我在寨子里看见你，我记得你是那天晚上和岩盖头人喝鸡血酒的勐烈头人。我叫你送我回家，你说永果寨子就是我的家。我问你阿爸阿妈到哪里去了，你说他们到很远很远的地方去了。以后我慢慢明白了，就不再问你了。"

勐烈头人说："你明白了什么？"

岩宽说："你拿走了我的阿爸阿妈，拿走了鹿散人，你砍掉了鹿散人的头，烧掉了鹿散人的寨子。"

勐烈头人说："我没看错人，岩宽是阿佤山最聪明的岩宽，岩宽是阿佤山最智慧的魔巴、最能干的头人。鹿散部落在二十五年前那个夜晚不在了。那件事情做得神不知鬼不觉。永果寨二十个汉子做了那件事情，只有二十个汉子晓得那件事情。我们喝过鸡血酒，谁也不准说出这件事情，哪个说了就砍他的头祭谷子。我叫他们不要说他们就不会说。除了司冈里的传说，阿佤人记不得也不喜欢说过去的事。那件事情过不了几年，就谁也记不得了。没有人会告诉你什么，一些年过去，就没有人认得阿佤山还有过鹿散人了。"

岩宽说："你们二十个人，怎么砍了鹿散人几百个人头的？"

勐烈头人说："鹿散人没有一点防备。"

岩宽说："鹿散人都是憨包？怎么会没有一点防备？你们二十个人到鹿散寨子喝酒，就不怕鹿散人砍了你们的人头？"

勐烈头人说："鹿散人已经和我们结为兄弟，他们不会防备我们。我们只去二十个人，他们更不会防备我们。"

岩宽说："你们去的几年前还猎了鹿散人的头，鹿散人怎么会和你们结为兄弟？"

勐烈头人说："这事你也晓得？你是怎么晓得的？"

岩宽说："我的汉人老师张启明和我说的。去年去北京，路上我问他，他和我说了一些鹿散人的事情。"

勐烈头人说："汉人张启明，二十八年前他和两个鹿散人来到我们永果寨。其中一个鹿散人就是你的阿爸岩刀。他们是来谈判的。几年前鹿散人遭了瘟疫，死了很多人，南卡河东一大片地，鹿散人没人种，就让我们永果人租来种。种了两年，没给鹿散人租子。第三年他们要地，我们不还，他们就过河来种，我们就开了枪，打死他们两个人。鹿散人就猎了我们两个人头，我们又猎了他们两个人头。鹿散人就请汉人张启明过来调解，说如果不还地，不还人命，鹿散人就要全寨子出动，和我们拼命。汉人张启明调解成了，我们还种南卡河东的地，租子要交，以前没交的补上。两个寨子在南卡河边相会，剽牛设誓，牛我们出。我们还出两个男人，还鹿散人的命。那件事情几年以后，张启明又来我们永果寨，我就请他做你的汉人老师，教你读书识字。那时鹿散人已经不在了，我晓得张启明不知道鹿散人为哪样不在了，那件事情发生的时候他不在阿佤山。张启明是个聪明人，就算他晓得那件事，以前他也不会告诉你，那件事情和他没关系。"

岩宽说："在南卡河边剽牛设誓的那天，我还记得。那天太阳很辣，我们一大早就上路，阿妈背着我，来到河边一片大沙滩。我们站在这头，那边一片黑压压的人，就是永果人。中间一块空地，竖着一棵大树桩，树桩上有个大丫杈。大树桩前面摆着一张大椅子，上面铺着大红布。"

勐烈头人说："那是太师椅，给汉人张启明坐的，他做见证人。"

岩宽说："张启明坐在椅子里，他的衣服很特别，和我们不一样，后来我才认得他穿的是中山装。永果人牵出一头大黄牛，拿皮条绑在树桩上，勐烈头人拿着一支梭镖走出来，岩盖头人拿着一支梭镖走出来，两个人拿着梭镖围着黄牛转。两人一齐掷出梭镖，插进黄牛的心窝口。黄牛倒下了，倒向靠山的一边。两边的人喊起来，有人朝天放了枪。"

勐烈头人说："倒向靠山的一边，誓言就像山一样站着；倒向河水一边，誓言就被河水冲走了。"

岩宽说:"永果寨子出来二十个汉子,拿着缅刀;鹿散出来二十个汉子,拿着缅刀。四十个汉子一拥而上,连皮带血的牛肉一块块从人堆里飞出来,落到鹿散这边的人堆里,落到永果那边的人堆里。眨眼工夫,四十个汉子散了,黄牛也不见了,只有一架骨头和一摊牛血。张启明老师大张着嘴巴,呆坐在椅子里。"

勐烈头人微微笑起来:"那种架势,他们汉人没见过。"

岩宽说:"河滩突然安静下来,一个人也不出气,飞过树梢的小雀也不出气。两个汉子从永果人那边大踏步走出来。他们直愣愣走到大树桩旁边,走到那堆牛骨头旁边,走到那摊牛血旁边。他们铁青着脸,恶狠狠地看着我们,目光像白色的刀子一样。我和阿爸阿妈站在前边,我感觉他们其中一个人的眼睛看着我,像刀子一样看着我。"

勐烈头人说:"那个死死看着你的人是岩顶,他是衣拉吉的丈夫。"

岩宽说:"阿爸走出去,还有一个汉子走出去。他们齐刷刷走出去,我看见他们的背影和亮晃晃的刀光。他们大踏步走向那两个人,那两人直着脖子站着,像两棵安静的树,眼睛却还像刀子一样。一个人也不出气,飞过树梢的小雀也不出气,吹过南卡河的风也不出气。只见刀光一闪,一颗人头已经飞到人堆里来。那颗人头不是阿爸砍的,阿爸好像有些犹豫,站在那人面前一动不动。那个人却不看阿爸,我感觉他的目光像刀子一样,越过阿爸的头颅,落在我的身上。我们这边的人齐声喊起来,然后又停下来。大家不出气,所有的人都看着阿爸。阿爸一声咆哮,像受伤的狮子。只见红光一闪,一颗黑乎乎的人头已经飞过来了,正好飞到阿妈的怀里。我看见他的眼睛还睁着,还像刀子一样死死盯着我。

阿妈尖叫一声，我哭喊起来。那颗人头落到地上。它刚落到地上，就被别的人提起来，许多人去抢那两颗人头，那两颗人头在人堆里飞来飞去。阿爸和那个汉子回来了，我见阿爸铁青着脸，没有以前砍回人头那种兴高采烈的神情。姑娘们争着上去给他们头上裹红布。他们被高高抛起来。另外那个汉子在人群上空挥舞双手，大喊大叫。我阿爸却不出气，还是铁青着脸。那边出来两个人，背起那两个没有头的汉子回去了。永果人不出声，静悄悄回去了。我们把两个人头拴在高高的竹竿上，唱着歌回去。"

勐烈头人说："那两个汉子是自愿去的。其中一个就是衣拉吉的丈夫岩顶，就是临死前死死盯着你看的那个。他和你阿爸是喝过鸡血酒的结拜兄弟，所以你阿爸砍他人头的时候不高兴。他是我拿两头黄牛换来祭谷子的，换回来后见他很聪明，就舍不得杀，留下做养子。养大了就娶了寨子里的姑娘衣拉吉。寨子里要出两个人头，有一个自愿了，还差一个。他见我很为难，就自愿去了。为了永果寨，我失去了一个养子。他晓得我的心思，他是为我的心思去死的。"

岩宽说："怪不得你对衣拉吉那么好……第二年我就在鹿散寨见到你了。"

勐烈头人说："第二年我们收了谷子，按期交了租子，交了两倍的租子，岩盖头人就邀请我到鹿散寨剽牛喝酒。我就在鹿散寨见到你，你还只是三岁的小孩子。"

岩宽说："下一年你又到鹿散来喝酒？"

勐烈头人说："下一年谷子熟了，永果交了三倍的租子，岩盖头人不要，我坚持请他收下。岩盖头人很高兴，又请我到鹿散寨剽牛喝酒。"

岩宽说："下一年，你就动手了？"

勐烈头人说："下一年，谷子熟了，永果交了四倍的租子，岩盖头人很高兴，又请我到鹿散喝酒，说要和我结为兄弟。我就去了，赶着一头大黄牛，带着几十桶上好的水酒。我们剽牛，杀鸡，喝鸡血酒，拜路安大神、慕依吉神，拜司岗里，结为兄弟。我们喝了一整天酒。我喜欢岩盖头人，岩盖人很直爽。月亮升起来的时候，我们喝最后的水酒。鹿散人喝晕了，任何人都没有防备，我们乘机在最后的几桶水酒里悄悄放了事先从汉人那里买来的蒙汗药，他们晓不得。深夜，他们大多醉倒了，我们就动手。"

岩宽说："那一天晚上，你等了几年，你多送几倍的租子，就是为了等待那一天晚上，就是为了要鹿散的几百颗人头，就是为了要鹿散人的土地。"

勐烈头人说："鹿散人的几百颗人头我没要，一颗也没要，那年祭谷子的人头也是我们到别的地方猎的。鹿散人的土地我们也没要，除了南卡河东我们原来租种的那块。"

岩宽说："那人头和土地，什么人要了？"

勐烈头人说："我不说你也晓得。鹿散人的土地现在大都是窝莫人的，几百颗人头也给了窝莫人，他们留下一些祭谷子的，别的人头又被他们给了别的部落。"

岩宽说："人头和土地，为什么给了窝莫人？"

勐烈头人说："窝莫人早就想要鹿散人的土地。鹿散人几年前遭了瘟，势单力孤，旁边两个大部落——永果和窝莫，都想要鹿散人的土地。我们租种鹿散人的土地，不给租子，就是不怕鹿散人。岩盖头人要和我结为兄弟，也是想和永果人结盟，防备窝莫人。开始的时候，我也想结好鹿散人，防备窝莫人。后来我改变了主意，和窝莫的头人拉勐密谋立誓，灭了鹿散人，把土地和人头给拉勐。如果我独占了鹿散人的土地和人头，窝莫人不会同意，别的佤山部落和寨子也不会同意。窝莫人得到了鹿散的寨子和土地，把大多数人头和部分土地分给了别的部落和寨子，大家都得到了好处，也就没人说什么了。鹿散人都没有了，鹿散人也没有亲近的部落和寨子，过上几年，就没人记得世上有过鹿散人。"

岩宽说："你把人头和土地给了拉勐？你灭了鹿散人，你得到什么？"

勐烈头人定定地看着岩宽，说："我想要岩宽。我得到了岩宽！岩顶为我和永果人去死，也是为了得到岩宽。"

……

勐烈头人说："是的，我想要岩宽，我做的一切，我杀鹿散人，杀了你的阿爸岩刀、阿妈娜朵就是为了得到你，得到鹿散人传说中的神童岩宽。"

岩宽说："你说我是鹿散人传说中的神童？"

勐烈头人说："是的，你是神童，你是鹿散人传说中的神童。还记得我第一次到鹿散寨吗？我为什么要到鹿散寨和岩盖头人喝酒？我交两倍的租子，就是为了得到岩盖头人的邀请，就是为了去亲眼看看鹿散人传说中的神童岩宽。传说中的神童岩宽，是鹿散的砍头英雄岩刀和鹿散最漂亮的女人娜朵的独生儿子；传说中的神童岩宽生下来的第一天就会叫阿爸阿妈；传说中的神童岩宽晓得一百种小雀说的话，两三岁的时候就晓得大人们的心思，会像大人一样说话，帮着魔巴做祭祀、做鬼的活计。"

岩宽说："我是传说中的神童？我怎么不晓得？我晓得一百种小雀说的话，可我怎么晓得大人的心思？你第一次到鹿散寨喝酒，我记得你把我高高抱起，丢在空中，可我哪里晓得你到鹿散来，是要等着有一天砍下几百颗鹿散的头！"

勐烈头人说："我见着你，你的额头像天空一样宽阔，你的眼睛像星星一样明亮，虽然只有三四岁，你说话的声音、姿态，像岩盖头人一样沉着，给我敬酒的时候，你的礼数，像魔巴一样老练。你在孩子堆里奔跑，像马鹿一样欢快；你突然停下来，坐在一块大石头上想事，像落在岩石上的老鹰一样沉默。我一见你，就晓得你是个神童。我把你高高丢起来，你没有像别的孩子一样大声惊叫；我把你接到怀里，你看我的眼神就像洞明我在黑夜里的心思。我把你还给娜朵，我多想你就是我的儿子。"

岩宽说："我晓得你没有儿子，你为了得到一个儿子就杀了几百个人。你杀了几百个人，就是为了得到一个名义上的儿子？"

勐烈头人长叹一声："不是我没有儿子，而是永果人没有自己将来的大魔巴和大头人。我不是想得到一个儿子，而是想得到一个永果人的大魔巴和大头人。"

岩宽说："岩顶不是你的养子吗？他可以做将来的大魔巴和大头人。"

勐烈头人说："岩顶是个忠勇的好孩子，可是没有能力做永果将来的大魔巴和大头人。多少个月亮升起的夜晚，我一个人走出永果寨，在永果山下的大森林边叹息。那些叹息岩顶都听到了。他悄悄跟着我，怕我遇上仇人，怕我被森林里窜出的豺狼虎豹伤害。他晓得我在想念纳香的阿妈。她是阿佤山最漂亮、最聪明的女人，但她生了纳香就死了，我不想再要别的女人，世上再也没有她那么好的女人。见了路安大神，我还想和纳香的阿妈在一起。我一定受了魔鬼的诅咒，让纳香的阿妈早早去见路安大神了，没有为我生一个像你这样聪明的儿子。不光是我没有像你这样聪明的儿子，整个永果寨都没有一个像你这样聪明过人的男孩子。不光没有聪明过人的男孩子，就是聪明过人的汉子也没有。永果寨有许多剽悍勇猛的汉子，将来还会有许多剽悍勇猛的汉子，就是缺少聪明过人的年轻男人。这是我心里的隐痛。让我最难过的是，除了岩顶，所有的永果人都晓不得我的心思。阿佤山山高皇帝远，天不收，地不管，大大小小十几个王、几十个部落、几百个寨子，今天我猎你的人头，明天你占我的土地，后天我灭你的寨子，永果人活到今天不容易。鹿散人早就衰落了，又遭了一场瘟疫，鹿散头人岩盖是个好人，剽悍勇猛，就是缺点心思。旁边的窝莫人早就谋算鹿散人了，只是忌惮我们永果人，才迟迟不敢动手。永果人虽然不算弱小，但晓不得路安大神哪一天会召我回去。我见路安大神去了，就只好让岩顶做永果的魔巴和头人。但我对岩顶不放心，他忠勇有余，智谋不足，没有能力统领永果人。我悄悄算过鸡卦，假如给岩顶当头人，永果人不会有好日子过。没有一个放心的头人，我害怕我见路安大神以后，永果会衰落下去，遭受和鹿散人一样的命运。我在深夜的永果山下叹息，岩顶都听到了。开始的时候他问我，我不和他说，有一回他跪在我面前，说他的命是我给的，我有什么忧虑的事情，他就是丢了人头也要为我办到。我和他说了我的心病。他说他并不敢指望做永果的头人，他拼了性命也要帮我找到一位永果将来的好头人。我就和他说起鹿散人传说中的神童，岩刀的儿子岩宽。岩顶晓得岩刀，他们是喝过鸡血酒的兄弟。他说岩刀的儿子岩宽确实聪明过人，传说中的那些事情都是真的，他确实像大人一样说话，能够帮着魔巴做事，还晓得一百种小雀说的话，从小雀说的话里就能晓得第二天路安大神是要地上刮风还是下雨。他的话让我更加忧虑。我担心将来岩宽长大了，岩盖头人见了路安大神以后，他会被鹿散人推举为头人。鹿散人有了杰出的头人，旁边的永果人日子就不好过了，说不定还会被鹿散人猎了全部人头。"

岩宽说："所以你就和鹿散人和好，答应还鹿散人租子，搭上岩顶的人头？"

勐烈头人说："刚好那年我们为了南卡河东的那块地互相猎了人头，鹿散人请汉人张启明过来谈判。我就打定主意，答应了鹿散人的条件。永果人要还上鹿散人两条人命，岩顶就自愿去了。"

岩宽说："岩顶为什么一定要去？"

勐烈头人说："他晓得我的心思。我要的是岩宽。我要了岩宽，他就活不成了。他也晓得，一山不容二虎，将来我见路安大神去了，如果他还活着，凭他在永果人里树立起来的威望，岩宽做不了魔巴也做不了头人。为了我的心思，为了永果人的将来，他把他的人头，让你的阿爸砍下了。二十八年前的那个晚上，他和我在永果山下抱头痛哭。我舍不得让他去，可是他一定要去，他想麻痹岩盖头人，勐烈头人连养子都不要了，和鹿散人结盟还会有什么异心？他想坚定我的心思，断我的退路。要砍下几百颗鹿散人的头才能得到岩宽，想想我也害怕，可是我又没有别的办法。我曾想用几百头牛和几十个山头换你，但我知道鹿散人不会同意，岩盖头人和你阿爸岩刀不会同意。岩顶让人传话，叫你阿爸岩刀亲自砍他的人头，是他晓得做了对不起朋友的事情。他死的时候盯着你看，是他拿自己的人头赌了一把，为我和永果人赌了一把，赌他们将来会不会有一个聪明绝顶的大魔巴和大头人。"

木楼里静悄悄的，没有一点声音。月光下的永果山缥缈虚幻，岩宽晓得，月光照不透永果山莽荒的大森林，照不透他心中那片大森林一般莽莽苍苍的黑暗。他把目光收回来，看见勐烈头人也在出神地张望着窗外月光下的永果山，两行泪珠在他干树皮一样苍老的眼角悄悄流淌。

岩宽不说话，他跪在勐烈头人身边，像一座黑色的大山。勐烈头人在黑暗中伸出手，探到岩宽的手。他使出最后的力气，握紧了岩宽的手。开始的时候，岩宽的手没有反应，但他的心里突然痛了一下，他也使出力气，握紧了勐烈头人冰凉的手。

勐烈头人说："岩宽，我对不起你，让你一辈子不快乐。但你要走很长的路，要带着永果人走很长的路。你要放下背着的东西，才好走路。你要过一条长长的大河，你肩膀上扛着一条船，下到河里，你还扛着那条船，你是过不了河的。"

第二天，勐烈头人见路安大神去了。大魔巴岩宽、大头人岩宽为勐烈头人主持了葬礼。他领着永果人到永果山的森林中，砍下了最大的一棵红毛树，他亲自操刀斧，为勐烈头人砍凿出了最结实的棺木。他把勐烈头人送到了永果山的墓地。永果人回寨了，岩宽独自留在山上的一间草屋里，待了三天三夜。他不准任何人跟着他，连纳香都不准。年前祭谷子时留下了人头的永水也留在山上，他在远处一棵大树上张望。他回来后告诉纳香，岩宽老爷在山里石头一般待了三天三夜。

*5*

北京协和医院的诊断结果出来了，岩宽已是肝癌晚期，大约只能再活半年。鹿月把消息告诉了远在国外的女儿白鹿，白鹿很快赶回北京。白鹿十年前到德国留学，如今已在德国定居。母女俩苦劝岩宽到德国就医，岩宽却说自己要回阿佤山了。白鹿说："阿公，德国的医学水平是世界一流的，你到德国去，或许能够治好你的病。"岩宽说："慕依吉神托梦和我说，路安大神说了，再过几个月就要召我回去了。路安大神管着阿佤人，什么时候放阿佤人来到人间，什么时候收他们回去是有定数的，北京的医院管不了，外国的医院也管不了。"白鹿说："阿公，阿妈说你年轻的时候想离开阿佤山，到外面的世界看看，你虽然来过北京了，可还没去过欧洲，你不想去看看白鹿在欧洲生活的地方吗？"岩宽说："阿公生在阿佤山，年轻时曾想出去看看，可如今早已什么地方都不想去了。阿公不去德国，阿公见着你从德国回来看我就够了，阿公只想回到生了你阿公的阿佤山去。"

　　岩宽和鹿月说，他又梦见她的阿妈纳香。他梦见她的阿妈纳香在永果山的森林里飘着，她已经在永果山的森林里飘了十八年。她不想一个人去见路安大神，她一个人认不得去见路安大神的路。十八年前慕依吉神带她去见路安大神的时候，她放心不下岩宽和鹿月，定要留在永果山，悄悄看着岩宽和鹿月。慕依吉神拗不过她，只好放任她的灵魂在永果山飘荡，说待她想去见路安大神的时候再来带她去见路安大神。她迟迟不愿去见路安大神，如今，慕依吉神早就把她忘记了，不指给她去见路安大神的路。岩宽说，前几天他在梦里见到慕依吉神，他告诉慕依吉神别把纳香忘了，快去永果山的森林里寻找纳香，领她去见路安大神，她已经在山上飘荡了十八年。慕依吉神和他说，他没有把纳香忘了，他早就去找过纳香，想领她去见路安大神。可他找不到纳香，纳香一见着他，就躲进深深的林子里去了。他也钻进林子里，可纳香一会儿变成小雀，一会儿变成蜻蜓，一会儿变成小飞虫，一会儿变成黑夜里的露珠，太阳出来的时候又变成氤氲的水汽，无论他怎么找，就是找不到纳香。为此，他还挨了路安大神的骂，说他故意把纳香丢在森林里受苦。其实，是纳香还不想去见路安大神。她在永果山的森林里飘荡，她离永果寨子不远，她时常可以去看看岩宽，她虽然不能和岩宽说话，但她可以在岩宽看不见她的地方看见岩宽。她在等待着岩宽，她已经等了十八年，再等几个月，她就可以和岩宽一起去见路安大神了。

岩宽和鹿月说，他梦见她的阿妈纳香叫他快点回去，从阿佤山到北京的路太远，她的阿妈纳香没有力气飞过来。今天早晨，小雀飞进他的病房，在房子里飞了十八圈。小雀和他说，纳香捎话来了，叫岩宽快点回去，她在永果山，想念岩宽。她怕岩宽飘过大海和天空，到遥远的异国他乡去；她怕北京的大热天来了，岩宽受不了。

北京的大热天真的来了，一天比一天热。北京城的人们吐着热气，大街上的汽车吐着热气，连岩宽的病房里也吐着热气。尽管医生说那叫空调，是制造冷气的，专门对付热气，岩宽还是觉得那只挂在墙壁上、蚊子一样嗞嗞叫的箱子吐的是热气。岩宽还听说有一种叫"非典"的魔鬼，钻进人的胸腔里捣鬼，把人毁掉。岩宽担心死在这里，和阿佤山山遥路远，自己的灵魂找不到回阿佤山的路。

白鹿对阿妈鹿月说，阿公怎么那么固执，阿公再不答应去德国，她就要回去了，她的签证已经快到期，她在德国的事务也等着她回去处理，她的孩子和丈夫也在催她回去。鹿月说："你的阿公不是固执的人，他不去德国，他要回阿佤山，自有他的道理。如果没有你阿公，你阿妈就上不了大学；你阿妈上不了大学，就到不了北京；你阿妈到不了北京，你也无法去德国留学。当年，县长张启明遭难，是你阿公拼命奔走，才争取到把张启明下放到永果寨子里来劳动改造。那时张启明身体受到摧残，是你阿公悉心照料医治，张启明才慢慢恢复健康。寨子里有了张启明，你阿妈才有了一位好老师，悄悄跟着他学文化。后来一群坏人又到永果寨来抓张启明，想要害死他，是你阿公事先得知消息，悄悄让永水老人把张启明藏在深山里。那些人找不到张启明，怀疑你阿公做了手脚，便把你阿公抓起来威逼拷问，你阿公宁死都不愿说出张启明藏在哪里。后来，是永果人不干了，他们对那些人拔刀相向，他们才不得不放了你阿公。他们离开永果寨，张启明又躲过一难，你阿妈才没有失去一位好老师。你阿妈后来考上大学，到北京读书，张启明也复出了，帮了你阿妈不少忙。咱阿佤人是一个刚从山洞里走出来不久的民族，几千年来一直在世界上一个偏僻的角落里转悠。你阿公是最早走出阿佤山的人，但他还是回到阿佤山，因为他的根在那里，那里有他的同胞，他们依旧在山洞附近转悠。他是黑夜里举着火把的人，他要把他们领出黑暗的大森林。你走出来了，你飞得高了，漂洋过海了，成了外国人，阿妈心里有意见。阿公虽然嘴上不说，但你不回来，他心里还是有意见。阿公不去德国，你多陪他几天再回去。无论你在哪里，你都不要忘了你的根。无论你在哪里，你的根都在阿佤山，你的血脉里都是阿佤人。"

数日之后，白鹿还是回去了。

白鹿走后的第二天，岩宽说，他也要回阿佤山了，纳香已经等不得了，永果人也等不得了，他让鹿月明天就送他飞回阿佤山。

*6*

鹿月和岩宽回到阿伍山。

奔驰牌轿车行驶在县城通往永果的乡村公路上，这是阿伍山不多的几条通往乡村的柏油公路中的一条。他们在离永果寨二十里的南卡河边被永果人拦住了。几百个永果人，他们黑压压站在公路上。他们在等待自己的大头人和他的女儿。鹿月搀扶着岩宽钻出轿车。永果人欢呼起来，一抬金黄色的轿子在岩宽面前停下。八个永果汉子放下轿子，在岩宽面前跪下来。岩宽看见八个汉子里有个人是永水。他已经白发飘飘了，却还赤裸着胳膊，穿着年轻汉子穿的黑色呢绒对襟褂子。岩宽斥责说："永水，你们搞什么名堂？这都什么时代了，怎么还搞旧社会那一套？"永水低着头，说："老爷，你就让我叫你一声老爷吧，几十年了，我就想叫你老爷。从前，你不准我叫，我叫了老爷，你就拿皮鞭抽我。岩宽老爷，就让我们最后搞一回旧社会吧！听说你要回来了，我们连夜赶做了这顶轿子。老爷，我们阿伍人并不忌讳说去见路安大神，我们听说了，路安大神快要派慕依吉神来召老爷了。这么多年了，都是你把我们扛在肩膀上，我们心里记挂你，没有办法报答你，就让我们抬你一程吧！"说着，永水哭出声来，好多人也哭出声来。大家齐声喊道："老爷，请上轿！"

岩宽抬头看天，几朵白云正安静地趴在天空上，像几只巨大的绵羊，正在蓝色的山坡上徜徉。岩宽低头看看南卡河的水，河水还和几十年前一样潺潺流淌。岩宽惊奇地发现，公路下面的河边，正是那片自己三岁时见过的宽阔的河滩。

岩宽还记得那一天他躺在阿妈娜朵的怀里，来到这片河滩。那天鹿散人和永果人都来到这片河滩，数年前刚刚离世的汉人张启明也来到这片河滩。在那天的这片河滩上，永果人和鹿散人各站一边，中间竖了一棵长着丫杈的大树桩。大树桩上拴了一头大黄牛，勐烈头人和岩盖头人一起把锋利的梭镖插进黄牛的心窝。永果人那边走出两个汉子，鹿散人这边走出两个汉子。风也不出气，小雀也不出气，南卡河水也在那一刻停止流淌。阿爸岩刀挥舞缅刀砍下了岩顶的人头。岩顶的人头被阿爸抛过来，抛到阿妈的怀里。阿妈尖叫一声，那颗人头掉到地下，立刻又被人拾起来，在人群里抛来抛去。自己吓得哭起来，因为看见了岩顶看着自己的那道白森森的目光。而今，阿爸、阿妈早就不在了，鹿散人也早就不在了，岩盖头人和勐烈头人也早就不在了，那一天站在这片河滩上的人除了自己，一个人都不在了。而自己，传说中的鹿散人的神童岩宽，却成了永果人即将辞别人世的最后一个大魔巴和大头人。

岩宽长叹一声，泪水流淌下来。

他又听见那些哭声和叫喊：“老爷！请上轿！”

岩宽往前迈出一步，永水跪在轿子前面，岩宽踏上永水的脊背。永水站起来，小心翼翼地把岩宽老爷送进轿子。

木鼓敲起来，永水用苍凉的声音吼道：“起轿——”

鹿月站在奔驰车边，泪水涟涟。在苍茫的暮色里，她看着父亲逐渐消逝在尘埃中的背影，心中回荡起一首古老的歌：

> 从黑暗的司冈里走出来，
> 我们看见接天的火；

天火沉下来，
是母亲的血；
黑夜沉下来，
是大山的土。
慕依吉神传布路安大神的声音，
快快擂响部落的木鼓……


　　鹿月在永果寨待了半个月后就被父亲岩宽打发回北京去了。她看见父亲岩宽在永果寨子里重新活起来了。在永果寨，每个人都是亲人，人们轮流照看阿爸岩宽，每个人都把照看阿爸岩宽当作自己的荣耀。她不再固执，不再坚持让父亲回到北京去，她明白这里才是父亲最后的归宿之地。她和县医院的院长打了招呼，请求他们帮助照看阿爸岩宽。院长认识鹿月和岩宽，他自己就是和鹿月一样第一批从永果寨里走出来的大学生，岩宽也是他的大头人。他说他派专门的护士照看岩宽，每隔个一两周，他就亲自去给岩宽做检查，一有情况，他就会把岩宽接到县医院，如果需要，可以把他直送北京。离开永果寨的时候，鹿月含着泪水拥抱了阿爸，叮嘱乡亲们，阿爸一有情况，就打电话给她，她会很快赶回来。
　　鹿月一走，岩宽就赶走了县医院派来的护士。年轻的护士也乐意离开，要不是院长的安排，谁愿意到永果寨的山沟里来看护一个行将就木的老人？
　　岩宽又梦见纳香，梦见纳香说她在永果山的森林里飘着，她在看着岩宽，她也看见了从远处回来的女儿鹿月。岩宽回来了，她放心了，她就看得见岩宽了，岩宽睡着的时候她看得见，吃饭的时候她看得见，喝水的时候她也看得见，吃药的时候她也看得见，到寨子里散步的时候她也看得见。她不急了，她在等着岩宽，一起去见路安大神。岩宽想起十八年前纳香走的时候，大大地睁着眼睛，看着他，生怕他突然从眼前像水汽一样散掉。纳香最后的力气，都集中在她的一只手上，那只手紧紧抓着岩宽的手。纳香想说话，却没有力气说话，阿佤山最动听的一张嘴巴，却在最后的时刻被魔鬼捏住喉咙。岩宽对纳香说，他明白她想说的话，就是她以前一万遍叮咛过的话，岩宽将来死了，要和纳香葬在一起，一起去见路安大神。他把那句话说了三遍，他看见纳香的眼角漾出一丝苍凉的笑意，嘴角放心似的动了动，就缓缓地松开手，闭上了眼睛。岩宽还记得十八年前那个春天，纳香走了，他领着永果人上山，在最深的森林里，他亲自挥舞着自己年轻时缴获的日本刀，砍下了一棵大红毛树。他把那把日本刀放在砍下的树桩上。他在树桩前边做了鬼，跪在地上对山神说："山神啊！山神！我砍走了你的一棵大红毛树，拿去给纳香，我把我的日本刀献给你，把我一生的荣耀献给你。纳香走了，我一生的荣耀也不要了，我把它给你，我不欠你什么了。"大红毛树拉回寨子，他亲自操刀斧，在一截最粗的树段上凿出宽敞的凹槽，加上厚重的盖子，足够纳香舒舒服服地躺下，不受其他东西打扰。送葬的那天，整个寨子的人聚集在他们的木楼前。岩宽一屁股坐在纳香的棺木上，左手端着水酒，右手和双脚有节奏地敲击和踢打着棺壁，醉眼惺忪，看着阿佤山的太阳，一遍又一遍地放声高歌。

岩宽到纳香的墓地前做鬼，他告诉纳香，他要离开她，去一个遥远的地方。他梦见大水，梦见一片黑色的大水，他必须经过一道大水的门，才能和她一起去见路安大神。

## 7

岩宽告诉永果人，他要去和永水待一些日子。永果人晓得，永水的性命是岩宽给的，永水是岩宽的奴隶，永水一直按照旧社会的习惯，把岩宽叫老爷。永水不住在永果寨，永水的儿孙们才住在永果寨。永水是一个独来独往的老人。前几年永水的老伴儿不在了，永水就离开了永果寨子，到远在二十里外的天池边搭了几间房子，种了一片茶园，凿了一条小舟，养了一只黄狗、几只鸡，一个人安度余生。天池风光秀丽，远离尘嚣，永果人都说还是永水会享福，一个人选了那么好的一个地方，像个神仙。永水几乎不回永果寨，听说岩宽老爷病了，他才赶回来一次，岩宽老爷被鹿月接到北京去了，他又怏怏不乐地回到天池。听说岩宽老爷要回来了，他又连夜赶回寨子，和大家一起到南卡河边迎接岩宽老爷归来。他在寨子里和岩宽老爷待了几天，又回天池去了。岩宽老爷提出要到天池去和永水待一些日子，永果人想，岩宽老爷也要和永水一样在天池边享几天清福，永水和岩宽在一起，他们也放心。他们用轿子把岩宽老爷抬到天池，和永水住下来。他们还叮嘱永水老头子，岩宽什么时候想回永果了，就回寨子说一声，他们会用轿子把他抬回永果寨。

"天池"实际上是一个高山头上的水库，叫红旗水库，当地人叫不习惯，就把它叫作"天池"，因为它是阿佤山最高的一个水库，最接近天边的一片大水。天池人迹罕至，被周围的原始森林包围得严严实实，湖边有许多数百年高龄的大树的尸体，脱光了皮，白森森地泡在水里。岩宽知道，在有水库以前，这里是一个集镇，名叫城子镇，这有不少人知道。在有城子镇以前，这里是窝莫人的一个寨子，这只有极少的人晓得了。在有窝莫人的寨子以前，这里是鹿散人的寨子，就叫作鹿散寨，居住着一群鹿散人，这群鹿散人早在八十多年前就从世上永远消失了，这件事，岩宽知道整个世上只有两个人晓得了。

这是一个群星闪烁的夜晚。岩宽和永水坐在天池边上。整个世上就只剩下他们两个老头子坐在天池边上了。空中群星闪烁，湖里也群星闪烁，好像一群群眨巴的眼睛。岩宽晓得，这就是自己在一次一次的梦里见到的那片黑暗的大水。岩宽感到无比亲切，他再一次强烈地感到温暖的大水的呼唤，像母亲娜朵遥远而温暖的怀抱的呼唤。

永水对岩宽说："老爷……"

岩宽说："再叫老爷，打断你的狗腿！"

永水笑起来，说："老爷，舌头习惯了，改不过来。"

岩宽说："我请你做的事，做好了没有？"

永水说："老爷，都做好了。几年前儿子媳妇和我吵架，家里待不下去，你就叫我来种这块茶园，说准备我们两个人养老。茶园我种好了，房子也盖好了，鸡也养了，狗也养了，酒也喝够了，福也享够了，就等着你来了。"

岩宽说："两个月前托你做的事，做好了没有？"

永水说："老爷，做好了。你托我凿的独木船，凿好了；你托我准备的那些东西，都准备好了。"

岩宽说："昨天晚上我梦见慕依吉神，他说路安大神请他转告我，今天晚上就去见路安大神，路上要经过一片黑色的大水，就是我梦里一次一次见到的大水，就是眼前的这片大水。"

永水说："老爷，昨天晚上我也梦见慕依吉神，他和我说明天晚上老爷就要走了，叫我陪着老爷，送老爷一程。我晓得迟早有这么一天，我是要送老爷走的，可是事到临头了，还是舍不得老爷走。"

岩宽笑起来："永水，这是大喜的事情，我要去见鹿散人了。慕依吉神说了，经过这片大水，我可以见到鹿散人，可以见到阿爸岩刀、阿妈娜朵、岩盖头人，可以见到纳香，可以见到勐烈头人，可以大家一起见到路安大神。在路安大神那里，勐烈头人和岩盖头人是真正的兄弟，我的阿爸岩刀和昔日的兄弟岩顶依旧还是兄弟，大家可以脱光了衣服一起喝酒。"

永水说："老爷，你晓得鹿散人就在天池下面，你晓得自己的阿爸叫岩刀、阿妈叫娜朵。我连我是什么人都不晓得，也不晓得自己的阿爸阿妈叫什么名字，我去见了路安大神，路安大神会给我见着我的阿爸阿妈吗？"

岩宽说："会的，永水，我在路安大神那里等着你，到了路安大神那里，他会给你见着你的阿爸阿妈。"

永水从湖边划来一只大红毛树凿的独木舟，独木舟里放着几大筒水酒、一根小手指粗细的白色尼龙绳子、一只铁锤和一把凿子。永水划的独木舟后边还用尼龙绳子拴着一只独木舟。

永水把岩宽扶上独木舟。永水指着舟底的一个地方说："老爷，这是一只活木塞，老爷到了湖心，只消拿凿子敲上几锤子，就掉了。"

岩宽说："晓得了，我走了，你下去吧！"

永水说："老爷，我想送你一程，陪你喝最后的水酒。"

岩宽说："也好，谢谢你，永水，和我喝最后的水酒。我走了，你就回来，不要告诉他们我沉在什么地方，我不想让他们把我埋在永果的山上。"

永水说："老爷，你放心，不会有人晓得。"

两只独木舟漂向湖心，漂向黑夜中阿伍山巨大的子宫，漂向大地上暖洋洋的一片羊水，漂向一片群星闪烁的天空。

据说几里之外的水库管理人员听到了两个老人最后的放歌。

二十余日后，鹿月和白鹿站在天池边上。

白鹿说："阿妈，这次来阿伍山的路上，我又看见了阿伍山的云海，和我梦里见到的一个模样。在奔驰的白云下面，奔驰着黑色的山冈；在奔驰着的黑色的山冈上，奔驰着一群阿伍山的汉子。他们裹着红头巾，披着黑披风，他们的披风飘起来，像黑色的火焰在燃烧，他们比风还快，他们像一群掠过群山的苍鹰，飞在最前面的那一只，就是我的阿公。他们都是从山洞里的岩画上走下来的，我听见他们尖利雄浑的呼啸和呐喊，那是远古的石头里发出的呼啸和呐喊，我感觉那些声音穿透了我。我看见我的阿公又飞回了石洞里，他看着我慈祥地笑了笑，然后一闪身回到了石壁上，成了岩画里用稚笔刻下的粗线条。梦醒以后我有种说不出的难受。然后就接到了阿妈你打来的电话，说阿公不见了。"

鹿月不说话，她默默地把竹篮里的樱桃花瓣撒向湖面。

白鹿说："阿妈，你能肯定阿公就在这一片水里？他不会消失在森林里吗？"

鹿月说："我梦见水，梦见一片大水，一片群星闪烁的大水，阿爸一定就在这片水里。"

白鹿说："阿妈，你相信梦？"

鹿月说："阿伍人都相信梦。"

白鹿说:"阿公为什么要到这一片水里?为什么不和阿婆埋在一起?"

鹿月说:"听说他不是永果人,永水老人也不是永果人。"

白鹿说:"阿公不是永果人?那他是什么人?我们是什么人?"

鹿月说:"他从来没有和我说起过。也许永水晓得,可是永水也不在了。肯定是和你阿公一起不在了。"

# 以萤火之明，探索存在的乐趣（后记）

　　作为一名小说写作者，所谓创造性似乎是写作的必备之心，但我并不敢奢谈什么创造性。事实上，我的小说写作毫无创造性，我只是以卑微之心，尝试着加入古老的叙述者的行列。但叙述，是天然被安放进时间序列之中的，作为一名当下的叙述者，不能漠视时间序列中叙述主题的变迁。作为一门古老的艺术，小说发展到今天，叙述主题早已发生了一系列深刻的变迁。以现代小说兴起的近二百年粗略观察，十九世纪的主流小说是所谓的批判现实主义小说，主题是社会观察和批判；二十世纪二三十年代后兴起的现代主义小说，现代性处境下的人性探索和剖析成为小说的最大主题；二十世纪六七十年代至今，现代小说的主题继续拓展，对以人为中心的存在的探索成为现代小说的主题。而存在，是一个综合性的哲学概念，现代小说以探索和表达人的存在为要务，意味着当下小说写作者必须具备一定的哲学素养，以存在的综合性眼光观察时间、空间、现实、历史、未来之中的人，对人的存在进行更加深邃、宽广和诗性的发现和表达。诚然，站在当下境地的叙述者，享受着所谓时代潮头的优势，拥有信息累积的好处，能够俯视过往的人类历史（包括小说的历史），能够比以往的叙述者更加深刻宽阔地认知人的处境，但这并不意味着今日的叙述便会比过往的叙述更加轻松。先不说过往叙述的重重围困，单以对人和世界的认知而言，所谓当下的认知优势便是一个悖论和幻影。一个耳熟能详的例子便是生活于十八、十九世纪之交的大文豪歌德，在他那个人类文明积累还不算太过丰厚的年代，以他的天才和勤奋，能够洞察当时人类各个学科的前沿知识，能够以当时人类各个学科的顶尖知识全方位地审视人和世界。而今，经过人类二百余年间知识的爆炸性发展和积累之后，几何数级叠加的人类各学科整体知识已成为人类个体的不可承受之重，一个人无论如何天才与勤奋，都早已自我选择或被规训、收缩和"内卷"进各自小小的学科职业隧道之中，丧失了对其余隧道以及基于各个学科的精准知识为根基出发的对整体世界和人类个体的宏观综合认知能力。这种处境颇具讽刺意味，和歌德时代的古老叙述者们相比，在信息化时代的今日叙述者们，却仅仅具备基于各自学科和职业知识发出的对世界的"萤火之明"，并以各自的萤火之明烛照周边世界，探索人和世界的存在的小小秘密。

　　但即使如此，今日的叙述者依然充满乐趣，因为以叙述为方式探索存在，本身就是一种奇妙的乐趣，这是任何一位叙述者和叙述的倾听者的基本信念，否则，叙述和对叙述的倾听便不能继续下去。

或许，作为这本小说集的写作者，有必要简单说说这些作品，说说这一次次叙述。这不是为了提供一种"定见"（许多时候，小说写作就是为抵抗各种"定见"的），而是为了陈述一种倾听的方便。

　　集子的第一组作品是九篇微小说。值得一提的或许只是这组小说的主题，它们分别涉及海啸、被人盗走的石头、历史秘密中诡谲的个人命运、个人生命的危脆和温暖、语言的神性与世俗性、个人对语言记忆的执念以及因过度执念而生的智性消耗、难以割舍的至爱亲情、漫漫行走中对世界细节性和概念性的认知、一座让王者忌讳而让诗人青睐的废弃宫殿、一位年迈返乡诗人的故乡迷思等复杂主题。每一次叙述，都是对其中一个主题浅尝辄止的探寻，它们说不上深入，但都无一例外地表达着笔者叙述的浅薄野心：探索存在的乐趣。如果这些探索里有那么一点点诗意，那正是笔者探索中获得的微薄补偿。

　　之后的八个中短篇小说是对八个向度存在可能性的探索。《皇帝的新装》是耳熟能详的经典重写，以冒犯安徒生先生的口吻让被嘲弄的皇帝开口说话，破除对被经典定格的人物的定见，让皇帝在内心深处对世界展开一次漂亮反击，展示人物灵魂存在的复杂可能性。《斯里兰卡》的写作来自对《大唐西域记》的着迷，以玄奘法师的口吻叙述对斯里兰卡这同一个国度的两种命名，探索命名过程中男女两种不同性别意识呈现出来的话语权争夺战。《江山》的写作源于对"江山"这个词的好奇，把画家石涛和康熙大帝放进"扬州平山堂"这个内心的密室中，让艺术哲学的江山和政治伦理的江山在其中博弈、交融，呈现江山对不同个体生命存在的价值。《记骨》源自唐传奇中牛肃两千余字的微小说《吴保安》，探寻人在时代中身不由己的存在可能以及时代灾难加在个体生命之上的重量。中篇小说《斗鸡》同样来自唐传奇陈鸿的《东城老父传》，以贾昌这位传奇性小人物的经历和视角撕开大唐盛世转折点时的虚假面纱，让他成为时代的见证者和受难者，并在自己的人生感悟中进行人性和灵魂的救赎。《临梵》梳理中国宫廷绘画史和《宋时大理国描工张胜温画梵像卷》的相关学术研究成果，描写《宋时大理国描工张胜温画梵像卷》流进清宫，宫廷画家丁观鹏费尽心机，冒着性命危险拯救这幅稀世画卷并得以成功的故事，探索人物在面对艺术、信仰危机时的内心深邃而幽微的处境。《战象》是向自己极其喜爱的两个短篇小说卡尔维诺的《恐龙》和萨拉马戈的《半人半马怪》蹩脚致敬的作品，小说以泼墨写意的笔调，囊括战象数千年的历史，其中不乏戏谑游戏的味道。和上述两篇小说相类，这篇小说希冀写出的其实只是一种存在：一种名为"战象"的存在。中篇小说《魔巴之死》是集子中的最后一篇小说，但却是最早完成的一个作品，是自己的青春之作，也是集子中这些小说的起点和前迹。以它收束，用意有二。其一，提示自己叙述的云南属性、边地属性。套用布罗茨基描述沃尔科特的家乡加勒比海地区时说的那句话，在沃尔科特笔下，加勒比海不是世界文明的天涯海角之地，而是人类文明的开端和起始之地。写作这篇小说时，也有类似的感悟。云南边地和地球上的任何一个地方一样，它们不是人类文明的化外之地，而是人类文明发生的起点和现场，同样具有人类学的意义。如同这篇小说中叙述的故事一般，在云南边地的深山老林中，同样发生过，并且依旧发生着令人惊心动魄的人类灵魂故事。其二，用它收束，是对青春的执念，也是对叙述之圆的迷信。古老的叙述是一个圆，从哪里出发还要回到哪里，但后面那个哪里却早已不是前面那个哪里。如今，作为一名古老的叙述者，我不知自己最后那个小说在哪里，我只是继续谦卑而庆幸地等待和进行着这次和下一次的叙述之旅。

2022 年 1 月 18 日于昆明

以萤火之明，探索存在的乐趣（后记）